À N'IMPORTE QUEL TOUR

SÉRIE : DÉJOUER LE SYSTÈME TOME 3

Brenna Aubrey
Traduit par Suzanne Voogd

Silver Griffon Associates
Orange, CA, USA

Titre original: At Any Turn
Traduit de l'anglais par Suzanne Voogd
Relecture par Valérie Dubar

Conception graphique de la couverture © Sarah Hansen, Okay Creations

ISBN 978-1-940951-26-3
Silver Griffon Associates
P.O. Box 7383
Orange, CA, USA 92863

Pour Maman

Remerciements

Pour les nombreuses personnes qui ont eu un rôle dans la production de ce livre, je suis vraiment reconnaissant: Kate Mckinley, Sabrina Darby, Courtney Milan, Leigh Lavalle, Minx Malone, Marquita Valentine, Anna Nicole Ureta, Kat Sommers, Tessa Dare, Sarah Lindsey , Beth Yarnall et Carey Baldwin. Merci aussi aux "pros": Eliza Dee, Martha Trachtenberg, et Sarah Hansen.

Merci à certains auteurs vraiment géniaux pour vos encouragements: H.M. Ward, Hugh Howey, Liliana Hart, Debra Hollande et les autres auteurs Indie. 2galement d'énormes remerciements à tous les lecteurs et les blogueurs qui ont aimé, lu et chroniqué À N'importe Quel Prix. Je remercie chacun d'entre vous.

Toute ma gratitude à ma famille. L'amour pour ma mère, dont le soutien est constant et encourageant. Merci, aussi à mon mari. J'aime être ton partenaire d'affaires, tout comme être ta partenaire dans tout le reste. Et surtout à mes adorables gamins. Je vous aime pour toujours xoxo.

La Première Quête

Findelglora s'est connectée à Dragon Epoch

Findelglora est entrée dans le monde de Yondareth?

ELLE EMERGE DE LA VILLE OU ELLE EST NEE. C'EST UNE JEUNE elfe élevée et formée par les meilleurs. La porte à l'est de la ville dans son dos, Findelglora regarde autour d'elle avec des yeux émerveillés, impatiente de découvrir le monde et d'explorer ses nombreux mystères.

Mais tout héros a besoin d'une quête pour commencer.

Pendant qu'elle réfléchit à ce que cette première quête pourrait être, son regard tombe sur un homme âgé qui semble profondément abattu, les épaules courbées de tristesse. Il porte l'uniforme de la Vieille Garde des elfes : un veston de style militaire orné de médailles de service étincelantes et un kilt. Lorsqu'il croise le regard de Findelglora, il se redresse et lui fait un salut peu enthousiaste.

— Bonjour, jeune femme. Tu me semble bien pleine de vie et d'espoir, prête à affronter ce monde rude et misérable ! Je te souhaite bonne chance. Tu seras une petite étincelle de lumière dans l'obscurité ambiante.

Findelglora s'incline devant cet homme vénéré. Elle sait qu'il a un jour été le Capitaine de la Garde de la ville. Le Général Sylvan Wood a passé sa vie au service du roi et de son pays. Malheureusement, il passe désormais ses vieux jours à hanter la porte la plus éloignée de la cité, n'étant plus que l'ombre vide et tourmentée de l'homme qui fut autrefois le plus grand héros de la ville.

— Messire, j'ai hâte de m'aventurer dans le monde et de suivre votre remarquable exemple. Avez-vous une quête pour moi ? demande-t-elle.

Sylvan Wood passe une main tremblante sur son visage.

— Si seulement j'avais pu la sauver. Si seulement nous avions pu passer nos vies ensemble.

Findelglora ne comprend pas.

— De qui parlez-vous, Messire ? Comment puis-je vous être utile ?

Sylvan Wood secoue la tête.

— J'aimais quelqu'un autrefois et elle a été perdue à jamais. Chaque jour, en souvenir d'elle, je place un bouquet de jonquilles à cette porte : c'est le dernier endroit où je l'ai vue quand elle m'a donné un baiser d'adieu. Mais aujourd'hui, je ne me sens pas très bien et je ne sais pas si je pourrai aller jusqu'au pré pour cueillir les fleurs.

Le cœur de Findelglora souffre en entendant la triste histoire de Sylvan Wood. Elle secoue la tête en se demandant quelle quête héroïque pourrait l'aider. Vaincre un dragon ? Soumettre un méchant sorcier ? Son regard s'illumine et elle se retourne vers lui.

— Alors, laissez-moi aller les cueillir pour vous afin que vous puissiez honorer votre amour aujourd'hui.

Sylvan Wood semble sceptique.

— Tu es jeune et il y a de l'opposition, même dans les prés à l'extérieur de ces murailles.

Findelglora se tient bien droite en gonflant la poitrine et en brandissant l'épée rouillée qu'elle s'est procurée avant de se rendre à la porte de la cité.

— Je suis prête, Messire. Aujourd'hui comme les autres jours, vous honorerez votre amour avec un bouquet de jonquilles !

*Findelglora a reçu la quête : cueillir dix jonquilles et les apporter à Sylvan Wood.

*Récompense promise pour l'achèvement de cette quête : le premier morceau d'armure qu'elle portera pour le reste de ses aventures dans le vaste monde.

Chapitre Un

CINQ SEMAINES DE TORTURE. TROIS KILOMETRES AVANT LA fin. Je tombai presque à genoux en m'en rendant compte — ou peut-être était-ce parce que je n'avais rien mangé depuis deux jours. Ça, et puis le fait que j'avais passé les derniers huit cents kilomètres à traverser les plus hautes montagnes de Californie et que mes pieds me faisaient un mal de chien.

C'était la fin de l'après-midi, presque l'heure du repas du soir. Le repas. Fabuleux. La dernière chose que j'avais mangée, c'était une barre chocolatée que j'avais taxée la veille à un autre randonneur. Je l'avais savourée, morceau par morceau jusqu'au dernier petit bout que je terminai ce matin pour le petit-déjeuner. J'allais apprécier un repas du soir. Et dormir sur un lit agréable et doux.

Pendant les cinq dernières semaines, j'avais dormi sur le sol ou dans ma tente hamac quand j'arrivais à trouver un endroit pour l'accrocher. Cette épreuve était presque terminée, Dieu merci.

Pour la millième fois, je me maudissais d'avoir été têtu pour réaliser ce projet dingue. Une fois que j'avais eu l'idée d'une randonnée sur longue distance, je ne m'étais pas permis de l'abandonner. En soupirant longuement, je me demandai encore une fois si je n'étais pas fou. Pourquoi avais-je quitté la civilisation ? Pourquoi l'avais-je quittée, elle ?

Emilia et moi nous n'avions passé qu'un mois et demi ensemble en tant que couple. Une semaine ensemble au ranch de sa mère quand nous avions enfin décidé de commencer une relation sérieuse, puis chez moi, pendant cinq semaines de plus à planifier ce voyage insensé ressemblant à ma version de la visite de Superman à sa Forteresse de Solitude.

Et elle m'avait entièrement soutenu : elle pensait que c'était une bonne idée que je parte, que je fasse un break définitif avec le travail, avec ma 'maîtresse', comme elle le disait. Mais je n'avais absolument pas été prêt à faire un break avec Emilia.

J'y étais presque. Presque. Ce mot était devenu mon mantra au cours des cent derniers kilomètres de ce sentier éreintant. Les Happy Isles dans la Yosemite Valley, point de départ au nord du célèbre (et dans mon cas, atroce) sentier de John Muir, ne se trouvaient qu'à trois kilomètres. Le paysage avait été magnifique pendant les trois cents premiers kilomètres, mais à présent j'en avais assez des décors de la haute Sierra. Je ne serais pas triste de ne plus jamais revoir de pinède.

La rivière de la Merced grondait devant. J'avais envie de jeter mon fichu sac à dos tout de suite, tant je ne supportais plus son poids. Mais j'essayais de ne penser à rien de tout cela. Je gardais les yeux rivés sur les pancartes indiquant l'extrémité du sentier, avançant péniblement, pas après douloureux pas.

Je savais qu'elle m'attendrait au bout du chemin. Cela me fit accélérer. Il me tardait tellement de la revoir, de l'attirer dans mes bras... Mon Dieu, ce qu'elle me manquait !

Je sentis la présence d'un randonneur devant moi, alors je me serrai du côté droit du sentier. Je ne levai même pas les yeux. Je n'étais plus du tout le type fringant et sociable qui avait démarré sa randonnée le mois dernier. Cet idiot-là avait été abandonné quelque part sur l'affreux chemin entre Mount Whitney et Silver Pass.

Le randonneur qui s'approchait de moi était une femme. Je l'entendis au son de sa démarche. Elle se décala sur le sentier afin de se diriger droit sur moi. Je refis un pas vers le milieu et elle continua droit sur moi, causant presque une collision avant que je m'arrête. Je levai les yeux, sur le point de laisser échapper un flot d'injures avant de voir son magnifique visage souriant.

Elle était superbe. Elle avait de longs cheveux bruns avec des reflets roux et de grands yeux bruns ambrés de la même couleur que ses cheveux. Elle était plutôt grande pour une femme et elle avait de longues jambes bien faites sous le short qu'elle portait. Et cela faisait cinq semaines que je ne l'avais pas regardée. *Emilia*.

Je poussai un soupir de soulagement et je laissai tomber mon sac, qui frappa bruyamment le sol.

— Adam ? dit-elle en riant. C'est toi ?

Je l'attirai dans mes bras.

— Bon sang, ça fait plaisir de te voir, marmonnai-je en enfouissant mon visage dans son cou qui sentait bon.

J'étais à peu près sûr de ne pas sentir aussi bon, mais elle retourna mon câlin. J'ignorai la douleur persistante de mes muscles et je serrai mes bras autour d'elle.

Son corps était doux et il s'abandonna contre moi. La prendre dans mes bras, c'était comme rentrer à la maison. Ses cheveux étaient soyeux contre mon visage poilu. Et l'odeur de pêche et de vanille... j'aurais pu me rendre ivre avec. Je collai à nouveau mon visage dans son cou.

Elle grimaça en riant.

— On dirait un montagnard !

Je supposai que cela signifiait qu'elle ne voulait pas d'un baiser avec ma barbe et mes cheveux de trente-cinq jours. Tant pis, j'allais l'embrasser quand même.

Je me tournai et j'appuyai mes lèvres contre les siennes. Elle me rendit mon baiser avant de s'écarter en riant.

— Tes baisers chatouillent, maintenant.

Je souris.

— Viens là, que je te chatouille un peu plus.

Je posai quelques baisers de plus sur son visage avant qu'elle s'écarte à nouveau.

— Comment était-ce ?

Je soupirai.

— Long.

Elle sourit.

— C'est tout ? Pas de révélations profondes sur le sens de la vie ?

— J'ai décidé que les sacs à dos, c'était le mal.

Elle se baissa et elle ramassa mon sac à dos en le soulevant sur une de ses épaules.

— Ce machin est plutôt lourd.

Je tendis la main, mais elle m'arrêta.

— Tu l'as porté sur huit cents kilomètres, je pense que je peux le porter sur trois.

Je la regardai d'un air sévère, sur le point d'argumenter, lorsqu'elle leva les sourcils.

— Arrête d'être têtu. Nous vivons dans un monde moderne. Je peux porter ton sac. Tu pourras te faire pardonner plus tard en portant mes livres de classe. Allez viens. Tu as l'air épuisé.

Je gardai mon air renfrogné en admirant l'entêtement qui faisait que je l'aimais tant. Cette force. Cette indépendance qui caractérisait Emilia. Cela lui avait permis de traverser beaucoup d'épreuves dans la vie et cela avait fait d'elle la femme incroyable qu'elle était. Cela m'irritait parfois, mais c'était ce qui la définissait.

— Plus affamé qu'épuisé.

Elle se tourna et je lui emboîtai le pas. Nous poursuivîmes le sentier côte à côte.

Une véritable inquiétude apparut sur son magnifique visage.

— Comment est-ce arrivé ? Avons-nous mal calculé tes dépôts de nourriture ?

Il y avait des étapes tout le long du chemin où de nouvelles denrées pouvaient être envoyées par la poste. Nous avions calculé les quantités dont j'aurais besoin et à quel endroit il fallait les poster avant même que je fasse un pas dans cet exercice de la folie.

J'hésitai en me demandant si je devais lui dire la vérité concernant mon manque de nourriture et risquer de me ridiculiser. Je pouvais peut-être trouver une autre excuse. Mes joues couvertes de barbe brûlèrent de honte. Oh, et puis tant pis.

— Il y a deux nuits, j'ai laissé la boîte à ours trop près d'une pente. Quand je me suis réveillé le lendemain matin, elle avait disparu — au fond d'un ravin escarpé.

À cause des règles très strictes empêchant les ours d'avoir accès à la nourriture des randonneurs, tout le monde devait porter sa nourriture dans des boîtes anti-ours. Il existait également des règles strictes interdisant d'accrocher la nourriture dans les arbres. Nous n'étions pas non plus censés laisser la nourriture trop près de l'endroit où nous dormions, pour ne pas attirer des ours dans notre tente. Mais un ours aventureux était passé au cours de la nuit et il avait fait rouler ma nourriture dans le ravin.

Je n'aurais jamais dû faire quelque chose d'aussi stupide, mais pour ma défense, j'étais si épuisé que je ne pouvais plus réfléchir. Le score était de 1 pour la nature et 0 pour Adam.

— Maman et Peter nous attendent à l'arrivée pour nous ramener en voiture, dit-elle en souriant. Allons te chercher à manger. Un bon gros hot dog juteux, peut-être ? Tu n'es plus qu'à quelques kilomètres du petit restaurant de Yosemite Village.

Je faillis baver en l'entendant parler de hot dog. Je lui lançai un regard coquin et elle rit.

— Ou peut-être préférerais-tu un bon gros hamburger juteux, ou...

Je fis passer ma main autour de sa taille et je frottai ma barbe contre son cou. Elle gigota contre moi en laissant tomber le sac à dos.

Je l'attirai à nouveau contre moi pour un long baiser. Ses lèvres étaient douces et ouvertes pour moi et même à travers ma barbe épaisse, chaque contact entre nos deux peaux fut électrique. Ma langue sortit pour la goûter et elle soupira en faisant glisser ses mains vers mon cou. Si près du départ du sentier, le chemin était rempli de randonneurs : des gens qui marchaient juste une heure ou deux, pas uniquement des idiots zélés comme moi. Les têtes se tournaient sur notre passage, mais je me moquais que l'on nous voie. Je la serrai contre moi en refusant de la laisser partir, comme si elle risquait de disparaître à la façon d'un mirage.

Quand j'eus rassasié mon visage, j'allais devoir m'occuper d'une faim différente... Elle fit un pas en arrière, haletante et rouge.

— Tu vas devoir te débarrasser de cette barbe si tu veux avoir une chance...

Je souris dans ma barbe. Elle ne me parut pas très convaincue. Je me baissai et j'attrapai le sac avant qu'elle puisse le reprendre. Elle leva les yeux au ciel en grommelant au sujet de mon entêtement.

— Allons-y. Il y a un hamburger ou trois qui m'attendent, dis-je.

***

Bon sang, ce hamburger avait un goût de paradis : comme la meilleure chose que j'avais avalée au monde.

D'ailleurs, je n'arrêtais pas de gémir de plaisir, ce qui poussa Emilia et sa mère, Kim, à me regarder d'un air inquiet. Emilia avait roulé plus de six cents kilomètres depuis le sud de la Californie avec sa mère et mon oncle Peter pour me rejoindre au bout de ma randonnée de l'enfer. Même si c'était agréable de les voir, j'aurais préféré passer ce moment seul avec Emilia, une fois que je m'étais occupé des besoins essentiels comme manger et me laver. Et dormir dans un véritable lit.

— Il mange comme un Néanderthalien, chuchota Emilia à sa mère. Est-ce habituel que les hommes régressent dans la nature ?

Je vis scintiller un éclat d'amusement dans ses yeux bruns dorés. Juste pour l'embêter, je gémis encore plus fort et j'enfonçai le dernier tiers du hamburger dans ma bouche d'un seul coup.

Kim ricana.

— Ne t'inquiète pas. Je ne pense pas que ce soit permanent. Une fois qu'il sera de retour dans sa tanière d'homme, il se remettra vite à boire de la bière en regardant Darth Vader dans *Star Trek*.

Emilia et moi nous nous tournâmes vers elle, atterrés par son erreur flagrante : le cauchemar de tout geek qui se respecte. Kim leva les mains pour se rendre.

— Je rigole !

Peter rit en secouant la tête quand je me mis à remplir ma bouche de frites aussi vite que possible. Il m'examina soigneusement.

— Veux-tu que j'aille te chercher un autre hamburger ? Tu dois être affamé depuis que Yogi l'ours a volé ton pique-nique.

Il regarda mon assiette.

— Je te paye le prochain, ajouta-t-il. Tu m'as l'air un peu maigrichon. Tu commences à me rappeler l'époque où tu étais au lycée.

Je lui jetai un regard méchant. Ça, c'était vraiment en dessous de la ceinture. Au lycée, je ne pesais pas plus de quarante-cinq kilos. Peter se leva et il se dirigea vers le comptoir pour passer sa commande.

Emilia sortit son téléphone portable pour regarder l'heure.

— Je vais demander au concierge de l'hôtel pour voir si tu peux avoir un rendez-vous chez le barbier.

Je la regardai en faisant semblant d'être blessé.

— Quoi, tu n'aimes pas mon nouveau look ?

Elle sourit.

— C'est comme ça que tu l'appelles ? Tu as de la nourriture dans ta barbe, Adam le grizzli.

J'enfournai une autre poignée de frites dans ma bouche en grognant.

— Bon sang, ce que c'est bon !

Elle fronça le nez.

— Tu es dégoûtant.

— *Bo Shuda !* caquetai-je en imitant Jabba le Hutt de mon mieux.

Elle leva les yeux au ciel.

— Eh bien, maintenant j'ai vraiment envie de t'embrasser...

Mon regard se posa sur ses lèvres pulpeuses. J'allais l'embrasser à la seconde où je me serai brossé les dents. Après le prochain hamburger — ou peut-être les deux prochains. Elle allait devoir supporter la barbe.

Quand j'eus terminé de manger, je me rendis à l'hôtel et je me laissai tomber sur le lit. Nous étions à l'Hotel Ahwahnee dans la Yosemite Valley, qui était autrefois le terrain de jeux de nombreuses célébrités pendant la première partie du vingtième siècle. À présent, c'était un chalet de luxe pour ceux qui voulaient visiter le parc, mais qui n'aimaient pas les inconvénients du camping. Et étant donné que j'avais passé les cinq semaines précédentes à dormir par terre avec les insectes ou suspendu dans ma tente-hamac, j'étais prêt pour un peu de luxe.

Je me douchai, puis je glissai dans le jacuzzi et je parvins à apaiser bon nombre de mes douleurs, mais je ne pus rien faire pour mes pieds presque oblitérés et couverts d'ampoules. J'allais sans doute devoir garder mes chaussettes pendant quelques semaines pour ne pas dégoûter Emilia.

Je me couchai tôt dans la soirée et je ne me levai pas avant le milieu de la matinée, lorsque Peter appela pour demander quand nous allions au petit-déjeuner. De la nourriture. De la nourriture que je n'allais pas devoir sortir d'un paquet, reconstituer et cuire sur un réchaud au propane avant de l'avaler. Un petit-déjeuner qui ne serait pas du porridge ramolli avec trop d'eau.

Du bacon, des œufs, des pancakes, des toasts et encore du bacon. J'avais toujours le même look hirsute, mais je ne puais plus l'Eau d'Animal écrasé. J'étais propre et je voulais vraiment voir Emilia. Elle m'avait manqué chaque jour des cinq semaines de mon absence. Elle avait passé la nuit avec sa mère pour me permettre de rattraper du sommeil, mais elle déménageait dans ma chambre aujourd'hui. J'étais impatient.

Pendant les parties les plus longues et les plus solitaires du sentier de Pacific Crest, j'avais trouvé une voix si bruyante et persistante en moi que je ne pus pas la couvrir, en particulier pendant les journées de solitude complète. Je passai plusieurs jours sans parler. J'avais des heures et des heures pour réfléchir à la vie, à Emilia, à tout.

J'avais fait le voyage pour essayer de découvrir des choses sur moi, pour penser, pour me retirer des dangers d'un style de vie sujet à la dépendance qui menaçait ma santé et mon bonheur. Mais je me rendis compte que je n'aimais pas être enfermé dans ma tête autant que je l'aurais cru. J'avais prouvé que je pouvais vivre sans mon addiction. Vingt-huit jours de reprogrammation dans un centre de réhabilitation fonctionnaient bien pour les toxicomanes et les alcooliques. Quelle meilleure façon de se reprogrammer pour un accro au travail comme moi, que de se débrancher en se plaçant hors de portée du réseau de téléphonie mobile, du wi-fi et d'autres attributs modernes de la technologie ?

Eh bien, c'était fait. Je me sentais satisfait et je savourai le sentiment d'accomplissement. Je m'étais retiré de tout le confort matériel et j'avais obtenu une nouvelle appréciation pour les choses vraiment importantes. Du moins, je l'espérais. J'avais également imaginé une idée fantastique pour un nouveau jeu sur lequel je voulais travailler : un petit projet secret que j'allais garder privé pour l'instant parce que... eh bien, c'était mon style de révéler les choses quand j'étais prêt.

Une fois que j'avais surpassé mon manque vis-à-vis du wi-fi et du téléphone portable, j'avais passé beaucoup de temps à réfléchir à Emilia et à cette nouvelle entité : nous. Mes sentiments n'avaient fait que croître pendant mon absence. Et le lendemain, quand nous fîmes un tour de la Yosemite Valley pour visiter la plus grande cascade des

États-Unis, que nous nous émerveillâmes devant les falaises escarpées en granite comme El Capitan et Half Dome, je ne pus pas m'empêcher de la toucher. La courbe de ses hanches, le creux de son dos, sa taille, ses mains.

Je ne pouvais pas rester à côté d'elle et ne pas la toucher. Ma personnalité d'il y a cinq ans aurait vomi de dégoût en me voyant à présent. Je me surpris à chérir les petites choses auxquelles je n'avais encore jamais pensé avant : la façon dont elle tournait la tête vers moi et s'appuyait contre moi quand je la touchais. La façon dont elle frottait mon pouce avec le sien quand nous nous tenions la main. La façon dont elle souriait et me faisait un faux soupir résigné quand je me penchais pour poser un baiser dans son cou.

Pendant que nous admirions les arcs-en-ciel que la lumière du soir faisait scintiller sur les eaux mousseuses de Bridal Veil Falls, je pris un moment pour étudier son magnifique visage. Elle semblait contemplative, perdue très loin dans ses pensées.

Je serrai sa main un peu plus fort.

— Tu vas bien ?

Elle tourna brusquement la tête vers moi et son visage s'illumina d'un coup.

— Oui. Je suis heureuse que tu sois revenu sain et sauf. Je me suis inquiétée pour toi tous les soirs. Je n'ai pas arrêté de me connecter au logiciel des cartes pour vérifier à quel endroit le marqueur GPS te localisait.

C'était le seul élément technologique que j'avais pris avec moi, car elle avait insisté pour que je m'en munisse. Le localisateur lui montrait en temps réel où je me trouvais.

— Il s'est passé quelque chose d'intéressant pendant mon absence ?

— Mmm, dit-elle en se retournant vers la cascade en fronçant les sourcils. Je n'ai pas été reçue.

Je fronçai les sourcils.

— En fac de médecine ? Quels sont les idiots qui ont pu te refuser ?

Elle fit un demi-haussement d'épaules en essayant de faire comme si ce n'était pas important, mais je voyais bien qu'elle était contrariée. Je portai sa main à mes lèvres pour y poser un baiser.

— Davis, dit-elle.

— Bah. Tu ne voulais pas y entrer de toute façon. Le trajet pour y aller est affreux.

Elle rit.

— C'est vrai que ce n'était pas mon choix préféré.

Elle fit un autre haussement d'épaules tendu et son front se plissa encore brièvement. Elle détourna le regard, mais je serrai sa main pour retenir son attention.

— Non, vraiment... ça va ?

Elle baissa les yeux.

— Je suis nerveuse, je pense. La première réponse étant un refus. C'est juste... que c'est un peu comme rater encore une fois le concours d'entrée en fac de médecine. Je me demande si Davis est le premier d'une longue série de refus.

— Je rejette cette façon de penser. Quelqu'un doit bien te refuser. Il se trouve juste que tu as d'abord appris le refus. Je parie que ce refus n'a même aucun rapport avec toi, mais que c'est lié à des conneries de date limite.

Elle soupira.

— Mais... si eux ils ont été aussi rapides pour me refuser, je me demande si les autres voudront de moi.

— Mais tu as cartonné au concours cette fois. Tu as eu un score de dingue ! Et des notes fantastiques en plus. Tu es brillante et toute fac qui ne le voit pas est trop stupide pour te mériter.

Elle appuya la tête sur mon épaule et lâcha ma main pour mettre ses bras autour de ma taille. Je tournai la tête pour voler un baiser dans ses cheveux, la poitrine serrée par une vague d'émotions.

Je détestais la voir aussi déçue. Je savais à quel point elle avait travaillé dur pour repasser ce concours et d'une certaine façon, son échec préalable avait vraiment affecté sa confiance en elle. Elle soupira.

— Tu es plutôt bon pour mon ego. Je pense que je vais te garder un peu.

Je m'éclaircis la gorge et je décidai qu'il valait mieux la faire penser à des choses plus positives.

— Alors, y a-t-il de bonnes nouvelles ? Ai-je raté quelque chose d'intéressant ?

Elle se redressa et elle me sourit.

— En fait, il me tardait de t'en parler. La quête cachée de Dragon Epoch a été découverte ! C'est dans tous les blogs.

Je me figeai. Mon cœur se mit à battre plus fort et mon visage dut pâlir. Cette quête était mon bébé et je n'en entendais parler que maintenant ? Étrange. J'avalai la boule qui s'était formée dans ma gorge et je la regardai me sourire.

Puis elle fronça les sourcils. J'étais figé. Sans voix. Ma réaction émotionnelle était choquante, même pour moi. Elle s'écarta.

— Merde, ça va ? Je suis désolée. Je plaisantais.

La vague de soulagement me frappa avec la force d'une tonne d'eau de cette cascade. J'en fus presque étourdi. Elle plissa le front en me regardant.

— Je suis vraiment désolée. C'était méchant de ma part. Je n'avais aucune idée que tu... c'était quoi, d'ailleurs ? Tu as presque eu l'air... paniqué.

Je détournai le regard et je haussai les épaules en essayant de chasser cette idée. J'avais moi-même du mal à comprendre ma réaction. Comment donc allais-je pouvoir lui expliquer ?

— Je ne sais pas. Juste contrarié de l'avoir raté. Tu as raison... c'était vraiment méchant.

Elle me prit dans ses bras.

— Je suis désolée. Je me sens mal de t'avoir fait ça.

Je l'attirai contre moi en l'enveloppant dans mes bras. Puis je baissai la tête pour lui mâchouiller l'oreille.

— Tu sais que cela signifie que tu devras te faire pardonner plus tard, n'est-ce pas ?

Elle rit.

— Je me sens trop mal.

Je continuai à embrasser son oreille.

— Pas la peine. Mais assure-toi de te faire pardonner, dis-je d'une voix lourde de sens.

Je la serrai plus fort contre moi afin qu'elle n'ait aucun doute sur ce que je voulais dire. En l'embrassant, j'essayai de ne pas examiner l'étrange soulagement que j'avais ressenti en apprenant qu'elle plaisantait. La quête était toujours cachée en sécurité. Ce n'était pas encore le moment. Tout allait bien.

Quand nous retournâmes à l'hôtel cet après-midi-là, elle me quitta en me donnant l'ordre de me doucher et d'aller chez le barbier. J'insistai aussi longtemps que possible en disant vouloir garder mon nouveau style, jusqu'à ce que la plaisanterie ait assez duré et que cela me gratte à me rendre fou. Je parvins néanmoins à la frotter de mes poils quelques fois de plus, tant que j'en avais l'occasion. Mais j'étais pressé de me débarrasser de ma fourrure. En particulier parce que j'étais affreusement en manque et qu'elle n'allait sans doute pas me laisser l'approcher tant que je ressemblais à Fred Pierrafeu.

Quand je rentrai de chez le barbier, elle était dans ma chambre en train de se préparer. Elle m'appela depuis la salle de bains pendant que je me changeais pour le dîner. Nous étions supposés nous rejoindre tous les quatre dans la salle du restaurant au rez-de-chaussée à dix-neuf heures. Et quand elle sortit, prête à partir, je sus que nous allions être en retard.

Parce que — argh — elle était magnifique. Elle portait une espèce de robe portefeuille à bretelles qui moulait son corps agile. Elle était rouge foncé et sa peau pâle brillait à côté.

Non. Nous n'allions pas partir avant que je fasse quelque chose pour mon érection instantanée. Je déglutis en la dévisageant.

Elle rit.

— Tu as un bronzage à barbe !

Je frottai ma joue lisse.

— Ah bon ? Au moins, j'ai un bronzage. C'est mieux que d'habitude.

— Je parie que tu as l'impression de peser deux kilos de moins sans tous ces poils.

Je souris.

— Viens là et embrasse-moi réellement maintenant.

Elle hésita, ayant sans doute compris ce qui me passait par la tête quand mon regard se posa sur la vallée sacrée entre ses seins.

— D'accord, mais malheureusement, nous avons le temps pour rien d'autre. Nous devons être en bas dans cinq minutes, dit-elle.

— Bien sûr. Nous avons toute la nuit après le dîner. Tu m'es toujours redevable après ta méchante petite blague, dis-je en lui faisant signe de venir vers moi.

Ce n'était pas un mensonge. Après le repas, j'allais être tout à fait prêt pour la deuxième fois, et sans doute la troisième. Peut-être quatre, si je prenais un gros steak et du dessert pour m'alimenter en carburant. La seule chose qui allait pouvoir me ralentir, c'était l'épuisement. Aucune chance que ce soit par manque de désir.

Elle vint vers moi.

— Seulement un baiser pour l'instant.

— Bien sûr, dis-je en l'attirant dans mes bras et en posant un baiser ensorcelant sur ses lèvres douces et rebondies.

Elle s'ouvrit tout de suite à moi et je posai la main autour de sa nuque en tenant sa bouche contre la mienne. Ses lèvres étaient fermes et douces comme des pétales de fleurs. Elles bougeaient sous les miennes en poussant à leur tour quand je la serrai fermement contre moi.

Ma langue s'insinua dans sa bouche, avide de la réclamer. *Mienne.* Le mot résonna dans ma tête quand un flot de possessivité féroce m'envahit.

Cette randonnée avait été une famine prenant plusieurs formes. J'attirai son corps tout contre le mien. Nos langues s'entremêlèrent. Je la voulais tout de suite. Ce n'était pas surprenant, après tout. Je n'avais pas baisé depuis cinq semaines.

Je posai les mains sur ses seins. Malléables, fermes, exactement la bonne taille dans mes paumes. Ses tétons répondirent avec obéissance à mes caresses. Elle était tout à fait aussi irrésistible que dans mon souvenir. J'approfondis le baiser et...

Elle écarta mes mains et elle fit un pas en arrière, toute rouge et respirant vite, si belle. Elle évita mon regard.

— D'accord, euh, c'est l'heure d'y aller, dit-elle en soufflant, mais je savais que le cœur n'y était pas.

Elle rougit et la couleur descendit le long de son cou et sur le haut de ses seins.

Je me léchai les lèvres comme un tigre affamé devant lequel on vient d'agiter un steak saignant que l'on a ensuite fait disparaître. Le tigre n'allait pas se laisser affamer sans broncher.

— Tout vient à point à qui sait attendre.

Elle sourit et elle chassa ma main quand j'essayai encore de la toucher.

Elle recula. Nous nous regardâmes longtemps, pleins d'expectatives. Elle inspira profondément et refit un pas en arrière, mais je ne bougeai pas. En soupirant, elle se retourna et se dirigea vers la porte. Je la regardai sans la suivre. Elle ouvrit la porte avant de se rendre compte que je n'avais pas bougé. Elle regarda par-dessus son épaule et elle demanda :

— Tu viens ?

Mon regard descendit le long de ses jambes à l'endroit où elles émergeaient de sa robe qui s'arrêtait au-dessus de ses genoux. Tout le sang de mon corps était pompé vers le sud et je fus soulagé de savoir que tout l'équipement essentiel fonctionnait encore comme il fallait après une si longue abstinence.

Je m'avançai vers elle en levant la main et je détachai doucement sa main de la poignée en fermant la porte.

— Adam, commença-t-elle.

Je fis passer mon autre bras autour de sa taille et j'enfouis ma bouche dans son cou.

— Ils attendront. Ils peuvent commander un apéritif.

Elle se tourna vers moi et je l'avais à présent en sandwich entre la porte et mon corps. Parfait.

Elle rit et elle gigota pour se libérer, envoyant un électrochoc de plaisir dans tout mon corps.

— Tu ne m'écoutes pas quand je te dis non, hein ? C'est typique de ta part.

Je gémis et je l'embrassai à nouveau dans le cou.

— Donne-moi cinq minutes, lui dis-je.

— Cinq minutes ? Ce n'est pas très réjouissant.

— Donne-moi cinq minutes, afin de te convaincre pourquoi, c'est une bonne idée de baiser tout de suite.

Avant qu'elle ait le temps d'accepter ou de refuser, je tirai sur le nœud qui fermait sa robe portefeuille.

Elle s'ouvrit en révélant un soutien-gorge en dentelle noire et une culotte assortie. Oh non, nous n'irions nulle part avant d'avoir joui.

Je frottai mon bassin contre le sien et elle inspira brusquement. Ma bouche se reposa sur son cou, suçant sa délicieuse peau douce.

— C'est comme de déballer les cadeaux le matin de Noël.

— Non, dit-elle en feignant la sévérité, c'est comme de déballer les cadeaux trop tôt, la veille.

Mais elle ne put pas cacher le ton voilé de sa voix que je connaissais si bien. Elle était excitée. Très excitée.

— J'ai toujours été un enfoiré impatient, dis-je en défaisant l'agrafe sur le devant de son soutien-gorge. Il s'ouvrit comme le rideau rouge d'un cinéma à l'ancienne.

— Adam, souffla-t-elle.

— Chut. Je n'ai pas encore terminé mes cinq minutes pour te convaincre.

— Ils vont savoir pourquoi nous sommes en retard.

Je faillis rire pour moi-même. Elle cédait vite : elle devait être aussi chaude que moi, sans doute.

— Cela fait plus d'un mois que nous ne nous sommes pas vus. Ce n'est pas un gros mystère.

Quand elle voulut en dire plus, j'étouffai ses protestations par un baiser en la poussant contre la porte, la submergeant de mon propre désir d'elle. Mes mains sur ses seins, ses hanches, l'intérieur soyeux de ses cuisses. Ma bouche sur la sienne, ma langue y pénétrant comme je voulais la pénétrer d'une autre façon. J'étais en feu et le seul moyen pour étouffer les flammes était de plonger et de me noyer en elle.

Son goût, la sensation de ses courbes appuyées contre moi me poussait au-delà du point de non-retour. Si elle avait encore l'intention de s'arrêter maintenant, je ne savais pas trop comment j'allais pouvoir tenir tout le repas avant de pouvoir reprendre ceci.

Je posai mes mains autour de ses seins, devenant plus pressant, léchant ses tétons. Mon érection devenait plus serrée, plus douloureuse. Cela faisait vraiment longtemps et essayer de contrôler ma libido maintenant, c'était comme d'essayer de retenir un tigre avec une laisse en ficelle.

Elle poussa un petit cri et grimaça quand je la serrai trop fort. Pas la réaction que l'on souhaite quand on essaie de convaincre sa partenaire en un temps limité. Elle se raidit contre moi.

— Excuse-moi, soufflai-je contre sa bouche. Je suis trop impatient et un peu désespéré.

Elle eut un petit rire et elle écarta sa bouche, levant la main vers l'endroit où je devais lui avoir fait mal.

— Je peux le soigner avec un bisou ? demandai-je.

Elle fronça un instant les sourcils comme si elle ne m'écoutait pas, alors je tendis la main pour enlever doucement la sienne de son sein et je la remplaçai par ma bouche, l'embrassant, faisant légèrement sortir ma langue pour la goûter. Elle avait un goût de vin épicé et de mûres. Et une touche de quelque chose que je ne pouvais pas décrire — un goût qui n'appartenait qu'à elle. La texture douce et lisse de sa peau ajoutait une autre couche à ce parfum. Je la léchai et elle gémit mon nom.

Je gardai ma bouche où elle était et je fis glisser ma main sur son ventre doux pour la laisser reposer sur le monticule chaud sous sa culotte. Elle récompensa mon effort par un petit couinement du fond de sa gorge.

Je la caressai à cet endroit et sa respiration s'arrêta, ses mains se serrèrent autour de mes biceps. Tout ceci était une danse dont nous apprenions et découvrions encore les pas. Et c'était chaque fois différent.

Ses mains se baladèrent sous mon tee-shirt, qu'elle avait vite retiré de mon jean. Ses mains étaient brûlantes, ses paumes voyageant sur ma poitrine. Je laissai échapper l'air de mes poumons.

— Tu n'as pas un gramme de graisse. Tu es dur comme un roc.

Je lui jetai un sourire diabolique.

— Ce n'est pas le seul endroit où je suis dur comme un roc, dis-je en déboutonnant mon pantalon.

Il fallait que j'entre en elle. C'était désormais l'objectif premier. Et je n'allais pas perdre une minute de plus.

Ma main retourna à sa culotte. J'étirai l'entrejambe sur le côté et elle arc-bouta les mains contre mes épaules. Je la regardai dans les yeux.

— J'ai besoin de te baiser. Je ne peux pas attendre une minute de plus.

Et je m'enfonçai dans sa chaleur humide. Elle se referma autour de moi, serrée, enveloppante. Je grognai pour réponse. La satisfaction de plonger en elle fut de courte durée parce que le nœud de tension se serra en moi. J'allais me déverser comme un adolescent si je ne me calmais pas.

Elle fit passer une longue jambe autour de mes hanches, m'attachant à elle. Elle était si putain de sexy… vraiment irrésistible. Non pas que j'avais envie de lui résister. L'instinct me criait de charger. Et c'est donc ce que je fis en plongeant jusqu'au bout en elle, la clouant contre la porte. Ma bouche retrouva la sienne, ce qui me força à ralentir.

Cela faisait trop longtemps et j'étais si excité que j'étais presque certain que la première fois n'allait pas durer, malgré mes efforts. Après le repas, nous allions prendre notre temps et savourer. Peut-être pendant des heures si nous le voulions. Merde, je n'avais même pas terminé et j'étais déjà en train d'en prévoir plus. C'était vraiment ridicule, parce que j'étais en elle et qu'elle était merveilleuse et m'avalait entièrement avec son corps, ses lèvres, ses yeux.

Je tendis la main entre nous et je caressai son clitoris. Elle laissa tomber sa tête en arrière contre la porte et elle gémit. Elle me serra plus fort contre elle tout en serrant aussi à l'endroit où nous étions liés ensemble. Elle était déjà sur le point de jouir et j'eus du mal à garder mes esprits. Je balançai mon bassin d'avant en arrière contre le sien, mes muscles étant fermes et tendus. À chaque fois, que je sentais que c'était proche, j'arrêtais et je la caressais.

— Oh mon Dieu ! gémit-elle dans l'orgasme.

Je sentis les spasmes se serrer autour de moi. J'expirai longuement, prêt à la suivre. Elle cambra le dos en appuyant sa poitrine pulpeuse contre moi. Les contractions de son orgasme me coupèrent le souffle. Je poussai une dernière fois en elle, me laissant aller à la jouissance, m'enfonçant profondément. Le plaisir le plus pur me saisit et me submergea violemment. Je soufflai son nom.

Quand je me détendis et que je redescendis sur terre, je l'embrassai en la serrant dans mes bras. Je savais que je devais me retirer et la laisser partir, mais je n'en avais pas envie.

Je l'embrassai dans le cou. Il suffisait de quelques cajoleries pour tout recommencer. Cela me coûta jusqu'aux dernières bribes de contrôle de moi-même pour écarter mon visage et la regarder dans les yeux.

Je posai mes mains sur ses joues et je collai mon visage contre le sien.

— Je t'aime, me dit-elle.

— Je sais, répondis-je en souriant, répétant la fameuse réponse de Han Solo à la Princesse Leia dans *L'Empire contre-attaque*.

Elle rit et je l'embrassai encore.

— Je ne veux plus jamais être séparé de toi aussi longtemps.

— Non, soupira-t-elle, satisfaite. Tu dois arrêter de m'abandonner quand tu pars pour tes grandes aventures.

Je la regardai, elle avait les joues rouges. Elle était ma prochaine grande aventure. Elle était mienne.

— Mienne.

— Quoi ?

— Tu es mienne. Pour toujours. Et puisque tu n'aimes pas que je te laisse, tu peux m'accompagner l'année prochaine pour faire la piste des Appalaches d'un bout à l'autre.

Je plaisantais, bien sûr. Rien que l'idée d'une autre randonnée me faisait mal partout.

Elle fit son adorable petit rire.

— Je t'emmerde.

Je m'écartai en ricanant.

— Allons nous remettre en état parce que je suis mort de faim, maintenant.

Je baissai les yeux vers mon tee-shirt tout froissé.

— Ils vont facilement savoir ce que nous faisions, puisque tu m'as pratiquement arraché mon tee-shirt en essayant de me séduire de manière éhontée.

Elle me frappa le bras du dos de la main en riant, puis elle referma son soutien-gorge.

— Laisse-moi rattacher ça et on peut y aller.

— D'accord, dis-je en rentrant mon tee-shirt dans mon pantalon. Emballe-moi ce joli petit cadeau pour que je puisse encore en profiter plus tard en le déballant.

L'idée de 'plus tard' renvoya un électrochoc de désir jusqu'à mon entrejambe. Si je n'avais pas eu si faim, j'aurais été prêt pour le deuxième tour en quelques minutes.

La prochaine fois, j'allais au moins attendre d'être à l'horizontale. Elle attacha sa robe, on prit une minute pour se laver, et Emilia fit de son mieux pour cacher tout indice de ce que nous venions de faire. Elle y parvint, sauf pour une marque rouge à la base de son cou qu'elle n'avait apparemment pas vue dans le miroir, et que je ne lui fis pas remarquer.

Mes yeux restèrent rivés dessus et je souris pour moi-même. Pendant mon tourbillon de luxure, j'avais apposé ma marque sur elle.

Mienne.

Je posai ma main sur la courbe délicieuse au creux de son dos et je la guidai hors de la chambre. Le processus pour éveiller le désir chez une femme ressemblait à la conception d'un programme informatique. Les programmeurs à l'ancienne avaient pour habitude de préparer un schéma avant d'écrire la moindre ligne de code. La programmation elle-même tournait autour des causes et des conséquences. C'était la même chose lorsque l'on voulait exciter une femme : on entrait certaines informations afin de recevoir les résultats désirés.

Avec les machines, l'état initial était toujours le même, mais avec une femme il était variable. Le procédé suivait un schéma, mais différents facteurs influençaient son état initial : comment se passait sa journée, si elle était ou non fatiguée, combien de temps cela faisait depuis la dernière fois. Si on la regardait dans les yeux en montrant clairement nos intentions un mauvais jour, elle soupirait et détournait la tête en nous rejetant. Mais un bon jour, il était possible d'imposer ses propres sous-ensembles et sous-programmes : caressez ici et elle mouillera, embrassez là et vous la ferez gémir, léchez-la ici et elle s'ouvrira à vous. Cela ne fonctionnait pas toujours. Parfois, les sous-routines choisies n'obtenaient pas les résultats requis.

Comme avec le code, il était nécessaire d'expérimenter. Si un endroit ne produisait pas une réponse de plaisir, alors il était nécessaire d'en essayer un autre, ou encore un autre. Le paramétrage des données était très important : si un type voulait donner quoi que ce soit à sa partenaire, il allait devoir s'assurer que les paramètres étaient corrects, sinon la routine dans son ensemble allait échouer.

J'avais donc utilisé avec sagesse mes cinq minutes de séduction gratuite : j'avais pris soin que toutes mes sous-routines obtiennent les meilleurs résultats. Et en très peu de temps, elle avait bougé sous mes mains. Aussi facile que la programmation !

En arrivant en bas, on interrompit Peter et Kim qui buvaient un verre de vin devant une assiette de hors-d'œuvre. Ils riaient, leurs têtes penchées l'un vers l'autre.

Ils levèrent la tête quand nous nous assîmes. Je souris.

— Désolé pour le retard.

Peter et Kim échangèrent un regard et Emilia rougit.

— Aucun souci, dit Kim.

— C'était de ma faute. Quel est le plat du jour ? Je suis affamé.

Je me retournai et je fis un clin d'œil à Emilia au moment où ils ne me regardèrent pas.

— J'espère que tu as retrouvé tes bonnes manières et que nous n'allons plus voir d'imitations de Jabba le Hutt, soupira théâtralement Emilia en arborant un large sourire.

Elle avait cette apparence de contentement, de juste-baisée. Sa peau était toujours rouge, ses cheveux légèrement décoiffés, ses tétons pointaient encore et ils frottaient contre sa robe. Je me léchai les lèvres. Pour l'instant, j'étais mort de faim. Plus tard, j'allais avoir faim d'elle.

Chapitre Deux

EN RENTRANT A LA MAISON APRES LE PARC NATIONAL, NOUS avions dix merveilleux jours paresseux à profiter l'un de l'autre avant que je doive retourner au travail. Nous nous arrangeâmes pour que chaque seconde de notre temps compte. Jusqu'à ce tout dernier jour.

Mais notre temps libre se termina un sombre lundi matin de mi-septembre. Autour de six heures, je l'entendis bouger dans le lit, se retourner comme pour se lever. Elle tendit la main vers le réveil et elle le tritura sans doute pour l'éteindre avant qu'il me réveille. Quand elle souleva les draps pour se lever, je roulai vers elle et je passai un bras autour de sa taille pour l'arrêter. Elle se figea.

— Pardon. Je t'ai réveillé ?

— Non, dis-je en tirant son dos contre moi et en appuyant mon érection matinale contre ses fesses rebondies. Je suis levé.

Elle rit.

— Au sens propre comme au sens figuré, je vois.

Mes lèvres frôlèrent la peau douce et parfumée de son cou juste à l'endroit où il rejoignait son épaule.

— Je n'ai entendu aucune plainte hier soir. Ni hier après-midi dans la piscine...

Elle frissonna sous mes lèvres, mais elle poussa un soupir fatigué.

— Tu vas vraiment m'épuiser avec toute l'endurance que tu as développée pendant ta randonnée.

— Oh, je ne crois pas qu'il y ait un risque. Mais cela ne signifie pas que je ne vais pas m'amuser à essayer — de t'épuiser, je veux dire.

Je gloussai contre son cou et je posai une main sous son sein. Nous étions tous les deux encore nus de notre séance de sexe de la veille. C'était vraiment bon d'être chez soi.

— Mmm, dit-elle et, je compris qu'elle allait essayer de se faire désirer.

J'adorais relever le défi de trouver comment la convaincre.

— J'avais l'intention d'aller courir.

Ma langue la caressa entre les omoplates.

— Vas-y après.

— Mais nous avons du travail aujourd'hui... dit-elle, sa voix devenant haletante à cause de mes mains qui caressaient ses tétons.

Je glissai une main vers le bas, depuis son sein sur son ventre puis entre ses cuisses. Elle inspira longuement et cela m'enflamma. Parfois, il fallait une sous-routine entière, et d'autres fois c'était aussi simple que d'appuyer sur le bouton 'on'. J'approchai ma bouche de son oreille.

— Je peux pratiquement te garantir que ton patron ne t'en voudra pas d'être en retard.

Elle roula sur le dos pour me regarder en face.

— Tu es insatiable.

Elle posa ses mains dans ma nuque pendant que je l'embrassai.

— Mmm mmm, acquiesçai-je. Parce que tu es irrésistible.

— Ah bon, alors c'est de ma faute ? dit-elle en arrondissant les yeux et en laissant un long sourire passer lentement sur ses belles lèvres.

Elle poussa contre mon épaule pour me faire rouler sur le dos. Elle se glissa tout aussi vite sur moi pour me chevaucher. *Oh oui !*

— Alors, faisons vite.

Elle rit.

Ce ne fut pas rapide. Mais cela ne la dérangea pas.

***

C'était mon premier jour de retour au travail après trois mois. Et, pour la toute première fois, nous allions au travail ensemble. Bizarrement, cela paraissait réconfortant et familial.

Le moi d'il y a cinq ans se retournait dans sa tombe. Mais mon moi actuel n'aurait pas pu être plus heureux. Avant de rencontrer Emilia, la vie était comme un jeu vidéo à l'ancienne joué sur une vieille console de poche : petit, nécessitant beaucoup d'imagination pour le rendre intéressant et laissant beaucoup de place à l'amélioration. Avec elle, c'était comme si j'étais pris dans une réalité virtuelle d'immersion totale, une expérience unique. Il n'y avait pas de vie avant Emilia.

Je la regardai. Elle baissait la tête, se concentrant sur ses mains qui s'agitaient sur ses genoux. À sa demande, je n'avais pas décapoté la voiture afin de ne pas décoiffer ses cheveux. Après avoir changé de vitesse, je pris une de ses mains dans la mienne.

— Qu'est-ce qui ne va pas ?

Elle me jeta un regard inquiet.

— Rien. Sauf que nous sommes en retard. Et tout le monde va nous voir entrer ensemble.

Je levai un sourcil.

— Est-ce un problème ?

Elle soupira. J'enlevai ma main pour changer de vitesse, puis je la reposai sur la sienne.

— Personne n'est au courant pour notre relation. Ils vont savoir pourquoi j'ai eu ce job.

— Tu as été engagée pour remplacer Cathleen qui est en congé maternité. Tout le monde pense que tu fais un travail fabuleux. Mac est ravi d'avoir ton aide pour DracoCon. Est-ce important, la façon dont tu as obtenu ce travail ?

Elle secoua la tête.

— Non, mais... je n'ai jamais voulu être cette fille, tu vois ?

Je fronçai les sourcils.

— Quelle fille ?

— La fille qui couche avec le patron.

— Ça me paraît plutôt sexy.

— Évidemment.

Je m'arrêtai et je remarquai ses mains qui s'agitaient.

— Tout ira bien. Tu peux entrer en premier et je resterai dans la voiture pendant quelques minutes. Personne ne nous verra entrer ensemble.

Elle sourit.

— Merci.

— Mais qu'en est-il de ce soir ? Tout le monde va nous voir partir ensemble.

Elle lissa sa jupe sur ses genoux avec sa main libre.

— Oui. J'y ai réfléchi. Je suis en train de chercher un appartement. Je ne peux pas me permettre de louer quelque chose à Irvine, mais...

— Quoi ? Pourquoi ?

Je fronçai les sourcils.

— Parce que Irvine est l'un des endroits les plus chers, par ici. Peut-être Tustin, j'ai visité un endroit la semaine dernière...

Je ne la regardai pas. Il valait mieux jouer les innocents et la laisser 'm'expliquer' les choses. Parfois, quand on laissait une personne exprimer ses inquiétudes, elle finissait par comprendre à quel point elles étaient infondées.

— Non, je veux dire : pourquoi cherches-tu un appartement ? Tu es restée chez moi pendant que j'étais absent. Ne peux-tu pas rester ?

— Eh bien, nous ne vivions pas ensemble. J'étais juste... en visite.

Je gardai un visage sérieux même si j'avais terriblement envie de sourire.

— Mais maintenant, nous y vivons ensemble.

Elle toussa et elle s'agita dans son siège, mal à l'aise, comme elle le faisait lorsqu'elle souhaitait éviter de parler de quelque chose.

— Oui... par défaut.

Je fis semblant de ne pas comprendre, et je repassai une vitesse.

— Alors tu es contrariée parce que je ne t'ai pas demandé formellement de venir habiter avec moi ?

Elle fit la grimace.

— Non.

Je savais ce que cela signifiait. *Oui.*

— Emilia, veux-tu venir habiter chez moi ?

— J'y suis déjà.

— Non, je veux dire déménager tes affaires et venir vivre avec moi.

Elle resta silencieuse un long moment.

— C'est un peu une grosse étape, n'est-ce pas ?

Cette fois, ce fut beaucoup plus difficile de lutter contre mon sourire. Elle devenait déjà nerveuse.

— Eh bien, nous le faisons déjà, par défaut. Nous n'avons pas besoin de donner un nom à la chose.

— Alors, nous serions comme des... colocataires ?

J'ouvris la bouche puis je la refermai et je jetai un coup d'œil vers elle. Elle souriait comme si elle s'amusait d'une plaisanterie.

— Des colocataires avec quelques *avantages*, corrigeai-je.

— Mmm. Faut-il traduire 'avantages' par 'sexe matinal qui nous met tous les deux en retard tous les jours' ? Parce que cela pourrait me causer des problèmes avec mon patron.

— Sûrement pas. Tant que le sexe du matin est avec moi, tu n'auras aucun problème.

Elle me donna un coup de coude.

— Je voulais dire des problèmes avec Mac.

— Mais je suis le patron de Mac.

— Je suis sérieuse. C'est peut-être une mauvaise idée de vivre ensemble tant que je travaille pour toi.

— Pour commencer, il est probable que nous ne nous verrons presque pas. Et puis, nous avons commencé avant même que tu travailles ici. En outre, n'as-tu jamais eu le fantasme de te faire ton patron dans son bureau pendant la pause-déjeuner ?

— Non, dit-elle d'une voix impassible, jamais.

Je finis par montrer mon sourire. Nous verrions bien. Je dus soudain lutter contre l'image où je remontais sa jupe, je la faisais se pencher sur mon bureau... Oh oui, nous allions devoir voir cela.

Je changeai de vitesse.

— Une fois que la convention sera terminée et que Cathleen sera revenue, tu auras le temps dans la nouvelle année pour te préparer à la fac de médecine. Je pense qu'à ce moment-là les acceptations se mettront à arriver, même si nous savons tous les deux que tu iras à UCI.

Elle me jeta un regard du coin de l'œil.

— Si j'y suis acceptée.

Je hochai la tête.

— Tu le seras.

On se gara dans le parking de l'entreprise et c'était… étrange. J'avais été absent pendant presque trois mois. Au cours des cinq années précédentes, j'avais pratiquement vécu là et sur le premier site. Au bout de plusieurs mois d'absence, c'était bizarre de revenir. C'était également troublant. Et je n'aurais pas su dire pourquoi.

J'étais parti pour me prouver quelque chose et pour le lui prouver à elle, également. J'avais été accro au travail, mais j'avais dû m'en détacher. Je pouvais battre cette addiction. Je l'avais utilisée comme une béquille pour garder la vie à distance. Je me méfiais pour ne pas retomber dans ce vieux piège. Comme un alcoolique qui regardait un martini sans le toucher ou un accro à la nourriture avec un hamburger posé devant lui. Les tourelles miroitantes du bâtiment qui ressemblait à un château moderne surplombaient le parking, presque comme des bras qui se tendaient pour m'accueillir en vieil ami.

J'inspirai profondément et je me souvins que j'avais prouvé pouvoir vivre sans l'entreprise et que l'entreprise pouvait vivre sans moi — du moins pendant un quart de l'année.

Malgré tout, je ne savais pas si j'allais pouvoir maintenir mon comportement zen sans retomber dans mes vieux travers. Je regardai Emilia, je l'observai quand elle se pencha vers moi pour m'embrasser.

— Je t'aime, dis-je.

— Je sais, répondit-elle avec un large sourire, puis elle sortit de la voiture et elle traversa le parking.

Elle me garderait dans le droit chemin et elle m'empêcherait de retomber dans mon addiction. Même si elle ne savait pas que c'était ce qu'elle faisait.

Quand j'entrai dans le bâtiment quelques minutes plus tard, je fus accueilli par les sourires et la bonne humeur de tout le monde depuis la sécurité jusqu'aux secrétaires. Mon assistant stagiaire était carrément surexcité et ma secrétaire personnelle, Maggie, me jeta un regard méfiant et elle me donna un tas de 'courrier vraiment urgent' faisant trente centimètres que je devais lire.

Apparemment, mon directeur financier, Jordan, n'avait pas été ravi de me remplacer. Il avait fait de son mieux pour me convaincre de sortir de mon congé. En outre, Maggie et lui ne s'entendaient jamais. J'avais espéré qu'au bout de trois mois de travail forcé ensemble, ils trouveraient un moyen de le faire. Ce n'était apparemment pas le cas.

La matinée commença doucement. J'étais enfermé pour parcourir le tas de paperasse urgente, prenant des notes sur les lettres pour Maggie. Les e-mails viendraient plus tard, même si j'avais demandé au stagiaire, Michael, de les trier par ordre de priorité.

Au bout d'une heure environ, Jordan entra en frappant brièvement sur ma porte comme il le faisait d'habitude. Je posai le papier que je regardais et je m'appuyai contre le dossier de ma chaise pour lui donner toute mon attention. Il semblait... sous le choc et un peu terrifié. Je fronçai les sourcils. Jordan avait été mon ami le plus proche pendant mon bref séjour à la fac et quand j'avais eu besoin d'un homme d'affaires pour le lancement de mon entreprise de jeux vidéo, j'avais su qu'il serait parfait. Il avait obtenu son diplôme à Caltech, alors que moi j'avais abandonné pour déménager à San Diego et travailler pour Sony.

— Hé, te voilà, dis-je. Je me demandais si tu allais venir et annoncer ta démission.

Il fronça les sourcils, paraissant à mi-chemin entre furieux et mort de peur. Quoi ? Était-il à ce point contrarié par mon retour ?

— C'est bon de te voir de retour. Je ne vaux vraiment rien à ton travail, dit-il.

Il froissa le papier qu'il tenait, le pliant en deux, puis en quatre, puis en huit. En fait, il semblait… nerveux. Je plaisantais au début, mais il allait peut-être vraiment annoncer sa démission. Merde.

Il souffla bruyamment et se laissa tomber dans la chaise en face de moi d'un air sombre.

— Je serai bien venu plus tôt, mais j'étais en train de rassembler mon courage pour être celui qui allait t'annoncer la nouvelle.

Oh oh. Je redressai mes épaules et je me préparai, posant les mains l'une contre l'autre sur le bureau devant moi.

— Que dois-tu me dire ?

Jordan cligna des yeux et se pinça le haut du nez. J'attendis en l'examinant. C'était le Don Juan du bureau : la moitié des employées étaient amoureuses de lui alors qu'il ne les remarquait pas. Il sortait principalement avec des mannequins et des actrices en devenir. Chaque fois que je fêtais quelque chose chez moi ou que nous allions à une réception, il avait toujours une femme différente à son bras. Il changeait de femme comme une starlette de Hollywood changeait de robe haute couture.

Mais aujourd'hui, il avait les traits tirés, il était pâle, ses cheveux étaient ébouriffés comme s'il avait passé ses mains dedans plusieurs fois. En gros, il avait très mauvaise mine.

— Putain, Adam. C'est ton premier jour de retour. Je ne sais pas comment te le dire.

J'inspirai profondément et j'attendis.

— Il y a un reportage dans le journal télévisé. Hier soir, un gamin de vingt ans dans le New Jersey a commis un meurtre suivi d'un suicide. Il a roulé jusqu'à la maison de sa copine, il l'a abattue, avant de tourner l'arme contre lui-même. Tôt ce matin, à l'heure de la Côte Est, la famille a fait une déclaration à la presse. Les parents attribuent ses actes à son 'addiction débilitante à Dragon Epoch'. Il y aurait des rumeurs de poursuites en justice.

Je m'agitai dans ma chaise et je me frottai le menton en regardant par la fenêtre pendant un long moment, réfléchissant à toute vitesse.

— Il faudra que nous appelions l'avocat...

— Je viens de demander à Maggie de contacter le bureau de Joseph. Nous pouvons faire une téléconférence si tu veux. Nous devons aussi très rapidement impliquer nos gars de l'assurance de responsabilité. J'ai aussi rassemblé tous les rapports de connexion de ce gamin et à peu près tout ce que nous savons sur l'accès à son compte. Quelqu'un — je suppose qu'il s'agit de sa petite amie — a utilisé ses identifiants pour se connecter le week-end dernier et détruire ou vendre tout son équipement. Il y avait des choses très rares sur lesquelles il travaillait depuis plusieurs mois. Il a demandé au service consommateur de restaurer ses données, mais nous lui avons donné notre réponse standard.

Putain. J'eus le tournis pendant un court instant avant de bondir de ma chaise et de me mettre à faire les cent pas. Une procédure standard existait dans ces cas-là parce que nous avions eu tant de problèmes de gens qui exploitaient le système en clonant des objets et de l'équipement puis en les vendant pour de l'argent sur des sites d'enchères en ligne. Nous n'autorisions pas la restauration de l'équipement qui avait été effacé en utilisant les identifiants légitimes pour se connecter. Le piratage informatique était un tout autre problème.

— Alors quand le service consommateur a enquêté après sa demande, ils n'ont trouvé aucune preuve de piratage ? Contacte le représentant qui lui a parlé. Il devra faire une déclaration.

Jordan se pencha en avant, attrapa un bloc-notes vide sur mon bureau et tira un stylo de sa poche pour écrire à toute vitesse. Il était gaucher, et il écrivait toujours avec le poignet étrangement plié.

Je me frottai le front en réfléchissant. Je rôdais maintenant du côté de mon bureau qui s'ouvrait sur un atrium avec un jardin intérieur. Mes fenêtres étaient complètement teintées de l'extérieur, ce qui me permettait une intimité totale en me permettant de regarder la verdure et d'essayer de retrouver un certain calme intérieur. Cela n'allait pas arriver ce matin.

— Nous devons faire une réunion avec les relations publiques. Fermer les lignes externes. Installer un système de réponse automatique. Personne ne parle avant d'être formé à répondre.

— Faut-il que j'essaie de contacter un consultant extérieur qui se spécialise dans ce genre d'événements ?

Je clignai des yeux.

— Fais des recherches. Prépare une liste. Nous pouvons en parler. Et fais vite.

— Tu vas faire une déclaration ?

— Pas avant d'avoir parlé à l'avocat, alors allons-y tout de suite.

— Nous ferions mieux d'être préparés à l'assaut de la presse. Les premiers fourgons sont sans doute déjà en route.

Je fermai les yeux et je les frottai avec mon pouce et mon index.

— Fais venir tous les employés de la sécurité qui ne travaillent pas pour des heures supplémentaires et avertis tout le département qu'il y aura sans doute bientôt une flopée de fourgons dehors. Il faudra que je fasse une réunion avec les chefs des départements. Personne n'a le droit de quitter le bâtiment avant que nous ayons dit comment gérer les questions de la presse.

— Bien, je vais organiser ça. Prépare-toi pour une journée très longue.

J'eus une boule au creux de l'estomac.

— Dis-moi tout ce que tu sais au sujet de ce gamin – et de l'incident. C'est ce qu'il fit. Quand il fut parti, je m'assis et je regardai par la fenêtre pendant un quart d'heure interminable avant que tout se déchaîne.

Chapitre Trois

JE DORMIS TRES PEU PENDANT LES SOIXANTE-DOUZE HEURES QUI suivirent, passant la majorité de mon temps au bureau. J'avais l'impression de passer trois heures au téléphone pour toutes les quatre heures qui s'écoulaient. Emilia fut merveilleuse : elle m'apportait des affaires de la maison, des repas que nous mangions ensemble et elle ne me fit jamais aucun reproche quand je passais la nuit au bureau.

Plusieurs jours plus tard, j'étais en téléconférence avec nos assureurs quand Emilia m'apporta le dîner, spécialement préparé et emballé par Chef. Je n'y fis pas très attention pendant que je faisais les cent pas dans mon bureau. Les représentants de l'assurance à New York me dictaient ce que je devais faire pour respecter les termes de leur couverture d'assurance de responsabilité. Ils me tenaient à leur merci et ils le savaient. J'allais devoir faire des pieds et des mains. Je luttai contre l'envie de me fâcher.

— Connards, soufflai-je en posant le téléphone.

Je me tournai vers elle. Elle avait entièrement vidé la table ronde dans le coin salon de mon bureau et elle l'avait recouverte d'une nappe. Elle avait installé des chaises et posé deux assiettes couvertes qui avaient été conservées dans des récipients isolants. L'odeur de nourriture me fit immédiatement saliver et je me rendis compte à quel point j'avais faim. Je n'avais rien mangé depuis le petit-déjeuner, malgré ses textos répétés — à la majorité desquels je n'avais pas pu répondre — pour m'inciter à déjeuner.

— Ah. Tes meilleurs amis veillent tard à New York juste pour te tourmenter. Il est quoi, vingt et une heures là-bas ?

Je me frottai la nuque et je la regardai verser de l'eau glacée dans les verres.

— Merci d'avoir apporté tout ça. Je ne sais pas vraiment combien j'ai de temps pour le manger. Je dois écrire une déclaration ce soir et l'envoyer aux avocats et aux gens de la publicité pour leur approbation. Et après cela...

Elle s'avança vers moi, attrapa mon avant-bras avec ses deux mains et me tira vers la table.

— Alors, mange, au lieu de perdre du temps à me dire tout ce que tu dois faire au lieu de manger. Je t'ai même apporté un peu de vin si tu en veux. Et j'ai moi-même fait des cookies aux pépites de chocolat. Chef a essayé de ne pas se moquer de moi quand j'ai brûlé la première fournée. Mais les autres sont plutôt pas mal.

Je m'assis et je commençai tout de suite à manger, coupant un morceau de steak au gorgonzola. Je me forçai à mâcher pour ne pas avaler un trop gros morceau. C'était très attentionné de la part de Chef de préparer un de mes repas réconfortants préférés. J'imaginai qu'Emilia le lui avait suggéré.

Je secouai la tête.

— Pas de vin. Il me reste encore des heures de travail.

Elle me regarda longuement et avec inquiétude.

— Ça va ?

J'avalai ma bouchée suivante et je hochai la tête.

— Avant que tu dises quoi que ce soit pour les heures...

— Je n'allais rien dire sur tes heures de travail. Je sais que la situation va exiger tout ton temps, que tu le veuilles ou non.

Je soufflai.

— Merci de le comprendre.

— Bien sûr, tu sais ce que cela signifie, n'est-ce pas ? Tu devras te déconnecter ce week-end.

— Ah bon ?

Elle hocha la tête.

— Pas de téléphone portable. Pas d'ordinateur portable. D'accord ?

Je grimaçai.

— Je ne peux rien promettre.

Qui pouvait prédire ce que ces connards des assurances voudraient encore de moi ?

— Il y a ce film sur les astronautes dans la station spatiale. Nous pourrions aller le voir...

Le téléphone de mon bureau sonna et la voix de Maggie se fit entendre dans l'interphone.

— Adam, tu as un appel de M. Macy.

Je bondis de ma chaise, je m'essuyai la bouche et je jetai ma serviette. Emilia s'adossa contre sa chaise, visiblement déçue. Je me retournai vers elle en décrochant le téléphone.

— C'est mon avocat. Je ne peux pas le laisser en plan.

— Hé, Joe, dis-je au téléphone.

Je passai l'heure suivante à lui parler pendant qu'Emilia s'assit sur le bureau devant moi, ayant coupé mon steak en petits morceaux. Elle me donnait des petits bouts chaque fois que je m'arrêtais de parler. Et pendant que je parlais, elle tenait la fourchette immobile à quelques centimètres de ma bouche, comme si elle se préparait à lancer une attaque.

Au début, j'étais si concentré sur l'appel téléphonique que je fis à peine attention à ce qu'elle faisait, mâchant simplement chaque fois qu'elle glissait un petit morceau dans ma bouche. Mais au bout d'un moment, alors que Joe continuait avec son jargon légal, cela devint un jeu. La journée avait été très longue et mon cerveau commençait à décrocher.

Quand je m'arrêtais de parler, je tournais la tête sur le côté pour éviter son attaque. Ou alors je baissais le menton. Vers la fin, je dus me retenir de rire quand elle faillit embrocher le bout de mon nez avec la fourchette. Heureusement que je pus m'amuser, parce que l'avocat radotait au sujet de dépositions sur site. Je finis ma dernière bouchée de steak froid environ une minute avant la fin de mon appel.

Je m'appuyai contre le dossier de ma chaise en remarquant son air satisfait. C'était la première fois de toute la journée que j'avais eu envie de sourire, et encore plus de rire.

— Sale gosse, dis-je.

Elle portait des vêtements de travail : un chemisier blanc, une jupe grise courte qui s'arrêtait quelques centimètres au-dessus de son genou et des collants sombres. Terriblement sexy. Je la dévorai des yeux en souhaitant avoir le temps de m'amuser avec elle. Elle avait dû lire dans mes pensées quand elle posa un pied sur le haut de ma cuisse, ayant depuis longtemps enlevé ses chaussures. Ses yeux brillaient.

— Alors comme ça, on me traite de sale gosse quand je te force à manger du steak ? De quoi vas-tu me traiter si je fais ça ?

Son pied glissa de ma cuisse pour frotter contre mon entrejambe. Un éclair de plaisir me traversa le corps. Je serrai la mâchoire en réagissant immédiatement.

J'expirai longuement en devenant dur à cause de ses attentions. Je lui pris la cheville et je l'éloignai.

— Oh, j'ai beaucoup de noms pour ça. Ils sont tous bien.

— Tu n'en veux pas plus ?

Je poussai un soupir de lassitude.

— Ce n'est pas ce que je veux qui compte. C'est toutes les conneries que je dois faire ce soir. Je pensais que tu ne voulais pas être cette fille…

Elle sourit en faisant glisser l'autre pied le long de ma cuisse suivant le même chemin que précédemment.

— Une fille a le droit de changer d'avis, non ? En particulier quand le patron est extrêmement canon dans le genre 'cravate-enlevée-chemise-déboutonnée'.

Je protestai encore une dernière fois sans enthousiasme.

— Maggie est encore là…

Elle sourit.

— Donne-moi cinq minutes, pour te convaincre pourquoi c'est une bonne idée de baiser tout de suite.

Je ris en l'entendant répéter mes paroles de cette première nuit ensemble à Yosemite. Son pied glissa à nouveau sur mon entrejambe et j'en eus la respiration coupée. Mon Dieu, c'était si bon.

J'attrapai son autre jambe et je la tirai vers moi. Elle glissa du bureau et elle s'assit sur mes genoux, sa jupe remontant le long de ses cuisses.

— Tu n'as eu besoin que d'une minute et demie, murmurai-je avant de poser un baiser sur sa bouche succulente.

— Quatre-vingt-dix secondes ? dit-elle quand je la laissai reprendre son souffle. Je dois avoir perdu la main.

Ma bouche descendait déjà le long de son cou jusqu'au premier bouton de sa chemise.

J'avais déboutonné son chemisier, dégrafé son soutien-gorge et pris son délicieux téton dur dans ma bouche quand le téléphone sonna à nouveau. Maggie. Fais chier !

J'écartai ma bouche.

— Quoi ? aboyai-je.

Une pause.

— C'était juste pour dire que je partais pour la soirée. Besoin de quelque chose ?

J'aurais pu rire. Emilia tenait le lobe de mon oreille dans sa bouche chaude, le grattant légèrement avec ses dents pendant qu'elle le suçait.

Mon corps fut parcouru d'un désir brûlant. Tous mes besoins étaient satisfaits à ce moment précis. Je glissai les mains sous sa jupe et je les approchai des bandes en dentelle de ses longs bas. Mes doigts crochetèrent sa culotte.

— Non, merci, grognai-je.

À la minute où l'interphone se déconnecta, j'arrachai sa culotte.

— De zéro à la culotte arrachée en quatre minutes, rit-elle pendant que je défaisais mon pantalon. Je n'ai peut-être pas perdu la main après tout.

Ma main glissa sur sa peau humide et ma queue se leva.

— Alors, en ce qui concerne ces fantasmes de patron-employée...

Je la caressai et ses yeux roulèrent en arrière quand elle laissa tomber sa tête, exposant son cou d'une façon qui me rendait complètement dingue.

— Je t'ai dit que je n'en avais pas.

— Eh bien, je pense que tu es sur le point de satisfaire les miens.

Je glissai en elle en gémissant. C'était le paradis.

— Bon sang, c'est si bon d'être en toi.

— Tu es plutôt bon aussi, rit-elle en bougeant sur moi.

— On est bon en tout, murmurai-je contre sa bouche d'une voix rauque.

J'avais envie de me perdre en elle. D'oublier tous les soucis de la journée et de m'immerger dans tout ce qui était Emilia. Je me souvins de la première nuit où je l'avais conduite à l'orgasme. Nous étions assis de cette façon. Elle était assise à cheval sur moi, sur cette chaise longue sur la plage derrière ma maison. J'avais déchiré sa culotte cette fois-là également et mon Dieu, je l'avais tellement désirée que j'avais presque laissé tomber tous mes principes pour la prendre à ce moment-là.

Je repensai au moment où je l'avais touchée. À la façon dont elle avait réagi, aux doux gémissements et aux petits cris contre lesquels elle luttait pour ne pas faire trop de bruit. Comment elle avait enfoui son visage au creux de mon épaule. La façon dont elle bougeait, dont elle respirait. L'intensité de son plaisir. Cela m'avait ensorcelé. C'était le moment où j'avais su qu'il me serait impossible de la sortir de ma tête, de mon sang.

Cette nuit-là, je l'avais renvoyée chez elle, brûlant toujours de désir pour elle. J'avais travaillé toute la nuit en essayant de sortir cette obsession temporaire de mon cerveau. En luttant pour me convaincre que c'était temporaire. Mais nous voilà, cinq mois plus tard, et j'étais toujours aussi accro que la première fois.

Je l'attrapai en me penchant en avant et je me levai de la chaise pour la reposer sur mon bureau quand je la pénétrai pour de bon. Elle m'entoura de ses jambes en se collant contre moi. Et je m'enfonçai en elle une dernière fois, mon orgasme me traversant le corps par vagues vives et intenses.

J'attendis un long moment après avoir terminé pour passer la main entre nous et la faire jouir. Elle me regarda avec un sourire langoureux et ses magnifiques yeux marron, serrant les jambes autour de moi pendant que je la caressais. Quand elle jouit, elle cambra le dos, soulevant ses superbes seins.

J'aurais pu la regarder jouir encore et encore. C'était d'une beauté sauvage. Mais je me forçai à m'arrêter, à retirer ma main. Quand elle se releva, nous nous embrassâmes. Elle passa les mains derrière mon cou et elle rit.

— C'est vrai que nous sommes bons en tout.

Plus tard, elle posa une assiette de cookies sur mon bureau et elle sortit le lit escamotable de son armoire en bois et tapota mes oreillers. Je me dis qu'elle allait rassembler les plats et rentrer pendant que je m'asseyais à mon bureau pour revoir ma déclaration officielle avant de l'envoyer pour approbation, mais elle me surprit en se roulant en boule sur le lit et en s'endormant.

Je la rejoignis après minuit.

***

Je passai le reste de la semaine en mode de survie. Je ne me laissai pas le temps de réfléchir. Je ne pouvais pas m'autoriser à penser à la famille de ce jeune homme et aux dégâts que ses actes destructifs avaient causés.

Être accusé de créer les causes d'une addiction — eh bien, c'était une affaire personnelle pour moi. Cela me touchait très profondément. À cause de mon passé, de ma propre danse avec l'addiction chez mes proches et moi-même. Je gardais cela en moi comme un gremlin, emprisonné, verrouillé. Mais cela avait le potentiel de me transformer en monstre. Et il n'y avait qu'une minuscule barrière mentale entre qui j'étais et qui je pouvais devenir en m'immergeant complètement dans ce monde, m'étouffant de travail pour atténuer la douleur.

Et je n'en avais que trop conscience. Toujours.

Il y eut une courte conférence de presse sans questions et une déclaration de condoléances aux familles. Je n'assumai la responsabilité de rien qui ne soit pas de mon ressort. Ce fut une semaine affreuse, mais une fois que la presse eut vent d'une autre histoire — un soulèvement dans un petit pays du Moyen-Orient qui menaçait de déclencher encore une autre guerre — nos vies commencèrent à devenir plus tranquilles.

Ce week-end-là, nous décidâmes de rester à la maison, au calme. De vivre en paix avant que la semaine suivante nous retombe dessus. Ce fut difficile de lâcher prise et de prendre du recul par rapport au travail, mais ainsi que je l'avais prévu, Emilia me garda dans le droit chemin.

Après un rapide déjeuner, je sortis pour aller courir en fin d'après-midi. Je préférais courir dehors tant que le temps s'y prêtait encore. Emilia serait venue avec moi, mais ses amies Alex et Jenna débarquèrent avec un gros sac de courrier de son vieil appartement et elle demanda à rester.

J'adorais courir avec Emilia, mais sans elle, je pouvais aller plus loin et plus vite et c'était exactement ce dont j'avais besoin pour me vider la tête. En rentrant une heure plus tard, je me retrouvai au milieu de hurlements de filles dont je me serais bien passé.

Alex poussait de petits cris aigus en serrant Emilia dans ses bras. Jenna se tenait les mains sur les joues et ses yeux pâles étaient aussi grands que des pièces d'un dollar en argent. Il s'était passé quelque chose. Emilia était rouge et elle tremblait.

Je me raidis, passant d'un coup en mode protecteur. Que s'était-il passé ? Mon regard se dirigea vers le tas de courrier ouvert sur la table devant elles. De mauvaises nouvelles ?

Je transpirais d'avoir couru, mais je m'en moquais.

— Emilia ? Tout va bien ?

Alex s'arracha à Emilia pour se retourner et courir vers moi. Je reculai en levant une main.

— J'ai transpiré, dis-je, mais c'était surtout pour éviter un moment embarrassant.

Alex se jetait toujours sur moi et c'était étrange comme Emilia ne le remarquait pas ou bien ne s'en souciait pas. Franchement, je n'avais pas la patience de gérer Alex. Je voulais savoir si Emilia allait bien.

Alex s'agitait dans ma ligne de vision en se mettant sur la pointe des pieds.

— Elle va plus que bien, Adam ! Elle...

— Alejandra ! l'interrompit Jenna. Laisse Emilia le lui dire, s'il te plaît.

Je me focalisai sur Emilia. Elle me fit un sourire tremblant. D'accord, alors ce n'était pas une mauvaise nouvelle. Je laissai échapper un soupir, je détendis mes épaules et j'attendis.

Son sourire s'agrandit quand elle agita une lettre pliée.

— J'ai été acceptée !

Je contournai Alex et je me dirigeai tout droit vers elle. Sa joie me submergea. Je l'attirai dans mes bras en la serrant fort et elle ne sembla même pas se soucier de ma transpiration et de mon odeur de cheval.

Je posai un baiser dans ses cheveux.

— C'est rapide ! Ils ont vraiment dû vouloir te prendre. Ce n'est pas surprenant. Félicitations !

Elle me serra contre elle en s'accrochant à moi comme à une bouée de sauvetage.

— Merci, chuchota-t-elle dans mon oreille.

Je l'embrassai sur la joue.

— Je savais que tu serais acceptée. UCI est une très bonne école.

Emilia se raidit dans mes bras et les deux filles — heureusement — se calmèrent. Les cris aigus d'Alex commençaient à me fatiguer. Je tournai la tête pour les regarder et Alex et Jenna échangèrent un long regard. Emilia avait baissé la tête sous mon menton. Elle ne s'était pas détendue.

Jenna attrapa Alex par l'avant-bras.

— Allons à la plage pour regarder le coucher de soleil.

Alex hocha la tête et elle se retourna immédiatement. Elles furent sorties de la maison en moins d'une minute et je les suivis du regard, perplexe. J'inspirai profondément, je fis un pas en arrière et je regardai attentivement Emilia. Elle évita mon regard.

— Alors ce n'est pas UCI — pour l'instant. Je savais que les autres écoles voudraient te prendre aussi, dis-je doucement.

Emilia serra la mâchoire et elle posa la lettre sur la table à côté de moi afin que je puisse lire l'en-tête. La Johns Hopkins University School of Medicine.

Quand elle parla, ce fut d'une voix si basse que je pus à peine l'entendre.

— Ce n'est pas n'importe quelle autre école. C'est l'école de mes rêves.

Je ne quittai pas la lettre des yeux. Sous l'en-tête qui établissait le nom de l'université se trouvait son adresse : Baltimore, Maryland. Putain de *Maryland*.

Elle m'observa attentivement. Je sentais ses yeux sur moi comme si elle me touchait. Je gardai un regard complètement neutre. Mon cœur battait à la naissance de ma gorge avec une force que je n'avais pas ressentie depuis longtemps. Ce sentiment familier de l'adrénaline qui envahissait mon sang.

— L'école de tes rêves ? Tu ne m'as jamais dit que tu avais une école de tes rêves...

Elle fronça les sourcils.

— J'ai postulé il y a si longtemps. Avant la première fois où j'ai raté le concours d'entrée en médecine. J'avais passé un entretien plusieurs mois avant que je... avant que nous...

— C'est fabuleux. Je suis sûr que cela doit faire terriblement plaisir.

Je posai ma main sur le comptoir et je m'appuyai contre mon bras. Elle détourna le regard et sembla se focaliser sur ma main qui, malheureusement, avait les articulations qui blanchissaient au bord de la table. Je me forçai à me détendre.

Elle frotta l'intérieur de mon poignet avec son pouce et elle fit passer le poids de son corps d'une jambe sur l'autre.

— Le médecin avec lequel j'ai fait mes recherches de premier cycle est un élève respecté de Hopkins. Il travaille à l'hôpital Saint-Joseph. Il m'a encouragé à postuler avec sa recommandation.

Elle redressa les épaules avant de continuer.

— Elle est dans le top cinq de toutes les facultés de médecine des États-Unis et la première en oncologie.

Je hochai la tête. J'avais la bouche sèche. Ouais, c'était de la peur. Une peur glaciale. Il fallait que je réfléchisse très vite.

— Alors, tu vas y aller ?

Elle évita à nouveau mon regard. J'essayai de trouver un angle d'approche. Si j'étais trop véhément, elle allait se braquer comme elle le faisait toujours quand elle avait l'impression que j'essayais de la forcer. Elle soupira.

— Je ne sais pas.

Et voilà. *Je ne sais pas.* Elle aurait tout aussi bien pu dire 'bien sûr que oui'.

— Ça fait quatre ans. Et plus longtemps si tu veux faire ton internat là-bas, ce qui semble être ton souhait.

Elle fronça les sourcils. Elle était sans doute perturbée par le calme de ma voix. Ce qu'elle ne savait pas, c'est qu'à l'intérieur j'étais en train de refouler un besoin énorme de m'en mêler et de me débarrasser de cette menace, de contrôler la situation. Ce désir était comme une bête sauvage qui tirait sur ses liens, prête à se battre à mort. J'allais m'occuper de cette menace plus tard, quand j'aurai eu le temps réfléchir, de planifier, avec la tête froide. Pour l'instant, il fallait qu'elle ne se sente pas menacée par moi.

Je hochai la tête.

— Je comprends.

Elle finit par lever les yeux pour me regarder, ses grands yeux marron explorant le moindre de mes traits.

— C'est vrai ?

— C'est ton rêve, Emilia. J'espère seulement que ce n'est pas ton seul rêve.

Sa mâchoire tomba un peu et elle ouvrit et ferma la bouche comme si elle cherchait quoi dire. Elle ne comprenait peut-être pas ce que je voulais dire. Je voulais faire partie de son rêve, moi aussi.

Elle me surprit en refermant sa main plus petite sur la mienne.

— Bien sûr que non.

— Alors, n'en parlons pas maintenant, dis-je de la voix la plus neutre dont je fus capable. Nous verrons si nous pouvons résoudre cela plus tard.

Une relation à distance pendant quatre ans et sans doute plus. Ce n'était certainement pas mon rêve. Plutôt un véritable cauchemar. Bien sûr, je pouvais m'y rendre par avion tous les week-ends, mais qui voulait passer cinq heures dans les airs aller et retour pour passer seulement quarante-huit heures dans lesquelles il fallait caser toutes les conversations, tous les regards, toutes les caresses, tous les événements, tout le sexe... et passer une autre semaine interminable avec un lit vide et des repas solitaires ? J'allais directement retomber dans mes vieux travers. Je le savais. C'était la seule façon dont j'allais pouvoir supporter de vivre sans elle.

Nous serions l'un sans l'autre pendant de longues périodes de temps. Et les relations longue distance, je savais très bien qu'elles ne duraient pas. Ma cousine Britt avait été fiancée avec son petit ami du lycée — qui était censé être l'amour de sa vie et un de mes plus proches amis. Une fois qu'elle est partie à l'université de Chicago, leur relation n'a pas duré plus d'un an. Entre-temps, elle avait rencontré Rik, qui allait devenir son mari et mon ami Todd avait été anéanti.

Les relations longue distance ne fonctionnent pas. Et la nôtre ne survivrait pas à cinq mille kilomètres et quatre ans — sans doute plus.

Putain. Elle n'était même pas encore partie. Elle n'avait même pas encore pris la décision de partir et j'avais l'impression d'avoir pris une balle de calibre douze dans le torse.

Elle se rapprocha de moi et elle m'attira dans ses bras. Je fermai les yeux, je m'autorisai une grimace quand elle ne me vit pas et je baissai la tête pour poser un baiser dans ses cheveux. Il n'y avait absolument aucun moyen que je me passe d'elle. J'allais la convaincre que UCI était une merveilleuse alternative à son vieux rêve.

D'une manière ou d'une autre.

***

Le jour suivant celui où Emilia avait reçu sa lettre d'admission, nous étions assis à la table de jeu dans la salle de jeux de ma maison. Emilia était assise en face de moi, tapotant impatiemment les cartes sur sa main comme pour nous rappeler que nous avions une partie à jouer. Mais Heath venait de lancer un défi en soulevant la question éternelle : dans un combat, qui gagnerait entre les vaisseaux de *Star Trek* ou de *Star Wars*?

— Eh bien, de quelle version de l'Enterprise parlons-nous? Parce que cela fait une grosse différence.

Je me tournai vers Heath en prenant une chips de pita du bol presque vide et en la jetant dans ma bouche tout en faisant un clin d'œil à Emilia de l'autre côté de la table pour répondre à son soupir résigné.

— Est-ce important? N'importe quelle version de l'Enterprise se ferait vaporiser contre un destroyer stellaire, répondit Heath en prenant les derniers chips dans le bol avant que je puisse le faire.

Je me débarrassai des miettes dans ma gorge en buvant un peu d'eau glacée et je réfléchis.

— D'accord, l'Enterprise des nouveaux films alors. Mais n'importe quelle version battrait un destroyer stellaire rien qu'en manœuvrabilité.

Emilia souffla et se frappa le front.

— C'est vraiment une conversation d'hommes. Vous allez y passer des heures. Allez ! J'ai des fesses à botter, là, dit-elle en levant sa poignée de cartes.

Heath réfléchit un moment en mâchant ses chips, puis il hocha la tête.

— Oui, un destroyer stellaire ne peut pas manœuvrer pour faire un créneau, mais il n'en a pas besoin. Comme cela a été démontré dans l'*Empire* pendant la scène du champ d'astéroïdes, la puissance de feu dépasse de très loin celle de l'Enterprise.

La tête d'Emilia cogna la table.

— Vous voulez ma mort, ou quoi ? Jouez une carte !

Je luttai pour ne pas glousser.

— Mais si tu compares la puissance de feu...

— Le Battlestar Galactica intervient et les fait exploser tous les deux. Fin.

Emilia avait agité les bras pour souligner son argument.

— Sommes-nous trop geeks pour toi, Mia ? Mon pauvre bébé.

Elle leva les yeux au ciel.

— Bon sang, vous pourriez aussi bien parler de qui gagnerait un combat entre capitaine Kirk ou Darth Vader !

— Darth Vader, répondit-on en chœur avant de partager un sourire amusé.

— Il a le pouvoir de la force, ajouta Heath. Il peut étrangler un type depuis l'autre bout de la galaxie grâce à un hologramme.

Je levai un doigt.

— Ce n'est pas une discussion intéressante, dis-je avant de jeter un regard joueur vers Emilia. Darth Vader contre Gandalf, d'un autre côté...

Les yeux de Heath s'illuminèrent.

— Ooooh, magnifique !

Emilia soupira.

— Gandalf gagne. C'est le magicien qui a tué un Balrog tout seul. Fin de la discussion. Maintenant... la partie est-elle terminée ? Je ne sais même plus qui doit jouer...

— Toi, dis-je. Heath a posé un terrain et invoqué un seigneur gobelin.

Je désignai les cartes posées devant lui.

— Ce jeu est nul à trois joueurs, de toute façon, soupira-t-elle en posant une île.

— C'est parce que tu perds, dit Heath.

— Soit ça, soit elle te fait comprendre que tu es de trop. Et pas très subtilement, en plus, dis-je en lui faisant un clin d'œil.

— Pas grave. Je suis prêt à envoyer ma horde de gobelins pour lui botter le cul, de toute façon.

Heath remua les sourcils en regardant Emilia.

— 'Toutes votre base sont appartiennent à moi', dit-il en citant le script fameusement mal traduit d'un jeu vidéo étranger.

Emilia répondit en lui faisant une grimace.

Elle ne tint qu'un tour de plus, puis Heath et moi nous luttâmes l'un contre l'autre pendant encore une demi-heure. Emilia était allée faire autre chose depuis longtemps. J'avais vaguement conscience qu'elle avait agi bizarrement toute la journée. Même inviter Heath pour 'fêter' son admission en fac de médecine et pour essayer de soulager la tension entre nous n'avait pas fonctionné.

Après notre partie, Heath décida qu'il était temps de rentrer. J'observai Emilia en essayant de déterminer si elle était toujours irritée contre moi. Je supposai que c'était mérité. La seule fois où elle avait essayé d'aborder le sujet de la fac, je l'avais retenue. Je n'étais pas prêt.

Je n'avais pas préparé mon angle d'attaque. J'avais besoin de me préparer.

J'ouvris une bouteille de bière pour chacun de nous et je bus longuement pendant qu'elle ramassa ses cartes et qu'elle rangea la table en évitant soigneusement mon regard. J'observai tous ses gestes, toutes les expressions sur son visage.

Elle voulait donc en parler ? J'étais prêt, désormais. J'avais élaboré ma stratégie, car les jeux tournaient autour de la stratégie et j'avais apparemment appris auprès d'un maître de la chose. Les paroles de *L'Art de la Guerre* de Sun Tzu résonnèrent dans ma tête.

L'excellence suprême consiste à briser la résistance de l'ennemi sans avoir à se battre.

Nous n'allions pas nous battre. J'allais commencer ceci très calmement, sans l'intimider. Et puis je lui ferais entendre raison. Emilia était une femme rationnelle, parfois même trop rationnelle. Elle avait peur de laisser ses émotions la contrôler. Cette peur nous avait presque empêchés d'entamer notre relation. J'allais donc traiter le problème comme deux seigneurs de guerre assis à la table pour négocier calmement, pour diviser le butin.

Bon sang, j'avais préparé un logigramme pour ça aussi.

— Ce n'est pas un mauvais deck, commençai-je en indiquant ses cartes. Tu aurais pu battre Heath si tu avais pioché les bonnes cartes au bon moment.

Elle leva un sourcil.

— Mais pas toi, bien sûr. Tu sais, si tu gagnes à tous les jeux, personne ne voudra plus jouer avec toi.

Je bus une autre gorgée de bière et je la regardai ranger ses cartes dans une boîte et ramasser des dés qu'elle mit dans une pochette en cuir. C'était dimanche soir, la fin du week-end et il ne me tardait pas de me lever et d'aller au travail le lendemain. Cela me donna à réfléchir. Je ne me souvenais pas avoir déjà redouté un lundi matin. D'habitude, je profitais des lundis matin, j'étais enthousiaste à l'idée de commencer une nouvelle semaine de travail alors que la précédente était à peine terminée.

Emilia alla se lever de table quand j'indiquai sa bouteille de bière intacte et elle haussa les épaules en disant qu'elle n'avait pas soif. Je tendis la main vers elle et je la posai sur la sienne en l'empêchant de se lever.

— Tu veux parler, maintenant ?

Elle se figea pendant une fraction de seconde, puis elle laissa échapper un long soupir et elle se pencha en arrière, prit la bière et but une longue gorgée. Elle avait soudain soif et elle était très visiblement nerveuse. Je sentis ma tension augmenter légèrement en me rendant compte de cela. Pour quelle raison pouvait-elle être nerveuse, si ce n'était qu'elle avait pris une décision qu'elle savait que je n'aimerais pas ?

Je déglutis en essayant de me souvenir d'éléments d'ancienne sagesse militaire chinoise pour m'aider. Il n'y aurait pas d'émotions. Ce serait une négociation calme et rationnelle. Une que j'allais gagner, bien sûr. D'une manière ou d'une autre.

Je souris en cachant ma propre nervosité subite.

— Merci d'être patiente avec moi, commençai-je. J'avais juste besoin de réfléchir un peu à la situation.

Elle hocha la tête en me regardant prudemment avec ses yeux de la couleur des feuilles d'automne. Quelle était cette couleur, d'ailleurs ? Si j'étais une fille, j'aurais su la nommer. Ses yeux étaient magnifiques, dorés avec des petites taches autour des pupilles. J'attendis qu'elle parle en premier.

— Je ne peux pas m'arrêter de penser à Hopkins, dit-elle doucement d'une voix légèrement tremblante.

Bien. Elle avait commencé en étant incertaine. C'était quelque chose que je pouvais peut-être exploiter. Malgré ce qu'elle avait dit, elle ne savait pas si elle allait partir.

Je me frottai le menton en hésitant.

— Alors, si je comprends bien, tu as choisi cette école pour son programme d'oncologie.

Emilia me regarda avant de détourner les yeux.

— Ils font un travail fascinant avec des cellules souches.

— Ils ne sont pas les seuls. Et aucun état n'a des lois plus favorables à la recherche sur les cellules souches que la Californie.

J'étais sur le point d'ajouter des informations sur la Proposition 71 que j'avais trouvées au cours de mes recherches, mais je m'interrompis en me disant que c'était peut-être un peu trop. Je ne voulais pas la mettre sur la défensive.

— Moui. D'accord. C'est vrai, mais Hopkins possède son propre fonds de recherche sur les cellules souches attribué par l'État. Et leurs recherches en épigénétique sont les plus importantes au monde.

J'avais croisé ce mot pendant mes propres recherches et je m'en souvenais grâce à ma mémoire eidétique, comme je me souvenais de tout ce que j'avais lu. L'épigénétique était l'étude des modifications non transmises par l'ADN. Elle était directement liée aux cellules pouvant devenir cancéreuses avec le temps. Et elle avait raison, Hopkins possédait le meilleur médecin dans le domaine. Mais je n'étais pas complètement sans armes pour battre cela.

— Dr Philippa Nguyen a étudié sous ce médecin à Hopkins — celui qui est à la tête de cette équipe. Et elle a son propre projet à UCLA.

Son programme est entièrement financé pour au moins sept ans de plus.

Le visage d'Emilia devint sérieux en traitant cette information. Elle n'aurait peut-être rien à réfuter.

— Je vois que tu as fait des recherches.

Je haussai les épaules.

— Je pensais que tu le savais déjà. Et j'aime connaître tous les faits. L'équipe de Dr Nguyen semble comparable à celle de l'université de Hopkins. Et les deux coordonnent leurs recherches et leurs études.

Le regard d'Emilia se posa sur la table devant mes mains nonchalamment pliées. J'essayai de briser la tension de son silence soudain en attrapant ma bouteille et en buvant une gorgée.

— Tu veux que j'aille à UCLA.

J'ouvris la bouche, prêt à répondre sans réfléchir, mais je la refermai toute aussi vite. Attention, Drake. Il pourrait s'agir d'une embuscade. J'eus une minuscule image au fond de mon esprit de l'amiral Ackbar, le commandant ressemblant à un poisson du *Retour du Jedi*, criant 'c'est un piège ! C'est un piège ! ' J'inspirai donc profondément et je réfléchis à la meilleure — et la plus prudente — manière de répondre à cette question.

— Ce serait plus simple pour nous si tu pouvais rester.

Elle cligna des yeux.

— Si je m'inscrivais là, il me faudrait vivre à Los Angeles. UCLA est à Westwood et d'ici, le trajet est trop long.

Je baissai les yeux en jouant avec la table comme si je réfléchissais — comme si je n'avais pas déjà envisagé toute objection possible de sa part, comme si je ne m'étais pas préparé à toutes. Il fallait que cela semble nonchalant, improvisé. *Toute guerre est basée sur la supercherie.* Je n'avais pas envie de la duper. Mais je n'avais pas envie de lui donner une raison d'être en colère. Moins cela semblait prémédité, moins elle penserait que je la manipulais.

— Eh bien, je pourrais demander à un chauffeur de te conduire. Tu pourrais étudier pendant le trajet. En outre, si tu vivais ici, tu n'aurais pas à te soucier de choses comme les tâches ménagères, les lessives, la cuisine. Tout cela est déjà fait par quelqu'un, alors que si tu vivais dans le Maryland...

— Tu pourrais vivre avec moi là-bas, dit-elle.

Parfait, j'étais prêt à cette réponse également. Je penchai la tête en essayant de paraître réfléchir à ma réponse.

— Je le pourrais. Dans des circonstances normales, je pourrais essayer de diriger l'entreprise de là-bas et prendre l'avion tous les mois pour passer une semaine ou deux ici.

Commençait-elle à faire le compte ? Si elle partait, nous passerions moins de temps ensemble. Même si je la suivais.

— Mais... je ne sais pas comment cette affaire va évoluer. S'il y a un procès, il faudra que je m'en occupe et je ne pourrais pas partir.

Cependant, ce n'était pas tout à fait vrai et je le savais. Je pouvais le faire fonctionner, mais cela ne me semblait pas logique si elle pouvait s'inscrire à une tout aussi bonne école ici.

Elle baissa les yeux et elle regarda ses pouces qui décrivaient de petits cercles rapides l'un autour de l'autre. Elle fut silencieuse pendant un long moment, alors je bus une autre longue gorgée de bière pour la laisser réfléchir. Sans lever les yeux, elle prit une profonde inspiration et elle parla doucement, mais avec détermination.

— Quand j'ai commencé mes classes préparatoires de médecine, je ne savais pas quelle serait ma spécialité. Je veux être médecin depuis la classe de cinquième. Peu importe quel genre de médecin. Je voulais simplement aider les gens. Les soigner.

Je me léchai la lèvre inférieure, n'aimant pas le ton ferme de sa voix qui prenait de la certitude.

Puis elle leva les yeux et captura mon regard avec le sien, qui était lumineux. Je ne pouvais pas détourner le regard. Ses yeux brillaient d'un feu intérieur, avec passion.

— Quand ma mère est tombée malade — et elle était vraiment malade —, elle a failli mourir et elle était tout pour moi. Je…

Sa voix trembla. Elle secoua la tête et elle regarda ailleurs en avalant sa salive.

— Je me suis juré que je ferais tout ce qu'il fallait — que je me battrais de la seule façon que je connaissais. J'ai promis à maman que si elle bottait les fesses au cancer, alors moi aussi. J'irais à la meilleure école. J'apprendrais auprès des meilleurs et je n'abandonnerais jamais. Et quand j'ai échoué à ce fichu concours, j'ai cru que ce rêve était parti en fumée.

Je respirais à peine, en même temps fasciné et terrifié par la passion de son discours. Cette décision n'allait pas seulement être basée sur des faits et de la raison pure et dure, avec lequel j'étais très à l'aise. Elle était émotionnellement attachée à cette décision. J'étais dans la merde. J'en eus froid au cœur. Comment pouvais-je lutter contre cela ?

Je déglutis.

— As-tu même envisagé la possibilité de UCLA ?

Elle serra la mâchoire et elle hésita en baissant le regard.

— J'ai fait une demande, mais je pourrais être refusée, exactement comme pour Davis.

— Tu n'as pas été refusée. Tu es admise.

Elle leva la tête d'un coup.

— Quoi ? Comment le sais-tu ?

Je souris, heureux de lui donner la bonne nouvelle.

— J'ai passé quelques coups de fil. Je connais un type dans le comité de collecte de fonds qui connaît le doyen...

Elle me regarda en fronçant les sourcils.

— Tu as appelé le doyen des admissions un dimanche matin...

— Non, j'ai appelé mon ami qui connaît le doyen des admissions.

— Parce que ton ami est dans le comité de *collecte de fonds*.

Je m'arrêtai en remarquant son langage corporel. Ses mains formaient des poings et son dos était très droit. Au fond de mes pensées, je crus voir un signal d'alerte rouge clignotant et entendre les mots 'Danger, Adam Drake ! Mission annulée ! Je répète, mission annulée ! '

Mais comme un idiot, il fallait que je continue.

— J'ai juste appelé parce que je me suis dit que tu voudrais savoir...

— Non. Tu t'es dit que *tu* voudrais savoir.

Je haussai les épaules.

— Eh bien, oui. J'avais envie de le savoir. C'est un choix logique pour toi. Un programme comparable. Tu es admise. Et c'est ici...

Elle fronça les sourcils.

— Combien as-tu promis à ton 'ami' qui collecte des fonds ?

J'ouvris la bouche puis je la refermai.

— Je ne lui ai rien promis.

Elle croisa les mains et elle s'agita, essayant clairement de se forcer à rester calme.

— D'accord, combien lui aurais-tu promis si je n'avais pas été admise ?

— Je n'aurais pas fait ça. Je n'en ai pas eu besoin. Tu étais déjà sélectionnée. Je voulais seulement savoir. Je m'étais dit que toi aussi. Afin de pouvoir prendre une décision éclairée.

Elle se massa le front en fermant les yeux.

— Je n'arrive pas à y croire.

— Quoi ? Que j'essaie d'obtenir toutes les informations que je peux ? C'est important. Il s'agit de notre futur.

Elle poussa un soupir exaspéré.

— C'est ma décision et tu ne peux pas la prendre à ma place.

Mon poing se ferma sur la table entre nous.

— Toi et moi nous formons un 'nous'. Et cela signifie du travail et des compromis.

Elle eut un rire dédaigneux, presque un vrai rire. Une flamme d'irritation brûla dans ma poitrine.

— Adam, je jure que ce mot ne veut pas dire ce que tu penses.

Je levai un sourcil, la paraphrase de la célèbre citation de *The Princess Bride* ne m'amusant pas.

— Ah bon ? Qu'est-ce que je pense que cela veut dire ?

Elle me transperça du regard, ses yeux visant les miens comme des flèches.

— Cela signifie que tu obtiens ce que tu veux et que c'est à moi de gérer.

Je me frottai le front en poussant un soupir.

— Je n'ai pas le temps de m'occuper de ces conneries, Emilia. Mon entreprise — mon rêve — est sérieusement menacée. Je ne peux pas rester loin de mon travail, je te l'ai dit. J'ai fait de mon mieux pour contrôler le besoin d'être là tout le temps. Mais là tout de suite, je ne peux pas faire de compromis comme tu aimerais que je le fasse.

Elle haussa les épaules en levant les mains.

— Alors, comment ceci peut-il être possible ?

— Comment quoi peut être possible ? dis-je en serrant les dents, n'aimant pas la direction qu'elle semblait prendre.

— Nous. Ceci. Notre relation. Ce que nous voulons et ce dont nous avons besoin ne sont même pas compatibles si nous ne pouvons pas apprendre à donner et à prendre.

— Ceci n'est pas une décision du genre 'faut-il du vin rouge ou blanc pour le repas ?' C'est nouveau pour tous les deux et il s'agit d'une décision majeure qui affectera nos vies pendant un long moment.

— Je dois donc changer ce que je veux si je veux être avec toi ?

Je n'avais pas de réponse. Pas une qu'elle aimerait. Alors je ne dis rien.

Elle se massa le front pendant quelques minutes de plus en attendant que je réponde, puis elle finit par secouer la tête.

— Je suis si fatiguée que je ne peux même plus réfléchir. Il faut que j'aille au lit.

— Alors, que se passera-t-il demain quand nous nous réveillerons ?

Elle haussa les épaules en se levant.

— Je suppose qu'il faudra y réfléchir à ce moment-là. Nous sommes intelligents. Nous devrions trouver un moyen.

Cette peur glaciale était de retour. Mon cerveau passa en revue toutes les possibilités, essayant de trouver une réponse rapide sans y parvenir.

Je savais ce que je voulais. C'est elle que je voulais. Je décidai que j'allais devoir accorder plus de réflexion à cette tâche. La sagesse de Sun Tsu devait servir à quelque chose dans des cas comme celui-ci. Je souhaitais avec ferveur que quelqu'un ait écrit un livre appelé *L'Art de l'Amour* que j'aurais pu stocker dans mon cerveau pour m'en inspirer à la place.

***

Au cours de la semaine qui suivit, nous fûmes comme des bateaux qui se croisaient dans la nuit. Nous allions séparément au travail parce qu'elle ne savait pas quand j'allais rentrer et parce qu'elle avait différents rendez-vous le matin — chez le médecin ou le dentiste ou autre. Au travail, j'étais préoccupé par les problèmes légaux potentiels et toute la paperasserie que nous devions faire pour essayer d'éviter l'inévitable. Et, bien sûr, il y avait la menace de cette décision qui pesait sur nous.

Je parvins à rentrer à la maison tous les soirs, même si j'arrivais tard. On ne parla plus de la faculté de médecine, même lorsque sa lettre d'admission arriva par la poste. Mais il n'y eut pas d'excitation joyeuse sur son visage comme pour la lettre de Hopkins. Juste un petit 'je l'ai reçue'.

Je décidai qu'il était nécessaire de formuler un nouveau plan d'attaque — tout en cachant qu'il s'agissait d'un plan d'attaque.

Ce que je savais, c'est que je n'allais pas rester sans rien faire. Je détestais ne pas pouvoir contrôler un des — raturons cela — l'élément le plus important de ma vie. À l'arrière de ma tête, mes méninges fonctionnaient en permanence alors que l'avant de ma tête était entièrement préoccupé par ce problème légal et le fonctionnement normal des choses.

Mais je voyais que cela l'ennuyait parce que même pendant les quelques heures que nous passions ensemble avant de nous coucher, en général en mangeant un repas tardif ou peut-être en regardant la télévision ou un film ensemble, elle était distante, silencieuse.

Et elle n'était pas non plus très intéressée par le sexe, ce qui était vraiment chiant. Encore plus que d'habitude, car le stress aurait permis d'évacuer du stress. Quand je tentais une approche, soit elle inventait une excuse ridicule pour l'éviter, soit elle restait allongée là, en pensant à autre chose.

Je commençais à subir quelque chose qui ne m'arrivait jamais : la panique.

Essayait-elle de se distancer de moi pour préparer son départ pour le Maryland ? M'en voulait-elle parce que notre relation l'empêchait de réaliser son rêve ?

Était-il temps de lui montrer un nouveau rêve pour remplacer l'ancien ? *L'art de la guerre... est une question de vie ou de mort, la route vers la sécurité ou la ruine.* Je n'étais pas en guerre contre Emilia. Mais j'étais en guerre contre son objectif de vivre de l'autre côté du pays sans moi et je voulais reprendre le contrôle de ce qui était à moi.

Tandis que la semaine passait, un nouveau plan prit forme. Elle était donc émotionnellement attachée à la décision qu'elle avait prise d'aller à Hopkins longtemps avant qu'elle me rencontre. Mais nous étions dans une relation désormais, et cela changeait les choses. Des choses que j'allais lui montrer. Elle avait une nouvelle attache émotionnelle et celle-là, je l'espérais, était beaucoup plus forte que cette idée distante de se rendre à l'université dans le Maryland. Elle était attachée à moi. Et je n'allais pas renoncer à elle.

J'allais lui offrir un nouveau rêve. Je trouverais un moyen qui rendrait son départ impossible. J'espérais que c'était déjà un choix difficile, mais je répartissais les risques.

Quand j'appelai Kim Strong quelques soirs plus tard, ce ne fut pas seulement pour lui demander de l'aide avec mon nouveau plan, mais également pour lui demander la main de sa fille.

Chapitre Quatre

LE VENDREDI SOIR SUIVANT, J'EMMENAI EMILIA A DINER EN prétextant fêter son admission à trois facs de médecine différentes : Hopkins, UCLA et San Diego. UCI ne pesait pas encore dans la balance et je savais que même si c'était l'université la plus proche, celle-là ne l'intéressait pas comme les autres.

Ce ne fut pas un vendredi soir comme les autres. Ce fut le soir où l'on célébra ses accomplissements merveilleux, pour lesquels j'étais très fier d'elle. Mais ce serait aussi le soir où elle accepterait de devenir ma femme. J'avais planifié les détails avec l'aide de mes amis et même de Heath, qui était réticent et n'avait pas hésité à me dire qu'il pensait que c'était une mauvaise idée.

Je l'avais ignoré, car j'étais sûr de ce que je ressentais pour elle et de ce qu'elle ressentait pour moi et je savais qu'elle verrait cela comme l'étape suivante logique pour nous. Un écrin de bague pesait dans la poche de mon veston. J'étais affreusement nerveux, mais je savais sans le moindre doute que c'était un acte nécessaire à mon plan d'attaque.

Le restaurant se trouvait au bord de l'eau à Newport, avec une magnifique vue sur la baie, à quelques kilomètres seulement de la maison. Je n'étais pas du genre romantique et je n'étais pas tenté par le grandiose. Dans tous les cas, Emilia ne s'attendait pas un geste démesuré de ma part. Je voulais néanmoins rendre cette soirée spéciale : une soirée dont nous pourrions nous souvenir quand nous serions des petits vieux ensemble. J'eus vraiment du mal à contenir mon enthousiasme. J'avais le cœur qui battait et ma main était sans doute un peu moite en se fermant et se refermant autour de cette petite boîte en velours. C'était incroyable que j'arrive à avoir ce genre de pensées sans me faire mourir de peur.

Nous étions assis le long de la rambarde juste au-dessus des vagues. Comme c'était habituel au début du mois d'octobre dans le sud de la Californie, il faisait chaud et sec. Les vents de Santa Ana soufflaient comme chaque automne. Les choses commencèrent maladroitement, avec de longs silences interrompus par de brèves bribes de conversation. J'étais certain qu'une grande partie était due à ma nervosité.

— Des nouvelles du procès ? demanda-t-elle.

Je fronçai les sourcils, surpris qu'elle aborde le sujet un soir comme celui-ci.

— Ce n'est pas vraiment quelque chose dont je veux parler ce soir.

Elle haussa les épaules et détourna le regard.

— Pardon.

Je m'éclaircis la gorge.

— Pas de souci.

Elle portait une nouvelle robe bleu vif et ses longs cheveux bruns tombaient sur une épaule. Quand nous étions entrés, elle avait fait tourner les têtes. Elle était vraiment magnifique et je ne me lassais pas de le remarquer. Mais elle sembla distante, distraite ce soir comme tous les soirs de cette semaine.

Je me penchai en avant et je m'éclaircis la gorge.

— As-tu eu le temps de regarder le programme de UCLA ?

Elle s'écarta en tripotant son menu.

— Nous ne devrions pas non plus parler de cela. Trouvons quelque chose de neutre. Comme, par exemple, le film que nous allons voir après.

Je l'observai pendant un long moment en cherchant un indice indiquant ce qu'il se passait dans sa tête. Je sentis à nouveau la peur glaciale remonter le long de ma colonne. On ne se dit plus rien jusqu'à ce qu'un autre serveur prenne notre commande et nos menus.

Elle joua avec la buée sur l'extérieur de son verre d'eau glacée.

— Que se passe-t-il ? dis-je.

Elle me jeta un regard prudent avant de regarder son verre. Elle secoua la tête.

— Désolée. Je ne sais pas où j'en suis.

Je l'étudiai en sachant exactement où elle en était. Elle pensait toujours à Hopkins.

La soirée continua ainsi, par à-coups gênés. Elle grignota à peine.

Nous arrivions parfois à tenir une conversation. Elle me raconta une histoire drôle au sujet de Mac qui avait enguirlandé une interne qui flirtait trop avec les abonnés sur Reddit.com. Mais entre ces moments-là, nous restions silencieux. Je la surpris quelques fois en train de me jeter des regards troublés et bien que ceux-ci auraient dû me détourner de la voie que j'avais choisie pour ce soir, cela ne fit que renforcer ma détermination.

Parce que parfois je suis un crétin. Un putain de crétin borné. Alors avec le dessert, je commandai le champagne. À la seconde où celui-ci fut versé dans sa flûte, elle avala le contenu et fit signe qu'elle souhaitait un autre verre. Deux verres de vin au repas et maintenant elle avalait le champagne comme si elle était morte de soif.

— Que se passe-t-il ? lâchai-je. C'était ton troisième verre.

Elle écarquilla les yeux.

— Tu comptes ?

— C'est juste que je me demande... tu sembles tendue.

Elle grimaça.

— Toi aussi.

Je ne pouvais pas le nier. J'étais tendu. Pour des raisons évidentes – évidentes pour moi en tout cas.

Elle soupira et elle repoussa l'assiette de son dessert. Elle croisa les doigts et elle posa les mains sur la table.

— Il faut qu'on parle, commença-t-elle.

La peur froide dans ma poitrine s'intensifia.

— Oui, je suis d'accord. Il y a quelque chose que je veux te demander.

Elle ouvrit la bouche comme pour poursuivre son idée, puis elle changea de direction.

— Ah. Que veux-tu me demander ?

Je me figeai pendant une fraction de seconde. Les perles de sueur sur mon front furent chassées très vite par la brise chaude et sèche. Je passai la main dans la poche de ma veste et j'en sortis la boîte. Une main se ferma autour de l'écrin tandis que je pris sa main gauche dans la mienne. — Je t'aime, dis-je.

Elle inspira en tremblant et me serra la main.

— Je t'aime, moi aussi.

— Je veux te donner quelque chose.

Je posai la petite boîte noire en velours dans la main que je tenais.

Elle la regarda comme si je venais de lui donner un cafard mort. Le temps sembla se déformer et ralentir autour de nous. Je venais de monter dans mon propre TARDIS, mais je ne pouvais pas retourner en arrière. Mon estomac se retourna. Ce n'était pas bon signe. Pas bon signe du tout.

Sa main trembla un petit peu, mais sa voix était clairement secouée.

— Tu m'as acheté un bijou ?

J'inspirai profondément et je bloquai ma respiration.

— Ouvre.

Malgré le début de mauvais augure, il commençait à me tarder qu'elle l'ouvre, qu'elle comprenne ce que je lui demandais. Elle tripota la boîte en hésitant et elle déglutit.

— Ouvre, Emilia, insistai-je.

Elle cligna des yeux puis elle s'exécuta. Sa mâchoire tomba et elle sembla s'arrêter de respirer.

— C'est une... s'exclama-t-elle en écarquillant les yeux de surprise.

— Une bague de fiançailles, oui.

Je ne m'y connaissais pas vraiment en bijoux, mais Kim m'avait aidé à la choisir. C'était un diamant coupe princesse de deux carats entouré de pierres serties (en tout cas, c'est ce que le bijoutier m'avait dit). Emilia le fixa des yeux pendant quelques instants sans bouger et sans parler. Enfin tant pis, je m'étais déjà engagé dans cette voie et elle s'habituerait à l'idée quand elle verrait la fichue bague à son doigt. Tout en essayant de calmer mon pouls trop rapide, je lui pris l'écrin et je sortis la bague. Je toussai et je me préparai en redressant les épaules.

— Je t'aime, Emilia. Je ne vois pas pourquoi nous ne devrions pas commencer à planifier notre futur ensemble maintenant. Veux-tu m'épouser ?

Sa main était comme un glaçon dans la mienne et elle était devenue dangereusement pâle, ses grands yeux paraissant encore plus grands et plus sombres sur son visage. Puis elle se mit à trembler. De tout son corps.

Je me figeai. Elle n'avait rien dit. Étais-je censé glisser la bague à son doigt malgré tout ? Ou devais-je attendre qu'elle me fasse signe ? Dans les films, l'homme posait toujours la question en glissant la bague au doigt de la femme. Alors, puisque je tenais la bague de toute façon, je décidai de la lui mettre. Elle serait plus susceptible de dire oui une fois qu'elle la verrait scintiller à son doigt.

Je ne dépassai jamais la première articulation, car elle retira violemment sa main. La bague tomba sur la table en oscillant comme une pièce de monnaie entre nous. On la regarda tous les deux, comme si nous étions deux amants regardant notre futur s'évaporer sous nos yeux. C'était le cas.

Chaque fois que je respirais, une douleur terrible me transperçait les côtes. Le serveur prit nos assiettes à dessert en ignorant soigneusement la bague posée sur la table entre nous.

On regarda tous les deux vaguement nos propres couverts. N'ayant rien d'autre à faire, je pris mon portefeuille, j'en sortis ma carte de crédit et je la tendis au serveur. Avec un peu de chance, cela éloignerait cet enfoiré pendant un petit moment.

Je finis par avoir le courage de la regarder. Elle fixait toujours la bague abandonnée avec de grands yeux. Le diamant scintillait, éclairé par les flammes d'une chandelle. Elle secoua lentement la tête et finit par parler.

— Qu'est-ce que... c'était quoi, ça ?

Le silence épaississait l'air autour de nous, comme un rideau opaque de méfiance.

— À toi de me le dire, répondis-je sèchement.

N'allais-je obtenir aucune explication de sa part ? Je passais d'une pensée éparse à une autre et je me demandais si je devais insister pour savoir ce qu'elle pensait. Ou si c'était l'endroit approprié pour le faire.

Et comment allais-je pouvoir réfléchir, alors que j'avais l'impression que je venais de prendre un coup de bâton dans les boules ?

— Adam, dit-elle d'une voix tremblante.

Je la regardai à contrecœur.

— Il n'y a pas moyen...

— Pas maintenant ou jamais ?

Mon Dieu, on aurait dit un vrai raté quand je posai la question.

Comme ce gringalet geignard allongé dans une flaque de son propre sang dans les vestiaires, levant les yeux vers les quatre types qui venaient de lui casser la gueule.

Elle secoua la tête.

— Je ne le sais même pas...

Merde. C'était pire que prévu.

— Excuse-moi. Je vais demander à ce qu'on nous apporte la voiture.

Je me levai.

Je partis aux toilettes à la place et je pris une minute pour décompresser. J'essayai même de m'asperger le visage d'eau froide. Cela ne fit absolument rien. La douleur dans mes côtes était de retour. Qu'est-ce que cela signifiait ? Pas maintenant... jamais ?

Quand je revins à la table, la note était posée afin que je la signe. Je rangeai ma carte de crédit et je déposai un pourboire. En baissant les yeux, je remarquai que la bague n'était plus posée sur la table, mais qu'elle avait été rangée dans la petite boîte noire. Comme si en la faisant disparaître nous pouvions recommencer à nous comporter...

eh bien, pas normalement, puisque nous n'avions pas été normaux ce soir. Ni les journées précédentes, d'ailleurs.

Je laissai la boîte sur la table, car je ne voulais plus toucher ce putain de machin. Du coin de l'œil, en me retournant pour partir, je la vis l'attraper et la faire tomber dans son sac. Ce n'était pas ainsi que je l'avais imaginée rentrer avec.

Ah merde. Je me souvins du groupe de gens que j'avais demandé à Kim d'inviter pour la surprendre. Bien sûr, c'était avec le prétexte de fêter son admission en fac de médecine, mais j'avais également prévu que ce soit une célébration de nos fiançailles. Je réfléchis à toute vitesse. Je pouvais emmener Emilia voir le film et le faire savoir à Kim par texto, mais tout le monde pensait être là pour la féliciter de son succès — et c'était le cas. Je ne pouvais pas annuler.

Nous allions devoir coller de faux sourires sur nos visages et faire comme si ceci ne venait pas de se passer. Je la regardai du coin de l'œil. Elle baissait la tête en attendant à côté de moi que la voiture arrive. Elle était perplexe et un peu fâchée.

Malgré tout, je n'étais pas prêt à abandonner. Une petite bataille de perdue, même si je ne savais pas pourquoi, ne signifiait pas que tout était perdu. Et j'étais quelqu'un qui n'abandonnait pas facilement. Jamais. *Qui sait quand il faut combattre et quand il faut s'abstenir sera victorieux. Celui qui, préparé, affronte un ennemi qui n'est pas préparé remportera la victoire.*

J'allais ruminer en silence, mais en préparant un plan et j'allais être prêt quand ses défenses seraient faibles.

Le trajet se fit en silence. Elle avait les bras croisés fermement sur la poitrine, mais on ne se parla pas une seule fois.

Bon sang, j'étais curieux. C'était quoi, ces conneries ? Pensait-elle que je demandais tout le temps des femmes en mariage ? Comme si c'était une soirée banale pour moi ? Je n'avais même jamais voulu penser au mariage. Je n'en avais pas le moindre désir. Jusqu'à ce que je la rencontre.

Et bien sûr, c'était peut-être un peu motivé par la peur, mais y avait-il une meilleure motivation ? Beaucoup de grandes choses ont été motivées par la peur. J'avais fait cela pour la garder. J'avais tout planifié. Nous nous serions mariés avant qu'elle parte à l'université. Elle irait à son premier cours en tant que femme mariée et elle serait ici avec moi.

Même si je redoutais l'idée de la fête, j'étais en fait soulagé par la perspective d'être entourés par des gens afin de ne pas devoir rester seuls. Afin de ne pas nous voir dans ce silence qui était aussi épais que le brouillard qui s'accrochait à la côte de Newport presque tous les matins.

Je garai la voiture dans le garage et nous traversâmes à pied le pont et une grande partie de Bay Island, où nous vivions, en silence. Ma maison surgit devant nous. Seules quelques lumières brillaient à l'intérieur et dehors il n'y avait que les lampes du jardin pour illuminer le chemin. L'eau de Back Bay léchait la plage autour de nous.

Emilia s'éclaircit la gorge et elle hésita sur le perron, mais je l'ignorai. Je pensais déjà à la suite. Qu'allait-il se passer ? Mon organigramme mental n'avait pas prévu ceci. Ce rejet. Ce silence.

— Adam, dit-elle en appuyant le pouce sur le verrou biométrique de la porte.

— Nous pouvons parler plus tard. Ce n'est pas le moment.

— Mais...

— Entre et allume, dis-je en serrant les dents.

Et c'est ce qu'elle fit. Je restai en arrière sous le porche pendant un moment, respirant un grand coup. Les lampes s'allumèrent avec de grands cris de 'SURPRISE ! '

Emilia recula contre moi, manifestement terrifiée, avant de poser les mains sur son visage. Je ne savais pas si elle riait ou si elle pleurait. Pour être honnête, à ce moment-là, je m'en moquais.

Dans l'immense hall d'entrée de ma maison, cela grouillait de monde : des dizaines de personnes. Quoi ? C'était censé être une petite réunion entre amis pour boire un coup et la féliciter. Une banderole était accrochée sur le mur, avec des images de verres de champagne et de confettis. Une musique forte jaillit de la sono et une foule de gens entourèrent Emilia en lui demandant si elle était surprise. Elle me jeta quelques regards furtifs et un faux sourire, mais je vis bien qu'elle était nerveuse, peut-être irritée.

Et je n'avais pas le moindre désir de me tenir à côté d'elle.

Quelqu'un nous mit des verres de champagne dans les mains. Il y avait des confettis partout : sur le sol, dans nos cheveux. Il y en avait même dans la robe d'Emilia, collés sur son décolleté moite. C'est alors que j'ai remarqué qu'elle transpirait. Cela faisait luire son visage. Elle était rouge et nerveuse et elle transpirait comme s'il faisait quarante degrés dehors.

Presque à l'unisson, nous avalâmes nos verres de champagne en une seule gorgée. Je sentis une tape sur l'épaule et je me tournai vers Heath.

— Tout va bien ? murmura-t-il.

Je secouai la tête et je me détournai de lui. Je n'étais pas d'humeur à entendre un 'je te l'avais bien dit'.

Je jetai un autre regard dans la pièce en énumérant les personnes présentes. La mère d'Emilia, Kim, se tenait à côté de mon oncle Peter.

Mon cousin Liam se cachait vers l'arrière de la foule, se tenant les mains sur les oreilles d'un air irrité. Il haïssait ce genre d'événements, en particulier quand cela impliquait de la musique forte. La sœur de Liam, Britt, et son mari Rik avaient trouvé une baby-sitter pour garder les garçons. Et bien sûr, il y avait Alex et Jenna avec d'autres amis.

Il y eut des questions répétées de 'as-tu été surprise ? ' Et les réponses d'Emilia prétendant qu'elle ne s'y était 'pas du tout attendue ! ' Elle gloussait d'une voix aiguë et paniquée — ce qui signifiait qu'elle n'était pas du tout amusée, mais qu'elle essayait de faire bonne figure.

J'essayai de ne pas montrer mon air renfrogné, mais cela ne fonctionnait pas. Depuis l'autre côté de la pièce, Peter fronça les sourcils en mimant avec sa bouche la question 'que se passe-t-il ? ' Au lieu de faire attention à lui, je détournai la tête.

Puis, cela se produisit. Une fois que toute l'excitation et la surprise initiale s'étaient calmées, Alex fonça sur Emilia avec sa frénésie typique. Elle agita les mains au-dessus de sa tête en criant à pleins poumons 'montre-moi ta main, Mia ! '

Emilia se figea. Je me déplaçai, mais je ne fus pas assez rapide. Alex tenait déjà la main gauche d'Emilia dans la sienne et elle fronçait les sourcils en s'étonnant de ne pas y voir de bague. Bordel. Qui le lui avait dit ?

Seules deux personnes étaient au courant. Heath et Kim. Je regardai la mère d'Emilia, mais son attention était uniquement concentrée sur sa fille, le front plissé de perplexité. Le groupe entier autour de nous se tut et tout le monde regarda.

Emilia me jeta un regard de pure terreur en écarquillant les yeux et je m'avançai vers elle en retirant doucement sa main de celle d'Alex.

J'éloignai Emilia de son amie bouche bée et je la tirai au milieu de la foule autour de nous, en bougeant comme si j'avais une tonne de briques attachée à chaque pied.

— Je pense qu'il est temps de porter un toast à notre futur médecin. Qu'on lui apporte plus de champagne !

Et ajoutez de la vodka dans le mien, je vous en prie. Bordel. Bordel de merde. Il fallait que cette soirée s'arrête. Aussi vite que possible.

Mon Dieu, laissez-moi juste traverser cette soirée. Je détestais ces conneries dans des circonstances ordinaires. Je n'invitais jamais plus de quelques personnes à la fois. C'était tout ce que je pouvais supporter. Mais Kim et Heath avaient organisé ceci et je les avais laissés faire ce qu'ils voulaient. J'avais été trop occupé à m'inquiéter au sujet de la proposition de mariage pour faire attention à la liste des invités. Au moins n'y avait-il personne du travail — en dehors de Liam et Jordan —, qui soit témoin de mon humiliation.

La fête faiblit rapidement. Cela était essentiellement dû à Emilia qui s'excusa et disparut pendant presque une heure. Elle passa une grande partie de ce temps à parler avec Heath et je fus coincé avec les invités. Heureusement, Kim était perspicace et elle sut que quelque chose n'allait pas. Elle aida donc à disperser la fête avant que la gêne augmente.

De mon côté, eh bien, je fulminais toujours intérieurement. À cause du rejet brutal sans explication, de l'humiliation publique et à présent de sa disparition quelque part dans la maison, à l'écart, se confiant à Heath au lieu de moi.

Un accès soudain de colère brûlante me prit. J'avais envie de frapper quelqu'un. Avant que les derniers invités soient partis, je montai à l'étage et je cherchai un tee-shirt propre et un short de sport dans la chambre. Il était trop tard pour aller courir le long de Back Bay, mais il y avait un tapis de course dans la salle de sport en bas. D'une façon ou d'une autre, il fallait que je brûle mon excès d'énergie.

Quand je sortis du dressing, elle était dans la chambre, assise au bout du lit en se tenant la tête dans les mains. Elle avait l'air très mal.

Elle avait manifestement vécu des émotions éprouvantes. Mais elle avait pleuré sur l'épaule de Heath au lieu de la mienne. Je décidai soudain que c'était lui que je voulais frapper. Il était peut-être gay et ne la désirait pas de façon romantique, mais il serait toujours le premier homme vers lequel elle se tournerait en cas de crise, pas moi. Et pour cela, je le détestais. Même si c'était un type sympa et qu'il la soutenait toujours.

Je m'arrêtai longtemps avant de passer devant elle pour aller vers la porte sans un mot.

— Adam, dit-elle.

Je m'arrêtai, mais je ne me tournai pas vers elle.

— Quoi ?

— Nous devrions parler.

Je me retournai avec raideur.

— Que reste-t-il à dire ? Plus de fêtes-surprises ? Pas de souci.

Elle se leva lentement et marcha vers moi. Je ne bougeai pas.

— S'il te plaît, Adam...

Elle tendit la main comme pour me toucher, mais je m'écartai.

Elle fronça les sourcils.

— Pourquoi t'éloignes-tu ?

Je secouai la tête.

— Qui s'est éloigné le premier ?

— Pouvons-nous parler de cette soirée ?

J'inspirai profondément avant de souffler.

— Je suis trop énervé pour l'instant. Parlons demain.

— Mais...

J'avais déjà tourné les talons et je m'éloignai. La dernière chose que je souhaitais, c'était que les émotions prennent le dessus. Dire quelque chose que j'allais regretter. À ce moment précis, je brûlais de colère, de frustration et surtout de peur.

Que nous arrivait-il, putain ? Et comment était-ce arrivé si vite ? Cette peur glaciale était de retour, mais cette fois je n'allais pas la laisser me dominer. J'allais consolider mes défenses, camper sur mes positions. Et j'allais tirer mon réconfort de la sagesse ancienne en espérant en faire mon modèle.

Quelques heures plus tard, quand j'avais fini par m'épuiser, je montai dans la chambre et elle était au lit avec les lumières éteintes. Je pris une douche et je me glissai dans le lit à côté d'elle, mais on ne se toucha pas. Il aurait aussi bien pu y avoir des kilomètres de lit entre nous. Je savais qu'elle ne dormait pas, parce qu'elle ne respirait pas comme quand elle dormait. Je tournai le dos vers elle et je restai allongé pendant des heures sur le côté, comme elle, éveillé, à me ressasser les événements de la soirée, encore et encore.

Il fallait que je trouve un nouveau plan, mais je ne pouvais pas réfléchir, l'esprit encombré de désespoir. Je ne savais pas du tout quelle heure il était quand je finis par m'endormir.

Chapitre Cinq

J E NE DORMIS QUE QUELQUES HEURES, ME REVEILLANT D'UN COUP après un rêve dérangeant au sujet de ma sœur, Bree. Cela faisait des années que je n'avais pas rêvé d'elle. Elle pleurait en essayant de me dire quelque chose, mais je ne voyais pas son visage. Il était dans l'obscurité. J'entendis à nouveau certaines des dernières paroles qu'elle m'avait dites quand j'avais douze ans et qu'elle m'avait fait monter dans le bus quittant Seattle pour Mt. Vernon : *'Je te le promets, Adam, je reviens vite pour te voir. Sois un gentil garçon et rentre à la maison, maintenant.'*

Je m'assis avec des sueurs froides, cachant mon visage dans les mains, essayant de contrer un déluge de douleur aussi fraîche et à vif que si toute la scène venait de se dérouler hier. Sabrina, mon adorable sœur. Elle ne revint jamais me voir, malgré sa promesse. Je ne savais même pas où elle était enterrée. Ma pauvre Bree. Je luttai contre un accès de nausée et je trébuchai hors du lit et dans la salle de bains pour me laver le visage.

Il était tôt et quand je sortis, je vis qu'Emilia dormait toujours, ses cheveux bruns aux reflets dorés étalés sur l'oreiller blanc. Je réprimai l'envie de retourner au lit et de l'attirer contre moi, de coller sa peau douce contre la mienne. Je la désirais si fort que cela me faisait mal, mais après la veille — après tout ce qu'il s'était passé la veille — je ne le pouvais pas. Son rejet était toujours une blessure ouverte. J'enfilai donc des habits et je sortis de la chambre pour longer le couloir jusqu'à mon bureau. Je n'avais dormi que quelques heures et le soleil illuminait à peine le ciel d'une lumière grise délavée.

Je n'arrivais pas à chasser les idées noires que le rêve avait laissées. Ce vide douloureux qui me rappelait à quel point Bree me manquait. La dernière fois que je l'avais vue, c'était quatorze ans plus tôt. Je me souvenais à peine de ce à quoi elle ressemblait, du son de sa voix, de la sensation de ses bras quand elle me réconfortait.

Quand j'étais encore un gamin, après sa mort, je l'imaginais comme un ange qui veillait sur moi. Je n'avais jamais autant ressenti sa présence que lorsque je m'étais fait tabasser, cette nuit où j'avais été enfermé dans un casier du vestiaire, certain que c'était la fin. Je l'avais appelée dans mon esprit, je lui avais dit que j'allais mourir, que je serais bientôt auprès d'elle. Mais elle avait dit que non. Que j'allais survivre parce que j'étais fort.

À cette époque-là, je n'avais aucun contrôle sur ma vie : j'étais une victime, une feuille qui volait dans le vent. Cette nuit-là avait changé de très nombreux aspects de ma vie. Une des choses que j'appris, ce fut de prendre le contrôle de ma vie, d'être le conducteur et non le passager.

Assis à mon bureau en regardant vaguement par la fenêtre l'eau couleur de thé qui léchait le rivage de la minuscule plage, je passai une main dans mes cheveux. Mon esprit s'égara sur la situation avec Emilia. *Sois le conducteur, pas le passager...*

Mes pensées furent interrompues par un bruit à la porte. Je me retournai pour voir Emilia qui me regardait avec de grands yeux interrogateurs. Nos regards restèrent fixés l'un sur l'autre pendant un long moment tendu et je me souvins soudain de cet instant, au printemps dernier, quand j'avais pour la première fois posé les yeux sur elle dans la salle de conférence de cet hôtel.

Je n'avais pas su à quoi m'attendre, j'avais eu beaucoup d'idées préconçues à son sujet et j'avais même vu les photos des enchères. J'avais su qu'elle était une femme magnifique. Mais je fus frappé par quelque chose de si puissant au moment où elle entra dans la pièce. C'était plus que simplement sa beauté physique et sa présence. Oui, j'avais trouvé sa beauté ensorcelante. Mais c'était plus que cela. Il y avait autre chose de présent entre nous, quelque chose d'électrique, de presque vivant. Une connexion que je n'avais encore jamais vécue auparavant et qui fut immédiate et très intimidante.

J'avais presque hésité à revenir sur ma décision d'agir comme un connard pour ce rendez-vous afin de lui faire peur et de lui faire abandonner l'idée des enchères. Mais j'avais réussi à le faire, même si j'avais dû lutter contre moi-même tout ce temps-là. Une partie de moi voulait simplement se perdre dans ses mystérieux yeux marron doré.

Et depuis ce moment-là, cette chose n'avait fait que croître, elle s'était muée en cette attirance qui me retenait dans son orbite. J'étais figé, lui faisant toujours face comme la Lune, incapable de me détourner, même pendant une seconde, de l'époustouflante beauté de la Terre. Quand je m'autorisais à ne faire que ressentir, je me sentais aussi impuissant que ce pauvre morceau de roche éternellement prisonnier d'elle, cette luxuriante planète bleue au centre de toute mon existence.

— Hé, dit-elle au bout d'un long moment en me faisant un sourire tremblant.

— Bonjour, dis-je d'une voix atone.

— Tu as faim ? Je peux faire des pancakes.

Chef avait pris une semaine de congés et il avait cuisiné beaucoup de repas à l'avance, et Emilia aimait cuisiner quelque chose de temps en temps.

— Je crois que je suis d'humeur à ne manger que des céréales froides.

C'était ainsi que je me sentais : mouillé, froid, mou, plat.

Elle fronça les sourcils.

— D'accord. Pouvons-nous parler pendant le petit-déjeuner, dans ce cas ?

Je fermai mon ordinateur portable, je me levai et je la suivis en faisant un petit haussement d'épaules.

— D'accord.

Alors qu'elle avait proposé des pancakes, Emilia grignota seulement le morceau de toast qu'elle avait préparé pour elle en me regardant engloutir mes Cheerios aussi vite que possible. Elle parvint néanmoins à avaler plus que sa part de café. Elle en était à sa deuxième grande tasse quand j'aspirai les dernières gouttes de lait de mon bol et que je m'adossai contre la chaise avec un rôt satisfait.

Elle me fit une grimace.

— Dégoûtant.

Je me levai et je partis à l'évier pour rincer mon bol. Elle me suivit. Elle semblait déterminée à me coincer ce matin et je n'aimais pas vraiment que l'on me coince.

— Nous devons vraiment parler.

Je me tournai vers elle en appuyant mes mains sur le plan de travail derrière moi.

— De quoi veux-tu parler ?

Elle inspira profondément, exaspérée.

— Hier soir.

— D'accord. Que veux-tu dire ?

— Je veux savoir pourquoi tu m'as demandé de t'épouser.

Je serrai la mâchoire.

— Je pensais te l'avoir expliqué comme il faut hier soir.

Elle poussa un soupir de lassitude.

— Je ne veux pas commencer une dispute, mais je pense que c'est faux.

— Tu es en train de dire que je te mens ?

Elle fronça les sourcils en baissant le regard.

— Tu ne dis pas toute la vérité. C'est un peu ton mode opératoire.

Je me raidis. Elle faisait évidemment référence au fait que j'avais attendu longtemps avant de lui dire que nous nous connaissions déjà à travers nos identités virtuelles. Quand je l'avais rencontrée en personne, elle pensait que nous étions de parfaits étrangers. Mais ce n'était pas le cas et pendant le mois qui suivit, je la laissai croire le contraire jusqu'à ce que je finisse par avouer que nous étions amis en ligne depuis plus d'un an. Elle ne l'avait toujours pas vraiment oublié. Apparemment, elle ne m'avait pas non plus pardonné.

— Je ne sais pas quoi te dire. Je t'ai dit que je t'aimais et que je voulais commencer à planifier notre futur...

— Une semaine après ma lettre d'admission pour une école où tu ne veux pas que j'aille.

Je poussai un long soupir puis je croisai les bras sur ma poitrine.

— Si tu as l'intention de douter de tout ce qui sort de ma bouche, alors pourquoi veux-tu en parler ?

Elle regarda ailleurs, apparemment distraite, hésitante. Elle frottait sa paume de manière répétée sur le bord du plan de travail.

— Je ne doute pas de ton amour, mais je ne pense pas que tu veuilles te marier pour les bonnes raisons. Nous avons à peine eu l'occasion de passer du temps ensemble...

— Exact, dis-je. Et tu veux partir déménager de l'autre côté du continent.

Elle déglutit.

— Je pensais t'avoir expliqué pourquoi c'était si important pour moi.

— Peut-être devrais-tu m'expliquer à quel point je suis important pour toi.

Elle fronça les sourcils et ses joues rougirent.

— Peut-être ne sommes-nous pas assez importants l'un pour l'autre si aucun de nous ne souhaite déménager.

Un poids tomba sur mon estomac.

— Je t'ai demandé de m'épouser. Cela ne prouve-t-il pas que je suis prêt à faire ...

Elle serra la main pour former un poing.

— Ce n'était pas une proposition en mariage. C'était un ultimatum.

— Je n'ai jamais dit 'épouse-moi sinon' sifflai-je.

— Non, c'est vrai. En avais-tu besoin ? Tu essayais de prendre le contrôle de cette situation, comme tu le fais toujours.

Je secouai la tête en essayant de nier quelque chose que nous savions tous les deux être la vérité. Cela avait été mon jeu de pouvoir et elle l'avait vu sans difficulté.

— Emilia...

— Arrête tes conneries, Adam. Tu as appelé ton ami de la collecte de fonds pour t'assurer que j'irais à UCLA. D'abord, tu es prêt à acheter ma place en fac de médecine si nécessaire et ensuite tu protèges tes arrières avec une bague de fiançailles.

J'ouvris la bouche pour cracher une réplique cinglante, mais je n'en avais pas, car elle avait presque entièrement raison. Plutôt mourir que de lui dire cela. Je me tus donc.

Elle cligna des yeux puis détourna le regard.

— Je pense que nous sommes allés trop vite, dit-elle en nous désignant tous les deux.

J'étais en alerte désormais et chaque muscle de mon corps se tendit. Je m'avançai vers elle et je posai un bras sur le plan de travail de chaque côté d'elle en la piégeant. Nos visages se trouvaient à quelques centimètres l'un de l'autre. Elle recula assez pour voir mon visage, mais elle ne pouvait pas aller plus loin.

— Je ne te laisserai pas t'enfuir, Emilia, dis-je d'une voix basse et ferme.

Elle ferma les yeux puis elle les rouvrit en avalant sa salive. Ses mains étaient posées à plat sur mon torse, mais elle ne me repoussa pas. Même ce simple contact envoya des piques de désir dans mon corps.

— Je ne m'enfuis pas, chuchota-t-elle.

Ma bouche coula vers la sienne et mes mains se posèrent sur l'arrière de sa tête en la tenant contre la mienne tandis que mon corps lui ordonnait de s'abandonner. Elle se laissa tomber contre moi, chutant dans ce baiser, et sa bouche s'ouvrit pour moi. Elle avait le goût du café, du chocolat, des roses. *Mienne...* tout mon corps imprimait ce mot sur le sien. Cette déclaration était dans mes mains pendant que mes pouces s'écartèrent pour se poser sur ses tempes, dans mon baiser, dans mes hanches appuyées contre les siennes. Je devins immédiatement dur et j'aurais pu la prendre tout de suite. Ce désir était un puits gravitationnel et je tombai, je tombai sans m'arrêter.

Elle s'écarta brusquement de moi en reprenant sa respiration comme si elle avait été sous l'eau.

— Arrête, souffla-t-elle. Arrête de me submerger.

Je la regardai au fond des yeux pendant un long moment. Vraiment, qui submergeait qui ? Elle ouvrit la bouche pour se remettre à parler et j'attendis, tendu, contracté.

Elle me repoussa et je cédai — d'un pas, en tout cas. Je laissai tomber les bras en serrant les poings.

— Que veux-tu ? demandai-je.

Elle inspira profondément.

— Je ne le sais pas. En particulier si tu m'obliges à choisir maintenant. *Je ne sais pas.*

Je serrai les dents en brûlant de colère.

— Peut-être perdons-nous notre temps, alors.

Sa mâchoire tomba un instant et son visage devint livide. C'était l'heure du moment de vérité. C'était l'heure où elle devait découvrir à quel point elle tenait à nous. Elle respira profondément.

— Peut-être, oui.

Je déglutis, j'avais un étau autour de la gorge.

— Tu vas donc laisser ceci nous séparer ?

— Non. C'est toi qui laisses ceci nous séparer.

Je n'avais jamais aimé l'idée de jouer au premier qui se dégonfle, mais j'allais le faire si nécessaire. Si elle cédait en premier, cela en valait la peine.

— Je ne suis pas celui qui ne veut pas s'engager dans notre relation, qui réfléchit sérieusement à déménager. Je ne vais pas me contenter d'une demi-relation et c'est exactement ce que nous aurions. Si tu pars, nous redevenons des amis joueurs : FallenOne et Eloisa qui parlent dans les chats de jeux vidéo, si tu en as le temps avec tes études. C'est ce que tu veux ?

Elle me regarda avec de grands yeux en secouant lentement la tête.

— Alors tu dois te décider.

— Maintenant ?

Sa voix tremblait.

— À quoi ça sert de retarder les choses ? Les différents choix s'offrent à toi maintenant. Reste ici, va à UCLA et nous restons ensemble et peut-être même que nous nous marions. Ou pars pour Baltimore et...

— Et je te perds ?

Elle rougit en me regardant d'un air mauvais.

— C'est une espèce de test de mérite ? Je dois prouver ce que je suis prête à sacrifier pour rester avec toi ? Nous ne sommes pas dans ton putain de jeu, Adam. Il s'agit de la vie. Si je ne choisis pas avec sagesse, alors je te perds ? Eh bien, cela fonctionne dans les deux sens. Si toi tu ne choisis pas avec sagesse comment gérer cette situation, alors tu me perds aussi.

Le klaxon d'alerte rouge résonnait à nouveau dans ma tête. Mes paumes de main devinrent moites à l'endroit où elles étaient posées sur le comptoir de la cuisine. Je décidai que ce jeu ressemblait davantage au poker. Et il était temps de garder un visage impassible et de la mettre au pied du mur.

— Quoi qu'il arrive, ceci dépend de toi. Alors que choisis-tu ?

Elle serra les poings et sans un mot de plus, elle pivota sur ses talons et quitta la pièce.

J'attendis une minute avant de me rendre compte que de la laisser quitter ma vue était peut-être une erreur fatale. Quand je la trouvai dans notre chambre, elle avait pris son sac et ses clés et elle cherchait ses chaussures.

— Que fais-tu ?

— Qu'est-ce que tu penses ? Je pars.

— Tu ne peux pas simplement t'enfuir. Tu dois prendre une décision.

Elle se redressa après avoir enfilé ses chaussures et son visage était glacial. Mais elle avait les larmes aux yeux et elle essayait furieusement de les chasser en clignant des paupières.

— J'ai pris ma décision. Je viens de te le dire. Je pars. Je ne donne pas dans les ultimatums.

Elle me contourna pour sortir de la chambre quand j'attrapai son bras. Elle l'arracha de mon emprise et se tourna vivement vers moi.

— Je n'arrive pas à croire que tu fasses cela, dit-elle avant de s'éclaircir la gorge, de cligner plusieurs fois des yeux et de redresser les épaules. Non, ce n'est pas vrai. Je n'arrive pas à croire que tu le fasses. C'est bien le pire.

Elle se tourna et sortit.

Je passai une main sur mon visage en résistant au besoin accablant de la suivre. Elle serait absente une nuit, maximum. Peut-être deux. La porte d'entrée claqua et je fermai les yeux. Elle n'avait même pas pris ses vêtements. C'était simplement sa façon de montrer son indépendance : l'indépendance des célèbres 'couilles en acier' de la geekette Mia Strong qui faisaient son identité. Et c'était en grande partie ce qui me faisait l'aimer autant.

Elle se rendrait compte de ce que signifiait vraiment le fait de perdre ceci, de nous perdre, après une nuit ou deux à dormir seule dans un lit. Puis elle reviendrait. Je passai une bonne demi-heure à faire les cent pas dans la chambre avant de décider que j'allais me rendre dingue. J'avais encore des courbatures de l'entraînement de la veille, mais cette énergie fébrile ne pouvait pas être contenue.

Je changeai de vêtements et je décidai d'aller calmer mes frustrations sur le sac de frappe. Elle reviendrait, j'en étais certain, quand elle verrait ce qu'elle perdait. À chaque heure qui passait et avec chaque nouvelle activité, j'étais déterminé à ne plus penser à notre confrontation. Mais je devenais de moins en moins sûr de moi.

Chapitre Six

ELLE VINT AU TRAVAIL LE LENDEMAIN MATIN. ELLE FUT A l'heure — j'avais vérifié. Je conservai un œil sur elle toute la journée, en me demandant à quel moment elle appellerait Maggie pour prendre rendez-vous avec moi. Ou peut-être m'enverrait-elle un texto pour me demander de parler après le travail.

Jordan, qui avait été présent à la fête-surprise, m'évita en cherchant à ne pas croiser mon regard. Je le surprenais parfois me regardant avec pitié. Mon cousin Liam ne me parlait carrément plus. Apparemment, durant la courte période où Emilia avait travaillé ici, ils étaient devenus très bons amis et ils mangeaient presque toujours ensemble pour le déjeuner. D'une façon ou d'une autre, du point de vue de mon cousin, les problèmes entre Emilia et moi étaient de ma faute.

Elle ne m'appela pas le lundi et pendant mes moments de panique, quand je me demandais combien de temps ceci allait durer, je me souvenais qu'elle était incroyablement têtue. Notre jeu de dégonfle continuait. Si je déviais le premier, je cédais et dans un an j'étais un habitant de la côte est en train de se préparer pour l'hiver où j'allais me geler le cul en raclant cinq kilos de neige de mon pare-brise tous les matins.

Alors, même si je dormais très mal pendant ces deux nuits, je me dis qu'elle serait de retour avant la fin de la semaine.

Le mardi, la compagnie d'assurances nous apprit que nous devions nous déplacer pour des dépositions sur site. Il y eut également des discussions au sujet de la préparation d'un accord, mais j'étais fermement contre le paiement de dommages et intérêts. Faire cela reviendrait à admettre notre culpabilité ou notre responsabilité, ce que je niais fermement.

J'avais confiance en Joe, mon avocat, quand il disait que nous devions essentiellement faire tout ce que la compagnie d'assurances nous demandait. Nous partîmes donc pour New York la semaine suivante. Tout cela se passa si vite que je fus enregistré sur un vol en l'espace de quelques heures, avec Jordan et Joe. J'envoyai un message à ma gouvernante qui fit ma valise et la fit envoyer au bureau. Nous allions partir directement du bureau, car il se trouvait près de l'aéroport John Wayne. Nous allions prendre un vol du soir pour arriver un peu après minuit, heure locale.

J'envoyai un texto à Emilia pour le lui faire savoir et sa réponse fut courte et d'un ton neutre.

On se voit à ton retour. Bon voyage.

***

À New York, le temps passa lentement. On rencontra les gens des assurances dans leurs bureaux de Manhattan et ce ne fut pas une semaine facile. De longues réunions, des dépositions, des discussions, de la stratégie. Les journées étaient remplies de stress et les nuits étaient vides. Je pris le téléphone au moins deux fois par nuit pour appeler Emilia, mais je résistai.

Elle ne m'avait même pas envoyé un texto.

Par le passé, j'avais beaucoup voyagé pour mon travail, mais à présent tout était plus brut, plus poignant et je ne savais pas si c'était dû aux problèmes avec Emilia ou au procès que nous risquions d'avoir contre l'entreprise, ou une combinaison des deux.

Je regardai par la vitre à l'arrière d'une voiture, contemplant les trottoirs bondés de Manhattan devant lesquels nous passions pendant que Jordan s'agitait dans le siège à côté de moi.

— Bon sang, c'était pénible, dit Jordan tandis que le chauffeur nous ramenait à l'hôtel.

Il ferma les yeux et il les frotta à travers ses paupières.

— Si je dois faire une autre déposition, je vais péter un câble.

Je vérifiai mon téléphone pour trouver des messages qui auraient pu arriver pendant la réunion, mais il était toujours vide de textos. Jordan me jeta un coup d'œil avant de regarder mon téléphone.

— Que dirais-tu de sortir et de nous amuser ce soir ? Comme au bon vieux temps.

J'eus un petit rire de dédain. Le bon vieux temps. Je n'arrivais jamais à le suivre. Jordan était un buveur. Moi je ne l'étais absolument pas. Jordan était un dragueur invétéré et même si je n'avais jamais manqué de compagnie féminine quand je le voulais, je n'avais jamais eu les mêmes goûts que lui.

Jordan aimait les femmes sans défauts, magnifiques et à la tête vide.

— Allez, nous pourrions aller en boîte et peut-être rencontrer quelques belles filles qui apprécient les types de Californie.

— Nous sommes à New York, personne n'apprécie les types de Californie.

Jordan regarda encore mon téléphone. Je le rangeai dans la poche de mon veston.

— Alors, euh, tu traînes toujours avec Emilia ou...

Je regardai par la vitre. Nous n'avions pas parlé de la fête-surprise depuis qu'elle avait eu lieu. Personne en dehors de Heath — chez qui je pensais qu'elle logeait — ne savait qu'elle était partie le week-end précédent.

Je m'agitai, mal à l'aise et essayant d'ignorer la peur qui me prenait quand je pensais à Emilia et à notre relation depuis qu'elle était partie. J'estimais qu'elle devait désormais être rentrée à la maison en se disant sans doute que ce serait le bon moment afin que les choses reviennent à la normale après notre confrontation. Cette pensée me soulagea un peu. Je m'éclaircis la gorge.

— Il y a quelques accrochages. Ça ira.

Jordan leva les sourcils, agréablement surpris.

— Alors vous êtes toujours ensemble... bien.

— Tu es content que je ne sois pas sur le marché et que je ne te fasse plus concurrence ?

Jordan rit.

— Laisse-moi au moins t'offrir un verre au bar.

Je dégustai ma bière pendant que Jordan avala deux rhum-coca. On parla de toutes sortes de choses : du bon vieux temps, de l'accompagner, d'idées pour le scénario de la prochaine extension de Dragon Epoch.

Quand il finit son troisième verre, Jordan me fit signe du menton en regardant derrière moi.

— La blonde au bout du bar n'a pas arrêté de te fixer du regard.

Je ricanai.

— Tu es jaloux ?

Il me fit un sourire rusé.

— Je parie que je pourrais obtenir son numéro pour toi.

— Je ne veux pas son numéro. Demande-le pour toi.

— Tu ne vas même pas regarder à quel point elle est canon ?

Je bus une autre gorgée de bière.

— Non. Pas intéressé.

Jordan me regarda comme s'il avait un goût désagréable dans la bouche.

— De tout le monde — de tous mes amis — tu es le dernier que j'aurais pensé pouvoir être infecté par le virus de l'amour.

— Waouh, quand tu le présentes de cette façon, cela a l'air si plaisant.

— C'est choquant, vraiment, quand on considère que tu es toi. Et, bien sûr, comment tu l'as rencontrée.

Je fronçai les sourcils.

— Dans le jeu, tu veux dire ?

— Non, je veux dire comment tu l'as vraiment rencontrée. L'histoire à la *Pretty Woman*.

Soudain mal à l'aise, je posai la bière sans regarder Jordan. Il était au courant depuis le début de l'arrangement entre Emilia et moi. Mais jusqu'à aujourd'hui, il n'en avait jamais parlé. Et l'allusion au film ne m'amusait pas. En gros, il disait qu'Emilia était ma prostituée et je n'appréciai pas. Je lui lançai un regard d'avertissement et il leva une main pour me calmer.

Il était étrange qu'il le fasse maintenant, qu'il soit à moitié ivre ou non.

— Eh bien, au moins tu sais que ce n'est pas une croqueuse de diamants, puisqu'elle a refusé la proposition. Sauf si elle a refusé parce qu'elle pensait que tu te dirais cela...

J'écarquillai les yeux.

— La ferme, Jordan, dis-je en finissant le reste de ma bière. Tu n'as jamais su tenir l'alcool. Tu as besoin de quelque chose à manger.

Je fis signe au serveur et je commandai trois hors-d'œuvre différents pendant que Jordan me regardait d'un air perplexe.

Après un instant de silence pendant lequel on regarda nos téléphones, il finit par lever la tête.

— Hé, je suis désolé. En fait, je pense que c'est une fille sympa. C'est juste qu'elle est jeune, tu vois ? Elle a quoi, dix-neuf ans ?

— Vingt-deux.

— C'est vraiment jeune.

Je le regardai du coin de l'œil.

— Ça ne fait que quatre ans de moins que moi.

— Mais tu as le cerveau et l'expérience d'un type de trente-cinq ans, mon vieux.

Je haussai les épaules. Le serveur revint avec nos hors-d'œuvre et il demanda si je souhaitais une autre boisson. Je commandai une eau minérale. Jordan leva les yeux au ciel, mais il ne dit rien. Il me connaissait assez pour ne pas me pousser à boire.

Alors qu'il avait prétendu ne pas avoir faim, Jordan se mit à dévorer une assiette d'ailes de poulet grillées. Je goûtai les sashimis.

— Alors, que penses-tu de tout cela ? demanda-t-il au bout d'un long silence.

— Les conneries des assurances ?

— Oui. Cette histoire de passer un accord.

— Je vais lutter contre. Je ne veux pas payer pour un accord.

Jordan leva les sourcils.

— Les gens le font tout le temps. Et le public sait pourquoi. Cela ne veut pas dire que l'on reconnaît sa culpabilité.

— Pourtant, cela en donne l'apparence. Les apparences sont très importantes. J'ai le sentiment que les répercussions vont être très désagréables.

— Les journaux sont passés à tout ce qui a lieu au Moyen-Orient.

— Mmm, dis-je en finissant un peu de brie étalé sur du pain croustillant. Va le dire au fourgon du magazine qui me suit dans le parking du campus pour essayer de me faire faire une déclaration.

Jordan fronça les sourcils.

— Nous devrions peut-être embaucher un garde du corps pour toi, juste pour un petit moment, ajouta-t-il quand il détecta mes protestations. Ne prends pas de risques, Adam. Nous ne savons pas quelles seront les conséquences. L'entreprise de relations publiques que j'ai embauchée…

— N'a servi à rien jusqu'ici. Ils veulent que je fasse des interviews. Je n'ai pas le temps pour ces conneries. Je dois me préparer pour la Convention. Cela a le potentiel d'aider nos relations publiques plus que tout ce qu'ils peuvent faire.

Je m'appuyai contre le dossier en n'ayant pas beaucoup mangé. Je n'avais plus faim. Je vérifiai à nouveau mon téléphone.

— Tout va bien ? Tu vérifies ton téléphone plus souvent que ma petite sœur qui est encore au lycée.

— Ça va. Je crois que ce serait une bonne idée de faire un peu d'exercice puis d'aller au lit de bonne heure.

— La nuit est encore jeune et cette blonde te déshabille toujours des yeux.

— Arrête avec cette blonde. Bon sang, tu es le geek le plus chaud de Manhattan.

— Je préfère être le plus chaud plutôt, que le plus ennuyeux, dit-il, et je lui fis un doigt en signant la note.

J'en étais à peu près à la moitié de mon entraînement et le tapis de course était presque à la vitesse maximale. J'avais les écouteurs et je courais en rythme avec les sons du groupe alternatif des années quatre-vingt Erasure quand mon téléphone indiqua l'arrivée d'un texto.

Je l'attrapai et je le regardai en m'attendant à une remarque impertinente de Jordan ou peut-être même à une photo de la blonde mythique dont il allait sans doute parler. Je faillis trébucher quand je vis que c'était Emilia.

Enfin, putain. Je cliquai sur mon application de chat pour le lire en baissant le tapis de course jusqu'à une marche lente.

Je voulais juste te faire savoir que j'ai déménagé mes affaires aujourd'hui. On parlera quand tu reviendras.

À ce moment-là, je trébuchai et je manquai tomber de la putain de machine, lisant et relisant le texto. Dès que j'eus récupéré mon souffle, je l'appelai.

Je tombai directement sur le répondeur. Putain de conneries.

J'avais les doigts raides de colère en tapant ma réponse.

Décroche ton putain de téléphone.

Elle répondit deux minutes plus tard pendant que j'essuyais mon visage et l'équipement.

Je ne vais pas en parler au téléphone. Envoie-moi un texto quand tu rentres et l'on pourra parler.

Ma main se ferma sur le fichu appareil. J'inspirai profondément, j'avalai une bouteille d'eau entière et je retournai à ma chambre avant de la rappeler.

Pas de réponse.

— Putain, m'envoyer par texto que tu as déménagé ce n'est vraiment pas correct, Emilia. Maintenant, enfile ta culotte de grande fille et parle-moi, grognai-je sur son répondeur.

Elle ne rappela jamais.

Je paniquai. Ce n'était plus un jeu de dégonfle. Cette merde devenait réelle. Et je ne trouvai pas une seule bribe de sagesse de guerre chinoise pour me soutenir dans mon comportement. *Dans toutes les batailles, la méthode directe peut être utilisée pour l'initiation du combat, mais les méthodes indirectes seront nécessaires pour assurer la victoire.*

C'était vrai, j'avais été trop direct avec elle, complètement à l'opposé de mon comportement habituel. J'avais forcé la confrontation, j'avais essayé de la pousser à décider tout de suite. Ma peur m'avait conduit à le faire. J'avais voulu qu'elle s'engage pour une décision afin de ne pas avoir à m'inquiéter pour notre avenir. J'avais voulu être sûr qu'elle reste avec moi et je n'avais pas tenu compte de ses sentiments et de ses émotions.

En bref, je l'avais coincée sans qu'elle ait d'autres choix que de partir. En contradiction directe avec les conseils de Sun Tzu. *Quand vous encerclez une armée, laissez-lui une voie de sortie.*

J'avais été un crétin et mon cerveau cherchait désespérément une façon de rectifier la situation.

Deux jours plus tard, quand je rentrai à la maison, tout était comme elle l'avait dit. Tout avait disparu. Son armoire était vide. Il n'y avait rien dans les tiroirs sauf quelques vêtements dans un tiroir qu'elle avait apparemment raté. Plus de livres sur ses étagères. Tout. Était. Parti. Tout.

Elle avait laissé l'ordinateur portable que je lui avais offert — encore une fois. Cela commençait à devenir une sorte de routine tordue entre nous. En poussant un hurlement de rage, je pris la putain de machine et je faillis la fracasser contre le mur avant de m'arrêter.

Cela aurait été le caprice le plus coûteux que j'aurais jamais eu. Je ne jetais jamais des trucs contre le mur. J'étais un type furieusement énervé qui ne pouvait pas réfléchir plus loin que la minute de rage suivante.

Et d'une certaine façon, j'avais l'impression de devenir fou.

Chapitre Sept

Envoie-moi un texto quand tu rentres, s'il te plaît, pour que nous puissions parler.

HEUREUSEMENT, J'AVAIS EU QUELQUES HEURES POUR ME calmer quand ce texto apparut sur mon téléphone. C'était le milieu de l'après-midi et j'avais résisté au besoin d'aller au travail seulement parce que j'avais terriblement mal à la tête. Je me frottai la nuque. La migraine imminente commençait à cet endroit-là. Bon sang, cela faisait des semaines que je n'en avais pas eu.

Pendant un temps, elles avaient été une malédiction presque quotidienne. Depuis un an, elles étaient devenues plus rares et depuis quelques mois je ne me souvenais pas en avoir eu plus que quelques-unes. Mais aujourd'hui, il était presque sûr que celle-là allait me terrasser. Je détectais déjà la distorsion révélatrice sur les bords de ma vision. Je pris mon téléphone et je répondis.

Cela fait des heures que je suis à la maison. Tu passes après le travail ?

Sa réponse me parvint presque immédiatement. *Et si l'on allait manger quelque chose ?*

Je faillis répondre que nous pouvions manger ici. Chef pouvait facilement préparer quelque chose. Le fait qu'elle ne souhaite pas revenir ici ne m'échappa pas et je me mis à transpirer en me demandant si son choix d'un endroit public signifiait qu'elle voulait avoir la conversation de rupture. Je soupirai en décidant de la laisser faire ce qu'elle voulait. Avais-je un autre choix ?

Dis-moi juste où et quand.

Elle répondit : *Dale & Boomer's 18 h ? Tu me dois toujours une partie à Dark Escape.*

C'était bon signe. Elle voulait que nous nous rejoignions dans un restaurant de divertissement dans le centre commercial à Orange. Ils avaient des jeux de toutes sortes, un restaurant et un bar. Sa suggestion de refaire une partie donnait l'impression que tout cela était positif.

J'essayai de supporter le mal de tête pendant environ une heure sans rien prendre, mais il empira et comme je ne pouvais pas me rabattre sur les médicaments efficaces normaux (qui ne me permettaient pas de conduire) je pris des médicaments plus légers en sachant que cela ne ferait qu'estomper un peu la douleur, mais rien pour le problème visuel qui l'accompagnait. Normalement, je n'aimais pas prendre de médicaments contre mes maux de tête, mais je ne voulais pas non plus la rembarrer parce que je souffrais.

J'étais déjà assez énervé contre elle. Je me promis de ne pas perdre mon calme et de ne pas l'éloigner encore plus. Je n'allais pas encore une fois foirer ma très importante stratégie.

Finalement, j'avalai un comprimé plus fort et j'appelai pour qu'une voiture passe me prendre. Elle était là quand j'arrivai, assise sur un banc en cuir dans la zone d'attente où elle regardait son téléphone. Ses longs cheveux sombres étaient attachés en arrière, mais elle avait quitté ses vêtements de travail pour mettre un jean et un tee-shirt à manches longues et à capuche délicieusement tendu sur ses seins. Lorsqu'elle leva la tête et qu'elle me vit, elle rangea le téléphone dans sa poche arrière en se levant.

— Salut, dit-elle en se tenant devant moi, mal à l'aise.

J'hésitai en me balançant d'un pied sur l'autre, tout aussi mal à l'aise.

— Hé.

— Est-ce qu'on pourrait sortir pour marcher ?

— Dans le parking ?

— Eh bien... juste pour parler une minute ?

Je haussai les épaules. Il était dix-huit heures, il faisait déjà nuit, mais il ne faisait pas très froid. J'ouvris la porte pour la laisser passer et nous sortîmes du restaurant pour marcher le long du trottoir qui entourait le centre commercial.

— Comment a été ton voyage ?

— Tout à fait pourri.

— Je suis désolée. Les choses ne se passent pas bien ?

— Je me suis ennuyé et Jordan était irritant et...

Je m'interrompis, j'inspirai profondément et puis, sans la regarder, je finis ma pensée, même si ce n'était pas facile :

— Tu n'étais pas là.

Elle ne dit rien pendant un long moment, mais je sentis sa main se glisser dans la mienne. Je la serrai.

— Tu m'as manqué aussi.

Elle s'arrêta et je me retournai pour lui faire face dans la lumière qui déclinait.

— C'est dur. Je ne veux plus que nous nous disputions, dit-elle.

Je serrai les dents et je me forçai à ne pas lâcher les mots que j'avais au bout de la langue. *Alors pourquoi m'as-tu quitté ?*

— Moi non plus.

Elle me regarda dans les yeux et elle sourit légèrement d'un air interrogateur. Je gardai une expression aussi neutre que possible, refusant de montrer mon trouble intérieur. J'étais ravi de la revoir, mais j'en souffrais également.

Et j'avais décidé que puisque j'avais ignoré la stratégie de Sun Tzu en ne lui offrant aucune voie de sortie et en la coinçant, j'allais désormais m'en tenir exclusivement au manuel de stratégie. *Battez en retraite, attirant ainsi l'ennemi à son tour.* J'allais garder mes distances. Je la laisserais venir à moi. *Appâtez l'ennemi.*

Elle soupira et elle s'avança si vite vers moi que je ne me rendis compte de ce qu'elle faisait que lorsqu'elle m'attira dans un câlin. Lentement, avec raideur, je posai les bras autour d'elle. Je sentis l'odeur du parfum de vanille de ses cheveux et cela me fit mal — physiquement mal. Je m'écartai avant qu'elle ait terminé.

Elle fronça brièvement les sourcils.

— Tu es fâché parce que j'ai déménagé ?

Eh bien, ça, c'était une question tendancieuse. Comment y répondre sans me faire engueuler ?

— Cela te surprend-il ?

Elle secoua la tête.

— C'est juste que c'est dur pour tous les deux. Les choses allaient très vite et... j'ai pensé que ce serait une bonne occasion pour relâcher un peu la pression.

— Alors, j'imagine que tu n'as pas l'intention de revenir bientôt.

Elle eut un regard qui m'indiqua qu'elle aussi avait peur de dire ce qu'il ne fallait pas.

— Pas pour l'instant. D'abord toute cette histoire de vivre ensemble, et puis...

Elle laissa sa voix s'éteindre avant de mentionner la proposition de mariage vouée à l'échec.

Cette peur était de retour et elle me serrait en bas de la gorge.

— Alors, où en sommes-nous ?

Elle tendit les mains pour prendre les miennes en baissant les yeux.

— Je ne veux pas te perdre.

— Tu ne m'as pas perdu.

Pour l'instant.

Je devinai que nous allions laisser toute la question de la fac de médecine pendre au-dessus de nos têtes comme la hache d'un bourreau parce que je n'allais absolument pas en parler maintenant. Je n'étais pas stupide à ce point.

Je m'éclaircis la gorge.

— Je vais être honnête avec toi. Je te veux à la maison. Je veux que tu rentres. Je ne tolérerai pas cette séparation pendant longtemps.

Elle me serra les mains.

— Ce n'est pas une séparation. Adam, allons-y lentement. S'il te plaît. Je ne suis pas une experte dans les relations, mais tu ne l'es pas non plus. Nous avons tous les deux le droit de la diriger.

— D'accord, dis-je d'un ton monotone.

Elle leva les sourcils.

— D'accord ?

— Je vais te laisser gérer la situation. Tu peux diriger pour l'instant. Mais je ne vais pas refouler ce que je veux. Et ce que je veux, c'est toi.

Je serrai les mains autour des siennes et je l'attirai contre moi jusqu'à ce que son corps soit collé contre le mien. Je la pris dans mes bras en serrant fort.

Je tournai la tête et je posai ma bouche sur la sienne, l'amadouant pour qu'elle s'ouvre à moi. Ma langue glissa dans sa bouche, déclarant mon souhait avec mon corps pour faire écho à mes paroles. Je sentis le faible battement de son cœur sur ses lèvres quand elles touchèrent les miennes, palpitant comme les ailes d'un papillon. Je retins ma respiration.

Ses douces lèvres délicieuses. Son goût unique. Je voulais ce qu'il y avait de mieux pour moi. Le mieux pour moi, c'était elle. Et ceci était un revers, mais je n'allais pas abandonner. Pour rien au monde. Emilia avait une volonté forte et elle était têtue, mais je ne l'étais pas moins. Et au fond d'elle, elle le savait très bien.

Je la laissai enfin reculer en détendant mes bras et nous nous regardâmes pendant un très long moment tendu. Elle semblait retenir sa respiration.

— Je... euh... je dois toujours te ratatiner à Dark Escape.

Je me détendis et je fis un pas en arrière en haussant les épaules.

— Ça m'étonnerait.

Elle leva un sourcil.

— On va voir ce qu'on va voir. Allez, viens.

Elle me prit par le coude et elle me ramena vers l'entrée du restaurant. En traversant l'arcade jusqu'à la machine, elle me tendit une carte de jeu en disant qu'elle l'avait rechargée elle-même.

Je la regardai sévèrement et elle haussa les épaules.

— Je voulais juste m'assurer que tu n'aurais aucune excuse, du genre avoir oublié ta carte super express triple platine de Dale et Boomer's.

On se glissa dans le box sombre qui abritait le jeu Dark Escape. On mit nos lunettes 3D et l'on prit les fusils pour commencer notre combat contre les zombies — et l'un contre l'autre. Au bout de presque quarante-cinq minutes, elle finit par sortir victorieuse. À cause du mal de tête et des médicaments que j'avais pris, je ne visais pas bien. Cependant, une autre manière d'obtenir des points était de maintenir un pouls lent, car le jeu mesurait la peur. Et le mien resta beaucoup plus bas que le sien tandis que nous abattions des zombies à gauche et à droite. Lorsque j'enlevai mes lunettes 3D, je me rendis compte que cela avait été une grosse erreur de jouer à ce jeu. J'avais de nouveau violemment mal à la tête.

— Ça va ? demanda-t-elle en rangeant ses lunettes 3D.

Elle était assise tout contre moi dans le petit box sombre du jeu. Je pouvais sentir ses cheveux, sa peau et cela me rappela que je ne l'avais pas vue depuis plus d'une semaine.

— Mal de tête, dis-je en dédramatisant.

— Je suis désolée.

Elle leva la main et toucha mon front. Je me retournai et je la regardai : son visage était très proche du mien. Je penchai la tête en avant et je fis atterrir un baiser sur sa bouche. Elle m'embrassa pendant environ dix secondes avant de s'écarter. Tout près l'un de l'autre dans l'obscurité, une sorte de tension étrange naquit entre nous. Des déclarations non dites, des actions non faites. J'avais envie de l'attirer contre moi, de la tenir tout près pour toujours. Mais je reculai.

— Allons manger. Je suis mort de faim, dis-je.

Nous nous assîmes dans un box dans la partie-bar pour avoir une place plus vite. En fait, c'était plus calme, mis à part la télévision de laquelle nous étions assez éloignés pour pouvoir l'ignorer confortablement. On commanda à boire et à manger : elle prit son habituel croque-monsieur au thon et je repris des forces avec un hamburger au bacon et au bleu. Elle écarquilla les yeux quand il arriva : il était au moins trois fois plus grand que son sandwich.

— Je te parie que tu ne peux pas le mettre dans ta bouche.

— Bien sûr que si.

Elle eut un petit rire de dédain.

— Alors tu peux te déboîter la mâchoire comme un serpent ? Pourquoi ne me l'as-tu pas dit ? C'est un talent utile.

Je la regardai comme si c'était une martienne.

— En quoi ? Ce serait un talent plus utile pour toi, si tu vois ce que je veux dire.

Je lui fis un regard lubrique.

— Dans tes rêves.

C'était apparemment le cas pour l'instant. En fait, je voulais lui demander : qu'en est-il du sexe ? Allons-nous bientôt recoucher ensemble ? Car cela ne me dérangerait pas. Cela me sembla trop direct de le lui demander maintenant. J'avais l'intention de poser la question plus tard, quand on s'embrasserait avec ardeur. Je pouvais la toucher à tous les bons endroits, la chauffer bien comme il faut, puis poser la question. Une semaine et demie, c'était plutôt long ces jours-ci, alors que nous l'avions fait si régulièrement. J'avais peut-être été trop gâté.

Elle avait mangé la moitié de son sandwich quand elle s'arrêta pour s'essuyer la bouche et qu'elle me regarda dévorer mon hamburger avec amusement. Elle baissa la voix un instant et se mit à rire de la voix la plus grave qu'elle put faire.

— Solo *bantha poodoo* !

J'avalai un morceau de hamburger en riant.

— Ça, c'est ma réplique. Toi tu es censée mettre un bikini en or avec une chaîne autour du cou et avoir l'air magnifique, esclave.

Elle ricana.

— Tu es encore parti dans tes fantasmes de princesse Leia ?

À force d'abstinence, j'allais sans doute devoir avoir recours à des fantasmes très bientôt. C'était nul de se passer de sexe et elle était à se lécher les babines dans ce tee-shirt moulant. J'avais envie de lui sucer les tétons à travers le tissu. Merde. Tout devint dur à cette seule idée. C'était comme si je refaisais la classe de seconde.

— En parlant de bikinis dorés, as-tu déjà ton costume pour la fête des employés à la Convention ? demandai-je.

— Je vais y aller en fée lumineuse.

Je souris.

— Dans le costume le moins habillé qui soit, j'espère.

Je me léchai les lèvres comme un pervers.

— Et toi ? En quoi vas-tu te déguiser ?

J'exultai.

— C'est top secret.

— Évidemment, souffla-t-elle. Tu adores garder tes petits secrets, n'est-ce pas ?

— Je suis connu pour cela...

— Et les blogueurs adorent pousser des coups de gueule à ce sujet.

Je souris à cette allusion à la série de quêtes cachées de Dragon Epoch désormais notoire.

— Chaque chose en son temps, jeune padawan.

— Et ce sera quand ? 2023 ? Je pense que les gens seront passés à un nouveau jeu.

Je haussai les épaules.

— J'ai l'impression que cela pourrait arriver l'année prochaine.

Elle renifla.

— Allez... donne-moi un autre indice. 'Jaune' ne suffit pas. Je ne sais même pas si c'est un véritable indice, de toute façon !

Je lui jetai un regard faussement blessé.

— Je ne t'ai pas menti.

— Jaune, c'est un indice tout pourri.

Je la dévisageai des pieds à la tête.

— Mmm, je peux trouver un moyen pour que tu mérites un autre indice.

Elle fit une grimace.

— OK, et bien, il faudrait que je sois certaine de la qualité de cet indice avant de passer ce marché.

Je haussai les épaules et je pris une rondelle d'oignon en beignet que je mâchai.

— Comme tu veux.

Nous fûmes silencieux à nouveau et je regardai autour de moi dans le bar. Il n'était pas trop plein, maintenant que les repas touchaient à leur fin. Plusieurs écrans de télévision beuglaient les nouvelles de dix-neuf heures.

Je me retournai vers elle quand sa main se posa sur la mienne sur la table. Son visage était devenu sérieux. Je tournai la paume vers le haut afin de pouvoir serrer sa main dans la mienne.

— Tout va bien ?

C'était maintenant à mon tour de lui poser la question.

Elle secoua la tête.

— En fait, il y a quelque chose...

Je me détournai d'elle, distrait par le volume de la télévision dans le bar, qui venait d'augmenter. Je me figeai quand je vis l'écran.

— Qu'y a-t-il ? demanda-t-elle et je levai la main pour demander son silence.

Je reconnus la femme que le journal de Channel Seven interviewait. J'avais vu de nombreux clips d'elle dans d'autres programmes. C'était l'une des plaignantes dans le procès contre mon entreprise. Et la mère du gamin suicidaire qui avait tué sa copine puis lui-même. Elle cramponnait un papier sur lequel elle lisait une déclaration en sanglotant au sujet de sa perte terrible. Elle décrivit comment, vers la fin, l'addiction débilitante de son fils Tom avait causé sa perte.

Après ce court passage, il y eut une vidéo de l'extérieur du siège social de Draco, suivi d'une autre d'un reporter qui me poursuivait dans le parking de l'entreprise pendant que je marchais vers ma voiture en refusant de m'arrêter pour faire un commentaire.

Notre serveuse regardait la télévision au bar et dès que la vidéo où j'apparaissais s'estompa, elle se tourna et regarda notre table, la bouche ouverte.

— Adam, dit Emilia d'une voix tendue. Détends-toi. Tous les muscles de ton corps sont raides et l'on voit les veines sur ton front.

— Tu viens de voir ça, n'est-ce pas ? Tu as vu cette merde ?

Je me tournai vers elle en grommelant à voix basse et en espérant que personne d'autre dans ce fichu restaurant ne me reconnaisse. Et connaissant les journaux télévisés, cela avait probablement été montré à cinq heures et à six heures et cela reviendrait à nouveau à onze heures et sans doute pendant plusieurs jours, sous une forme ou une autre. Je me frottai les tempes.

— Putain, soufflai-je, mon mal de tête me retombant soudain dessus.

Je cachai mon visage dans ma main.

Emilia s'était décalée dans le box pour être à côté de moi et elle me frotta le dos entre les omoplates.

— Tu veux en parler ?

— Non. J'en ai déjà parlé.

— Je n'ai jamais compris pourquoi ce type a tué sa petite amie.

Je soupirai.

— C'était un joueur hardcore. J'ai moi-même vérifié ses enregistrements. Il se connectait au moins soixante à soixante-dix heures par semaine. Il appartenait à une guilde puissante, ils faisaient des raids presque tous les deux jours.

Les raids étaient des quêtes menées par de grands groupes de joueurs qui essayaient de battre un monstre épique ou un mage puissant. Je haussai les épaules.

— Un jour, cette petite amie s'est énervée contre lui alors elle a utilisé ses informations de connexion pour accéder à son personnage et elle s'est débarrassée de tous ses objets rares. Quand il s'est connecté, son personnage était à poil.

— Oh merde. Et le service consommation lui a dit qu'ils ne lui restaureraient pas.

— Exactement. Alors il a chargé son arme et il s'est rendu chez elle.

Je repoussai l'assiette contenant mon hamburger à demi mangé et je soupirai.

— Je suis désolée, dit-elle.

Je secouai la tête et je la regardai pendant une minute. L'inquiétude se voyait sur tout son visage.

— Que voulais-tu me dire ?

Elle secoua la tête.

— Ce n'était rien d'important. Je suis chez Heath, au cas où tu te poses la question. Dans sa chambre d'amis.

J'étais sur le point de répondre quand la serveuse arriva, posa la note sur la table et partit sans demander si nous souhaitions un dessert.

Emilia enroula une mèche de cheveux autour de son index.

— Dis-moi, dis-je en prenant sa main libre et en posant sa paume contre mes lèvres.

Elle recourba les doigts autour de ma mâchoire.

— Ce n'est rien. Rien par rapport à ce que tu traverses en ce moment.

— Tu sais que tu peux me parler, n'est-ce pas ? Si tu as besoin de quoi que ce soit.

Elle sourit et elle hocha la tête.

— Tu retournes chez Heath maintenant ? Tu ne veux pas rentrer chez nous — chez moi ?

Elle hésita.

— J'en ai envie, mais pas ce soir. Je suis épuisée et nous travaillons demain.

Je luttai contre l'envie d'insister. Je dus me forcer à me rappeler ma nouvelle attitude. Elle viendrait à moi. Je battrais en retraite et elle me poursuivrait. Exactement comme la stratégie le dictait. Cependant, j'avais vraiment envie d'insister.

— Alors, quand allons-nous... résoudre la situation ? demandai-je.

— Je ne sais pas, mais je ne pense pas que cela prendra longtemps. Nous allons régler cela. Je crois en nous.

Elle sourit.

Je l'accompagnai jusqu'à la voiture et je la laissai avec un long baiser savoureux qui s'attarda sur mes lèvres pendant tout le trajet jusqu'à la maison. L'idée de ce lit vide toute la nuit ne me faisait vraiment pas plaisir, mais au moins les choses étaient-elles meilleures entre nous que je ne l'avais pensé en commençant la journée. Je ne pouvais qu'espérer qu'elles continuent à s'améliorer.

***

Maintenant que je m'étais engagé à suivre les enseignements à la lettre, je commençai à réfléchir à d'autres moyens de la récupérer. J'avais merdé pour la fac de médecine et j'étais toujours déterminé à la faire changer d'avis pour adopter ma façon de penser, mais l'approche directe et agressive m'avait explosé au visage.

Il était temps de récolter des informations.

Ce qui nous permet de frapper et de conquérir, c'est de savoir les choses à l'avance. Engagez des espions, avait dit Sun Tzu. Et Heath était maintenant son colocataire et il la voyait tous les jours. Et même si je détestais le fait qu'elle soit avec lui et pas avec moi, je savais que la clé pour découvrir ce qu'il lui arrivait était de passer par lui.

Nous devions sortir et passer toute la journée de samedi ensemble au parc de paintball. Heath avait été invité à se joindre à l'équipe de paintball de Draco Multimedia en préparation de la Grande Guerre du mois suivant contre les types de Blizzard, nos concurrents. Il s'agissait d'une revanche cette année, et Draco ne prendrait pas de prisonniers. Comme chaque côté avait le droit 'd'engager' cinq 'mercenaires' non professionnels, j'avais demandé à Heath de venir.

Le samedi suivant fut une belle journée dans les collines sèches de Inland Empire, à l'est de Riverside, alors que c'était la fin du mois d'octobre. Ce fut un entraînement plutôt intensif que l'on passa à courir partout avec notre équipement pseudo-militaire et nos masques protecteurs en travaillant sur la stratégie et les tactiques pour la Grande Guerre de novembre. Un groupe motivé d'environ une douzaine de personnes s'était mis d'accord pour se retrouver tous les samedis afin de se préparer. Pour la guerre contre Blizzard, chacun de nous allait agir en tant que chef de section pour les autres employés.

Nous manœuvrâmes autour de vieilles ruines créées pour ressembler aux restes d'une ville ancienne. C'était approprié étant donné le décor de fantasy de Dragn Epoch et bien sûr, la création mondialement connue de Blizzard, World of Warcraft. La seule chose qui aurait pu rendre l'idée plus amusante, d'après beaucoup d'employés, aurait été de combattre déguisés comme nos personnages. Cette idée avait reçu le véto des deux PDG.

Après avoir dit au revoir au reste du groupe, Heath et moi nous nous rendîmes dans un pub proche pour dîner tôt. On débriefa les événements de la journée en échangeant des idées de stratégie. Heath, ayant grandi dans le désert, était devenu un tireur hors pair et un survivaliste. Il m'avait dit que son père était un fou d'armes à feu paranoïaque qui se préparait pour la troisième guerre mondiale depuis les années quatre-vingt. En conséquence, Heath était devenu un tireur d'élite avec une carabine, car il en avait eu entre les mains depuis qu'il était tout petit. Je l'avais désigné capitaine de notre escouade de tireurs d'élite.

Au pub, je commandai un sandwich au rôti et une bière. On compara nos marques de coups : le paintball n'était pas fait pour les lavettes. Cela laissait des marques sauf si l'on choisissait de porter une armure. Par cette chaleur, nous avions laissé tomber cela pour être de 'vrais hommes' à la place. Nous échangeâmes des histoires en plaisantant comme de vieux compagnons de guerre et cela se passait bien entre nous, comme les vieux amis que nous étions vraiment, même si Heath n'avait pas su quand il m'avait rencontré en personne pour la première fois que nous étions déjà amis.

Cela faisait alors plus d'un an que nous jouions ensemble aux jeux vidéo et quand nous nous sommes rencontrés en personne, nous nous sommes naturellement entendus. J'avais compté là-dessus, quand il était devenu apparent qu'il allait agir comme le 'filtre' d'Emilia aux enchères. Et j'avais su comment répondre aux questions qu'il posait. J'avais battu le système, pour ainsi dire.

Heath sembla distrait pendant que nous parlions du dernier blockbuster de Marvel. Il n'arrêtait pas de regarder par-dessus mon épaule et puis de détourner le regard en agitant le genou avec nervosité. Je finis par froncer les sourcils.

— Qu'est-ce qu'il y a ?

— Désolé, type canon à 12 heures, c'est tout.

Je savais qu'il ne parlait pas de moi, mais il fallait néanmoins que je le taquine.

— Je ne savais pas que je t'intéressais.

Il me jeta un regard mauvais.

— En dehors de toi.

Je résistai à l'envie de me retourner pour voir l'objet de son attention. Heath était manifestement gêné. Je pris une minute pour regarder le reste de la clientèle autour de moi. Presque tous étaient des hommes et la plupart étaient par deux ou discutaient dans de plus grands groupes. J'observai le reste de la pièce.

— Attends... c'est un bar gay ?

— Oui, et alors ? La nourriture est bonne.

— C'est vrai. Cela fait longtemps que je n'ai pas mangé un sandwich aussi bon.

Heath me jeta un regard contrarié.

— Bien, et ne t'inquiète pas, ce n'est pas une erreur que je referai de sitôt.

Je haussai les épaules.

— Cela ne me dérange pas. Tant que personne ne me demande de danser.

Il eut un air étrange.

— Tu vois des gens danser ? On ne danse pas ici. Mais il y a beaucoup de couples qui se forment, et c'était une grosse connerie de te faire venir ici.

— Pourquoi ?

— Parce que chaque type de cette pièce t'a déjà regardé au moins cinq fois.

Je ris. Cette conversation avec Heath me rappelait l'étrange discussion avec Jordan dans cet hôtel à New York.

— Ne t'inquiète pas, je suis déjà pris. Je ne rentrerai pas chez moi avec des numéros de téléphone.

Je fis tomber mon couteau par terre et je tendis le bras pour le ramasser en me retournant pour jeter un coup d'œil au groupe d'hommes assis à la table derrière nous. Ils étaient trois. L'un d'entre eux croisa mon regard et il hocha la tête en souriant. Je me redressai en me tournant vers Heath.

— Alors, c'est lequel ? demandai-je.

— Celui qui te tourne le dos, maugréa Heath avant de détourner les yeux, son genou remuant encore plus vite.

— Pourquoi ne vas-tu pas lui parler ?

Il me regarda, encore plus contrarié.

— Parce qu'il y a deux possibilités. Soit il pense que nous sommes en couple et que je suis l'idiot chanceux qui sort avec le brun canon, soit il te regarde et je pourrais aussi bien être un Klingon pour ce que je les intéresse.

Je fronçai les sourcils. Normalement, je n'évaluais pas l'apparence d'autres hommes, mais Heath n'était pas mal du tout. Il était grand, très bien bâti — imposant, même — avec des cheveux blond foncé et des yeux très verts. Ce n'était pas quelqu'un qui, pensai-je, devait être complexé par son physique.

— Je n'avais pas l'intention de gâcher ta drague, mon vieux, dis-je en lui faisant un grand sourire. Je ne connais pas de manière d'afficher mon orientation sexuelle.

Il fronça les sourcils un instant puis son regard s'illumina. Il sortit un stylo de sa poche et griffonna quelque chose sur une serviette en papier.

— Fais-moi plaisir et colle ça sur ton front, tu veux bien ?

Il me donna la serviette et je la lus. Trois lettres majuscules soulignées : HET, pour hétérosexuel. Je ris en fronçant la serviette.

— Bien essayé. Je vais peut-être t'empêcher de draguer, finalement.

Je regardai à nouveau par-dessus mon épaule pour voir où était assis le type derrière moi. Puis je jetai la boule de serviette froissée afin de toucher l'autre homme sur l'arrière de la tête. Puis je me penchai sur le côté comme si Heath m'avait jeté la serviette et que je l'avais évité. La honte sur le visage de Heath me fit presque éclater de rire.

Je me tournai immédiatement et je croisai le regard du type assis derrière moi. Ses cheveux étaient blond tirant sur le roux et il me regardait avec des yeux bleu-vif. Il se tourna et prit la serviette, puis il la lut en me regardant avec un sourcil levé. Je fis tourner ma chaise et je tendis une main apaisante.

— Je suis désolé. Mon pote me visait, mais j'ai été trop rapide pour lui et c'est toi qu'il a touché. Il est simplement en train de me harceler à cause de mon orientation sexuelle.

Il jeta un regard inquisiteur en direction de Heath, qui devint rouge comme une tomate. Je tendis la main.

— Je m'appelle Adam. Ça, c'est mon ami Heath. Je pense qu'il te doit des excuses. Comment t'appelles-tu ?

L'autre homme eut un sourire hésitant en me tendant la main pour serrer la mienne. Puis il regarda Heath et son sourire s'élargit.

— Je m'appelle Connor, dit-il avec un accent irlandais très net. Et voici mes amis Jess et Xander.

Je leur fis signe de la tête.

— Enchanté.

— Pardon d'avoir mal visé, dit Heath en me regardant sans air de reproche.

Connor se tourna vers Heath et son sourire s'agrandit. Il appréciait clairement ce qu'il voyait.

— Aucun problème. Mais si cela se reproduit, je me verrai contraint de te descendre.

— Que diriez-vous d'une tournée ? dis-je. Qu'est-ce que vous buvez ? C'est pour moi parce que, pour une fois, je fais partie de la minorité.

Cela les fit tous rire. On poussa les deux tables l'une contre l'autre et on eut une longue conversation sur les jeux de guerre — apparemment, Connor avait servi dans l'armée et nos trophées sous forme de marques de paintball l'amusèrent. Cela permit également à Heath de montrer ses biceps, ce qu'il apprécia, j'en étais sûr.

Quand nous partîmes quelques heures plus tard, Heath et Connor avaient enregistré leurs numéros de téléphone et j'étais satisfait.

En route vers le parking, Heath exultait toujours de sa nouvelle rencontre.

— Cet accent... mon Dieu, quand je l'ai entendu, j'ai failli mourir.

— Il m'a fait penser à un leprechaun, dis-je.

— C'est bien que tu sois hétéro et que tu aies bon goût pour les femmes, parce que tu n'en as aucun pour les hommes.

Je ris.

— Désolé si je t'ai fait honte tout à l'heure.

— S'il sort avec moi, tu es pardonné.

Je m'arrêtai un instant.

— Alors... j'avais l'intention de passer la tête par la porte pour lui dire bonjour quand je te déposerai, si ça ne te dérange pas. Je lui ai envoyé un texto, mais elle ne m'a pas répondu.

— Bien sûr... elle prend sans doute un bain.

Quand on arriva à ma voiture, je lui jetai les clés.

— Tu veux conduire ?

La mâchoire de Heath tomba et il eut l'air presque aussi perplexe que lorsque j'avais jeté la serviette sur Connor.

— Putain, carrément.

Ma Porshe 356 Cabriolet bleu nuit de 1953 était ma fierté et ma joie. La plaque d'immatriculation était la touche finale : UBR L00T, traduit du langage de gamer signifiant 'uber loot'. Le meilleur butin que l'on pouvait trouver dans le jeu était qualifié de 'uber' et était désiré par tous les gamers dans le monde. J'aimais cette voiture comme un animal domestique chéri. Emilia l'avait conduite quelques fois, mais elle avait déclaré que le levier de vitesse était 'impossible' et elle avait refusé après cela. Je pense qu'elle avait surtout peur de la rayer.

Elle avait un prix qui rendait la plupart des gens impressionnables. Et à la façon qu'avait Heath de la regarder avec des yeux pleins d'envie, je voyais qu'il pensait la même chose.

— Ne la brusque pas, dis-je en me laissant tomber dans le siège passager.

Heath se glissa au volant et il me fit un sourire de gamin fou de joie qui me rappela comme mes neveux aimaient sauter dans la voiture et faire semblant de conduire. Il tourna avec précaution la clé dans le contact et quand le moteur se mit à vrombir, il s'appuya contre le dossier de son siège avec un soupir.

— Je crois que je viens de lâcher le yaourt.

Il enclencha une vitesse et on rentra chez lui en prenant le chemin le plus long, par les routes sinueuses des collines d'Orange, à quelques kilomètres à l'est du centre-ville. Il vivait là-haut dans un appartement haut de gamme qu'il partageait en ce moment avec Emilia.

Je redevins sérieux et mes pensées vagabondèrent loin du plaisir qu'avait Heath à conduire la voiture. Il me jeta quelques regards spéculatifs en rétrogradant, puis il s'éclaircit la gorge.

— Ça va, mon vieux ? Tu tiens le coup ?

Je grimaçai. Apparemment, il avait lu dans mes pensées ou plus probablement mon visage.

— Je vais survivre, dis-je en essayant d'oublier à quel point je détestais ne pas la voir tous les jours, ne pas la tenir quand nous dormions.

Nous n'avions pas vécu ensemble longtemps, mais je m'y étais habitué très vite et cela avait paru normal. Pauvre moi d'il y a cinq ans. Il n'était plus que l'ombre lointaine d'un souvenir.

Les traits de Heath devinrent troublés, pensifs.

— Comment va-t-elle ? demandai-je.

Il haussa les épaules.

— Ça va.

Encore cette pointe de jalousie. Heath était un type génial. Un bon ami. J'étais ravi qu'Emilia ait quelqu'un comme lui dans sa vie, en particulier quand elle avait besoin d'une personne qui ne soit pas moi. Mais, putain, j'avais envie de le tabasser chaque fois que je pensais à elle en train de pleurer sur son épaule au lieu de la mienne.

Je m'éclaircis la gorge et je chassai mes idées noires.

— Je voudrais savoir si je peux te demander un service... dis-je après un long silence pendant que nous montions la grande colline sur Chapman Avenue.

— Si je peux, je le ferais.

— Appelle-moi... ou envoie-moi un texto ou fais-le-moi savoir si... si elle a besoin d'aide et qu'elle est trop têtue pour me le demander. Si c'est de l'argent ou... n'importe quoi.

Je vis sa mâchoire gonfler à l'endroit où il la serra.

— Elle est si nerveuse avec toi ?

Je regardai droit devant moi.

— Les choses sont... compliquées.

Heath fronça les sourcils.

— Je prendrai bien soin d'elle pour toi. Elle a besoin de faire ce qu'elle fait, mais... cela ne va pas être permanent. Sois patient et essaie de ne pas refaire un coup comme ta proposition de mariage, d'accord ? Elle reviendra vers toi quand elle sera prête. Elle est forte et elle peut prendre soin d'elle, mais elle doit apprendre qu'elle n'est pas obligée de tout faire toute seule. Je suis fier d'elle et je sais que tu l'es, toi aussi. C'est presque comme ma sœur, tu sais ? Ma sœur d'autres parents...

Je jetai un regard sombre par la vitre de côté quand il se lâcha en prenant un virage à droite à toute vitesse avec un cri de joie, ne se souciant apparemment pas d'une potentielle amende pour conduite dangereuse. Celles-ci coûtaient cher et beaucoup trop de points sur le permis de conduire. Je le savais d'expérience.

Quand nous sortîmes de la voiture et que je lui pris les clés, il me remercia par une tape sur l'épaule. Je grimaçai, car il atterrit en plein sur un bleu particulièrement gros qu'il m'avait infligé à cet endroit au paintball.

Je le suivis dans l'appartement, mais tout était éteint. Je regardai ma montre. Il n'était que vingt-deux heures. Emilia était-elle sortie ?

Heath exprima mes pensées en jetant ses clés et son portefeuille sur une table près de l'entrée.

— Elle est peut-être sortie avec Alex et Jenna ?

Je jetai un coup d'œil en direction de la lumière d'un écran d'ordinateur dans le coin de son salon, car je reconnus la musique qui jouait doucement en fond sonore : c'était le thème principal de la musique de Dragon Epoch. Elle avait laissé son ordinateur sur l'écran de connexion.

— On dirait qu'elle a oublié de sortir du jeu, dis-je.

Heath leva les yeux au ciel en s'avançant vers l'installation d'Emilia et il ferma le programme avant d'éteindre l'ordinateur. Je remarquai le bloc-notes à spirale qu'elle gardait toujours près de son ordinateur. Il était rempli de notes sur la quête cachée des Golden Mountains. Je résistai à l'envie de le parcourir, curieux de voir si elle approchait du but.

Heath soupira.

— Elle le laisse toujours sur l'écran de connexion. Cette musique constante me rend dingue, dit-il en se redressant. Sans vouloir te vexer.

Je ris.

— Aucun souci. Je n'ai pas écrit la musique.

— Tu veux lui laisser un mot ?

Je réfléchis à sa question et je sortis mon téléphone : toujours pas de réponse à mon texto. J'en écrivis un autre.

Je suis chez Heath. Je suis passé dire bonjour et tu n'étais pas là.

Quelques secondes après avoir appuyé sur le bouton envoyer, j'entendis une sonnerie à côté de l'ordinateur. Heath tourna la tête.

— Son téléphone est ici, son sac également. Elle doit être dans sa chambre.

J'allai vers sa porte et je frappai doucement. Après une longue pause, j'entendis sa voix de l'autre côté. Mais quand j'ouvris la porte, elle était dans le noir.

— Heath, je dormais. Avec qui parles-tu ? marmonna-t-elle.

— Adam, répondis-je. Je veux dire, c'est moi, Adam. Puis-je entrer ?

J'entendis un bruit de draps et elle s'assit. J'essayai de voir dans l'obscurité, mais je ne distinguai que sa silhouette. Elle se frotta les yeux.

— Comment s'est passé le paintball ?

— Bien, dis-je en entrant dans la chambre.

Elle se poussa sur le côté de son lit étroit et elle tapota la place à côté d'elle.

— Assieds-toi.

— Désolé de t'avoir réveillée. Pourquoi t'es-tu couchée si tôt ?

Je ne l'avais jamais vue se coucher avant vingt-trois heures. Et pourtant la voici endormie depuis un moment alors qu'il n'était même pas vingt-deux heures.

— C'est juste que je suis vraiment fatiguée, dit-elle en bâillant.

Je m'assis à côté d'elle et je me penchai pour poser un baiser sur son front. Elle serra les bras autour de mon cou pour me faire un câlin.

— Attention, dis-je. Ton coloc m'a criblé de balles.

— L'enfoiré, grogna-t-elle. Je lui botterai le cul pour toi.

Elle me parut brûlante. Je posai la main sur son front.

— Tu te sens bien ?

— C'est juste que je suis très fatiguée, répéta-t-elle.

— Alors je ne vais pas te... dis-je en laissant ma voix s'éteindre.

Bon sang ! La dernière chose que je voulais faire, c'était de partir.

Elle se laissa retomber contre le lit en levant les yeux vers moi. Ses cheveux sombres s'étalèrent sur son oreiller. J'allais me lever quand elle m'agrippa le bras. J'hésitai et je me rassis.

Avec ses yeux à demi fermés et son sourire paresseux, elle était vraiment magnifique.

— Tu veux bien rester assis avec moi un petit peu ? Jusqu'à ce que je me rendorme ?

Je pris sa main dans la mienne.

— Bien sûr.

Elle roula sur le côté en me tournant le dos, me faisant de la place afin que je puisse m'allonger à côté d'elle. J'enlevai mes chaussures et je fis ce qu'elle voulait en la serrant dans mes bras.

L'odeur de vanille et de pêches fraîches — c'était l'odeur d'Emilia et je ressentis à nouveau cette privation. À quel point elle me manquait.

— Emilia... chuchotai-je.

— Moui ?

J'ouvris la bouche. *Tu me manques. Comme mon bras droit me manquerait. Comme mon propre cœur qui bat me manquerait. Comme ma respiration me manquerait.*

— Tu me le dirais si quelque chose n'allait pas, n'est-ce pas ? Afin que je puisse t'aider ?

Elle resta longtemps silencieuse.

— Qu'est-ce qui te fait croire que quelque chose ne va pas ?

— Rien, mais... juste au cas où.

Elle s'installa plus près dans mes bras.

— Je vais te dire exactement ce dont j'ai besoin maintenant. Tes bras. Exactement là où ils sont. Me serrant très fort. C'est l'ordonnance pour tout ce qui me fait souffrir.

— Qu'est-ce qui te fait souffrir ?

Une pause.

— Je te l'ai dit. Ça va. Je suis juste fatiguée.

Je l'attirai contre moi en me donnant des coups de batte mentaux pour m'empêcher de l'embrasser. Mon corps voulait commencer quelque chose — son odeur et sa chaleur étaient trop près de moi, trop tentantes. Je me rappelai que j'étais là pour lui donner ce dont elle avait besoin. Je voulais qu'elle revienne définitivement avec moi et j'étais prêt à attendre. Sun Tzu aurait été fier de ma patience.

Elle se rendormit en moins de dix minutes. Je la gardai dans mes bras pendant encore trente de plus avant de me lever de son petit lit en l'embrassant doucement sur la joue et en la bordant.

Quand je retournai dans le salon, Heath était assis sur le canapé et il jouait à un jeu sur son iPad.

Il leva les yeux.

— Tout va bien ?

— Elle était vraiment fatiguée.

Il jeta un regard à sa porte fermée et il hocha la tête avec un visage étrangement dénué d'expression.

— Elle a eu une longue semaine.

— Mais elle va bien, n'est-ce pas ?

Heath fronça les sourcils.

— Elle semblait bien ?

— Oui. C'est juste...

Je secouai la tête. Comment expliquer cette sensation étrange qui n'était basée sur rien de concret ? Juste mon intuition ?

— Je t'ai dit que je prendrai soin d'elle. Fais-moi confiance, d'accord ?

Je grinçai des dents. Avais-je le choix ? C'est moi qui étais censé prendre soin d'elle.

— Je vais y aller.

Heath se leva et m'accompagna à la porte en l'ouvrant pour moi.

— Merci, mon vieux. Chouette journée. Maintenant, va mettre de la glace sur tes bleus, espèce de chochotte.

— Je t'emmerde, dis-je en riant.

— On se voit le week-end prochain ? Même heure, même chaîne ?

— D'accord. À la prochaine.

Dans le parking, j'hésitai avant de m'installer au volant, n'arrivant pas à me débarrasser de la sensation sinistre qui émanait du comportement inhabituel d'Emilia. Je m'accrochai, je me dis que j'étais parano et je démarrai la voiture en essayant de chasser ces nouveaux sentiments sombres. Malheureusement, le zen que je recherchais m'échappait. J'étais constamment en train de me poser des questions, de ruminer dans ma tête. Une chose était sûre, elle était collée dans mon cerveau, sur ma peau, indélébile et permanente, comme un tatouage. Même quand je dormais.

Chapitre Huit

L E LENDEMAIN MATIN, DIMANCHE, JE ME RÉVEILLAI AVEC UNE érection monumentale après avoir rêvé d'Emilia à peu près toute la nuit. Encore à moitié endormi, j'essayai de la prendre dans mes bras et quand mes bras se refermèrent dans le vide, je roulai sur le dos et je réfléchis à toutes les façons dont je l'avais prise dans le royaume des songes. En l'absence de sexe régulier, mon subconscient se lâchait, poussé par ma libido affamée.

Comme je l'avais trop souvent fait ces derniers temps, je dus aller me masturber dans la douche ce matin-là. Cela me soulagea, mais je rajoutai une session de sport rigoureuse. Vers midi, j'eus envie de l'appeler, mais je savais qu'elle serait au repas de famille ce soir-là. Peter nous avait invité tous les deux — et bizarrement, il avait invité Kim également. Me pliant donc à ma nouvelle philosophie qui était d'attendre qu'elle vienne vers moi, je décidai que je n'allais pas l'appeler et que je n'enverrai pas de texto avant de la voir le soir.

Je m'assis donc pour travailler sur un nouveau projet, car je refusais désormais de travailler pendant le week-end sauf s'il s'agissait des procès impossibles ou de préparatifs pour la Convention. Et dans ma tête, je justifiais cela comme étant un loisir, pas du vrai travail.

C'était une idée enthousiasmante de développer un jeu de science-fiction situé dans l'espace qui s'entrecroisait sur différents réseaux sociaux comme Facebook, Twitter, Pinterest et Tumblr, peut-être d'autres, je n'y avais pas encore réfléchi. Comme il n'en était qu'au stade d'embryon, je n'en avais parlé à personne, pas même à Emilia.

Je passai tout l'après-midi à travailler dessus, jusqu'à ce qu'il soit l'heure de me rendre chez mon oncle. Je mis mes meilleurs habits décontractés, y compris une chemise rouge, qui n'était pas une couleur que j'aimais particulièrement (même quand je ne tenais pas compte du sort réservé aux figurants qui portaient des hauts rouges dans *Star Trek*). Je ne le choisis que parce qu'Emilia avait un jour dit qu'elle adorait cette chemise. Je pris donc soin de paraître à mon avantage. Un bel appât...

Quand j'arrivai chez Peter, il préparait le dîner dans la cuisine avec Kim. J'avais apporté mon habituelle bouteille de vin et une boîte de pâtisseries pour le dessert. Quand je passai par la porte, le regard de Kim s'illumina et elle regarda par-dessus mon épaule, dans l'expectative.

— Hé Adam ! Comment...

Quand elle ne vit pas la personne qu'elle cherchait, elle fronça les sourcils.

— Où est Emilia ? Elle ne vient pas ?

Je posai le vin et les pâtisseries.

— Si, je crois bien qu'elle vient.

Kim eut l'air perplexe. Peter la vit et il se tourna vers moi.

— Mais... ne serait-elle pas venue avec toi ? Ou bien devais-tu travailler aujourd'hui ?

Je me figeai. J'avais supposé qu'ils étaient au courant du déménagement d'Emilia. Oh merde, ça, c'était vraiment nul.

— Je viens de la maison, mais... elle loge chez Heath pendant quelque temps.

Kim fronça les sourcils et elle secoua la tête, puis elle se retourna pour quitter la pièce en marmonnant quelque chose au sujet de son téléphone. Peter ne me quitta pas des yeux. Ce fut un moment long et intense.

— Tu veux en parler ? demanda-t-il doucement.

J'inspirai profondément.

— Pas vraiment.

Il hocha la tête.

— D'accord.

Il jeta un coup d'œil très inquiet en direction de la porte par laquelle Kim était sortie.

— Elle s'inquiète pour Mia.

Je me tendis.

— Pourquoi ?

— Cela fait un moment qu'elle n'a pas répondu aux appels et aux textos de Kim.

Ce n'était pas le genre d'Emilia d'exclure sa mère. En fait, c'était carrément bizarre. Je cachai ma surprise en me grattant le menton.

— Ah. Étrange.

— Vous avez... rompu ?

— Non. C'est juste... un break.

Il hocha la tête.

Je sortis mon téléphone et je vérifiai si j'avais des textos. Rien. Je composai un message.

Te souviens-tu du repas de famille ? Les gens se demandent où tu es.

Puis j'envoyai un texto à Heath.

Que fait Mia ?

Sa réponse arriva presque immédiatement. *Elle ne se sent pas très bien. Elle est restée à la maison.*

Je répondis : *elle dort ? Es-tu avec elle ? J'arrive.*

Heath répondit : *elle va bien. Elle a juste besoin de repos. S'il te plaît, ne viens pas.*

Je soufflai et je me balançai d'un pied sur l'autre en essayant de maîtriser mon besoin presque incontrôlable d'y aller et de voir par moi-même qu'elle allait bien. Je serrai le poing quand j'eus remis mon téléphone dans la poche de ma chemise.

Peter coupait des pommes de terre en me regardant de temps en temps.

— Britt et les enfants devraient arriver d'une minute à l'autre. J'espère que tu vas décider de rester.

Il me connaissait bien. Il avait lu dans mon langage corporel que j'étais sur le point de filer.

— Kim n'est pas la seule qui s'inquiète pour elle, murmurai-je.

— Elle ne vient vraiment pas ? Et tu vas partir ?

— Je vais attendre l'arrivée des garçons. J'ai quelque chose pour eux.

Peter jeta à nouveau un regard en direction de la porte.

— Eh bien, nous avions l'intention de vous parler à tous les deux, après le repas, mais... puisqu'elle ne vient pas et que vous avez des problèmes, je devrais peut-être juste te dire maintenant que Kim et moi nous nous fréquentons.

Quelque chose de lourd me tomba sur l'estomac à cette nouvelle et je ne sus pas expliquer pourquoi. Parce que d'une certaine façon je ne voyais pas comment cela pouvait bien se terminer si les choses entre Emilia et moi ne fonctionnaient pas. Cela pouvait devenir affreusement gênant.

— Je suis content pour toi, entonnai-je parce que c'était attendu.

Content pour lui et contrarié pour moi.

Britt et les garçons arrivèrent à ce moment-là et je fus soulagé de ne pas avoir à continuer cette conversation avec Peter. Je me baissai et je fis un câlin à chacun — cela faisait des mois que je ne les avais pas vus — puis j'embrassai leur mère sur la joue.

— Salut, dit Britt en regardant autour d'elle. Où est ta meilleure moitié ?

Personne n'était donc content de ne voir que moi ? Super.

— Elle ne se sent pas très bien. Elle dort à la maison.

Seulement, ce n'était pas ma maison, elle ne dormait pas dans mon lit où elle aurait dû être.

— Oh, Mia n'est pas là ? dit DJ.

— Hé, j'ai raté ton anniversaire alors je voulais te donner ton cadeau, d'accord ? Et j'ai aussi quelque chose pour Gareth, pour son anniversaire le mois prochain.

Soudain, les garçons s'intéressèrent à moi et ils oublièrent l'absence d'Emilia. J'ouvris mon portefeuille et j'en sortis deux cartes. J'en donnai une à chacun. Britt m'observa de près et quand elle vit ce que je leur avais donné, elle me regarda d'un air résigné.

Je haussai les épaules.

Les garçons prirent chacun leur cadeau et Gareth bondit de joie.

— Oui ! cria-t-il. Je t'avais dit qu'il allait nous donner des entrées pour Disneyland, DJ !

— Et il va aussi engager quelqu'un pour vous y conduire ? demanda Britt en serrant les dents.

— Papa et maman auront leurs propres entrées et une carte de membre au Club 33, le club pour les adultes, dis-je en lui tendant deux cartes de plus, ce qui la fit sourire et elle me remercia.

— Elles sont valables toute l'année.

Je me tournai vers les garçons et je posai un bras sur leurs têtes.

— Je vous promets de vous y conduire quand je le pourrais. Vous devenez presque assez grands pour me servir d'accoudoirs. Je me promènerai dans le parc avec un bras sur chaque tête.

Je démontrai mon propos en installant mes avant-bras sur leurs têtes comme si j'étais assis dans une chaise longue.

DJ s'échappa de sous mon bras.

— Mia va venir avec nous, hein ? Elle a promis de m'amener sur Thunder Mountain.

Gareth agrippa mon bras et il essaya de lutter avec moi. Je levai le bras et comme ses mains étaient serrées autour de mon avant-bras, je le soulevai.

— Je vais peut-être aller à la piscine et tendre le bras au-dessus de l'eau.

Je ris. Gareth me lâcha très vite et il partit en courant. Je savais où ils allaient.

— Pas dans la voiture, les garçons. Je dois partir dans une minute.

Ils se retournèrent tous les deux, leur déception très claire sur leurs visages. Ils changèrent vite de direction pour aller au jardin.

— Ne passez pas le portail de la piscine, les garçons ! appela Peter.

— Ouais, papy, répondit DJ avant que la porte claque.

— Alors, Mia va bien ? demanda Britt.

J'ouvris la bouche pour répondre que je n'en avais aucune idée lorsque mon téléphone sonna. Merde, c'était sans doute elle. Je sortis et je regardai le texto. Mon espoir retomba.

Jordan.

Je dois te voir dès que possible pour la réunion avec l'assurance demain. Es-tu chez toi ?

Je rangeai mon téléphone dans la poche de ma chemise en ignorant le texto.

— C'est ce que je vais découvrir, répondis-je à Britt. À la prochaine fois. Désolé.

Je pris mes clés. En sortant, Kim me rejoignit et nous marchâmes jusqu'à la voiture. Elle avait l'air troublée.

— Je viens de lui envoyer un message. Aucune réponse. Heath dit qu'elle ne se sent pas bien.

— Exact, c'est aussi ce qu'il m'a dit, dis-je d'une voix monocorde.

— Adam, que se passe-t-il ?

Je souhaitai soudain pouvoir sauter dans la voiture et démarrer au lieu d'avoir cette conversation. J'hésitai. Qu'allais-je bien pouvoir dire ?

— C'est à cause de ta proposition en mariage ? C'est pour cela qu'elle est fâchée ?

Comment pouvais-je simplifier ceci pour ne pas avoir à tout répéter ? J'évitai son regard.

— Plus ou moins. Elle a du mal à décider ce qu'elle veut.

— Tu veux dire au sujet de la fac de médecine ?

Je serrai les dents.

— Oui.

— Elle agit si bizarrement. Cela ne lui ressemble pas. A-t-elle...
avez-vous rompu ?

— Non.

Elle parut clairement soulagée.

— Ah, bien.

Eh bien, au moins c'était rassurant de voir que j'avais l'approbation
de sa mère. J'espérais que cela influence un peu la fille.

— Puis-je te demander un service ?

— Bien sûr, dis-je.

— Peux-tu... veux-tu s'il te plaît lui dire que j'aimerais avoir de ses
nouvelles ?

J'inspirai profondément et j'expirai lentement. Moi aussi, j'aurais
aimé avoir des nouvelles.

— Oui, Kim. Je suis sûr qu'elle va bien. C'est une période difficile
pour elle. Des choix compliqués.

Je tendis la main pour ouvrir la portière et elle posa sa main sur la
mienne.

— Je sais que c'est difficile, mais reste avec elle, d'accord ? Elle est
férocement indépendante, mais elle a un cœur loyal. Elle est juste un
peu perdue maintenant.

Que pouvais-je répondre ? Je savais tout cela et je faisais de mon
mieux pour le comprendre. Je hochai la tête.

— Merci.

Il n'y avait que cinq minutes entre la maison de Peter et celle de
Heath. En roulant, je réfléchis à tout cela. Emilia ne se sentait
manifestement pas bien. Peut-être était-elle déprimée ? Cela pouvait
expliquer son comportement étrange et les secrets cachés à sa mère.
Enfin, cela n'était pas si inhabituel que Kim semblait le penser. Emilia

n'avait jamais raconté les véritables circonstances de notre rencontre à sa mère. Elle n'avait rien dit au sujet des enchères de sa virginité — ce qui était compréhensible. Mais après le début de notre vraie relation, Emilia m'avait dit que le secret des enchères et les événements qui avaient suivi avaient causé une tension entre sa mère et elle. Lui cachait-elle à nouveau des choses ?

Quelques minutes plus tard, le visage non surpris de Heath lorsqu'il ouvrit la porte et qu'il me vit indiqua qu'il m'attendait. Emilia était dans le salon. Elle portait le tee-shirt dans lequel elle dormait d'habitude et un pantalon de yoga. Elle regardait une rediffusion de *Doctor Who* en mangeant un bol de céréales. Elle leva de grands yeux coupables vers moi.

— Alors... ton téléphone est-il cassé ? demandai-je sèchement.

Elle posa son bol et elle regarda Heath qui leva les mains et sortit de la pièce.

— Il est ici et je n'avais pas vérifié. Je viens juste de me réveiller.

J'hésitai.

— D'une sieste ?

Je regardai ma montre. Il était presque dix-huit heures trente.

— Plus ou moins.

Je m'assis sur le canapé à côté d'elle et elle visa la télé avec la télécommande pour couper le son.

— Tu es restée au lit toute la journée ? Pourquoi ne me l'as-tu pas dit ?

Elle respira profondément et détourna le regard.

— Suis-je censée t'envoyer des rapports de santé toutes les heures ?

— Eh bien, tu aurais au moins pu me dire que tu ne venais pas au repas de famille.

Elle prit nerveusement une mèche de ses cheveux bruns brillants et l'entortilla autour de son doigt. Je me focalisai dessus. Oh oh. Je fronçai les sourcils.

— Je pensais que j'allais venir. J'avais mis le réveil pour me lever, mais il n'a pas sonné.

Je l'observai pendant une longue minute et elle gigota. Ses vêtements étaient froissés, ses cheveux n'étaient pas brossés et elle avait des cernes sombres sous les yeux. Et elle me cachait clairement quelque chose. Elle présentait les signes habituels.

Elle finit par lever les sourcils.

— Quoi ?

Il se passe quelque chose et tu ne me le dis pas.

— C'est juste que je ne me sens pas très bien.

— Physiquement... ou mentalement ?

Elle cligna des yeux en inspirant profondément, manifestement irritée.

— J'ai le droit d'avoir des jours sans, de temps en temps.

— Pourquoi as-tu un jour sans ?

Elle haussa les épaules et détourna le regard.

— Je vais bien. Les dernières semaines ont été pourries... pour tous les deux. J'ai juste besoin d'une journée pour traîner et ne rien faire.

Je me frottai le front. Nous n'avions pas vécu ensemble longtemps, mais je ne l'avais jamais vu exprimer le besoin d'avoir un jour de ce type. Emilia était normalement très énergique. Et en général quand elle était en colère ou déprimée, elle jouait au jeu. Je jetai un coup d'œil dans le coin du salon où se trouvait son ordinateur. Il était éteint, sans doute depuis que Heath l'avait éteint la nuit précédente. Elle avait peut-être des règles douloureuses ? Cependant, je la connaissais assez pour ne pas lui demander si c'était le cas. Pas besoin de me faire engueuler inutilement. Mais si c'était le cas, pourquoi se cachait-elle ? Elle me l'aurait simplement dit.

— Tu veux que je reste avec toi ?

Elle hésita et mon téléphone sonna. Je le sortis et je le regardai. C'était encore Jordan.

T'es où, bon sang ? Nous avons du travail.

J'éteignis le téléphone et je le remis dans ma poche.

Elle me regarda attentivement.

— Qui était-ce ?

— C'était Jordan qui me harcèle comme d'habitude.

Elle fronça les sourcils.

— Ah. Je me souviens d'une époque où c'est toi qui le harcelais tout le temps.

— Parle-moi, dis-je en prenant sa main. Que se passe-t-il ?

— Je ne me sens pas au mieux de ma forme, c'est tout. C'est sûrement un virus.

Mon portable se mit à sonner.

— Tu devrais répondre, dit-elle.

Je la regardai. Quelques mois plus tôt, elle m'aurait dit totalement le contraire.

Je sortis le téléphone de ma poche et je décrochai.

— Oui, quoi ?

— T'es où, bon sang ? Il y a de la paperasse que nous devons revoir et tu ignores mes textos.

— Ça ne peut pas attendre demain ?

Une pause.

— Euh. *Non.* La réunion a lieu tôt le matin. Où es-tu ?

— Je suis à Orange, dis-je en jetant un regard à Emilia qui regardait par la fenêtre d'un air distrait. Où veux-tu qu'on se rejoigne ?

— Ta maison. Dans trente minutes.

— Très bien.

Merde. Je ne voulais pas laisser Emilia. Même s'il était clair qu'elle ne voulait pas de moi ici.

Quand j'eus terminé mon appel, elle se tourna vers moi et s'approcha sur le canapé pour prendre mon torse dans ses bras et poser sa tête sur mon épaule. Mon cœur gonfla dans ma poitrine et je volai un baiser dans ses cheveux qui sentaient la vanille. En respirant l'odeur de ses cheveux, tous mes sens s'éveillèrent.

— Je vais bien. Va t'occuper de ton entreprise. Arrête de t'inquiéter.

— Tu sais ce qui m'aiderait à moins m'inquiéter ? demandai-je en caressant ses cheveux. C'est si tu vivais chez moi afin que je puisse prendre soin de toi.

— Comment ai-je deviné que tu allais dire cela ?

Elle posa un baiser sur ma joue.

— Je suis une grande fille. J'ai pris soin de moi pendant des années avant de te rencontrer.

— Je pense que tu ne devrais pas aller au travail demain, dis-je.

— Je vais y réfléchir, répondit-elle. Maintenant, va calmer Jordan. Je vais finir cet épisode, puis j'irai sans doute me recoucher.

— Tu devrais aussi appeler ta mère. Elle s'inquiète pour toi.

— Maman était-elle chez Peter ?

J'inspirai profondément.

— Oui... apparemment, ils voulaient nous dire qu'ils se fréquentaient.

Un air horrifié passa brièvement sur son visage.

— C'est... euh. Un peu dégoûtant.

Je ris.

— Je suis content de savoir que je ne suis pas le seul à trouver cela bizarre. Pourquoi ne la rappelles-tu pas ? Elle avait vraiment l'air perturbée.

Emilia s'écarta et s'installa confortablement.

— Je vais le faire. Je l'appellerai avant d'aller me coucher.

Je me penchai en avant et j'embrassai son front.

— Je vais y aller. Je t'appelle demain. Et je dirai à Mac que tu restes à la maison.

Elle ouvrit la bouche pour protester, mais je levai l'index pour la faire taire.

— Je n'ai pas l'intention de débattre. Prends un jour de congé, c'est le patron qui te le dit. Je viendrai voir comment tu vas demain.

Je l'embrassai pour dire au revoir et je partis.

***

Jordan m'attendait quand j'arrivai. Ma gouvernante l'avait laissé entrer et elle lui avait préparé une boisson et une assiette de choses à grignoter pendant qu'il était assis au bar de ma cuisine. Je pris quelques canapés en remplissant une assiette vide. Elle le remarqua immédiatement et elle proposa donc de me faire à dîner.

Je refusai en la remerciant, mais je pris l'assiette pleine et Jordan et moi nous montâmes au bureau.

— Qu'est-ce qui est si important que cela ne pouvait pas attendre demain ? dis-je en m'installant à mon bureau en face de Jordan.

— La compagnie d'assurances nous a envoyé des papiers que nous devons vérifier et renvoyer avec nos corrections dès que possible.

Je me frottai le front avec le pouce.

— Et cela ne peut pas attendre ?

Jordan regarda comme si un troisième œil venait de me pousser au milieu du front.

— Qu'est-ce que tu racontes, Adam ? On ne doit pas se laisser déborder par cette merde. C'est notre entreprise. Et ces types des assurances nous tiennent par la peau des fesses. Un faux mouvement et on se casse la gueule. Non, ça ne pouvait pas attendre.

Jolie image. J'attrapai une pile de papiers et je lus la première page en diagonale.

— Tout ça, ce sont des conneries pour régler l'affaire en payant. On ne va pas passer d'accord.

Jordan me regarda pendant une longue minute sévère.

— Il se peut que nous n'ayons pas le choix.

— N'importe quoi. Ce n'est pas à eux de décider.

— Joseph a examiné le contrat d'assurance parce que je savais que tu dirais cela. Il n'a encore rien trouvé. Sauf si toi, en tant que PDG, tu es personnellement nommé dans le procès, alors tu n'as aucun pouvoir de décision sur le fait que la compagnie d'assurances passe un accord ou décide d'aller au tribunal.

Je rejetai le paquet de feuilles sur le bureau en soufflant. Je n'avais pas envie de gérer ceci maintenant. Je n'arrivais pas à m'ôter l'inquiétude au sujet d'Emilia de la tête. Je regardai longtemps par la fenêtre en me demandant pourquoi je n'arrivais à me concentrer sur rien d'autre ce soir-là.

— Adam. Concentre-toi, mon vieux. Où étais-tu tout à l'heure ?

— J'essayais de passer du temps avec ma famille...

— Et tu te languissais de ta petite amie qui est partie. Que t'est-il arrivé ? J'ai besoin du PDG requin qui n'hésitait jamais à passer un dimanche en travaillant douze heures et pas le hippie qui est parti faire une randonnée et contempler son nombril.

Je bondis de ma chaise et je marchai vers la fenêtre en croisant les bras.

— Ça suffit, Jordan, d'accord ?

Sa chaise grinça quand il s'agita.

— Je suis désolé, mais... j'ai besoin que tu sois ici. À quoi penses-tu ?

Je me passai la main dans les cheveux.

— Je m'inquiète pour elle. Quelque chose ne va pas... c'est juste une intuition. Il y a quelque chose qu'elle ne me dit pas. Mais je ne suis pas bête au point de te demander des conseils en ce qui concerne les femmes.

— Ça au moins, c'est intelligent. Qu'est-ce qui ne va pas avec elle ?

— Je ne sais pas. Je crois qu'elle ne se sent pas bien. Elle ne me parle pas et elle ne parle pas à sa mère.

Il gratta son bouc élégant et il me jeta un regard rusé.

— Eh bien, il existe des façons de le découvrir, tu sais. Si je m'en occupe pour toi, tu pourras peut-être te concentrer sur notre problème.

Je fronçai les sourcils.

— Quoi, comme engager un interrogateur de l'armée, peut-être ?

Il tourna dans sa chaise.

— Je connais un type — comme avant, quand tu m'avais fait examiner les finances de la mère. Il pourrait suivre Mia pendant une semaine et te dire tout ce que tu as besoin de savoir.

Je me retournai vers la fenêtre.

— Non.

— Adam, tu ne vas servir à rien pour moi et l'entreprise sauf si tu arrêtes avec tes conneries. Qu'est-ce que cela peut faire ? Elle ne le saura jamais. Ce type est doué. Tu retrouverais ta tranquillité d'esprit et ton entreprise récupérera son PDG fonctionnant à cent pour cent.

Engagez des espions, avait dit Sun Tzu. Et me rapprocher de Heath ne me menait nulle part parce qu'il était extrêmement loyal. Il ne la trahirait jamais. Mais un pro trouverait rapidement. Il découvrirait ce pour quoi je le paye. Mais y avait-il quoi que ce soit à découvrir ? Me cachait-elle vraiment quelque chose ?

— On verra, dis-je en m'éclaircissant la gorge et en me redressant. Lisons ce truc page par page. Tu as besoin de manger ou d'autre chose ?

Jordan me regarda d'un air stupéfait. Il finit par hausser les épaules.

— Non, ça va.

On lut la paperasse en détail jusqu'à bien après minuit. Quand je finis par me coucher, je n'y voyais presque plus clair à cause de l'épuisement. Et je redoutais déjà lundi matin qui était arrivé avant même que je ferme les yeux. Quelques heures de sommeil et beaucoup de café allaient être la seule façon afin que je survive la journée à venir.

*****

Un cimetière. Éclairé de lumière vive. Il était juste un peu avant midi. Une brise sèche faisait sinistrement gémir les arbres. Des corbeaux croassaient au loin. Je tenais une poignée de roses dans la main et je serrais les tiges dans mon poing. Les épines mordaient et piquaient ma paume. J'avais regardé chaque pierre tombale. Chacune. Cela faisait des heures que j'étais là. Des jours. Des semaines. Et aucune n'était celle que je cherchais.

Je me retournai. J'avais créé un sentier sur les tombes que j'avais déjà vues. Je lisais les noms sans m'arrêter, encore et encore. Je retraçai mes pas en sachant que j'étais perdu, que je n'arriverais à rien.

— Bree ? Où es-tu ? appelai-je et la voix n'était pas la mienne, mais celle d'un enfant, du garçon que j'avais été. Bree. Reviens-moi !

Je me réveillai d'un coup, incapable de respirer, le cœur battant à toute vitesse. Les pensées éparpillées. Le tee-shirt trempé de sueur et les lignes ondulantes au bord de ma vision signalant le début d'une migraine. *Bree...* ce cri désespéré résonnait dans ma tête. *Elle est partie. Pour toujours*, répondit une voix sèche et cynique — ma voix d'adulte.

Je me laissai retomber sur mon oreiller humide, affaibli par la panique. Oui, c'était un rêve, mais la réalité était beaucoup trop terrifiante. Je ne pouvais pas perdre Emilia comme j'avais perdu Bree.

Mon besoin de savoir ce qu'il se passait était encore plus intense ce matin qu'il ne l'avait été la veille au soir quand j'avais parlé à Jordan. Je réfléchis à sa proposition, à toutes les possibilités qu'offrait le fait d'engager un détective privé. Je pesai le pour et le contre.

Inévitablement, une heure plus tard, j'appelai Jordan. Il était cinq heures du matin.

— Qu'est-ce qu'il y a ? croassa-t-il au téléphone.

Je venais manifestement de le réveiller.

— Appelle ton type. Dis-lui de me contacter et je lui donnerais les informations dont il a besoin. Je veux que ce soit discret, d'accord ? On ne la suit pas, je veux juste que l'on cherche des renseignements.

— À quoi ça sert ? Cela prendra plus longtemps.

Je haussai les épaules. Cela n'était vraiment pas très logique. Quelle que soit la manière dont on envisageait les choses, violer son intimité restait violer son intimité. Je poussai un profond soupir.

— Donne-lui simplement mon numéro et laisse-moi lui parler, d'accord ?

— D'accord... merci pour le réveil.

Je raccrochai et j'essayai de trouver l'énergie de me lever, d'aller me doucher et de me préparer pour un autre jour. Nous avions une téléconférence avec la compagnie d'assurances à huit heures. Comme ils étaient à l'heure de la côte Est, nous devions commencer tôt.

Comme un zombie qui sortait tout droit de mon jeu, je traversai la matinée en tâtonnant et j'en étais à ma troisième tasse de café quand la téléconférence commença.

Effectivement, ils voulurent conclure un accord et d'après mon avocat, je ne pouvais absolument rien y faire. Au moment même où nous parlions, un accord pour le règlement du litige était préparé.

À dix heures, les gens de New York durent partir déjeuner et je restai assis dans mon bureau, le visage caché dans mes mains, à essayer de trouver quoi faire. En gros, ils tenaient mes boules dans un étau et si je déviais de leurs plans, ils arrêteraient de me couvrir et je serais entièrement responsable des frais du procès et de tous les frais légaux associés. Et même si j'avais une assez grande chance de gagner un procès, je perdrais malgré tout parce que les coûts impliqués seraient bien trop importants.

J'avais appelé le département du marketing pour m'assurer qu'Emilia n'était pas venue travailler et on m'avait dit qu'elle était restée chez elle. Je lui envoyai un message rapide par texto pour lui demander si elle allait bien.

Elle me répondit qu'elle se sentait mieux et qu'elle allait passer la soirée avec sa mère. Elle demanda si elle pouvait passer chez moi le lendemain.

Je refoulai l'irritation toujours présente à l'idée de ne pas pouvoir la voir tous les jours, et j'acceptai.

Au début de l'après-midi, je reçus un appel sur le portable d'un numéro que je ne reconnus pas. Je répondis au cas où il s'agissait de l'homme recommandé par Jordan. Lorsqu'il se présenta, je lui demandai quelle était son expérience et je lui dis ce que je souhaitais qu'il fasse.

Il me posa des questions basiques à son sujet : nom, âge, adresse, description physique et type de voiture qu'elle conduisait. À chaque détail que je dévoilais, je me sentais plus sale. Je me sentais comme un pervers, comme si je trahissais sa vie privée de plusieurs façons.

Mais ces questions continuaient à tourner dans ma tête. Que lui arrivait-il ? Pourquoi était-elle si étrange ? Pourquoi était-elle vraiment partie ? Était-ce seulement à cause de notre jeu de dégonfle ou y avait-il autre chose ? Y avait-il quelqu'un d'autre ?

Mon Dieu, il valait mieux qu'il n'y ait personne d'autre, sinon je n'allais pas être responsable de mes actes. L'idée d'un autre homme avec elle me rendait si fou de rage que je ne pouvais même pas m'autoriser à l'envisager.

— Je veux une surveillance minimale. Il ne faut pas la suivre.

Je ne voulais pas qu'elle le découvre et même si Jordan m'avait assuré que ce type était doué, je ne voulais pas prendre le risque.

— Vous dites qu'elle vit dans un immeuble ? Combien d'appartements ? Et vit-elle seule ou avec quelqu'un ?

— Euh, au moins une centaine d'appartements. Elle a un colocataire.

— Alors les techniques habituelles de surveillance minimale — fouiller dans son courrier et ses poubelles, par exemple — ne suffiront sans doute pas. Cela prendra du temps, si vous ne voulez pas qu'elle soit suivie.

Je fis une pause en fixant le mur du regard.

— Pouvez-vous vérifier les données téléphoniques, les paiements bancaires et ce genre de choses ?

— Il y a également d'autres éléments en ligne, comme les réseaux sociaux, par exemple.

Je levai les yeux au ciel.

— D'accord ça je m'en occupe moi-même. Fouillez pour voir ce que vous pourrez trouver. Si cela prend trop de temps, je déciderai s'il faut la faire suivre ou pas.

— Très bien. Je vous garderai au courant de ce que je trouve. Les textos vous conviennent ou préféreriez-vous des e-mails ?

— Les textos, c'est très bien.

Je raccrochai et je restai les yeux dans le vide pendant un long moment. Cela faisait des jours que je surveillais son blog et ses commentaires. Il n'y avait rien. Et son compte Twitter ainsi que sa page Facebook étaient également vides d'informations personnelles — il n'y avait même pas les minuscules détails qu'elle partageait d'habitude, comme l'irritation d'être enrhumée ou les plaintes au sujet du mauvais temps. Non pas qu'il y ait de quoi se plaindre de la météo en Californie du Sud. Mais tout était presque méticuleusement vide de tout élément personnel. Comme si elle cachait quelque chose.

Il y avait longtemps qu'elle avait découvert que j'étais un lecteur régulier de son blog. Jusque-là, cela n'avait pas influencé sa façon d'écrire — même au sujet des jeux Draco. Il ne restait plus grand-chose de la geekette dans son blog.

À chaque question que je me posais, cette vieille peur grandissait. Je ne pouvais pas la perdre. Ce n'était pas possible.

Chapitre Neuf

JE QUITTAI LE TRAVAIL ASSEZ TÔT LE MARDI PARCE QU'ELLE N'ÉTAIT pas venue travailler et je lui avais envoyé un texto pour demander si elle allait bien. Elle avait dit qu'elle voulait quand même me voir et je lui avais proposé de venir chez moi au milieu de l'après-midi. Je pouvais finir ma journée de travail à la maison. En outre, tout ce que j'avais à faire, c'était de tester une nouvelle application qui allait être dévoilée à DracoCon, alors je décidai de le faire à la maison. En fait, Emilia allait pouvoir m'aider.

J'étais au milieu des premiers tests quand elle arriva. Cora, ma gouvernante, adulait Emilia et elle l'embrassa sur la joue. Emilia entra et se laissa tomber sur le canapé en face de moi. Nous étions dans le salon à l'avant de la maison. Elle portait un jean, un tee-shirt marron sur lequel était écrit en grandes lettres dorées BROWNCOAT, accentué par des étoiles à cinq branches qui révélaient qu'elle était une fan éternelle de la série de science-fiction adorée, mais éphémère, *Firefly*. Et sur sa tête, elle portait une casquette noire avec le logo de Dragon Epoch.

— Jolie casquette, dis-je.

Elle me fit un sourire fatigué. Elle avait l'air de ne pas avoir dormi depuis la dernière fois que je l'avais vue, le dimanche. Je fronçai les sourcils.

— Tu vas bien ?

Elle cligna des yeux.

— J'ai l'air si mal en point ?

Je me levai et je m'avançai pour m'asseoir à côté d'elle.

— Tu as l'air vraiment fatigué. Je pensais que tu avais dit te sentir mieux, hier. Comment s'est passée la journée avec ta mère ?

Elle détourna le regard, attrapa l'extrémité de sa queue de cheval et l'entortilla autour de son doigt. Je la regardai, mes yeux passant de son regard évasif au mouvement agité de sa main.

— Oh. J'ai commencé à me sentir mal après t'avoir envoyé le texto, alors j'ai annulé.

Je la scrutai, désormais persuadé que tout ce qu'elle allait me dire serait évasif ou même mensonger.

— Tu te sens mieux maintenant ?

Elle n'en avait pas l'air. Ses yeux étaient gonflés. J'avais envie de la coincer, de l'affronter, mais je dus me forcer à me rappeler que je n'adoptais plus cette approche. Je me contentai de la regarder.

Elle me jeta un regard rapide et elle se pencha en avant pour m'embrasser sur la joue, en jetant les bras autour de mon cou.

— Hé, dis-je en l'attirant contre moi.

J'enfouis mon nez dans son cou et je la respirai. Elle resta collée à moi pendant un long moment sans bouger, alors je la gardai dans mes bras.

— Emilia, que se passe-t-il ?

Elle recula et elle posa un long baiser sur mes lèvres, puis elle tourna la tête sur le côté.

— Rien. Tu m'as manqué, c'est tout.

Je me retins de faire remarquer une évidence. Si elle revenait vivre à la maison, je ne lui manquerais pas. Je regardai son sac à dos en espérant qu'elle y avait mis des affaires pour la nuit, mais même si ce n'était pas le cas, j'avais demandé à un assistant de récupérer quelques affaires au magasin, juste dans le cas où. Il me tardait de lui montrer ma petite surprise. Je m'étais procuré une copie numérique en avant-première du dernier *Hobbit* qui ne sortirait en salle que le mois prochain. J'avais dû tirer des ficelles et demander des faveurs pour celle-là. Nous la regarderions dans la salle de cinéma après le repas. J'étais impatient de voir sa tête quand le générique s'afficherait.

Elle regarda mon ordinateur portable.

— Sur quoi travailles-tu ?

— J'étais sur le point de dire 'top secret' parce que je sais à quel point tu adores ça.

Je la tapotai sous le menton quand elle leva les yeux au ciel.

— En réalité, j'ai besoin de ton aide pour cela. C'est une nouvelle application que nous allons dévoiler à la Convention et je dois faire les derniers tests.

Son regard s'illumina.

— Une application pour téléphone ? Un nouveau jeu ou… ?

— C'est une application liée à Dragon Epoch. On peut interagir avec le jeu même quand on n'est pas connecté ni en train de jouer.

Elle fronça les sourcils.

— Depuis le téléphone ? C'est un produit fini et je ne l'apprends que maintenant ?

— Ne crains rien, petite blogueuse. Je te donnerai le premier scoop. En fait, je dirai à Mac de te faire rédiger la critique pour la Convention.

— Qu'est-ce que ça fait ? Est-ce que l'on peut chatter avec ses amis dans le jeu ?

Je sortis mon téléphone et j'ouvris l'application.

— Oui, il y a un chat, mais ce n'est pas du tout le plus intéressant. Tu peux régler des commandes hors-ligne afin que ton personnage fasse des choses, comme travailler sur ses compétences non liées au combat ou...

— Oooh, Eloisa peut enfin devenir une tisserande experte ! Je n'ai aucune patience pour ces conneries dans le jeu. Je préfère couper des orques en deux au lieu d'améliorer mes compétences. Sans vouloir te vexer.

Je ris.

— Aucun souci. Je n'ai pas développé les compétences hors combat dans le jeu.

Je lui fis une démonstration de l'application et elle fut immédiatement captivée, affichant un énorme sourire sur son visage.

— Oh, c'est trop cool ! Je peux vendre des affaires aux autres joueurs à la criée.

— Exact, tu peux échanger ou vendre de l'équipement en jeu même quand tu n'es pas connectée.

Elle leva les sourcils.

— Mais alors, qu'en est-il des problèmes de sécurité, comme ce qui est arrivé à ce gamin dans le New Jersey ?

— Il faut enregistrer ton téléphone quand tu crées ton compte avant d'utiliser cette application. Il y a de petites annonces afin que tu puisses faire savoir ce que tu souhaites acheter. En plus, il est possible d'envoyer des notifications, alors si tu veux que tes amis se connectent pour aller faire un raid, tu peux demander à l'application d'envoyer des textos sur leur mobile.

— C'est badass ! T'es un putain de génie.

Elle se mit à appuyer sur les commandes.

— Vite, connecte-toi à FallenOne, je veux voir si je peux lui faire faire des trucs depuis le téléphone.

Je me tournai vers mon ordinateur portable et je me connectai. Pendant la demi-heure suivante, on passa en revue toute la gamme des commandes de l'application. Emilia était surexcitée et elle me posait un million de questions.

— Merde, je n'arrive pas à croire que j'ai dormi avec toi toutes les nuits pendant des mois et que tu m'as caché cela.

— Le travail, c'est le travail, dis-je. Toi, tu es dans l'autre équipe.

— Ha ! s'exclama-t-elle, mais lorsqu'elle continua à appuyer sur les boutons, elle eut un regard plus sérieux.

Elle sembla distraite, perdue dans ses pensées.

— Qu'est-ce qui ne va pas ?

Elle me regarda avec des yeux presque effrayés.

— Euh, eh bien...

Je fronçai les sourcils.

— C'est l'application ?

— Non, l'application est fabuleuse.

Elle se redressa et me rendit le téléphone. Je le posai à côté de l'ordinateur. Peut-être allait-elle enfin parler ?

Mais en la regardant, je remarquai qu'elle était soudain devenue très pâle. Elle s'éclaircit la gorge puis elle toussa.

— Je suis venue ici parce que je voulais passer du temps avec toi, mais aussi parce que nous devons parler.

Je me raidis. La phrase 'nous devons parler' ne se terminait jamais bien. Ma respiration s'interrompit. Était-elle venue rompre ? Était-ce pour cela qu'elle était si évasive ? Merde. J'avais besoin d'une minute pour rassembler mes pensées, pour formuler un plan.

— Puis-je t'offrir un verre d'eau ?

Elle s'éclaircit à nouveau la gorge.

— Euh. Oui. S'il te plaît ? Et... euh, peut-être un peu de vin ?

De l'eau et du vin ? Je me levai et je me rendis dans la cuisine où j'attrapai une tasse que je remplis d'eau fraîche au distributeur du frigo. Je réfléchis à toute allure. Changer de conversation ? Cela ne fonctionnerait pas. Pourquoi voudrait-elle rompre ? La peur tenace qu'il y ait quelqu'un d'autre dans sa vie réapparut. Mais elle n'était pas venue travailler pendant deux jours et ce week-end, elle n'avait clairement pas été en forme.

Je n'avais pas d'informations et je n'en aurais pas tant que le détective privé ne m'en donnait pas. Elle avait le dessus et il fallait que je trouve un moyen d'éviter la confrontation tout de suite. Je réfléchis. *Pendant la guerre, il faut éviter ce qui est fort et attaquer ce qui est faible.*

Je sortis une bouteille fraîche de Sauvignon blanc du frigo et je la débouchai. Personne n'avait touché au vin depuis qu'elle avait déménagé. Je retournai dans la pièce avec un verre dans chaque main et je les posai sur la table basse devant elle. Elle ne leva pas la tête, ayant repris le téléphone pour jouer avec l'application.

Elle tendit la main pour prendre le verre de vin et elle le but d'un trait sans quitter l'écran de téléphone des yeux. Que se passait-il ?

— Je suis content que l'application te plaise autant, dis-je.

Elle ne dit rien pendant un long moment. Elle s'éclaircit la gorge et leva les yeux vers moi avec un regard étrange.

— Tu viens de recevoir un texto. De quelqu'un qui se nomme Miguel.

Mon sang se glaça dans mes veines. Je déglutis et je fis de mon mieux pour essayer de cacher ma peur. Je tendis la main pour prendre mon téléphone, mais elle ne me le donna pas. Je serrai la mâchoire et je baissai la main.

Il y avait une réelle possibilité pour que, ce texto soit innocent. Il se pouvait qu'elle ne sache pas que Miguel fût le détective privé que j'avais engagé pour trouver des informations sur elle. Mes craintes pouvaient être infondées. Mais si c'était le cas, pourquoi avais-je du mal à respirer ?

Elle fronça les sourcils et regarda à nouveau le téléphone.

— Alors Miguel veut savoir s'il peut attacher un traqueur GPS à ma voiture même si tu ne veux pas que je sois activement suivie ?

Elle posa le téléphone et elle se leva en me jetant un regard furieux. Elle se pencha pour prendre son sac à dos, se retourna, mais ne fit pas plus de quelques pas vers la porte. Je l'interceptai en prenant son bras.

— Je peux l'expliquer.

Elle s'écarta de moi.

— Qu'est-ce que tu as foutu, Adam ?

— J'étais inquiet à ton sujet...

— C'est ce que disent tous les autres harceleurs pervers de la planète. Je dois partir, dit-elle d'un ton sec.

— Tu as dit que nous devions parler, dis-je en revenant me placer devant elle.

— Pourquoi avons-nous besoin de parler ? aboya-t-elle. Il te suffit de me faire suivre par ton détective privé.

— Emilia...

— Pousse-toi ! Es-tu vraiment si étonné que je refuse ta proposition en mariage et que je déménage ? Comme si toutes les autres femmes de la galaxie ne se précipiteraient pas pour venir faire la queue et épouser le jeune multimilliardaire canon. Tu n'arrives pas à comprendre le fait que je ne me traîne pas à tes pieds de gratitude pour devenir sans doute la première d'une longue liste de Madame Adam Drake ? C'est ça, le grand mystère que tu veux résoudre ? Parce que je vais te le dire tout de suite. Et tu n'as pas besoin de gaspiller ton argent à me faire suivre.

Je reculai et je croisai les bras sur ma poitrine. J'appelai la gouvernante qui se trouvait dans la pièce à côté et qui entendait tout. Cora était une femme intelligente. Quand je lui dis qu'elle avait terminé pour la journée, elle émergea environ deux minutes plus tard avec son sac sur le bras et elle ne regarda aucun de nous quand elle sortit.

Emilia fulminait et — bizarrement — elle avait les larmes aux yeux. Elle ne pleurait jamais. J'étais en mode panique totale, cherchant désespérément à trouver quoi faire. Il n'y avait aucun bon mot dans *l'Art de la guerre* sur ce qu'il fallait faire quand l'adversaire découvrait ses espions et était furieux. Et, vu sa tête, ceci allait devenir une guerre totale.

Je changeai d'attitude.

— J'ai merdé.

— Je suis d'accord avec toi sur ce point.

— Pouvons-nous nous asseoir et en parler ?

Elle serra la mâchoire et elle essuya une larme d'un geste brusque de la main. Puis elle secoua la tête.

— Je suis trop fâchée contre toi pour l'instant.

Je poussai un long soupir. Je n'allais pas refaire l'erreur de la coincer, mais il était hors de question que je la laisse partir de cette façon.

— Tu as le droit d'être fâchée. Mais je l'ai fait...

— Ne dis pas que tu l'as fait par amour ! Ne t'avise pas de le dire. Tu n'avais pas le droit.

— Je n'ai pas le droit de savoir ce qu'il t'arrive et pourquoi tu agis si bizarrement ?

Elle écarquilla les yeux et elle laissa tomber son sac à dos sur le sol à côté d'elle.

— Tu aurais pu, je ne sais pas moi, faire ce que font les gens normaux et me le demander.

— Je te l'ai demandé. Encore et encore. Au restaurant, chez Heath. Ici. Il y a une heure. Tu ne voulais pas me le dire. Et tu ne veux pas le dire à ta mère. Et j'ai l'impression que tu nous évitais tous les deux dimanche et que tu n'as jamais eu l'intention de voir ta mère hier soir.

— Ceci n'a rien à voir avec ton inquiétude pour moi et tout à voir avec ton besoin de me contrôler ainsi que toute ma vie. Si tu ne peux même pas admettre cela, alors c'est terminé.

— Je ne suis pas du genre à vouloir tout contrôler...

Elle souffla avec incrédulité.

— C'est totalement ce que tu es ! Même avant que nous nous rencontrions en personne, tu essayais de me contrôler. Tu as pris le contrôle des enchères, tu m'as embobinée, tu laissais cet argent pendre au-dessus de ma tête. Mais ce n'était pas un problème, n'est-ce pas ? Parce que tu étais en train de me *sauver*. Et je l'ai toléré parce que je suis tombée amoureuse de toi malgré tout cela.

— Je suis tombé amoureux de toi aussi. Je n'ai jamais prévu cela.

— Et tu t'en es servi d'excuse pour continuer à me contrôler. C'est comme cela entre nous depuis le début et je n'aurais jamais dû le permettre. C'est ainsi que tu traites tout le monde dans ta vie. Nous suivons tous tes plans soigneusement orchestrés comme des parties de l'un de tes codes et si quelqu'un dévie de ce que tu veux, tu essaies de le reprogrammer. Mia veut partir en fac de médecine dans le Maryland ? Je la programme pour qu'elle devienne Mme Adam Drake et elle restera ici à la place.

Putain. Je me passai la main dans les cheveux en cherchant quelque chose à lui répondre. Mais ce que je n'aurais pas dû dire est exactement ce qui sortit de ma bouche à ce moment-là.

— Tu exagères, tu ne crois pas ? Tu rejettes tout ce que tu peux sur moi parce que tu ne veux pas te sentir coupable de me quitter pour poursuivre un projet que tu avais avant même de me rencontrer.

Sa mâchoire tomba.

— Oh mon dieu. Oh. Mon. Dieu. Vraiment, Adam, tu es la personne la plus brillante que j'ai jamais rencontrée, mais parfois tu ne comprends rien. Tu es cette énorme force de la nature qui souffle et me submerge, qui me secoue dans tous les sens comme une poupée de chiffon impuissante. Et je te laisse faire.

— C'est ça le problème : tu me vois comme une tempête. La tempête, c'est la vie. La tempête, ce sont les conneries dans lesquelles tu te retrouves et je suis l'ancre qui te maintient en place et qui te garde en sécurité, qui t'empêche de te faire emporter.

Elle se mit à trembler et ses yeux se remplirent à nouveau de larmes. Elle serra les poings. Je fis un pas vers elle en tendant la main, mais elle recula.

— J'aimerais vraiment pouvoir avoir assez confiance en toi afin que tu sois mon ancre quand j'en ai besoin. Mais je ne le peux pas. Tu ne peux pas tout contrôler.

Une chose stupéfiante se produisit alors : elle éclata en sanglots. Des sanglots bruyants et incontrôlables que je n'avais vus qu'une seule fois chez elle — déclenchés eux aussi par ma faute dans des circonstances très similaires.

Je me figeai. Je voulais aller vers elle, l'attirer dans mes bras, mais elle était incroyablement furieuse contre moi et je savais que c'était une mauvaise idée. Alors, pris de panique, je fis ce qu'il y avait de plus foireux : j'attrapai une boîte de mouchoirs près de là et je la lui tendis.

Sans un mot, elle en prit des poignées et se cacha le visage dedans.

— Viens là. Viens t'asseoir, s'il te plaît ?

Elle me laissa la conduire sur le canapé en continuant à sangloter. Je m'assis à côté d'elle, lui tendant bêtement d'autres mouchoirs pendant qu'elle vidait la boîte entre ses mains.

— Emilia. Parle-moi, finis-je par dire quand elle sembla reprendre le contrôle d'elle-même. Je suis désolé d'avoir merdé. Mais je veux être là pour toi.

Elle secoua la tête en s'essuyant le visage de manière répétée.

— Tu as fait le con. Vraiment, vraiment fait le con.

Je ne dis rien pendant un long moment et elle se tourna vers moi, comme si elle s'attendait à ce qu'une explication habile s'échappe de ma bouche, mais je ne pus pas la lui donner. À la place, mon cœur battait comme si je venais de faire des sprints et j'avais comme un gros morceau de glace au fond de l'estomac. Je voulais lui dire à quel point j'avais peur. Je la perdais et plus je la sentais s'éloigner, plus je me crispais autour d'elle par réflexe. Elle avait raison. J'avais besoin de contrôler. Quand ce n'était pas le cas, cela me figeait les entrailles de terreur.

— Comment puis-je me faire pardonner ? demandai-je enfin à voix basse.

Elle réfléchit pendant longtemps.

— Tu dois me laisser tranquille.

Je gardai les yeux rivés dans les siens : nos regards étaient liés, comme fusionnés ensemble, une sorte de lien de l'âme nous obligeant à nous regarder dans les yeux.

— Je ne le peux pas.

Elle serra la mâchoire.

— Tu le dois.

— Dis-moi pourquoi.

— Parce que tu dois me prouver que tu peux gérer et ne pas être un pervers complètement taré qui me suit quand il n'a pas le contrôle.

Elle hésita et détourna le regard avant de poursuivre.

— Nous devons passer du temps l'un sans l'autre. Du temps afin que tu me laisses de l'air et que tu me montres que tu n'as pas besoin de me contrôler ou de me manipuler. Parce que si tu ne peux pas me le prouver, je ne te ferais jamais confiance et ceci ne fonctionnera jamais.

On ne dit rien pendant un long moment. Je me frottai le front. Je détestais ceci et j'avais envie de pester contre la situation. Il y avait déjà des répliques intelligentes dans ma tête, des réponses que je pourrais concevoir dans le but d'obtenir une certaine réaction de sa part. Maintenant qu'elle me le faisait remarquer, c'était presque effrayant de voir à quel point cette façon de penser était automatique pour moi. Je réfléchissais toujours pour essayer de contourner les situations, comme si c'était une énigme à résoudre, un défi à relever. Même avec elle.

Mais si je ne pouvais pas arrêter — si je n'arrêtais pas —, j'allais la perdre pour toujours. J'essayai d'imaginer ma vie sans elle. Je serais perdu, à la dérive. En chute libre dans l'espace. Je fermai les yeux.

— Je veux seulement prendre soin de toi.

À côté de moi, sa voix fut douce, mais ferme.

— Ton idée de prendre soin de moi signifie dominer chaque situation.

Évidemment. Pourquoi était-ce une mauvaise chose ? *Soyez le conducteur, pas le passager.* Mais je ne pouvais pas la conduire, elle.

— Comment vais-je savoir si tu vas bien ? Si tu es en sécurité ?

Elle ne me regardait toujours pas.

— Je prendrai soin de moi-même.

Je serrai les poings.

— C'est une rupture alors ?

— Pour l'instant.

Mon estomac se noua.

— Qu'est-ce que cela signifie ?

— Cela signifie que nous devons apprendre à faire confiance à l'autre. Tu dois me faire suffisamment confiance pour prendre du recul et me laisser gérer ma vie et je dois te faire confiance pour ne pas me suivre partout et regarder tout ce que je fais.

Je restai silencieux. Elle m'observa de près. Je ne réagis pas, je ne la regardai pas. Je ne savais pas du tout quoi dire.

— Et aussi, euh. Nous devons fixer des limites claires. Je ne peux pas travailler à Draco...

— Quoi ? Pourquoi ?

Elle détourna le regard.

— Je ne devrais pas travailler pour toi...

Je me raidis. Mais quand allais-je la voir, alors ? Nous avions quelques amis en commun, mais c'était tout. Si elle ne travaillait pas pour moi, je n'allais pas savoir où elle était toute la journée. Je serrai le poing. Je ne pouvais pas permettre cela, que j'aie des problèmes en voulant tout contrôler ou pas. Au moins pendant les heures de travail du lundi jusqu'au vendredi pendant les trois mois à venir, je saurais exactement où elle était. Ce n'était pas suffisant, mais c'était déjà quelque chose.

— Et tes engagements, alors ? La Convention. Je... *nous* avons besoin de toi.

Elle hésita, alors j'insistai.

— Et Liam ? Comment penses-tu qu'il va réagir si tu t'arrêtes simplement de travailler ?

Elle se frotta le front.

— Ce n'est pas juste.

— S'il te plaît, promets-moi au moins que tu resteras jusqu'à après le Nouvel An.

J'espérais que nous aurions alors réglé nos problèmes. Mon Dieu, ce que je l'espérais !

— J'ai besoin de temps pour y réfléchir. Donne-moi une semaine.

J'inspirai puis j'expirai lentement. Je voulais vraiment qu'elle s'engage maintenant, mais si j'insistais j'aurais été encore plus idiot de ne pas avoir appris ma leçon.

— D'accord. Prends autant de temps que nécessaire, mais... s'il te plaît, reviens.

Elle se balança d'avant en arrière, profondément perdue dans ses pensées. Les larmes recommencèrent à couler de ses yeux, formant des traits sur ses joues pâles. Ma gorge se serra et bon sang, je sentis des larmes me piquer les yeux. Putain. Ça faisait mal. Ça faisait affreusement mal. Je reniflai et je détournai le regard en clignant des yeux. Non, je n'allais pas pleurer, pas ici, pas devant elle. Je n'avais pas pleuré depuis... je ne m'en souvenais même pas. Quand j'avais découvert que Bree était morte... des mois après que cela soit arrivé ? Non, même pas à ce moment-là.

Je voulais l'attirer dans mes bras. Je voulais lui interdire de me quitter. Je voulais camper sur ma position et ne pas céder d'un centimètre. Tous mes premiers instincts. Que des erreurs terribles.

J'enveloppai une de ses mains froides dans la mienne.

— Je suis désolé. Je suis un crétin.

Nous restâmes silencieux à nouveau pendant un long moment tendu. Puis elle s'éclaircit la gorge.

— Adam, je dois quand même...

— Ne le dis pas, m'étranglai-je avant qu'elle puisse finir, avant que le couteau puisse s'enfoncer plus profondément dans mon cœur. Je ne veux pas t'entendre le dire à nouveau avant de t'avoir dans mes bras, tes lèvres à un centimètre des miennes, prête à m'embrasser, prête à être mienne à nouveau. Parce que, Emilia, si tu ne peux pas me faire confiance pour revenir vers moi pour toujours, alors ne reviens pas. Je serais incapable de supporter ceci encore une fois.

Elle partit quelques minutes plus tard. Je la raccompagnai à travers Bay Island jusqu'à sa voiture et quand j'aurais pu me baisser pour lui donner un baiser d'adieu, j'ouvris sa portière à la place. Elle leva les yeux vers moi à travers la vitre pendant un long moment avant de démarrer la voiture. Je fis un pas en arrière et je partis, refusant de la voir s'éloigner et sortir de ma vie.

Ma vie fonçait hors de mon contrôle. Je n'étais plus aux commandes. Et je perdais tout.

Chapitre Dix

LE LENDEMAIN, MERCREDI, J'ÉTAIS RETOURNÉ AU TRAVAIL ET JE passai la journée entière à régler des affaires d'assurances et de procès. J'essayai de ne pas être furieux contre Jordan à chaque fois qu'il entrait dans mon bureau pour travailler. Après tout, ce n'était pas de sa faute si j'avais suivi ses conseils merdiques.

Mon cousin Liam fit une rare apparence dans mon bureau juste avant le déjeuner. Quand Maggie le fit entrer, je levai des yeux surpris, finissant de taper un e-mail sur lequel je travaillais. Il marcha vers la fenêtre et regarda la cour.

— Hé, comment ça va ? dis-je en fermant l'ordinateur.

Il haussa les épaules d'un air agité et ne dit rien. Oh oh. Il était dans une de ses humeurs.

Il ne se retourna pas pour me regarder, ce qui n'était pas surprenant, car il regardait rarement les gens dans les yeux. Nous, sa famille, nous y étions habitué, mais la plupart des gens trouvaient cela étrangement troublant.

Les 'neurotypiques', comme Liam nous appelait, avaient l'étrange habitude de devoir regarder les gens dans les yeux, un besoin qu'il n'avait pas.

Il trifouilla le rebord de la fenêtre.

— Qu'est-ce qui ne va pas ?

— Le repas de famille, marmonna-t-il.

— Désolé d'avoir dû partir tôt...

Il souffla et il se mit à faire les cent pas en fourrant les mains dans ses poches.

— Mia n'est pas venue.

Encore un de la famille qui est plus ennuyé par son absence que par la mienne. Bon sang. Je sentais mauvais, ou quoi ?

Liam me rendait donc responsable de son absence. Eh bien, une chose pouvait être dite au sujet de mon cousin : au moins, il était constant. Très constant.

— Elle ne se sentait pas bien ce jour-là.

Liam me regarda du coin de l'œil.

— Tout est fichu maintenant. Tout. Elle ne travaille plus ici. Pourquoi ne peux-tu pas simplement t'excuser ? Pourquoi les choses ne peuvent-elles pas être comme elles étaient ?

— J'aurais aimé que ce soit si simple.

— Cela pourrait être aussi simple. Si tu arrêtais simplement de te comporter comme un idiot.

Je ne laissais personne me parler aussi mal, mais je laissais beaucoup de libertés à mon cousin. Malgré tout, il dépassait les limites de ma patience.

— Fais attention, Liam. Je ne suis pas d'humeur et je n'ai pas ma patience habituelle, alors si tu es ici pour râler parce qu'Emilia n'était pas au repas de famille, tu peux...

— Mia, dit-il.

— Quoi ?

— Elle préfère qu'on l'appelle Mia.

Pas par moi.

— Alors tu crois qu'elle n'est pas venue au repas parce que je ne l'appelle pas Mia ?

Il continua à faire les cent pas et il sortit les mains de ses poches en les agitant furieusement comme il le faisait quand il était angoissé. C'était un stimulus : un geste apaisant où il frottait ses paumes avec ses doigts.

— Tais-toi, Adam. Tu sais que ce n'est pas pour cela. Excuse-toi, c'est tout. Dis-lui que tu veux qu'elle revienne.

Je me levai. Ceci pouvait être une bonne occasion de renforcer la pression que je voulais lui faire subir pour qu'elle ne quitte pas son travail.

— Pourquoi n'appelles-tu pas Mia ? Fais-lui savoir à quel point elle te manque aux repas et au travail.

Il s'arrêta de marcher si soudainement que je pensai qu'il allait tomber. Il regarda le sol en agitant sa main.

— C'est ce que j'ai fait.

Ah ? Intéressant.

— Qu'a-t-elle dit ?

Mon Dieu, étais-je si désespéré d'avoir de ses nouvelles que j'interrogeais mon cousin hostile pour qu'il me dise tout ce qu'il savait ? J'étais pathétique.

Il s'éclaircit la gorge.

— Elle a dit que ce n'était pas à cause de toi qu'elle ne venait pas. Mais je sais qu'elle mentait.

Liam s'avança enfin vers la chaise en face de moi et il s'y affala.

— Elle semblait si triste et si fatiguée ces derniers temps. Tu es son petit ami. Tu es censé la rendre heureuse.

Je serrai la mâchoire en luttant contre la réplique acerbe qui me vint à l'esprit. J'allais la rendre heureuse, si elle voulait bien me laisser faire.

— Je crois que désormais ce qui va la rendre heureuse, c'est d'aller en faculté de médecine, dis-je en me surprenant moi-même.

J'eus la poitrine serrée et du mal à respirer à cette pensée. J'étais presque sûre qu'elle utilisait notre rupture comme une excuse pour accepter la place à Hopkins.

Et j'avais les poings liés : je ne pouvais pas trouver une façon de la manipuler pour la garder ici. J'examinai la tête penchée de Liam pendant un instant. Mais... je n'étais pas le seul à vouloir qu'elle reste. Tous ses amis étaient ici. Liam, Alex, Jenna, Heath. Ainsi que sa mère. Si moi tout seul, je n'étais pas une raison assez forte, peut-être l'étions-nous tous ensemble.

Je frottai ma barbe naissante avec le dos de mes doigts en réfléchissant. Cela ne ressemblait pas aux énigmes intellectuelles sur lesquelles je passais des heures quand j'étais gamin. C'était la vie. C'était compliqué et ce n'était pas logique. Et comme j'étais — la majorité du temps — un penseur logique, je savais que ceci échappait de beaucoup à mes capacités. Les rouages se mirent en marche.

Je me tournai vers Liam.

— Hé, tu te souviens que tu n'arrêtes pas de me demander de reprendre ma campagne de D et D ?

Il écarquilla les yeux, manifestement irrité. Liam détestait que l'on change de sujet de conversation sans le prévenir. Même quand il s'agissait d'un sujet qu'il aimait.

— Quoi... quoi ? demanda-t-il.

— Pardon. Je pensais juste que peut-être que nous pourrions tous nous voir pour une partie. Cela fait un moment que Jenna, l'amie de

Mia, veut rassembler des gens pour une partie de Donjons et Dragons. Je pense que cela ne la gênera pas si je suis le MJ et qu'elle joue un personnage. Toi et les autres, vous pourriez jouer aussi.

Il secoua la tête.

— Quel est le rapport avec Mia ?

— Eh bien, ils pourraient l'inviter aussi.

Et ce serait une très bonne excuse pour la voir, maintenant que je n'avais plus d'autre moyen de le faire.

— Mais elle n'a jamais joué. Elle aime les jeux vidéo.

Je haussai les épaules.

— Nous inviterons aussi Heath, et ils pourront lui rebattre les oreilles pour qu'elle vienne.

— Battre ses oreilles ?

— Expression, dis-je en lui donnant l'indice auquel il était habitué.

Mon cousin était intelligent et incroyablement talentueux, mais il avait du mal avec le langage figuré. Et le sarcasme. Il ne donnait pas du tout dans le sarcasme.

— D'accord. Je ne veux pas la battre. J'allais dire que si tu la battais, c'est peut-être pour cela qu'elle ne veut pas passer de temps avec toi.

Je grimaçai.

— Merci, Liam.

Elle ne voulait pas passer de temps avec moi. Ces paroles faisaient mal, mais elles étaient vraies. Et en ce moment, elle avait une très bonne raison pour cela. J'espérais juste que cette raison n'était pas forte au point de vouloir éviter tous ses autres amis pour m'éviter.

***

Jenna fut ravie lorsque je proposai d'organiser un Donjon pour ses amis et elle. Elle nous invita à l'appartement qu'elle partageait avec

Alex à Fullerton. J'aurais pu proposer ma maison, mais je m'étais dit qu'il était plus probable qu'Emilia aille chez Alex. On se serra dans l'appartement d'étudiants typique, Liam, Alex, Jenna et moi. Heath envoya un texto pour dire qu'il serait en retard.

Peu de temps après notre arrivée, Jenna nous informa que la veille, Emilia avait envoyé un court texto pour dire qu'elle ne serait pas en mesure de venir. J'essayai de cacher ma déception manifeste en entendant cela. J'avais travaillé plus que d'habitude pour concevoir une aventure amusante qui serait pour elle une introduction agréable aux jeux de rôle. Était-elle vraiment si énervée qu'elle allait s'éloigner de tous ses amis juste pour m'éviter ?

En y réfléchissant et en entendant Jenna et Alex faire quelques commentaires subtils au sujet de l'absence d'Emilia, je commençai à penser que je n'étais pas le seul qu'Emilia évitait. J'aurais pu les interroger sur ce qu'elles pensaient, mais une autre idée naquit dans ma tête. J'allais essayer d'être subtil et d'obtenir ce que je voulais grâce à ma spécialité : si je m'y prenais bien, nous allions bientôt travailler tous ensemble à une cause commune : la garder ici.

Alex nous jeta une pile de manuels de D et D.

— On ne jette pas les dés pour faire nos personnages ? demandai-je.

Elle fronça les sourcils.

— Cela fait combien de temps que tu n'as pas joué ? C'est vieux jeu, ça. Maintenant, on achète ses stats avec des points. Tu es sûr que tu te sens d'être le MJ ?

Le Maître du Jeu est le conteur qui décrit les situations et le monde avec lequel les personnages interagissent.

Je fronçai les sourcils.

— J'ai travaillé longtemps sur l'histoire. Je ne mettrai pas longtemps à apprendre le nouveau mécanisme.

Évidemment, avec ma nouvelle idée, je devais laisser tomber toute l'histoire que j'avais développée. J'allais devoir improviser. Je pouvais y arriver.

Pendant qu'ils préparèrent leurs personnages au crayon sur des formulaires neufs, je parcourus les nouvelles règles. Elles avaient beaucoup changé depuis l'époque où j'avais été un joueur invétéré, quand j'avais quinze ou seize ans. L'entreprise propriétaire de D et D changeait les règles tous les quatre ou cinq ans, ce qui était connu comme 'dès que l'on s'est habitué au vieux manuel' ou, d'après certains joueurs cyniques, 'dès qu'ils ont envie de vendre plus de livres'. Je supposai que je n'aurais pas dû être trop irrité par cette pratique commerciale. Nous, dans le marché des jeux vidéo, nous faisions la même chose en créant des extensions de vieux jeux que les joueurs devaient acheter afin de continuer à générer du capital.

Heureusement, je me souvenais de tout ce que je lisais. Ainsi, en l'espace de quarante-cinq minutes environ, les bases du nouveau système étaient en place. Je passai environ cinq minutes à inventer l'organisation pour ma nouvelle idée. Cela ne serait pas du tout aussi bien préparé que mon idée originale, mais cela m'aiderait peut-être à faire valoir mon point de vue, même au pied levé.

Un peu plus tard, les joueurs étaient courbés sur leurs feuilles de personnages, d20 à la main, prêts à commencer une nouvelle aventure. Heath était arrivé tard, l'air légèrement irrité et me jetant quelques regards sombres. Je supposai que cela signifiait qu'Emilia lui avait raconté ma connerie phénoménale. Super.

Jenna lui avait créé un personnage pour qu'il n'ait pas besoin de prendre le temps de le faire.

Je pris la feuille avec l'histoire que j'avais écrite à la main sur du vieux parchemin. J'avais même pris soin de brûler les bords avec une allumette pour lui donner l'air ancien, ayant presque déclenché l'alarme incendie de mon bureau. J'aimais Donjons et Dragons à l'ancienne. Cependant, je n'allais pas lire ce que j'avais écrit sur le papier, mais ma version improvisée.

Je m'éclaircis la gorge, je regardai autour de la table puis de ma voix d'orateur la plus sérieuse, je commençai à 'lire'.

Salutations, voyageurs. Vous venez de loin, portés par des circonstances différentes. Certains d'entre vous ont quitté leur famille parce qu'ils doivent trouver du travail pour les nourrir. Certains d'entre vous fuient un passé sombre. D'autres sont attirés par l'aventure. Vous vous trouvez dans une taverne glauque, le Sang de Cochon, à la frontière du pays lointain de Tarenia. Elle n'est que modérément propre et vous êtes assis à boire votre bière coupée à l'eau en réfléchissant à votre futur incertain, lorsqu'une femme d'âge moyen dont la tête est couverte d'un châle sombre entre en traînant les pieds.

Alex et Jenna échangèrent des regards et regardèrent Heath et Liam.

Je me penchai sur le carton qui séparait ma partie de la table de la leur, afin qu'ils ne puissent pas lire mes notes ou voir les jets de dé derrière l'écran.

— Que faites-vous ?

Jenna leva la main.

— Je suis connaisseuse en alcools fins, la fille d'un marchand de vin prospère. Je ne boirais jamais de la bière coupée. Qu'y a-t-il d'autre à boire ici ?

— C'est la seule taverne dans un minuscule village de frontière qui ne possède même pas de nom. Tu as cette bière ou de l'eau polluée pour seuls choix de boisson, répondis-je.

— Eh bien, je ne boirais pas cette soupe, dit-elle d'un air hautain. Je vais prendre du pain et du fromage à la place.

— La jeune femme au bar t'apporte un morceau de pain dur et du fromage moisi, dis-je. Vous remarquez que la femme qui vient d'entrer a pleuré. Elle s'approche du bar et semble chercher quelqu'un.

Alex leva la main.

— Y a-t-il quelqu'un dans la pièce qui semble avoir beaucoup d'argent ? Quelqu'un à qui je peux faire les poches ?

Apparemment, Alex avait un personnage de voleur.

— Presque tout le monde ici est de la région. Ils ressemblent à ce qu'ils sont : des gens qui luttent pour leur survie dans une rude région frontalière.

Elle poussa un soupir et leva les yeux au ciel.

— On s'ennuie...

Je haussai les épaules.

— Liam ? Que fais-tu ?

Il fronça les sourcils.

— Quelle est la longueur du bar ?

— Environ deux mètres cinquante.

Il prit son crayon et raya quelque chose sur un bloc-notes.

— Combien de chaises... attends, des chaises ou des tabourets ?

Je haussai les épaules.

— Je ne sais pas... cinq ?

Il plissa les yeux en continuant à dessiner.

— Tu n'as pas répondu... des chaises ou des tabourets ? Et la pièce ? Quelle est sa taille ? Et combien y a-t-il d'entrées et de sorties ?

Je réprimai l'envie de lever les yeux au ciel. J'avais oublié à quel point il était obsessivement visuel à cause de son autisme. Cela contribuait à ses incroyables capacités artistiques, mais parfois, dans des cas comme celui-ci, c'était très irritant.

— Pourquoi ne dessinerais-tu pas la pièce sur le plan de bataille ? Je vais te donner les dimensions.

Liam se leva, prit un marqueur effaçable et commença à dessiner sur la surface lavable du quadrillage blanc qui servait de carte pour les batailles. Je lui donnai des détails que j'inventai au pied levé et il dessina un plan au sol de la pièce. Les joueurs disposèrent alors les figurines en étain qui représentaient leurs personnages dans différents endroits de la pièce. Heath poussa son magicien dans un coin.

— Heath ? Que fait ton personnage ?

Il était assis avec le menton dans la main, toujours boudeur.

— Je bois de la bière coupée, marmonna-t-il avant de jeter un dé.

Je refoulai un soupir de frustration, me souvenant soudain pourquoi je n'étais jamais enthousiaste à l'idée d'être le Maître du Jeu dans ce genre de jeux de rôle. Les joueurs ne faisaient jamais ce que l'on voulait qu'ils fassent.

Alex sembla se requinquer.

— A-t-elle l'air d'avoir de l'argent ? Peut-être une bourse d'or qui pend à sa ceinture ?

— Elle porte des vêtements de deuil noir. Vas-tu essayer de la voler ? demandai-je, exaspéré.

Alex leva encore les yeux au ciel et se courba sur son groupe de dés, essayant de les entasser les uns sur les autres pour former une tour.

Je me recroquevillai, je fis semblant de me frotter les yeux et je parlai d'une voix aiguë ridicule.

— Personne ne veut donc entendre ma triste histoire ?

— D'accord, je mords à l'hameçon, dit Jenna. J'avance vers la vieille femme et je lui propose ma chaise.

— Merci. Merci, mon enfant, répétai-je de ma voix de fausset.

— Quel est le problème, vieille femme ?

— Elle n'est pas vieille. Elle est d'âge moyen, corrigeai-je.

— À l'époque médiévale, si tu vivais jusqu'à un âge moyen, tu étais considéré comme vieux, répliqua Jenna.

Je résistai à l'envie de débattre sur ce point inutile.

— Très bien. La femme se tourne vers toi en s'essuyant les yeux. 'J'ai si peur', dit-elle. 'Si peur de ne jamais la revoir.'

— Qui ?

— Ma précieuse fille, Emma.

— Où est-elle allée ?

— Elle a été ensorcelée par le célèbre alchimiste Baridus. Il va l'emmener dans une contrée lointaine pour qu'elle étudie avec lui. Je pense qu'elle ne reviendra jamais.

Liam regarda Jenna.

— Tu sais, dit-il en baissant brusquement les yeux lorsqu'elle le regarda. Tu devrais utiliser ta capacité à détecter les raisons cachées pour voir si elle ment.

Jenna recula.

— Euh, d'accord. Et mes yeux se trouvent *ici*, au fait, dit-elle sèchement.

Liam cligna des yeux.

— Bien sûr, dit-il en gardant le regard rivé sur sa poitrine.

Oh merde, Jenna s'énervait en pensant que Liam lui matait les seins.

— Bref... interrompis-je avant qu'il y ait des étincelles.

Jenna regardait Liam d'un air mauvais et celui-ci n'avait toujours pas détourné ses yeux de la poitrine de Jenna.

— Liam, dis-je et il tourna enfin la tête, heureusement.

— Quoi ?

— Ton personnage fait-il quelque chose pendant qu'Althea parle avec cette femme ? dis-je en utilisant le nom de personnage de Jenna.

— Je vais attendre et regarder, dit Liam en jetant un regard à Jenna du coin de l'œil.

Je retins ma respiration en espérant qu'il ne recommencerait pas à fixer sa poitrine.

Jenna le regarda puis elle se tourna vers moi.

— Peut-être, euh, peut-être que je vais essayer de trouver ses raisons cachées.

— Jette un d20 basé sur le niveau de ta compétence.

Jenna vérifia sa fiche de personnages avec toutes ses statistiques, puis elle prit un dé à vingt faces et elle le jeta.

— J'ai jeté mon dé. Est-ce que je détecte quelque chose ?

— Tu sens qu'elle est honnête. Elle semble te dire la vérité.

— D'accord. Je pose ma main sur son épaule pour la consoler. 'Là, là, chère madame. Pouvons-nous vous aider ? Qu'est-il arrivé à... euh... comment s'appelle-t-elle déjà ? '

— Emma ? dis-je en répondant comme le personnage. Ma chère fille agit bizarrement depuis un moment. Elle a souhaité repousser ses amis, son galant et même moi, sa chère mère. Elle a écouté le souhait de ce Baridus, souhaitant devenir une célèbre alchimiste comme lui. Je pense qu'il a l'intention de nous la prendre pour toujours. Je cherche de braves aventuriers pour parcourir le pays, rassembler ses amis les plus chers et rompre le sortilège pour la convaincre de rester ici.

Oh, mon Dieu, c'était tellement transparent. Ils allaient découvrir ce que je fabriquais. D'habitude, j'étais plus doué pour raconter l'histoire ; après tout, Dragon Epoch était basé là-dessus. Mais comme j'improvisais et que j'étais désespéré, ma performance ne fut pas brillante.

Heath me regardait d'un air mauvais, mais je l'ignorai.

Alex pencha la tête en me regardant.

— Alors, veux-tu que nous partions trouver une raison de garder Emma ici ? demanda-t-elle.

Jenna la regarda.

— Depuis quand as-tu rejoint cette conversation ? Je pensais que c'était moi qui lui parlais.

Alex fronça les sourcils.

— Moi aussi, je peux lui parler. De toute façon, nous allons finir par former une équipe pour rassembler tous ses amis, alors autant nous en débarrasser maintenant.

—Je dois partir, dit Heath en prenant son sac de dés et en se levant.

— Tu viens d'arriver, dit Jenna.

—Je viens de me souvenir que j'ai quelque chose à faire.

—N'importe quoi, dit Alex. Tu es grognon depuis que tu es arrivé.

Heath me jeta un autre regard.

— Oui, eh bien si je ne pars pas, je vais le devenir encore plus.

— Hein ? Pourquoi ? demanda Alex.

— Voyons voir... la femme cherche sa fille *Emma*, qui veut quitter ses amis et son 'galant' pour aller étudier dans une contrée lointaine. D'ailleurs, quel est le nom de la vieille femme ?

Heath se retourna vers moi.

On se regarda dans les yeux pendant un long moment tendu. Je haussai les épaules.

— Tu le lui demandes ?

— Je devine que c'est Kimma ou Kendra ou quelque chose du genre. Et le nom de son galant est Adrian ou Adolfo ou quelque chose du genre.

Alex eut un petit rire de dédain.

— Et son meilleur ami est Howard ou Heathen ou quelque chose du genre.

Je baissai les yeux en posant les mains sur mes hanches. D'accord, cela avait donc été plus foireux et plus transparent que je ne l'avais pensé. Et Heath devait me prendre pour un gros con d'avoir fait cela. Mais nous pouvions parvenir à quelque chose maintenant, nous rassembler et approcher Emilia comme un groupe d'amis.

Je croisai à nouveau le regard vert brûlant de Heath et je secouai la tête.

— OK, Howard va être un joueur clé ici. Il sera sans doute le dernier à rejoindre la quête avec tous les autres amis d'Emma.

Heath secoua la tête en serrant la mâchoire.

Liam se tourna vers moi.

— Alors, que se passe-t-il ? Que dit la vieille femme ? Pourquoi ne jouons-nous pas ?

Alex se retourna contre Heath.

— Pourquoi es-tu si content qu'elle laisse tout derrière elle pour aller si loin, de toute façon ?

Je ne souris pas, même si j'en eus envie. Alex réagissait exactement comme je l'avais espéré.

Heath tourna brusquement la tête vers elle.

— Parce que je me soucie de ce qu'elle veut.

Jenna leva les sourcils.

— Mais nous sommes son soutien. Qui a-t-elle dans le Maryland ? Personne. Elle serait toute seule là-bas.

Heath serra la mâchoire et il me jeta un regard de pur venin, puis il leva le menton.

— Elle n'est pas obligée d'être seule là-bas, dit-il en secouant la tête. Je ne vais pas faire ceci. Pas aujourd'hui.

— Nous devrions organiser une intervention, dit Alex.

Heath la regarda comme si c'était un alien.

— Vous ne devriez pas vous en mêler.

Jenna regardait la table sur laquelle elle alignait ses dés.

— Tu n'es pas le seul à l'aimer, Heath. Nous ressentons cela parce que nous nous soucions d'elle.

Liam leva les yeux d'un air perplexe.

— Parlons-nous toujours d'Emma ?

Heath serra la mâchoire.

— Nous n'avons jamais parlé d'Emma, William.

Il se tourna vers moi.

— Je me casse.

Je le suivis à la porte et dans le couloir à l'extérieur de l'appartement. Il se tourna avant de partir et on aurait dit qu'il allait m'en coller une.

— C'était vraiment con, ce que tu as fait. Je n'apprécie pas du tout.

Je penchai la tête en observant son langage corporel tendu, ses poings fermés.

— Tu trouves que c'est de ma faute ?

— Tu es celui qui a promis de la laisser tranquille et de lui faire confiance. Et tu fais ça maintenant ? Non, non. Tu n'as vraiment rien compris.

Je changeai d'approche.

— J'essaie simplement de faire remarquer quelque chose. Elle n'est pas la seule à être affectée. Moi non plus, d'ailleurs.

— Ce n'est pas le message que tu fais passer, mais ta façon de le faire. Toute cette soirée était un prétexte. Tu joues encore à tes petits jeux. Tu gardes tes petits secrets. Tu adores tes intrigues et tes secrets, n'est-ce pas ? Je pense sérieusement que ces conneries te font prendre ton pied.

Je serrai la mâchoire et je ravalai la réplique dure que j'avais sur les lèvres. Je n'étais pas stupide au point de vouloir aggraver le conflit. Cela n'accomplirait rien du tout. Et Heath pouvait toujours m'être utile comme point de vue de l'autre côté. Je ne dis donc rien et je le laissai continuer son coup de gueule.

Son visage rougit quand il montra son pouce et son index qu'il tenait à un centimètre d'écart.

— Tu joues à un jeu dangereux, mon vieux. Tu es à *ça* de la perdre à jamais. Alors, si c'est ce que tu essaies d'accomplir, continue de faire exactement ce que tu fais.

Il devenait de plus en plus rouge en parlant.

— Je suis déjà crevé, putain. Je suis debout depuis le lever du soleil pour la conduire à...

Il s'interrompit brutalement.

J'ouvris la bouche pour répondre avec force, mais je ne pus rien dire parce qu'il avait raison. J'agissais vraiment comme un gros con. Je m'appuyai contre le mur derrière moi dans le couloir. Quelques portes plus loin, des étudiants claquèrent une porte et descendirent l'escalier en débattant du dernier épisode de True Blood.

— Je suis désolé. Je panique. Là, je l'ai dit. Et apparemment, je m'enfonce encore plus.

Il secoua la tête.

— Je ne suis pas d'humeur à te remonter le moral alors que je l'ai fait pour elle toute la semaine.

Je croisai les bras.

— Elle va bien ? Tu l'as conduite quelque part ? dis-je en prenant avantage de sa bévue.

Il grimaça en hésitant. Il semblait chercher à évaluer quelle serait ma réaction. Puis il inspira et il souffla longuement.

— À l'aéroport de Los Angeles.

Je me raidis.

— Quoi ? Pourquoi ?

Il leva la main.

— Du calme, ce n'est que pour six jours.

— Où est-elle allée ?

Il regarda le couloir du coin de l'œil puis il changea d'attitude.

— Je te le dis seulement afin que tu n'essaies pas de la harceler. Elle a pris un vol pour Baltimore.

J'étais content que le mur me soutienne. Je me sentis pâlir. C'était clairement le signe que je l'avais déjà perdue. Elle allait préparer sa venue à Hopkins.

Je parvins à peine à croasser un 'merci' avant de tendre faiblement la main vers la poignée de la porte.

Heath s'approcha et m'en empêcha.

— Adam. Je sais que tu veux bien faire. Je sais que tu l'aimes. Mais tu es en train de tout gâcher, mon vieux. Et maintenant, avec des idioties de ce genre, tu risques de me repousser moi aussi. Nous sommes amis, mais je ne peux pas faire ceci. Je ne peux pas être au milieu entre vous deux.

— Je me sens un peu perdu en ce moment.

Cela me coûta tout ce que j'avais de l'admettre.

— Tu dois être là pour elle. Sois ce dont elle a besoin. Je la connais, et je sais ce qu'elle ressent pour toi et... fais-moi confiance, d'accord ? Si tu ne veux pas complètement gâcher tout cela, alors tu dois prendre du recul. Ne dis pas simplement que tu vas le faire. Fais-le vraiment.

Ce n'était pas facile à entendre et il y avait peu de gens que j'aurais écoutés dire cela jusqu'au bout. Heureusement, Heath était de ceux-là. Je le remerciai doucement, je lui suggérai d'appeler Connor pour boire un verre, puis je m'excusai.

Heath hocha la tête en me faisant un sourire et en me rassurant qu'il n'abandonnait pas notre paintball du samedi. Je le regardai descendre les marches en respirant un grand coup pour me calmer. J'essayai d'intégrer cette nouvelle au sujet d'Emilia dans le Maryland, sans doute en train de préparer la faculté de médecine à l'automne. Merde.

Quand je retournai à l'intérieur, trois paires d'yeux me fixèrent, m'interrogeant en silence sur ce qu'il s'était passé. Alex pencha la tête sur le côté en m'observant.

— Je ne vois pas de bleus. J'avais peur que Heath te casse la figure !

Je lui fis une grimace.

— Qu'est-ce qui te fait croire qu'il aurait gagné ?

Jenna leva les yeux de la disposition soignée de ses dés.

— Il t'a dit ce qui arrive à Mia ?

Je me frottai le menton.

— Euh. Je ne suis pas vraiment d'humeur à en parler. Que diriez-vous de pizzas et de bières ? Je paye.

Alex fit un petit rire de dédain.

— Évidemment que c'est toi qui payes.

On se débarrassa vite du jeu et je commandai le repas en espérant que cela rattraperait la partie ratée de D et D. Nous restâmes ainsi à parler de nos épisodes favoris de *Stargate* pendant plusieurs heures, ce qui irrita Liam entre deux de ses regards en coin vers Jenna. Je me dis qu'il avait le béguin.

Elle fit semblant de ne pas le remarquer et je me promis de lui expliquer l'histoire des regards plus tard, quand Liam ne serait pas là. Peut-être pourrait-il naître quelque chose de bon du désastre dans lequel ma vie semblait s'enfoncer ?

Je n'arrivais pas à penser à autre chose que cette nouvelle information au sujet d'Emilia partant pour le Maryland. C'était sans doute ce qu'elle était venue me dire mardi avant de se fâcher contre moi. Je rentrai chez moi après cette soirée en me sentant plus sombre et plus désespéré que jamais. Je ne savais pas du tout quoi faire et les seuls conseils que j'avais eus, par Heath et Emilia elle-même, c'était de prendre du recul et de ne rien faire.

C'était complètement contre ma nature. Je devais constamment lutter contre mes impulsions. Je me tournai donc vers mon ancien réconfort, même si je savais que ce n'était pas une bonne idée. Il y avait largement assez de travail à faire entre le procès, la Convention et la nouvelle extension que nous commencions à développer. Et quand je ne travaillais pas, je creusais mon projet secret — ce qui était une façon de travailler sans l'admettre.

Peu de temps auparavant, j'avais promis d'éviter cela, confiant qu'Emilia me garderait dans le droit chemin. Maintenant qu'elle était partie, j'étais emporté par le courant, menacé d'être englouti encore plus qu'avant. Et je ne savais pas du tout comment j'allais pouvoir en ressortir.

Chapitre Onze

LE SAMEDI SUIVANT APPORTA PLUS D'ENTRAÎNEMENT AU paintball et à la stratégie. Cette fois-ci, Heath et moi nous fîmes du covoiturage avec Jordan, qui conduisait sa Range Rover. On passa une longue journée sur le parcours qui allait être le lieu de notre guerre, et on le cartographia en concevant une stratégie avec les autres chefs de service qui allaient être les capitaines de leurs propres pelotons. Nous avions planifié que la guerre serait une série de scénarios différents impliquant l'équipage de Blizzard. Capture du drapeau, Roi de la colline et une espèce de chasse au trésor. En travaillant sur les déplacements, la stratégie, les tactiques et la communication.

La guerre avait lieu dans deux courtes semaines seulement et peu de temps après avait lieu la première convention annuelle de Draco, Dracocon à Las Vegas. Cette période aurait dû être passionnante et amusante si je n'avais pas eu d'autres choses en tête : les inquiétudes quotidiennes concernant les retombées du procès et, bien sûr, ma préoccupation par rapport à Emilia.

Après avoir déposé Heath, Jordan me conduisit chez moi. Je me lavai et nous partîmes dîner dans un petit café que nous aimions tous les deux à Corona del Mar.

Nous nous étions promis de ne pas parler travail ce soir-là, alors il me parla de son projet d'aller à Paris au début de la nouvelle année, une fois que le procès et la Convention seraient passés. Il ne savait pas trop laquelle de ses dulcinées il voulait prendre avec lui. Oui, mon bon ami avait des problèmes profonds et complexes émanant de son style de vie de play-boy millionnaire.

— Je vais me lâcher : nous ferons appareiller un jet privé et j'ai des réservations dans un des hôtels les plus incroyables avec une vue sur la tour Eiffel depuis la terrasse.

Je me moquai de lui : affréter un jet ? Même moi je ne le faisais pas. Jordan était riche, mais pas au point qu'un jet privé ne soit pas une extravagance. Quant à moi, au contraire, j'évitais de faire ce genre de choses non pas à cause du coût, mais parce que je me souciais de mon impact sur l'environnement. À mon avis, une personne ne devait pas avoir ce genre d'impact. Oui, certains pourraient dire que j'étais parti à bord de l'ISS et que j'avais eu un impact encore plus grave. Mais cette fusée y serait allée avec ou sans moi. Le voyage avait été nécessaire pour déposer une nouvelle équipe de cosmonautes à la station et ramener ceux qui y avaient déjà passé six mois. Dans ce cas, j'avais juste profité de l'occasion.

Je secouai la tête.

— Pourquoi emmener une ancienne liaison ? Pourquoi ne pas trouver quelqu'un quand tu seras là-bas — une mannequin française, par exemple ?

Il fit un grand sourire en se grattant le bouc.

— Parce que dans ce cas je ne peux pas profiter des avantages du jet privé et faire une nouvelle encoche sur ma carte du 'mile-high club'.

Je levai les yeux au ciel.

— J'aurais dû savoir que c'était pour une raison importante que tu voulais que quelqu'un t'accompagne.

— Hé, il ne faut jamais refuser une occasion de se distraire en vol quand celui-ci dure douze heures.

Il s'interrompit avant de reprendre.

— Nous pourrions y aller ensemble.

Je lui fis une grimace.

— Je t'aime, mon vieux, mais pas de cette façon.

Il rit un instant avant de devenir sérieux.

— Alors, euh, comment ça va ? J'ai, euh, entendu dire qu'elle a quitté son travail chez Draco. Mac râlait à ce sujet.

Je picorai mon poisson et mes frites, n'ayant pas le même appétit que d'habitude après une journée de paintball.

— Elle prend un petit congé avant de décider ce qu'elle veut faire. Elle reviendra.

Jordan pinça les lèvres.

— Et toi, euh, tu es d'accord avec ça ?

Je haussai les épaules, mais je ne dis rien. Ce n'était pas un sujet que je voulais aborder avec lui.

— Alors tu vas... essayer de passer à autre chose ?

J'arrêtai de mâcher ma frite.

— Que veux-tu dire ?

— Eh bien... je veux dire que si elle prend l'avion pour aller passer une semaine sur la côte Est, cela signifie clairement qu'elle veut poursuivre sa vie sans toi.

Je serrai les dents, irrité de voir que ses pensées ressemblaient aux miennes. Comment pouvais-je faire quoi que ce soit alors que j'avais promis de la laisser tranquille ?

Il avala un peu de riz pilaf et il me regarda avec ses yeux bleu pâle comme si j'étais une bombe sur le point d'exploser.

— Peut-être que tu devrais commencer à chercher quelqu'un d'autre, dit-il en haussant les épaules d'un air nonchalant, mais avec un regard prudent.

Je le regardai par-dessus mon assiette.

— Je ne sors pas pour chercher des filles. Cela n'a pas changé.

Jordan secoua la tête.

— Je ne comprends pas comment tu as pu déjà baiser.

Je ris.

— Quand on l'a, on l'a.

— Ce vendredi soir, je sors avec cette mannequin de maillots de bain, Marta. Tu te souviens d'elle ?

— La blonde ?

Il balaya ma réponse de la main.

— Non, elle, c'était le mois dernier. Celle-ci a les cheveux bruns et des yeux exotiques. Une peau moka... c'est une candidate pour le voyage à Paris...

— Et pour le Mile High Club Jordan Fawkes.

Il se lécha les lèvres. Je secouai la tête. Il était incroyable.

Un air diabolique apparut sur son visage.

— Sa colocataire était dans le dernier numéro des maillots de bain de *Sports Illustrated*...

— Alors pourquoi ne sors-tu pas avec la colocataire ?

— Adam, elles sont toutes les deux canon. Je peux arranger ça. À quatre... ha ha, non, ce n'est pas ce que je voulais dire, dit-il quand je le regardai bizarrement. Une sortie à deux couples. Marta peut m'aider à l'organiser.

Je bus ma bière en poussant ma portion de repas non touchée sur le côté et je secouai la tête.

— Je n'arrive pas à croire que tu aies toujours besoin d'un pote pour draguer.

— N'importe quoi. Je n'en ai pas besoin. Je te rends service. J'ai vu cette fille. Elle est rousse et...

Il posa les mains recourbées devant lui pour indiquer une forte poitrine. Bon sang, c'était un vrai porc.

— Il est peu probable que ce soient des vrais.

Je n'avais pas pu résister. Il fallait que je le provoque. Lui et sa stupide obsession pour les mannequins.

Le visage de Jordan devint sérieux.

— Allez, mon vieux. Tu te dois bien ça. Elle est passée à autre chose. Tu ne penses pas que tu devrais faire la même chose ?

Cela me contrariait et je sentis une pique d'irritation. Je m'agitai sur ma chaise et je détournai le regard. La colère contre le départ presque secret d'Emilia remua mes intestins. Mais je ne savais pas ce que je détestais le plus : sa décision de partir, ou ma totale incapacité à l'en empêcher.

Elle voulait déménager ? Très bien. Il était temps qu'elle en mesure les conséquences. Après tout, nous avions rompu 'pour l'instant'.

Je serrai le poing.

— Très bien, je vais venir.

Pourquoi pas, après tout ? Cela pourrait même être un bon coup. Le sexe n'avait jamais eu beaucoup d'importance pour moi, avant. Il était temps de revenir à la normale. Le temps passé avec Emilia avait été une aberration par rapport à la norme. Cette situation pourrie prouvait que cette aberration n'était pas pour moi. Elle voulait passer à autre chose ? Alors, j'allais le faire aussi.

— Sérieusement ?

— Cette femme n'est pas difficile à vivre, hein ? Je n'aime pas les difficiles à vivre.

— Ce sont des mannequins. Elles sont toutes difficiles à vivre. Mais personne n'a dit que tu devais avoir une relation prolongée avec elle. Tu auras peut-être de la chance et tu pourras avoir un de tes amusants petits 'arrangements'.

Je le regardai. L'idée du sexe ne me dérangeait pas. Cela faisait plus d'un mois. La dernière semaine que nous avions passée ensemble, Emilia avait été distraite et le peu de fois que nous avions fait l'amour, il était clair qu'elle n'avait pas l'esprit à ça. Et depuis, il n'y avait eu personne. Alors oui, ce serait agréable de coucher à nouveau avec quelqu'un. L'idée me plaisait bien.

Et cela m'aiderait peut-être à la sortir enfin de mon esprit. Ou du moins, cela pourrait être le début de l'essayer activement.

***

Deux jours après son retour de Baltimore, Emilia m'envoya un e-mail pour me dire qu'elle souhaitait revenir au travail jusqu'à la fin du mois de janvier. Je me demandai si cela signifiait qu'elle allait déménager là-bas au début du printemps. Elle ne me donna absolument aucun détail sur son voyage, si ce n'est le fait qu'elle savait que Heath m'en avait parlé.

Ce fut un message aimable, mais bref. Je ne pus pas vraiment deviner son ton. J'avais vérifié ses réseaux sociaux pendant son absence et elle était restée entièrement silencieuse. Même le blog était assez vide, avec quelques articles seulement qui avaient dû être écrits et planifiés avant son départ.

Mais j'en avais assez de me creuser la tête pour trouver ce qu'il se passait dans la sienne. Et j'étais fatigué d'être obsédé par elle. Alors, vers la fin de cette semaine, il me tardait presque le rendez-vous de Jordan.

Le vendredi après-midi, après son retour au travail, nous eûmes une longue réunion au sujet de la Convention. Tout le personnel lié à l'événement était là, et ils entrèrent les uns derrière les autres dans la salle de réunion. Ils étaient au moins vingt ou trente. Je ne pus pas m'empêcher de parcourir la foule du regard à la recherche d'Emilia. Elle était censée être là, mais je ne la vis pas.

Les différents chefs de service parlèrent et lorsque Mac se leva pour faire son rapport, il se tourna vers la personne assise à côté de lui et je me penchai pour la voir de plus près. Il se tourna vers une jeune femme très mince avec des cheveux blonds presque blancs. Je faillis tomber de ma chaise quand je me rendis compte qu'il s'agissait d'Emilia. Elle avait modifié son apparence. Radicalement. Je m'attendais presque à ce qu'elle se lève pour invoquer des dragons parce qu'elle ressemblait exactement à Daenerys Targaryen de *Game of Thrones*. Sans le costume dénudé.

Je cachai ma surprise en appuyant mon menton dans la main et en regardant Mac radoter pendant qu'il posait des questions à Emilia. Elle ne parlait jamais et elle leva rarement les yeux, sauf pour lui répondre. Je regardai ma montre. La journée avait été longue et cette réunion s'étirait affreusement.

Jordan finit par se pencher en avant lorsque Sarkowitz fut sur le point de commencer son rapport sur les frais prévus et dit :

— Dites, le patron n'arrête pas de regarder sa montre parce qu'il a un rendez-vous sexy dans quelques heures. Peut-on accélérer ?

Quelques personnes se mirent à rire et je m'appuyai contre le dossier de ma chaise, terriblement gêné, en jetant un regard méchant en direction de Jordan. Il ricana en haussant les épaules.

Et puis, presque sans réfléchir, mon regard se tourna vers l'héroïne de fantasy aux cheveux blancs assise à côté de Mac. Elle me regardait tandis que sa tête était tournée dans une autre direction, comme si elle ne voulait pas que je la surprenne à me regarder. Mais lorsque je la regardai dans les yeux, elle ne détourna pas le regard. Il y avait une véritable tristesse dans ses grands yeux bruns. Tous les muscles de mon corps se tendirent et je sentis ma peau rougir de colère. C'était elle qui avait décidé de partir. Je ravalai l'irritation qui montait dans ma gorge.

Mais en la regardant dans les yeux, mon cœur se serra malgré ma colère. Qui était celui qui avait terminé notre relation ? Qui était celui qui abandonnait ? Qui était parti ? Comment osait-elle être blessée parce que je passais à autre chose au lieu de me morfondre dans le désespoir qu'elle s'attendait apparemment à ce que je ressente ?

Ma détermination se durcit. Merde. Je l'emmerde. J'arrachai mon regard à elle et je ne la regardai plus.

***

Ce soir-là, Jordan et moi nous rejoignîmes nos rendez-vous dans un restaurant chic près de la jetée de Newport Beach. Et Jordan n'avait pas menti. Elles étaient toutes les deux magnifiques. Le rendez-vous de Jordan était Marta et la mienne était une rousse très pétillante du nom de Carissa. Elles portaient des robes moulantes et des talons hauts brillants et elles étaient typiques de Caroline du Sud jusqu'à leurs bronzages parfaits — obtenus, vu la teinte légèrement orange, dans un salon de beauté et non pas sur les plages sablonneuses de la côte.

Carissa était agréable et pas bête, alors que je m'y étais attendu, étant donné les goûts habituels de Jordan pour les femmes. On parla de bandes dessinées. Des deux femmes, j'eus vraiment l'impression d'avoir plus de chance que Jordan en ce qui concernait la conversation. Marta était incroyablement belle avec des gènes qui devaient être asiatiques ou du Moyen-Orient. Mais elle n'avait pas grand-chose à dire.

Je bus une gorgée du même verre de vin que j'avais gardé toute la soirée, regardant par-dessus pour voir les yeux verts brillants de mon rendez-vous. Depuis quand la conversation m'intéressait-elle ?

Je n'avais littéralement jamais eu de rendez-vous galant avant. Les femmes que j'avais fréquentées étaient des amies avec lesquelles je couchais. Emilia les appelait cyniquement des 'partenaires de baise'. Je n'avais aucun mal à trouver des amies femmes et je maintenais souvent ces amitiés après la fin des relations sexuelles, comme c'était le cas pour Lindsay, entre autres. Mais m'asseoir au restaurant, ou au cinéma, ou juste bavarder n'avait jamais été quelque chose que je voulais. Qu'est-ce qui m'avait changé ?

Je souris quand Jordan proposa d'aller chez lui pour traîner. Il n'était pas subtil. J'avais déjà dit à Jordan que je n'allais pas ramener de femme chez moi — en particulier une femme que je venais de rencontrer. Il avait haussé les épaules en disant qu'il avait une chambre d'amis dans sa luxueuse maison au bord de la plage qui avait vue sur le Wedge, le célèbre endroit pour surfer de Newport Beach.

À une époque, Jordan s'était pris pour un surfeur et il avait essayé de me l'apprendre quelques fois, mais cela ne m'avait pas plu. D'accord, je vivais dans le port de Newport Beach, mais cela ne signifiait pas que je devais jouer au casse-cou, littéralement, pour une montée d'adrénaline en défiant les vagues qui s'écrasaient contre la jetée de Corona del Mar et qui formaient le Newport Wedge.

Chez Jordan, on se servit des boissons et Carissa et moi nous nous installâmes sur le canapé. On parla longtemps après avoir remarqué que les deux autres avaient disparu dans la chambre de Jordan. Elle avait enlevé ses talons hauts et plié ses longues jambes sous elle pendant qu'elle était assise sur le canapé à me regarder dans les yeux. Elle hochait la tête et riait pour tout ce que je disais, ce qui avait été flatteur au début, mais qui commençait à m'ennuyer. J'avais envie de quelque chose... d'un peu de répondant. D'un défi.

Peu de temps après, elle s'appuya contre mon bras en se plaçant clairement de façon à ce que ses seins frottent contre moi.

J'étais excité. Qui ne le serait pas ? Elle était canon. Terriblement canon. Elle fit courir sa main parfaitement manucurée dans ses cheveux cuivrés et je finis par me pencher pour l'embrasser.

Elle était très empressée. En quelques secondes, j'avais écarté ses lèvres et glissé ma langue dans sa bouche. Je fermai les yeux et elle poussa un petit soupir. Je l'attirai contre moi. Et...

Je ne pouvais pas m'arrêter d'imaginer Emilia en embrassant cette femme. La bouche d'Emilia sur la mienne, son goût. Les seins d'Emilia contre moi. La peau douce d'Emilia sous mes mains. *Emilia.* Ses grands yeux bruns qui me regardaient de l'autre côté de la salle de conférences aujourd'hui, pleins de douleur et d'autre chose. Pleins de désir.

Je me mis à tousser violemment en inspirant et je m'écartai de Carissa et de son corps superbe. Elle était magnifique et j'étais attiré par elle. Nous aurions pu nous y mettre tout de suite. Mon corps était plus que volontaire. J'avais même apporté des préservatifs. Je n'en avais pas porté pendant des mois et des mois. Mais en regardant au fond des yeux verts et félins de Carissa, je sus que je ne voulais pas ceci. Pas vraiment.

Je voulais quelque chose de plus. Quelqu'un d'autre. Et pas seulement physiquement. Je voulais la femme qui me correspondait parfaitement dans tous les domaines. Celle qui me défiait, qui me soutenait. Celle qui complétait mes traits de caractère, qui comblait les espaces où je n'étais pas entier. Je déglutis en essayant de me débarrasser d'une grosse boule qui se formait dans ma gorge pour stopper la quinte de toux.

— Que se passe-t-il ? demanda-t-elle.

— Pardon.

J'arrêtai de tousser violemment, je tendis la main et je terminai mon verre d'eau glacée que je reposai à côté de son verre de vin.

— Je crois que j'ai avalé de travers.

Elle me tapota dans le dos sans conviction.

— Ça va aller ?

— Oui, dis-je d'une voix rauque en essuyant ma bouche du dos de la main.

Elle sourit en écartant ses lèvres gonflées.

— Ce n'est pas grave. Où en étions-nous ? Ah oui. Exactement... ici, dit-elle en posant sa main à l'intérieur de ma cuisse et en se penchant à nouveau contre moi.

Elle fit glisser sa main qui atterrit précisément sur ma hampe dure. Je laissai échapper un soupir et je retirai sa main.

— Qu'est-ce qui ne va pas ? dit-elle en reculant pour me regarder dans les yeux.

Je poussai un grand soupir.

— C'est trop tôt, marmonnai-je en regardant le plafond.

Carissa fronça le nez.

— Tu aimes quand c'est lent ?

Je faillis rire. Dans le passé, je n'avais eu aucun problème à coucher avec une femme que je venais de rencontrer. Je n'avais jamais eu de coups d'un soir, je n'avais pas non plus eu de relations romantiques. Jusqu'à *elle*. Elle avait tout changé. Et je commençais à craindre que je ne pusse pas redevenir la personne que j'avais été. En avais-je même envie ?

— C'est trop tôt après ma dernière relation. Je suis désolé. Tu es une femme incroyablement magnifique et sexy, comme tu dois le savoir.

Elle rit.

— Cela ne veut pas dire que je n'aime pas l'entendre, surtout de la part d'un beau mec comme toi.

Je souris.

— Je suis désolé. Je me sens encore un peu blessé.

Je m'attendais à une de ces deux choses : soit elle se fâchait ou se vexait que sa beauté resplendissante ne suffise pas à me faire oublier mes problèmes, soit elle essayait encore plus de me conquérir.

Mais Carissa me surprit encore une fois. Elle pencha la tête sur le côté d'un air compatissant.

— Tu veux en parler ? Depuis combien de temps étiez-vous ensemble ?

— Environ cinq mois. Mais j'ai vraiment pensé que c'était mon âme sœur.

J'étirai les bras le long du dossier du canapé et Carissa me regarda.

— Je suppose qu'elle ne ressentait pas la même chose ?

Je l'observai pendant une minute.

— Non.

Carissa sourit.

— Eh bien, dit-elle en levant les sourcils et en penchant la tête d'un air charmant, je viens juste de te rencontrer, mais je pense qu'elle est plutôt bête.

Elle se pencha vers moi et elle m'embrassa sur la joue. C'était un bisou de pitié, mais je préférais cela à une baise de pitié.

On parla pendant une heure de plus environ jusqu'à ce que Jordan sorte de sa chambre avec une serviette autour de la taille. Il me regarda, manifestement surpris que nous soyons toujours entièrement vêtus et pas en train de nous embrasser.

Je proposai à Carissa de la conduire chez elle afin que sa colocataire puisse passer la nuit avec Jordan. Elle m'invita à l'intérieur, mais je refusai. Je rentrai seul dans une maison vide et sombre, mais je restai loin de la chambre vide et sombre. Je me rendis plutôt dans mon bureau. J'ouvris mon ordinateur portable pour coder le nouveau projet secret jusqu'à ce que le ciel à l'extérieur commence à s'éclaircir et que je m'endorme le front posé sur mes bras croisés. Nous les programmeurs, nous appelions cela 'coder la transe'. En réalité, j'utilisais ce temps pour éviter les démons qui hantaient la coquille vide de cette maison.

Je me demandais à quel moment les choses allaient me paraître normales. À quel moment j'allais pouvoir revenir à mon ancienne vie comme si les six derniers mois n'avaient jamais eu lieu. Mais je commençais à me demander si c'était possible. Je me sentais vraiment au fond du trou. Devais-je attendre plus longtemps ?

Deux choses pouvaient se produire : Emilia allait partir et je devais trouver comment passer à autre chose ou je pouvais céder et partir avec elle si — et c'était un grand 'si' — elle voulait bien me reprendre.

Et tandis que s'étiraient les jours sans elle avec le souvenir de ses yeux expressifs qui me regardaient de l'autre côté de la table de conférences, je commençais à penser que devenir un nouveau résident permanent du Maryland était un petit prix à payer pour pouvoir la reprendre dans mes bras.

Chapitre Douze

L E LENDEMAIN, SAMEDI, J'AVAIS UN RENDEZ-VOUS AVEC MON amie Lindsay pour lui montrer un appartement à Orange dont j'étais propriétaire. Comme cela faisait un moment que je ne l'avais pas vue et comme j'avais l'impression d'avoir trop de temps pour moi, même si je travaillais encore soixante-dix heures par semaine, je proposai de le lui montrer moi-même et de lui payer le déjeuner après. Emilia n'aimait pas Lindsay et elle avait une bonne raison. Lindsay et moi avions eu des relations sexuelles quand nous étions tous deux beaucoup plus jeunes : je venais de finir le lycée et elle était une étudiante de première année de droit qui travaillait pour le cabinet de mon oncle. Mais ce n'était pas notre passé qui déplaisait à Emilia. C'était le fait que j'avais un jour utilisé Lindsay pour rendre Emilia jalouse. Elle ne l'avait pas toléré du tout.

L'appartement, que j'avais à l'origine acheté pour le proposer à Emilia et qu'elle avait immédiatement refusé, était toujours vide. Mais Lindsay songeait à l'acheter pour son neveu, qui était étudiant à l'université Chapman.

Je roulai vers le nord en direction de la ville d'Orange sur l'autoroute 55, en essayant d'ignorer ce que je ressentais en roulant sur les mêmes routes que lorsque j'allais voir Emilia dans son ancien appartement. J'essayai de ne pas tenir compte de ce sentiment constant de perte.

C'était de la folie. Cinq mois auparavant seulement, nous avions été au début de notre relation. Ces cinq mois me paraissaient maintenant une vie entière : comme si j'avais vécu toute une existence, de la naissance à la croissance et à l'expérience. Mais c'était une vie coupée court beaucoup trop tôt. Et au fond de mon âme, des personnes en deuil étaient présentes à l'enterrement de ce qu'avait été notre relation, notre amour, ne voulant pas oublier ni même croire que c'était déjà terminé.

C'était toujours une plaie béante, parfois lancinante, parfois très, très profonde. Mais c'était quelque chose que je ne pouvais pas me sortir de la tête, malgré tous mes efforts.

Je déverrouillai la porte et j'entrai. Comme d'habitude, Lindsay était en retard. J'aurais juré que cette femme pouvait être en retard pour sa propre veille funéraire. Si nous avions un jour été un couple, cela m'aurait rendu complètement fou. Heureusement, nous n'avions même pas essayé, car cela n'aurait jamais fonctionné. Nous étions tous les deux trop jeunes, mais suffisamment sages pour savoir que nous étions à la fois trop ressemblants et trop opposés pour pouvoir nous mettre d'accord.

Elle m'avait dragué récemment, quand elle avait entamé les procédures de divorce au printemps dernier. Depuis, les choses avaient été gênantes entre nous. En fait, je ne l'avais pas vue en personne depuis ce jour où elle était venue à mon bureau pour le déjeuner — le jour où Emilia nous avait vus ensemble. J'avais pris ce jour-là la très mauvaise décision d'essayer de voir comment Emilia allait réagir. J'avais pris Lindsay autour de la taille et j'avais chuchoté à son oreille pendant qu'Emilia nous avait regardés en écarquillant les yeux avec un visage horrifié.

Lindsay n'était pas stupide et elle avait tout de suite compris. Elle me l'avait reproché quand Emilia avait tourné les talons et qu'elle était sortie du bâtiment en courant. Lindsay m'avait même dit de la suivre, mais comme un idiot, j'avais refusé.

Je sortis mon téléphone pour envoyer un texto à Lindsay après avoir attendu une demi-heure. Puis j'entendis ses talons résonner dans la cage d'escalier. J'avais laissé la porte entrouverte, mais j'allai lui ouvrir.

— Adam !

Elle me prit par les épaules et elle posa un baiser sur ma joue, que je rendis sur la sienne. Elle portait trop de parfum et elle était très maquillée, comme toujours. Elle semblait sortir tout droit d'une séance photo pour *Vogue*, ce qui était typique pour elle. À trente-deux ans, elle était toujours une femme très attirante — elle l'avait toujours été.

Quand je l'avais rencontrée en passant au bureau de mon oncle, cela avait été plus que flatteur qu'une magnifique étudiante en droit blonde s'intéresse à moi. Elle avait été ma première. Non pas que cela signifiait encore quelque chose pour moi.

Je fis faire un court tour de l'appartement à Lindsay en terminant dans la cuisine vide.

— Cela fait un moment que l'appartement est vide... dit-elle avec une question implicite.

Je haussai les épaules, ne souhaitant pas vraiment expliquer pourquoi j'avais acheté l'endroit.

— Oui, c'est-à-dire que la raison pour mon achat n'existe plus.

Elle m'observa longuement et j'évitai son regard.

— Tu tiens le coup ?

Je lui jetai un regard interrogatif.

— Le procès. Peter m'a dit que c'est le fléau de ton existence. Tu devrais arrêter de jouer les 'types A' et laisser les gens de l'assurance s'en occuper.

Je poussai un soupir.

— Ces gens sont des crétins. Il préfère économiser quelques dollars en mettant en danger la réputation de mon entreprise. Je les emmerde.

Elle leva les sourcils.

— Tu ne peux pas y faire grand-chose, tu sais.

— Je sais, mais maintenant les rumeurs d'un arrangement se répandent et les gens bloguent et spéculent. Il y en a même qui parlent d'une audience au congrès sur le caractère addictif néfaste des jeux vidéo. Devine qui sera le premier sur la liste de la citation à comparaître ?

Elle fronça les sourcils.

— Attends, que disent les blogueurs sur ton entreprise ? De la diffamation ?

Je haussai les épaules.

— Des spéculations, des commérages. Des avertissements que les mamans inquiètes partout pourraient obtenir des restrictions imposées sur les jeux en ligne. Elles ont déjà une classification par âge. Qui sait ce qui viendra ensuite ? Peut-être une échelle de risque d'addiction ?

Elle rit avec dédain.

— Eh bien, je pense que tu connais — et que tu as dans ta famille — suffisamment d'avocats pour pouvoir envoyer quelques lettres effrayantes de mise en demeure si qui que ce soit s'en prend à ta réputation.

Je levai les yeux au ciel. *Ça,* ça allait résoudre mes problèmes. Mais bien sûr.

Lindsay m'examina en se concentrant sur mon cou.

— C'est quoi ça ? Un suçon ?

Je posai la main sur mon cou.

— Quoi ?

— Tu as un hématome — et un autre là...

Elle s'avança vers moi pour regarder de plus près.

— Ce n'est pas un suçon. Alors, tu n'étais pas occupé avec ta petite étudiante ?

Je lui jetai un regard d'avertissement et elle fit son sourire taquin.

— D'accord, je ne vais pas t'embêter. Mais pourquoi as-tu tous ces bleus ?

Elle tendit la main et elle tira le col de mon polo sur le côté en l'étirant en arrière, dégageant ma clavicule gauche.

— Tu as comme... oh, quand as-tu fait ceci ? dit-elle en apercevant le tatouage.

Cela ne m'avait jamais dérangé auparavant, mais depuis qu'Emilia avait mentionné le comportement trop intime de Lindsay avec moi, cela m'irritait. Je me dégageai d'elle et je réajustai mon tee-shirt.

— Tu as fini ? J'ai des bleus à cause du paintball.

— C'est ça, je suis passée à autre chose que les bleus. Je ne pensais pas que c'était à cause de violences domestiques. C'est quoi ce tatouage ? De tous les gens dans le monde, je n'aurais jamais imaginé que Adam Drake tatoue le nom d'une femme sur son torse, en particulier si ce n'est pas la femme avec qui il est.

— Bon, l'appartement t'intéresse ou pas ? Parce que sinon, je demande à mon agent immobilier de le mettre sur le marché.

— Tu ne vas pas me dire qui est Sabrina ?

Je m'agitai en lui jetant un regard irrité.

— Non.

Je ne citais jamais son nom. Cela m'avait demandé tout ce que j'avais en moi de faire ce tatouage, mais à l'époque il avait fallu que je le fasse. J'avais eu peur de l'oublier, de la laisser s'effacer de ma mémoire et de mon cœur. C'était une idée stupide, mais cela avait fait sens. C'était une façon de garder un morceau d'elle pour toujours. Je n'avais jamais parlé de Bree à personne — pas même à ma propre famille. Mon oncle et mes cousins étaient au courant, bien sûr. Mais Lindsay n'avait jamais été au courant de ce qu'il y avait dans mon cœur.

C'était donc d'autant plus remarquable qu'Emilia avait été capable de m'arracher ce secret sans beaucoup d'efforts. En général, si des gens me demandaient qui était Sabrina après avoir vu le tatouage, j'évitais la question.

Une fois, quand nous étions dans le jacuzzi de mon yacht, Emilia avait aussi posé la question après avoir révélé une expérience douloureuse de son passé. Et j'avais répondu. Simplement, en quelques mots. Mais rien que cela avait exigé toutes mes forces. Emilia était la première personne avec laquelle je pouvais en parler. Et seulement en des termes vagues, en parlant de la douleur de mon enfance comme s'il s'agissait de l'histoire distante de quelqu'un d'autre. Je secouai la tête pour penser à autre chose.

Lindsay détourna le regard en rejetant ses cheveux blonds en arrière. Mes secrets l'ennuyaient manifestement.

— Je suis désolé. Tu dois être contrariée.

— Pas du tout, mais, j'ai *faim* et il est quatorze heures, alors que dirais-tu de terminer cela en déjeunant ?

Lindsay se retourna et marcha lentement vers le comptoir de la cuisine pour prendre son sac à main rouge écarlate accordé à ses ongles longs. Puis elle se tourna vers moi.

— J'ai parlé avec Jordan. Il m'a parlé de... Il m'a dit que Mia et toi vous aviez rompu.

Je serrai la mâchoire. Je n'avais pas envie de parler de cela avec elle maintenant.

— Ne t'inquiète pas, Adam. Je n'allais pas à nouveau te faire une proposition. J'ai encore un peu de fierté. C'est juste que je m'inquiète pour toi. En tant qu'amie. Tu n'as jamais vraiment été avec quelqu'un... enfin, d'après ce que je sais en tout cas, dit-elle en indiquant mon torse et le tatouage. Et d'après ce que j'ai compris, Mia et toi vous viviez ensemble. C'est... eh bien, je suis désolée, c'est tout. Tu m'avais semblé plus heureux. En meilleure santé, également.

Je soupirai et je fis tinter les clés au bout de mes doigts.

Elle me fixa avec des yeux plus durs.

— D'accord, tu es typiquement masculin et tu refuses d'en parler. Mais est-ce vraiment une cause perdue ?

Je grinçai des dents.

— Probablement.

Elle hocha la tête.

— Je vais te donner des conseils que tu n'as pas demandés. Et tu vas devoir écouter jusqu'à ce que je passe cette porte et que je te suive au restaurant. Elle est jeune, Adam. Elle a quoi... vingt-deux, vingt-trois ans ? C'est le même âge que moi quand nous nous sommes fréquentés. La dernière chose que j'avais en tête c'était l'engagement et l'avenir d'une relation. Elle veut être médecin. Je voulais être avocate. À ce moment-là, c'était le plus important pour moi et aucun homme n'allait se mettre en travers de ce projet.

Je la laissai parler. J'écoutai ce qu'elle avait à dire, mais il était hors de question que j'aie une conversation à ce sujet. Toute cette rencontre était déjà passée dans la *Quatrième Dimension* : je m'attendais à ce que Rod Serling arrive dans la pièce d'un instant à l'autre pour fournir une narration de l'histoire tordue entre Lindsay et moi.

— Bon, décidons. Italien ou mexicain ? demandai-je.

Je soufflai en levant les yeux au ciel.

— Réfléchis-y. Laisse-lui un peu d'air. Il se pourrait bien qu'elle revienne vers toi si tu la laisses tranquille et que tu n'essaies pas d'insister pour qu'elle fasse ce que tu veux.

Tiens, ce conseil me parut familier.

— C'est ici que tu sors ton porte-clefs inspirant avec l'image d'un papillon et l'expression 'lorsque l'on aime quelque chose il faut le laisser libre' ?

Elle fit un sourire cynique.

— Quelque chose dans ce genre.

Elle se retourna et sortit de la cuisine.

— Allez, viens. Allons manger.

Je la suivis et l'on passa un déjeuner agréable en parlant essentiellement de sujets parfaitement sûrs. Au moins, elle ne souleva plus Emilia ou le tatouage. Comme je l'avais dit, Lindsay n'était pas bête. Cependant, même si je n'avais rien demandé, ses paroles tournaient en rond dans mon esprit. La raison pour laquelle Emilia avait fait marche arrière, c'était parce qu'elle trouvait plus important de devenir médecin — son but depuis qu'elle était enfant — que de poursuivre notre nouvelle relation pleine d'inconnues.

En essayant de la garder auprès de moi, je l'avais repoussée parce que j'avais supposé avec arrogance que j'étais sa priorité numéro un.

Et en même temps, je lui avais montré qu'elle n'était pas ma priorité en refusant de déménager dans l'Est avec elle.

Je commençai à me rendre compte à quel point j'avais été injuste. La vraie question étant : était-ce trop tard pour réparer cela ?

Chapitre Treize

L E LENDEMAIN, C'ÉTAIT DIMANCHE ET J'AVAIS TRÈS PEU DE choses à faire le matin. Dans cette vie post-Emilia, les week-ends étaient les pires. La solitude menaçait d'augmenter et de me suffoquer. En particulier lorsque je faisais de mon mieux pour résister à mon ancienne solution de repli : le travail. Il y avait beaucoup de choses à faire, mais aujourd'hui je n'allais pas me le permettre. Je ne pouvais pas retomber dans mes vieux schémas.

Le travail m'appelait pourtant comme le vin un alcoolique, comme la table de baccarat un joueur. Juste une heure, disait cette voix. *Tu peux te connecter et faire quelques petits travaux. Au bout d'une heure, tu peux te déconnecter. Ou alors, tu pourrais juste passer au bureau pour y jeter un œil.*

Mais j'allais me prouver que je pouvais résister – même si ce n'était que pour un jour. Je n'allais pas vérifier mes e-mails de travail. Parce qu'une fois que je retombais là-dedans, le retour était très, très rude. Et je n'avais absolument aucun désir de partir en randonnée dans une espèce de montagne paumée pour retrouver mon moi intérieur.

J'autorisai cependant le compromis de jouer sur DE, me disant que ce n'était pas une violation totale de ce dimanche sans travail. Je lançai donc le jeu et je me connectai à mon compte invisible de *game master* pour voir si l'ancien groupe avec lequel je jouais était connecté. Nous jouions souvent ensemble les dimanches matin et je me demandais s'ils avaient perpétué la tradition.

Je jetai un coup d'œil sur ma liste d'amis.

Votre amie, Eloisa, est en ligne. Emilia.
Votre ami, Fragged, est en ligne. Heath.
Votre amie, Persephone, est en ligne. Kat.

Ils étaient tous là. Je regardai où ils étaient. *Golden Mountains Region.* Ils travaillaient sur la grande quête secrète. Je résistai à l'envie de bidouiller les commandes pour voir si je pouvais lire leurs messages privés. Ils utilisaient essentiellement la voix, sauf si je jouais avec eux. Je m'installai en soupirant. Comme les autres joueurs de Dragon Epoch, mon groupe habituel avait de façon erronée conclu que la série de quêtes des Golden Mountains commençait dans la région de ces montagnes au lieu de l'endroit où le tout premier indice était réellement caché, en pleine vue de tous.

Je fis un sourire perfide devant l'écran. Cela faisait des mois depuis le lancement de l'extension et personne n'avait réussi à plus s'approcher de la solution que lorsque ces fichues quêtes avaient été annoncées. Si les gens ne commençaient pas à obtenir des indices bientôt, j'étais sûr que nous allions avoir une émeute sur les bras : une révolte massive de joueurs. Peut-être même un sit-in à DracoCon. Il existait déjà des sites qui prétendaient que la quête était un mythe ou un hoax ou qu'elle n'avait même pas été finie ou installée dans le jeu. Ils avaient bien tort. L'idée pour cette quête m'était venue à l'esprit en imaginant l'intrigue de départ pour le jeu, des années auparavant.

Cela avait été une sorte de rêve et un objectif à long terme de développer la technologie et la programmation de jeux vidéo de façon à le mettre en pratique. Je n'étais pas prêt à donner ces indices facilement. Même pas à la femme que j'aimais.

Je me souvins qu'elle me taquinait à ce sujet. Les indices que je lui avais donnés avaient tous été authentiques, mais ils avaient été suffisamment vagues pour être inutiles et elle le savait. J'utilisai la commande qui rendait mon personnage invisible — une capacité qui ne pouvait être utilisée que par les employés de l'entreprise — et je voyageai jusqu'à eux. Je ne sais pas trop ce que je voulais accomplir, mais en restant assis là pendant dix minutes à les regarder éliminer une liste infinie de trolls, je décidai que je m'ennuyais. Cela aurait été plus amusant si je jouais avec eux.

Je ne savais pas trop comment Emilia allait réagir, mais à ce moment-là, je m'en moquais. Ils étaient aussi mes amis, et j'avais le droit de passer un peu de temps avec eux, même si Emilia avait choisi de rompre avec moi. Il y avait un risque qu'elle pense que je la harcèle comme un pervers, mais j'étais déterminé à ne pas garder dans le monde virtuel l'énorme distance que je maintenais entre nous dans le monde réel.

Je me déconnectai de mon compte d'employé et j'ouvris mon compte de loisirs.

FallenOne est entré dans le monde de Yondareth.

FallenOne était un lancier humain de niveau soixante-quinze. Il avait les cheveux gris et une longue barbe blanche. Il ressemblait un peu à un croisement entre le père Noël et un moine chinois. J'avais été d'une humeur étrange le jour où je l'avais créé et son look me faisait rire. Mais il était très fort et j'aimais ce personnage. Je trouvai le portail magique le plus proche — je ne pouvais pas utiliser mes petits tours d'employé sur ce compte — et j'envoyai mon personnage dans la zone où mon groupe agissait.

*Persephone dit, J'hallucine... c'est vraiment toi ? Où étais-tu ?
*Vous dites à Persephone, Ouais, c'est vraiment moi. J'étais occupé.

*FallenOne a été invité à rejoindre le groupe de Persephone.

Je cliquai sur le bouton approprié pour accepter l'invitation. Les écouteurs furent soudain assaillis par les bavardages excités de Heath et Kat sur le chat vocal du jeu. Et pour la toute première fois, j'avais l'intention de les rejoindre.

Auparavant, FallenOne avait seulement interagi avec le groupe par messages écrits. Je pouvais tous les entendre sur le chat vocal, mais je communiquais seulement avec eux au moyen du clavier pour préserver mon anonymat. Ce n'était pas difficile à faire, car je tape très vite. Cela avait marché en ma faveur quand j'avais rencontré Heath puis Emilia, car cela m'avait permis de garder mon identité d'ami dans le jeu secrète. J'avais fait beaucoup de choses, à cette époque-là, pour qu'elle ne découvre pas mon identité. Certaines choses avaient été bien et d'autres, comme mon comportement de gros con le premier jour où nous nous étions rencontrés en personne, moins bien.

J'ajustai mes écouteurs et le micro et j'appuyai sur le bouton pour parler.

— Salut tout le monde, comment ça va ?

— Non ! s'exclama Kat. Fallen est sur le chat vocal. T'es vraiment un mec, en fait !

Je ris.

— Tu croyais que j'étais une fille ?

— *Je* croyais que tu étais une fille, dit Heath.

— Je t'emmerde, je suis un mec. Mais je ne donnerai pas de détails sur mes soixante-cinq ans et mes poils dans le dos.

— Berk, dit Kat, j'espère vraiment que tu rigoles.

Emilia ne disait rien.

Je savais qu'elle pouvait m'entendre. L'icône à côté du nom de son personnage indiquait qu'elle était connectée au chat vocal.

— Alors, Mia, pourquoi es-tu si silencieuse ?

— Elle est de mauvaise humeur. On découpe des trolls pour lui remonter le moral, dit Kat.

— Salut, Fallen, finit par dire Emilia. C'est super d'entendre ta voix.

Mon écran s'illumina d'un texte violet qui indiquait un message privé d'Emilia.

Eloisa dit, salut.

— Alors, c'est quoi cette mauvaise humeur ? Ça aide de tuer des trolls ? demandai-je.

Vous dites à Eloisa, salut.

— Ouais. Eh bien, tu me connais. Je suis toujours partante pour abattre des trolls. Pour une fois, je me sens utile, dit Emilia. Ces deux loosers ont besoin des pouvoirs de mon enchanteresse d'élite pour survivre.

À ma surprise, la conversation parallèle se poursuivit : l'une par chat vocal et l'autre, la privée, par des messages instantanés écrits.

Eloisa dit, alors... comment c'était avec ton rendez-vous canon ?
Vous dites à Eloisa, comment c'était, ton voyage à Baltimore ?
Eloisa dit, touché. Tu m'as eue, là.

— Pff, Mia, dit Kat, tu es toujours utile. Mais hé ! Mon ordi ne fonctionne pas correctement depuis ce putain de patch que ces idiots ont mis dans le jeu la semaine dernière. Ces crétins ont dû faire foirer quelque chose.

Je réprimai un rire dédaigneux. Ce n'était pas tous les jours qu'une amie dans le jeu me traitait d'idiot et de crétin. Peu importe qu'elle ne sache pas, que j'étais cet idiot et ce crétin.

— Ouais, ces cons à Draco, qu'ils aillent se faire foutre, dit Heath en ne cherchant pas à cacher le rire dans sa voix.

Vous dites à Fragged, Je t'emmerde.
Fragged dit, HAHAHAHAHA

— Kat, le problème, c'est que tu as encore une fois la tête dans le cul, dit Heath.

— Ta gueule, Fragged, ou je te laisse mourir cette fois.

— *Cette* fois ? Je meurs si souvent dans ce jeu qu'ils vont me faire acheter un caveau dans le cimetière local.

Je ricanai.

— C'est peut-être juste PEBCAK.

— C'est quoi ça ? demanda Kat.

Heath et moi nous répondîmes en même temps.

— 'Problem Exists Between Chair And Keyboard', autrement dit, le problème se trouve entre la chaise et le clavier.

— C'est un terme courant en informatique, ajoutai-je.

— Oh, la ferme, Fallen, je te préférais quand tu pouvais uniquement communiquer par écrit, siffla Kat.

Vous dites à Eloisa, alors, ça ne te gêne pas que je joue aujourd'hui ? Je m'ennuyais.

Eloisa dit, aucun souci si tu joues. C'est mieux de jouer que de travailler.

* Vous dites à Eloisa, d'accord.*

Eloisa dit, tu ne travailles pas trop, hein ?

* Vous dites à Eloisa, euh.*

— Vous faites quoi ? demandai-je au groupe. Vous coupez juste des trolls en rondelles pendant des heures ? Faisons quelque chose de productif.

— On travaille sur cette quête pourrie, dit Kat. J'ai lu sur *Gamer Garden* qu'ils ont trouvé une clé pour sauver la princesse dans la première partie du système de donjons. Elle tombe quand on pille un troll mort au hasard. Mais c'est super rare. Alors on les tue par centaines pour voir si elle tombe.

J'essayai de ne pas rire. Je n'avais pas vu cet article. Quelle connerie ! Lundi, j'allais devoir demander aux développeurs s'ils avaient fait circuler ce faux indice eux-mêmes.

— Qu'en penses-tu, Fallen ? Est-ce une perte de temps ? Je suis très, très curieux d'avoir ton opinion là-dessus, demanda Heath.

* *Vous dites à Fragged, aucune chance.*

— Je ne sais pas, je vous suis. Si vous vous amusez, continuons. Avec un peu de chance, Em-Mia est moins grognon ?

— Semer la mort et la pagaille chez les monstres de Yondareth me met toujours de meilleure humeur, dit-elle d'une voix joviale et distante.

*Eloisa dit, joli presque-lapsus, petit génie.
* Vous dites à Eloisa, je ne peux pas *toujours* être parfait.

Ok, j'avais presque gaffé en l'appelant Emilia. D'après ce que je savais, j'étais le seul à l'appeler par son prénom complet. J'avais commencé à le faire pour brouiller les pistes quant à mon identité. Mais c'était resté. C'était mon Emilia. Mia était son nom pour tous les autres.

*Eloisa dit, ouais, alors... vraiment... tu ne travailles pas trop, si ?
* Vous dites à Eloisa, définis 'trop'.
*Eloisa dit, Adam...

Je m'appuyai contre le dossier de ma chaise et mes mains hésitèrent au-dessus du clavier. Ma poitrine se serra. J'étais touché par son inquiétude et en même temps elle me contrariait. Mon dieu, ce qu'elle me manquait. Et cela ne faisait que quelques semaines que nous avions rompu.

* Vous dites à Eloisa, pour la plupart, ça va.
*Eloisa dit, pourquoi seulement 'pour la plupart' ?
* Vous dites à Eloisa, je pensais que c'était évident.

— Arrivée d'un fils de pute badass ! C'est Grubious the Great. Attrapez-le ! Il a du butin ! cria Heath dans son micro quand son personnage sortit de nulle part, pourchassé par un très gros troll en furie. Notre groupe bondit en action et quelques minutes plus tard le corps du troll était mort à nos pieds, son butin virtuel partagé entre nous quatre.

*Eloisa dit, pardon. Je voulais dire avec le procès et tout ça. Les blogueurs ne sont pas très sympas.

* Vous dites à Eloisa, je l'ai remarqué. Je suis content de voir que La Geekette est restée en dehors de tout ça.

*Eloisa dit, bien sûr. Je passe mon temps à faire des choses importantes comme râler contre des bikinis en cotte de mailles, pas des procès.

On passa presque une heure à exterminer des trolls qui étaient générés (en langage de gamer, on disait 'spawned') aussi vite que nous pouvions les tuer. La clé mythique n'apparut jamais, comme je l'avais prévu. J'étais presque tenté — presque — de me connecter à mon autre compte et de coder quelque chose qui ressemble à une clé pour leur faire une blague, mais je me dis que c'était trop méchant.

Je voulus les aider un peu, même si c'était très, très subtil.

— Bon, les gars, ça devient d'un ennui mortel et on n'arrive à rien, dis-je. Et si on allait faire de nouveaux personnages et courir un peu dans la zone de départ ?

— WTF, Fallen. Des noobs ? Oh non. Je ne suis pas d'humeur à me faire tuer par un niveau un pendant que je cueille des jonquilles jaunes pour l'amour perdu du Général Sylvan Wood, dit Kat en faisant référence à une des premières quêtes de base données aux nouveaux personnages arrivés dans le monde de Dragon Epoch.

Fragged dit, qu'est-ce qu'il y a... on chauffe ? J'ai l'impression qu'on est sur la bonne voie et que tu essaies de nous embrouiller. C'est la clé, c'est ça ???

Je ris encore. Comme si j'allais le lui dire. Je n'avais rien dit d'utile à Emilia non plus et j'avais dormi avec elle pendant des mois.

** Vous dites à Fragged, oups, tu m'as eu.*

Un peu plus tard, Katya se déconnecta pour aller travailler. Heath resta encore quelques minutes avant de se déconnecter et Emilia et moi nous restâmes seuls. Au lieu de nous envoyer des messages, nous pouvions désormais nous parler.

— Alors... dit-elle.

Je m'éclaircis la gorge et je regardai son avatar à l'écran.

— Je suis content que tu aies décidé de revenir au travail, commençai-je maladroitement.

— Je pense que William ne me l'aurait pas pardonné autrement.

— C'est pas vrai. C'est moi qu'il n'aurait pas pardonné.

Elle rit un peu nerveusement.

— Tu as peut-être raison.

Il y eut une longue pause gênante. Les électrons statiques sifflaient entre nous. C'était douloureux d'entendre sa voix et de savoir qu'elle était près de là. La distance entre nous aurait tout aussi bien pu être de quelques millions de kilomètres.

— Elle reprit.

— Alors... j'ai réfléchi à toutes ces choses dites sur les blogs en ce moment — celles qui se concentrent sur les développements du procès...

Je me pinçai l'arête du nez et je le frottai en sentant arriver un nouveau mal de tête. Je le méritais. Le médecin m'avait conseillé de porter des lunettes spéciales quand j'utilisais l'ordinateur et j'oubliais presque toujours de les mettre. Bien sûr, je n'étais pas entièrement convaincu par sa théorie selon laquelle c'était la fatigue visuelle qui déclenchait les migraines.

— Oui ? Qu'as-tu pensé ?

— Je connais ces gens – enfin, pas personnellement, mais, nous communiquons beaucoup en ligne. Je lis et je commente leurs blogs, ils commentent le mien. Nous partageons des informations. Nous nous envoyons des e-mails. Je sais ce qui les éloignerait de leur campagne démoralisante.

Je fronçai les sourcils en me concentrant sur ses paroles et en souhaitant pouvoir voir son visage. J'imaginai cette mignonne petite fossette qui apparaissait entre ses sourcils quand elle était inquiète.

— Quoi donc ?

— Change la conversation. Fais-les parler d'autre chose.

— Eh bien, j'espérais que notre toute première DracoCon s'en chargerait, mais cela ne semble même pas avoir une influence.

— La convention sera fabuleuse et beaucoup de blogueurs y seront. Mais je connais quelque chose d'encore mieux.

— Oui ? Quoi ?

— La quête cachée.

Je soupirai.

— Est-ce une autre tentative pour me soutirer des indices ?

Elle marqua une pause.

— C'est une tentative pour t'aider à sauver la réputation de ton entreprise. Cela les détournerait du sentier de la guerre. Et les joueurs consulteraient leurs blogs en masse s'ils y parlaient de leurs progrès dans la quête.

— N'importe quoi. Dès l'instant où la quête sera découverte, ce sera terminé. Ils réfléchissent ensemble et partagent les indices. Ensuite, ils résolvent tout en l'espace de trente heures et ils postent des spoilers en ligne pour que tout le monde puisse se contenter d'imiter ce qu'ils ont découvert. J'ai travaillé sur le concept de cette quête pendant des années. Je n'ai pas l'intention qu'elle soit entièrement révélée en l'espace d'un jour et demi.

— Mais... cela fait six mois qu'elle est installée. Les gens affirment que la quête n'existe même pas, ou que son code est rompu. Je suis certaine que cette quête sera une expérience incroyable, sinon tu ne serais pas si protecteur envers elle. Mais tu dois la laisser partir. Tu dois l'abandonner pour que d'autres puissent en profiter.

Je secouai la tête même si je savais qu'elle ne pouvait pas me voir.

— Je, euh, je vais y réfléchir.

Elle soupira.

— D'accord. Tu ne peux pas garder tes secrets pour toujours, tu sais.

Cela me parut comme un message personnel au sujet de nous. J'inspirai profondément en ayant l'impression d'être passé dans le territoire interdit. Nous ne l'avions jamais expressément interdit, mais il semblait dangereux malgré tout.

— Je les garderais aussi longtemps que nécessaire.

— Je vois, dit-elle doucement.

Je marquai une pause.

— Quand pourrai-je te revoir ? finis-je par demander.

Elle s'éclaircit la gorge.

— Je pensais que tu fréquentais d'autres personnes.

— Ce n'est pas une réponse.

Une pause.

— Je ne sais pas.

Je fermai les yeux, le mal de tête s'intensifia. Mais cette douleur n'était pas comparable à celle que j'avais dans la poitrine. J'avais terriblement merdé avec elle, et si je ne me contrôlais pas très vite, j'allais encore merder davantage.

— Je vais partir. Je ne me reconnecterai plus, sauf si tu veux que je le fasse.

— Pourquoi ne le voudrais-je pas ? Tu t'es amusé aujourd'hui, je l'ai vu. Je ne te demanderai jamais de ne pas te connecter.

— Je me suis amusé, mais le plus important c'est que tu profites de ton temps de jeu.

Et je ne me serais sans doute pas connecté si je n'avais pas autant eu envie d'entendre sa voix.

— Adam, je...

— Oui ?

— Réfléchis à ce que j'ai dit, d'accord ? Et...

J'attendis. Cela lui prit une minute.

— Et prends soin de toi, d'accord ?

J'inspirai profondément avant de souffler. J'avais envie de la rejoindre tout de suite et je voulais la prendre dans mes bras et l'embrasser à la faire tomber dans les pommes. Cette sensation de vide était presque trop forte.

— D'accord, dis-je d'une voix atone.

— Merci. À une autre fois.

Oui... une autre fois. Mon estomac se noua. On se dit au revoir.

La température de mon âme était le zéro absolu, la température de l'espace. Et j'étais vide, comme l'immense distance entre les étoiles, au rebord de l'existence. Quand j'avais passé une semaine et demie à la station spatiale internationale, une de mes activités préférées était de monter dans la coupole quand nous avions traversé le terminateur — la ligne de séparation entre le jour et la nuit en orbite. Depuis le dôme d'observation, je pouvais voir les étoiles et m'émerveiller devant la noirceur de l'espace vide entre elles. Me complaire dans mon insignifiance en tant que minuscule grain de vie, impressionné par tout cela.

Mes inquiétudes et ma vie avaient semblé si futiles au milieu du vide de l'espace. Cela me rappela que si j'avais vraiment besoin de prendre du recul, je pouvais tenter de refaire un autre vol, comme je me l'étais promis à la minute où la capsule d'atterrissage avait touché le sol après le voyage précédent.

Une autre grande aventure pour Adam. Tout seul. Parce que ma dernière 'grande aventure', *mon Emilia*, s'avérait être un échec monumental.

Chapitre Quatorze

D RACOCON AVAIT LIEU DANS MOINS DE DEUX COURTES semaines et après le week-end, je me retrouvai à faire de longues heures au travail malgré les demandes d'Emilia pour que je me retienne. J'en étais bien à ma douzième heure le lundi, en courant pour essayer de devancer le mal de tête qui traînait au-dessus de mon cerveau depuis vingt-quatre heures. Il me hantait. Ils arrivaient parfois de cette façon... inévitables et distants, et je savais que je ne pouvais pas y échapper. Parfois, ils frappaient soudain, comme un éclair qui brûlait l'esprit.

Celui-ci finit par faire les deux. Et cela eut lieu quand le complexe était presque entièrement plongé dans l'obscurité, vers dix-neuf heures. Quelques employés étaient restés tard pour faire du travail supplémentaire en route vers mon bureau quand la putain de chose me frappa comme une brique au visage. Cette fois, il n'y eut pas de distorsions visuelles, seulement de la douleur pure. Je n'en avais pas subi d'aussi violent depuis très très longtemps.

Heureusement, il n'y avait personne pour en être témoin. J'aurais pu tomber à genoux et gémir si je ne m'étais pas trouvé près d'un mur. Je m'affalai contre lui en fermant les yeux et en espérant que cette agonie qui m'écrasait le crâne passe. J'eus la nausée. Mon estomac se retourna. Si je ne faisais pas un effort de volonté, j'allais sans doute très bientôt vomir mes entrailles.

Je me rendis à mon bureau à quatre pattes, j'ouvris la porte sur le couloir éclairé, mais je laissai la pièce dans l'obscurité. Je me traînai jusqu'au canapé sur lequel je m'affalai et je fermai les yeux.

Je restai couché là pendant presque une demi-heure en souhaitant que la douleur passe. J'essayai de décider si je devais abandonner maintenant et prendre un médicament ou si je devais essayer de supporter la douleur.

J'entendis quelqu'un s'approcher de l'extérieur. Je me demandai vaguement, à travers le brouillard de douleur, si Maggie n'était pas encore partie chez elle, lorsque les ampoules du plafond s'allumèrent, poignardant mes yeux et ma tête.

— Éteins la lumière, gémis-je en jetant un bras sur mes yeux.

Les lumières s'éteignirent immédiatement. J'écoutai le bruit des pas qui hésitaient dans l'encadrement de la porte. Ce n'était sans doute pas Maggie, mais cela aurait pu être Jordan ou un de mes proches collaborateurs au courant pour les maux de tête. Autrement, je pouvais simplement prétendre que j'étais malade à cause de sushis avariés que j'aurais mangés au déjeuner.

Puis les pas entrèrent dans la pièce en hésitant.

— Adam ? Ça va ? dit une petite voix douce.

J'étais en pleine transpiration désormais, mais le mal de tête n'était pas si affreux que je ne reconnus pas sa voix quand je l'entendis. Emilia.

— Ça va, dis-je en gardant les yeux résolument fermés.

Même la lumière tamisée venant du couloir pouvait aggraver la situation. C'était bien la dernière chose dont j'avais besoin.

— Ça ne va pas du tout, me parvint sa voix à côté de moi. Tu transpires.

— J'ai chaud.

— N'importe quoi. Que se passe-t-il ?

Je respirai pour traverser une autre vague de douleur. Je posai ma main sur mon front et j'appuyai au centre : la douleur crépita, hors de contrôle. Je poussai un long soupir.

— C'est juste un mal de tête. Va-t'en, s'il te plaît.

Elle posa quelque chose, sans doute ce qu'elle avait apporté ici.

— Je voulais juste te laisser le tableau d'affichage de Mac afin que tu le vérifies. Quand j'ai vu la lumière éteinte, je me suis dit que tu n'étais pas là. Tu as l'air d'avoir très mal.

Tu as l'air d'avoir très mal. Merci, Reine des Évidences, eus-je envie de dire. Et ce n'était pas seulement cette douleur atroce qui me donnait envie de me décapiter. Il y avait une souffrance plus profonde de l'âme. Celle de mon cœur. Le trou qu'elle y avait fait en partant.

Je détournai la tête d'elle pour faire face au dos du canapé.

— Adam, laisse-moi t'aider. Est-ce que je peux t'apporter de l'eau ou autre chose ?

Je soufflai longuement d'un air tendu.

— Ça va passer bientôt, dis-je.

Ça avait intérêt à passer bientôt, putain.

Emilia se leva et ferma la porte du bureau, nous laissant dans une obscurité presque totale. Comment elle parvint à revenir sans trébucher était un mystère. Mais au bout de quelques secondes, elle fut de nouveau à côté de moi, assise au bord du canapé, sa hanche poussant contre mes côtes.

— Tu as déjà eu quelque chose de ce genre ?

Elle n'était pas au courant pour les migraines, parce que je ne lui avais jamais parlé des maux de tête terribles que j'avais eus dans le passé. Les quelques rares que j'avais eu pendant que nous avions été ensemble avaient été faciles à excuser.

Je tournai la tête vers elle et j'ouvris les yeux. J'étudiai sa silhouette dans l'obscurité : les cheveux blonds blancs ressortaient, même dans le peu de lumière. L'étau qui serrait mes tempes se desserra légèrement. Au moins, la nausée commençait à s'estomper.

— Pourquoi as-tu changé tes cheveux ? dis-je en me surprenant.

L'avais-je dit à voix haute ?

Elle bougea. Je ne pus pas voir l'expression de son visage. Elle tourna la tête sur le côté.

— Je voulais changer.

Fatigué, je laissai mes paupières lourdes retomber sur mes yeux. Je n'avais plus envie de lutter. Je ne voulais pas être en colère. Elle avait tué mon cœur, mais je ne voulais pas de vengeance. Je ne voulais pas que cette douleur pèse sur toutes mes pensées et tous mes actes.

— Tu as fait beaucoup de changements ces derniers temps.

— Adam, tu commences à m'inquiéter. Tu parles d'une voix traînante.

Elle fouilla dans sa poche et elle en sortit son porte-clefs.

— Est-ce que je peux regarder dans tes yeux ?

Était-ce une plaisanterie ? Je tournai la tête.

— Quoi ?

— Cela pourrait être un AVC.

— Ce n'est pas un AVC. En fait, je me sens un peu mieux.

Elle se pencha au-dessus de moi.

— Cela va te faire mal si j'éclaire tes yeux avec mon porte-clefs ? Juste une seconde ?

— Pourquoi n'y enfoncerais-tu pas des baguettes, tant que tu y es ?

Elle soupira.

Je ne dis rien pendant un long moment. L'essentiel de la douleur s'estompait lentement.

— D'accord, tu peux regarder, mais pas plus de deux secondes.

— Deux secondes par œil ?

Elle se pencha sur moi et elle alluma une minuscule lumière qui devait être sur son porte-clefs. Elle me demanda d'ouvrir les yeux en se penchant tout près. Je pouvais sentir sa peau, ses cheveux, la lessive de ses habits. Les senteurs familières d'Emilia. Mon estomac se noua. Ma main tressauta. J'avais plus que tout envie de tendre la main pour la toucher. De caresser sa joue. Je la laissai retomber avant qu'elle se trouve à plus de deux centimètres de la surface du canapé.

Elle se redressa en éteignant la lumière. Heureusement, parce que j'avais eu l'impression qu'elle m'enfonçait des aiguilles dans les yeux.

— Anisocorie, dit-elle d'une voix très inquiète.

— Ani-quoi ?

— Tes pupilles ne se dilatent pas à la même taille. Quelqu'un t'en a déjà parlé ? Je n'avais jamais remarqué parce que tes yeux sont si foncés.

— Mes pupilles ne font pas la même taille ? Ah. Je suis asymétrique ?

— C'est assez courant s'ils ont toujours été ainsi : un cinquième de la population présente de l'anisocorie, mais si c'est nouveau... eh bien, tu devras passer un scanner ou une IRM pour vérifier.

— J'ai fait les deux, très souvent.

Elle marqua une pause.

— Vraiment ? Depuis combien de temps as-tu ces maux de tête ?

— Depuis que j'ai douze ans.

— Merde. Comment se fait-il que je ne l'aie jamais su ?

Je restai silencieux un moment.

— Il y a beaucoup de choses que tu ne sais pas, n'est-ce pas ?

Beaucoup de choses qu'elle n'avait pas pris la peine d'apprendre en restant plus longtemps avec moi.

Une pause.

— C'est vrai que tu aimes tes petits secrets.

Oui. C'était vrai. Nous les aimions tous les deux.

— Tu es sûr que tu ne veux pas que je t'apporte de l'eau ?

— Reste là et parle-moi pendant une minute. Ça va aller.

Elle s'agita à côté de moi, glissant sur le sol en reposant son bras sur le canapé à côté de moi.

— D'accord. Mais j'aimerais vraiment faire quelque chose. Je me sens impuissante.

— Dernièrement, j'ai trop souvent ressenti cela.

Elle soupira.

— Quelles thérapies as-tu essayées ? Pour tes migraines ?

Je soufflai.

— Je ne veux pas parler de mes migraines.

— Qu'en est-il de l'acupuncture, ou de l'acupression ?

— Personne n'enfoncera des aiguilles dans mon corps.

— Je connais quelques points de pression pour les migraines. Ma mère en avait quand elle était... quand elle faisait sa chimio. Les médicaments ne fonctionnaient pas, alors j'ai étudié les points de pression.

— Un cocktail de codéine et de Vicodin parvient à peine à modifier une bonne migraine. Je ne pense pas qu'en appuyant sur moi tu changes quoi que ce soit.

— Je peux essayer ?

— Tu vas être le médecin le plus bizarre au monde. Les généralistes occidentaux n'essaient pas ce genre de choses, d'habitude.

— Donne-moi ta main, dit-elle.

Je tendis la main et elle la retourna en la posant sur la sienne de façon à ce que ma paume soit sur le dessus. Puis elle posa un doigt au centre de mon poignet, mesura environ deux centimètres et appuya. Un étrange choc, presque comme un électrochoc, s'élança dans mon bras.

— Ça fait quelque chose ?

— Non.

Elle augmenta la pression pendant un long moment.

— Et maintenant ?

— Non.

— Ah. Eh bien, c'est pourtant bien cet endroit. Il y en a d'autres sur les pieds.

— Pourquoi n'essaies-tu pas simplement d'utiliser tes pouvoirs de Jedi pour me soigner ?

Elle rit.

— Nom de Dieu, Jim, je suis médecin pas Seigneur Sith !

Je ris de la double référence puis je gémis quand une nouvelle vague de douleur me transperça le crâne.

— C'est pourri, maugréai-je.

— Je ne peux même pas l'imaginer.

— Tu n'as jamais eu de migraine ?

Je retournai ma main sur la sienne afin que nos paumes soient collées et j'entourai sa main de mes doigts.

— Attends... je commence à sentir quelque chose maintenant.

Je ne voyais que deux possibilités pouvant découler de cette action : elle pouvait essayer de laisser mes doigts glisser de sa main avec une légère réprimande ou elle pouvait se pencher et m'embrasser, coller son visage contre le mien, m'ouvrir sa bouche. Je fermai les yeux en savourant mon fantasme.

À la place, elle serra ses doigts autour des miens.

Nous restâmes assis dans l'obscurité pendant un long moment en nous tenant par la main. Je tournai la main de façon à ce que nos doigts s'entrelacent. Elle me laissa faire.

— Ta tête va mieux ?

— Un peu.

Je frottai son pouce avec le mien, traçant les contours de l'os délicat de son poignet jusqu'à son ongle. Même là, sa peau était douce. Elle inspira brusquement, comme si elle voulait retirer sa main sans vraiment y parvenir.

Je la serrai moins pour lui laisser le choix, mais elle ne s'écarta pas. Nos mains jouèrent l'une contre l'autre : on appuyait légèrement tour à tour, déplaçant le poids, presque comme si nous dansions d'une seule main collée contre celle de l'autre. Ce moment, assis ensemble avec elle dans le noir, était si réconfortant et pourtant si douloureux. Si proche et si distant. Le besoin était comme une immense cavité dans ma poitrine. Et ce n'était pas que le désir physique. J'avais besoin de sa présence, de son esprit, de son âme. Elle me manquait tellement, putain.

Je laissai ma tête rouler en arrière. Si je ne m'étais pas senti aussi merdique physiquement et émotionnellement, j'aurais pu lui faire des avances. Pas des avances sexuelles, mais une sorte de tentative de rapprochement hésitante. Mais la rupture m'avait laissé pour mort. D'une façon ou d'une autre, j'étais une nouvelle fois vaincu, comme cet enfant impuissant et harcelé que j'avais été autrefois.

Nos mains continuèrent leur étrange frottement réconfortant l'une contre l'autre. Comme si ma main faisait l'amour à la sienne. C'était peut-être le cas, d'une certaine façon. Peut-être était-ce tout l'amour qu'il nous restait l'un pour l'autre.

— Adam, dit-elle. Je suis désolée...

— Chut, dis-je. Restons juste présents l'un pour l'autre. Restons en paix.

— Je veux être ton amie.

Amie. Ce mot résonna dans mon cerveau, tournant en rond comme une canette dans une pièce vide.

— Je ne peux pas seulement être ton ami.

— Mais... tu sors avec des filles. Tu es passé à autre chose. C'est... c'est bien.

— Ah vraiment ? C'est ce que tu penses ? Que c'est bien ?

Elle s'arrêta.

— Non, chuchota-t-elle. Mais c'est ce que dirait une amie.

— Tu as rompu avec moi, pourquoi cela te contrarie ?

Je regardai sa tête baissée en tenant toujours sa main. Je ne voulais plus jamais la lâcher.

— Je n'ai jamais dit que cela m'était égal. Mais je n'ai également jamais dit que je voulais que ta vie amoureuse soit étalée devant moi...

Je poussai un soupir de lassitude.

— Je suis désolé. Jordan a fait le con. Je ne sais pas pourquoi il a dit cela.

— Je suis sûre qu'il est ravi que nous ayons rompu. Je parie que c'est lui qui a organisé votre rendez-vous. Sans doute avec une de ses amies mannequins parfaites.

C'était incroyable de voir qu'elle avait raison sur tous les points.

— Je ne veux pas parler de ce putain de rendez-vous.

— De quoi veux-tu parler ?

— Je veux parler de nous.

Elle hésita et sa main s'immobilisa.

— Nous partageons quelque chose en ce moment. Nous sommes présents l'un pour l'autre. Nous ne devrions sans doute pas nous aventurer là-dedans.

Ma main lâcha la sienne et le dos de ses doigts caressa le dos des miens. J'avais rarement eu un contact plus érotique, plus attirant. Maintenant que mon mal de tête s'estompait, sa présence avait un autre effet sur moi. Je la désirais. Je bandai en l'imaginant étalée sur ce canapé, ouverte pour moi. J'inspirai profondément et je me dis qu'il valait mieux que je commence à penser au base-ball, ou à la programmation informatique, ou quoi que ce soit qui ne soit pas le souvenir de ses longues jambes autour de mes hanches quand je m'enfonçais en elle.

Ma main se serra autour de la sienne et je la portai à mes lèvres pour embrasser le dos de sa main. Elle se figea et je la relâchai. Le moment était passé, il disparaissait déjà dans le passé, en même temps que tous les autres de ces moments lumineux que nous avions partagés et qui étaient à présent enterrés. Elle se leva lentement et elle se tourna pour partir, mais je l'arrêtai en posant ma main sur son bras.

— Merci.

Elle hésita, puis elle se baissa. Je ne me tournai pas vers elle, mais je retins ma respiration en espérant qu'elle avait l'intention de m'embrasser. Sa bouche chaude atterrit sur ma tempe.

— Tu me manques, souffla-t-elle.

Puis elle disparut.

Tu me manques ? C'était quoi, ça, putain ? Pourquoi m'avait-elle laissé à ruminer cela ? Je lui manquais. Quelle connerie. Je lui manquais pendant qu'elle prenait un vol pour Baltimore pour planifier sa nouvelle vie sans moi ? J'étais certain qu'elle avait pleuré pendant des heures pour ça.

Elle avait de la chance que ce soit la dernière chose qu'elle m'ait dite au lieu de la première, sinon toute cette conversation aurait été très différente.

Qu'étais-je censé faire de cela ? Il aurait été plus clément de se contenter d'enfoncer des aiguilles dans mes yeux ou de me frapper avec une enclume comme dans les dessins animés pour faire revenir mon mal de tête. Parce qu'heureusement, il s'était estompé peu de temps après son départ, me laissant seulement avec une douleur vide, vague, fantomatique.

***

Au cours de la semaine suivante, alors que je continuai à faire de longues heures au travail, je la revis rarement en personne, mais en ligne elle était présente partout. Certains des plus gros blogs faisaient des commentaires au sujet du procès et alimentaient les rumeurs d'une audition du congrès sur les propriétés addictives des jeux vidéo en ligne. La Geekette y répondait avec force dans les commentaires. Et malgré son aveu selon lequel les bikinis en cottes de mailles lui importaient plus que les procès, elle réfutait leurs arguments sur son blog.

Quand elle avait commencé son travail temporaire chez Draco, nous nous étions officieusement mis d'accord pour qu'elle ne parle pas du jeu dans son blog, car cela enfreignait la clause de confidentialité à laquelle tous les employés devaient adhérer. Mais comment pouvais-je la blâmer pour ceci ? Elle s'impliquait personnellement et elle en subissait les conséquences, tout cela pour me défendre.

Et j'aurais pu parier qu'elle le faisait sans se rendre compte que j'allais le remarquer. Mais je l'avais remarqué. Je remarquais tout. Elle avait même supprimé ses commentaires amusants et grinçants au sujet de Dragon Epoch. À la place, ses articles soulignaient que presque tous les jeux de rôle de fantasy standards étaient misogynes. Elle prenait cher à cause de cela et je me promis de garder un œil là-dessus, car je savais que les femmes avaient tendance à être harcelées dans le monde des jeux vidéo en ligne.

C'était gentil de sa part de s'impliquer pour moi et cela me força à reconsidérer mes principes concernant la quête. Elle avait peut-être raison. Je devais peut-être donner quelques-uns de mes secrets. Mais l'idée même était douloureuse. Ces secrets étaient comme mon armure, ils me séparaient des heurts et des misères de ce monde. Comment pouvais-je les abandonner si facilement ? Dans *L'Art de la guerre*, le Maître ne discute jamais des termes de la reddition. Et je vivais d'après ce code, désormais.

La dernière moitié de novembre approcha et ce fut enfin le week-end précédent le départ pour DracoCon. On prit une journée de congé pour combattre dans notre guerre épique contre les employés de Blizzard, ce qui servait d'exercice de team-building extrême et de petite récompense pour mes employés, étant donné qu'ils avaient travaillé dur pour préparer la Convention. La horde de Blizzard nous avait tout juste battus l'année dernière et nous allions prendre notre revanche. Ils s'étaient eux aussi entraînés, alors cela n'allait pas être un combat facile.

Mais Heath, Jordan et quelques autres leaders d'escouade étaient des pros et ils s'y connaissaient. Cela faisait des mois que nous travaillions à notre stratégie et ils allaient mener les autres employés dans leurs manœuvres. Et puis nous connaissions le terrain partiellement boisé d'environ huit hectares où nous allions nous battre.

Les équipes allaient participer à trois scénarios différents. Deux courts et un long qui avaient été minutieusement conçus. Nous avions environ trois heures pour chaque installation entrecoupées par de courtes pauses et les repas.

C'était une journée extrêmement chaude et sèche. Dans le parking, avant de commencer, on distribua des bouteilles d'eau et de la crème solaire avant de s'équiper.

Emilia apparut avec Heath. Elle enfila un de ses masques supplémentaires — qui était bien trop grand pour elle. Elle portait un pistolet beaucoup plus adapté qu'elle avait sans doute acheté. Ses vêtements étaient appropriés : un jean et un haut à manches longues couvert par une veste en jean pour la protéger des balles de peinture. Heath avait dû lui dire à quel point le paintball pouvait être douloureux. Même si elle portait un vieux tee-shirt et un jean effiloché, je n'arrivais pas à détacher mes yeux d'elle, de la façon dont son haut était tendu sur ses seins et le jean qui moulait ses hanches et ses fesses rondes. Son étrange chevelure blanche était tirée en arrière en queue de cheval et couverte d'une casquette en denim. Même avec ses cheveux stupides, elle était canon.

Elle ne leva pas les yeux quand je la regardai bricoler le masque pour l'ajuster à sa taille. Je secouai la tête et je me rappelai que je devais me concentrer sur le jeu, avant de détourner le regard pour vérifier mon équipement et essayer de me focaliser sur ce que je devais faire.

Le reste de notre équipe utilisait de l'équipement loué ou des armes supplémentaires empruntées à nos joueurs plus expérimentés.

Comme nous avions une entreprise de jeux, nous ne manquions pas de geeks du paintball.

Je parlai à mes majors, dont Heath faisait partie, pendant que nous nous couvrions de crème solaire. Heureusement, nous étions presque entièrement couverts. Certains l'étaient beaucoup, craignant les balles de peinture douloureuses. Comme d'habitude, les novices ne portaient que des vêtements de camouflage.

Je parlais avec Heath quand une bande de jeunes stagiaires du marketing s'approchèrent de nous.

— Adam, as-tu terminé avec la crème solaire ? demanda l'une d'elles.

Je ne savais absolument pas qui elle était. Elle était jeune, sans doute pas plus de dix-neuf ou vingt ans, et elle avait des kilomètres de cheveux blonds et ondulés.

Je me tournai vers elle en lui tendant la crème.

— La voici.

Au lieu de la prendre, elle se retourna et tint sa masse de cheveux blonds sur le côté.

— Peux-tu en mettre dans mon cou et sur mon dos ? S'il te plaît ?

Elle fit un battement de paupières séducteur par-dessus son épaule. J'essayai de ne pas faire la tête en remarquant qu'elle portait un débardeur très léger.

— Tu sais que ces trucs font mal quand ils te touchent, n'est-ce pas ? dis-je en faisant couler de la crème sur ma main et en la frottant rapidement dans la nuque.

À la minute où je fis cela, trois de ses amies apparurent à côté d'elle.

— Mes épaules aussi, s'il te plaît ? demanda-t-elle.

Je faillis lui dire que j'étais occupé en tendant la crème solaire à une de ses amies pour qu'elle termine quand je remarquai du coin de l'œil qu'Emilia me regardait avec ces filles. Elle me regardait très attentivement.

Je finis donc avec Blondie et je me tournai vers son amie, une fille aux cheveux bruns avec de grands yeux bleus et qui ressemblait à Blanche Neige. Elle fit un sourire timide.

— Peux-tu aussi me la mettre ?

L'amie qui se tenait à côté d'elle, une jeune femme incroyablement fine et grande, rit avec dédain en entendant le double sens que Blanche Neige avait sans doute fait exprès.

Je lui jetai un regard diabolique.

— Et si vous vous la mettiez les unes aux autres ? Je euh... je me contenterai de regarder.

Quatre mâchoires tombèrent et elles se mirent toutes à glousser en même temps. Je ne pus résister à l'envie de regarder Emilia qui semblait à présent terriblement énervée.

La quatrième fille dans la queue prit la crème une fois que ses amies eurent terminé.

— Adam, as-tu besoin que je t'en mette dans le cou ?

Je ricanai.

— J'en ai déjà. Merci Mesdames, dis-je en leur faisant un faux salut avant de partir en passant devant Heath, qui leva un sourcil.

Je mis le masque sur mon visage et je regardai Heath se diriger vers Emilia puis se mettre à parler à voix basse. Emilia jeta quelques regards mortels en direction des stagiaires dragueuses, mais elle ne me regarda pas.

Intéressant. Elle était clairement irritée par ce qu'elle voyait. Je me serais senti mal si j'avais fait quelque chose pour l'encourager. Je m'étais un jour servi de l'intérêt d'une autre femme pour moi contre Emilia, et cela ne s'était pas bien passé. En fait, je l'avais presque perdue avant de me reprendre et de décider de lui courir après. Je n'avais pas l'intention de recommencer une chose pareille. Surtout pas alors que c'était déjà assez délicat entre nous.

À vrai dire, j'étais assez content de voir son énervement. C'était bon signe. Elle avait dit qu'elle ne voulait pas que ma vie amoureuse soit étalée sous ses yeux et je n'en avais pas eu l'intention. Pour une fois, je ne m'en servais pas pour être manipulateur. Mais il fallait qu'elle comprenne que notre rupture avait des conséquences, même si elle n'était que 'pour le moment'. J'eus presque envie de lui demander quand le 'pour le moment' serait terminé. Je pourrais alors lui dire que je partirais dans le Maryland avec elle.

Mais je n'avais pas le temps de réfléchir à tout cela maintenant. On se répartit en formations pour commencer les jeux. Je criai afin que l'on se mette en position et je poussai un cri de guerre : 'aujourd'hui est un bon jour pour mourir', empruntant l'exhortation Klingon de *Star Trek*.

Cela commença facilement : un tour chacun de Capture du drapeau et de Roi de la colline. Les équipes se divisèrent et on prit la première tandis que Blizzard prit la dernière. Avec cet ex aequo, commença la troisième confrontation : la version longue.

Pendant la pause-déjeuner, il y eut des provocations et des vannes incessantes. Comme toujours, les types de chez Blizzard prirent la chose avec humour, mais je pense que cela leur donna envie de se démener un peu plus et que nous aurions dû éviter cela.

En effet, le troisième scénario, basé sur une mission de collecte d'informations, fut long et éreintant. Il se poursuivit des heures après la fin prévue. La veille, les deux chefs d'équipe — moi-même et un cadre de Blizzard — nous avions chacun enterré une boîte dans notre propre territoire.

La localisation de chaque boîte était dessinée sur une carte, qui avait alors été coupée en six morceaux cachés sur des membres de l'équipe sans signes distinctifs. Une fois qu'un porteur de carte était abattu, il ou elle devait donner cette portion de la carte à l'adversaire. Il fallait des espions, des tireurs d'élite et des tactiques de guérilleros pour obtenir les morceaux de carte tout en évitant la capture de sa propre carte par les adversaires.

Une fois que la carte avait été récupérée et assemblée, il suffisait d'un peu de temps pour localiser la boîte non gardée. Chacune contenait les plans pour une fête à thème entièrement pourvue par l'équipe perdante pour l'équipe gagnante. La tradition était la tradition. Mais cette année, Draco allait gagner au lieu de payer l'addition comme nous l'avions fait dans le passé.

Une heure après la fin prévue de tout ce scénario, j'appelai tous mes messagers pour essayer de trouver les morceaux restants de notre carte et voir ce qui avait été capturé. À ce moment-là, je pensais que seuls deux morceaux avaient été pris par les ennemis, mais je leur donnai l'ordre de partir en reconnaissance pendant que j'allais vérifier une de nos places fortes bien gardées : une 'hutte abandonnée' qui avec un peu de chance abritait toujours le joueur portant un morceau précieux de la carte.

Quand j'arrivai sur place, il n'y avait pas de gardes à l'extérieur. Il y avait des traces de peinture tout autour. Tous les gardes avaient été éliminés. C'est à ce moment-là que je sus que nous avions sans doute perdu ce morceau de la carte. Malgré tout, je décidai de jeter un coup d'œil à l'intérieur pour en être certain.

Quand je passai le coin en cherchant à voir dans l'obscurité, je vis un mouvement vague et j'entendis un petit cri venant du coin de la cabane. Soudain, une douleur à tordre les boyaux explosa dans mes boules. Je me pliai en deux en essayant de respirer et je faillis laisser tomber mon arme. J'étais tombé dans une embuscade de l'ennemi sur mon propre territoire et le coup avait été très, très bas.

C'était un tir dans les noisettes et j'étais sur le point de payer un prix terrible pour avoir refusé de porter une coque pour le paintball.

— Putain ! hurlai-je au moins une octave au-dessus de ma voix normale en me recroquevillant à genoux, luttant pour tenir mon pistolet et viser mon attaquant entre les vagues de douleur.

— Ne tire pas ! dit une voix familière dans l'obscurité.

Elle laissa tomber son arme et se leva pour m'attirer à l'intérieur.

— Je suis désolée. Je pensais que tu étais une autre personne de chez Blizzard.

Emilia.

— Je n'arrive pas à croire que tu viennes de me tirer dans les couilles, grognai-je en serrant les dents pour ne pas pleurer comme un petit garçon.

À ce moment-là, je devais sans doute vraiment ressembler à un petit garçon. Elle devait être très énervée à cause de ces stagiaires aguichantes.

Plus probablement, elle avait simplement visé et tiré sans savoir qui j'étais et sans attendre. Je supposai qu'elle avait dû se trouver ici pendant l'embuscade qui avait éliminé les gardes.

— La carte, soufflai-je en luttant toujours contre les vagues de douleur qui s'étendaient depuis mon entrejambe.

Putain ce que cela faisait mal.

— Adam, je suis vraiment désolée, dit-elle en posant la main sur son masque pour l'enlever.

C'était totalement interdit au paintball.

— N'enlève jamais ton masque, haletai-je en m'asseyant à côté d'elle avec précaution. Sinon quelqu'un pourrait faire à ton œil ce que tu viens de faire à mes boules.

— J'ai encore le morceau de carte, mais de justesse. Ils nous ont pris en embuscade et je me suis réfugiée ici et je les ai maintenus à distance. Mais je pense qu'ils vont revenir.

— Eh bien, grâce à ton tir pas très amical, notre équipe n'a plus de général.

— Je suis médecin. Je peux te soigner.

Elle était médecin. Évidemment. Elle ouvrit l'étui à sa ceinture et elle en sortit un ruban rouge qu'elle attacha autour de mon bras gauche : cela signifiait que j'avais été blessé puis soigné par un médecin. Seuls les médecins portaient les rubans rouges et avaient le droit de les utiliser. Ils n'en avaient qu'un nombre limité et une personne ne pouvait être 'soignée' qu'une seule fois.

— Ça ne va pas aider mes boules que tu viens de faire exploser. Bon sang, je sais que tu m'en veux, mais merde !

Cela me faisait encore affreusement mal, donc je n'allais pas me priver de râler. Pourquoi pas ? Autant que cela serve à quelque chose.

— Je peux aller à l'infirmerie pour te chercher un pack de glace... dit-elle en se levant.

Je pris son bras pour l'empêcher de partir.

— Non, quelqu'un te tirera dessus et alors nous aurons perdu un médecin et un morceau de carte. Et puis, penses-tu vraiment que je vais rester assis là avec un pack de glace sur les couilles ? Jordan et Heath ne me lâcheraient jamais avec ça.

Elle s'assit à côté de moi en soupirant.

— Je suppose qu'il n'y a rien que je puisse faire ?

Je ne pus pas résister.

— Leur faire un bisou ?

Elle prit son pistolet.

— Putain, ne leur tire pas encore dessus. Je plaisantais.

— Non. Quelqu'un doit nous couvrir. Ils vont sûrement revenir s'ils se rendent compte que je suis toujours là.

— Où est la carte ?

— Je l'ai mise dans mon soutien-gorge.

Je cherchai à toucher sa poitrine.

— Fais-moi voir.

Elle chassa ma main.

— Ne me donne pas une autre raison de te tirer dans les noisettes.

Je souris et je reposai ma tête contre le mur derrière moi en gémissant. Maintenant que le pire de l'agonie s'était estompé, c'était juste douloureux.

— Je ne suis pas, tu sais... dit-elle. Je la regardai en attendant qu'elle continue. Je ne suis pas fâchée contre toi, clarifia-t-elle.

— Vraiment. Tu m'as tiré dans les bijoux pour t'amuser ?

Elle rit.

— Tu sais très bien que je ne savais pas que c'était toi.

— Je pensais que tu étais fâchée à cause des stagiaires.

Si elle n'avait pas l'intention d'en parler, j'allais soulever le sujet. Je voulais savoir ce qui avait traversé son esprit quand ces filles m'avaient entouré pour que je leur mette de la crème solaire.

— Qu'y a-t-il au sujet de ces stagiaires ? demanda-t-elle en évitant de répondre.

— Oh, je ne sais pas, quelque chose au sujet de la crème solaire.

— Tu as raté une très bonne occasion. Certaines sont très jolies.

Je haussai les épaules.

— Je n'avais pas remarqué.

— Menteur.

Je ne dis rien pendant une minute et je vérifiai le réglage de mon pistolet. Je pense que ce qui me dérangeait le plus, c'était qu'elle semblait ne pas s'en soucier. Mais j'avais vu l'expression sur son visage et je savais ce que cela voulait dire.

— Exact, elles étaient canon. Je devrais peut-être en inviter une. Ou peut-être plus. Elles ont l'air de vouloir partager.

Silence. Je jetai un coup d'œil dans sa direction et elle semblait avoir le regard perdu dans le vide. Elle se tourna vers moi puis elle leva subitement son arme et elle visa derrière moi.

— Baisse-toi ! cria-t-elle en tirant par l'embrasure vers le joueur qui venait d'y apparaître. Son tronc était couvert de peinture orange.

Je fis pivoter mon arme et je la pointai vers lui. Il leva les mains.

— Je suis mort. Retour à la base.

Je me levai et je boitillai vers la porte pour le regarder partir. Je regardai autour de nous pour voir s'il avait été seul. C'était le cas.

— J'ai remarqué que lui, tu ne lui as pas tiré dans les boules. Peut-être parce que les stagiaires n'ont pas flirté avec lui ?

Elle agita son arme d'un air menaçant.

— Arrête de parler d'elles, sinon j'annule ma bonne action de médecin.

Je frottai la zone douloureuse en ajustant mes affaires de manière très visible.

— Ce n'est pas parce que toi tu ne veux plus t'en servir qu'elles n'intéressent pas quelqu'un d'autre.

Son sourire disparut immédiatement de son visage.

— Il faut que l'on te fasse sortir d'ici pour te ramener au quartier général, dit-elle.

Elle passa la main dans son tee-shirt et elle en sortit le morceau de carte plié.

— Faut-il que je te la donne ?

Je lui pris la carte. Elle était chaude et humide à cause de sa transpiration.

— Tu vois la scène dans *Le Retour du Jedi* où Han et Leia essaient d'entrer par effraction dans le bunker et où Leia est blessée, mais qu'elle finit par couvrir Han ? C'est un peu ça.

— Sauf que Leia n'a pas tiré dans les parties de Han, dit-elle. Et puis, tu es celui qui est blessé, alors ça ferait de toi Leia et non Han, ne crois-tu pas ?

— Eh bien, tu es comme Han dans le sens où tu tires d'abord et tu poses les questions après.

— Je ne me souviens pas que Han ait essayé de faire exploser les couilles de quelqu'un.

Je ris.

— Retournons au QG. Je dois vérifier s'ils ont progressé avec la carte de l'ennemi. Je pense que je peux marcher maintenant.

Le jeu avait traîné en longueur et à cause de ce que nous pensions être un scénario génial, nous étions bloqués dans une impasse. Heureusement, les types de chez Blizzard furent les premiers à arrêter. Après une longue délibération — nous avions plus de morceaux de cartes qu'eux, après tout —, on décida que nous étions à égalité. Ce n'était pas la grande victoire que nous avions anticipée, mais au moins ils ne nous avaient pas humiliés non plus.

Pendant que nous rangions notre équipement, j'allai voir Heath et je le remerciai pour son excellent leadership de l'équipe de snipers. Mais il fut distrait par un texto.

Il finit par tourner la tête vers moi.

— Oh, salut, mon vieux, désolé. Je suis irrité parce que cette partie a duré longtemps et Connor m'a laissé un message, pour que l'on se voie.

J'y réfléchis un moment et je vis immédiatement une opportunité. Les choses avaient été plus faciles, plus ouvertes entre Emilia et moi aujourd'hui. Et si je jouais bien mes cartes, j'allais pouvoir obtenir plus de temps auprès d'elle ce soir.

— Pourquoi ne vas-tu pas te laver ici pour aller le rejoindre quelque part ? demandai-je.

Heath fit une grimace.

— Peux pas. Je dois ramener Mia à la maison et elle veut aller manger avec tout le monde d'abord.

Je penchai la tête en réfléchissant, comme si je n'avais pas déjà anticipé ce qu'il venait de me dire.

— Eh bien, je peux m'en occuper. Pourquoi ne pas la laisser aller au dîner et je la ramène après ?

Heath m'observa un instant, alors je sortis mon téléphone et je le regardai pour feindre la décontraction au lieu du coup monté. J'étais presque sûr qu'il m'avait grillé malgré mon jeu d'acteur.

— Mia serait d'accord avec ça ? dit Heath.

Je haussai les épaules.

— Sais pas. Demande-lui.

Heath hocha la tête et il alla parler à Emilia qui, apparemment, était d'accord.

Heath partit. On finit de ranger, on se doucha et on se changea dans les vestiaires.

Après, on mangea dans un restaurant local : ce fut un immense repas partagé où les deux équipes se mélangèrent et plaisantèrent. Tout le monde s'amusa bien. Du moins l'espérai-je. Les employés avaient dû travailler dur pour préparer DracoCon et ils allaient travailler encore plus dur après la convention. J'espérais que ce court répit leur avait plu. Quoi qu'il en soit, tout le travail serait fait avant les vacances, au grand soulagement de tous.

Emilia fut silencieuse pendant la plus grande partie du trajet jusqu'à l'appartement de Heath. Je refusais de considérer cet endroit comme sa maison. Et je pensais également que mon petit plan était un fiasco quand elle se mit enfin à parler.

— Comment te sens-tu ? demanda-t-elle quand nous fûmes presque arrivés.

— Bien.

— Tu n'as plus... mal ?

Je lui jetai un coup d'œil rapide en rétrogradant.

— Oh, tu veux dire à cause de ta tentative de me mutiler et de t'assurer que je n'aurai jamais d'enfants ?

Elle fit un sourire ironique tandis que je ralentis en entrant dans le parking de la résidence de Heath et que je coupai le moteur.

— Tu sais que je pourrais te faire un pack de glace. Si tu veux monter, je veux dire.

J'hésitai. Oh, cela se passait encore mieux que je l'avais rêvé quand j'avais eu l'idée. Elle me demandait d'entrer. Je pensais qu'au mieux nous parlerions un peu dans la voiture avant qu'elle sorte. Peut-être, même un baiser de bonne nuit.

Je n'avais vraiment aucune envie de mettre de la glace sur mes bourses — absolument aucune. Elles étaient encore un peu douloureuses, mais pas assez pour requérir un pack de glace. Mais cela valait la peine de me geler l'entrejambe si cela signifiait que je pouvais passer plus de temps seul avec elle. Quel que soit ce temps. Même si nous restions assis sur le canapé à regarder des rediffusions de *Doctor Who*. Je décidai que le pack de glace était un petit prix à payer.

— Cela pourrait m'aider, mentis-je.

Je le mettrais peut-être cinq minutes avant de le laisser.

Même en la suivant dans l'appartement, je me demandai ce qu'il pouvait bien y avoir dans sa tête aux cheveux décolorés. Je m'installai dans le canapé et elle sortit de la cuisine avec un sac plastique de plusieurs litres de glaçons. C'était beaucoup trop. Je ravalai ma fierté et je le posai sur mon entrejambe, puis j'attendis. Elle ne semblait pas savoir quoi faire, alors je me décalai sur le canapé et elle s'assit à côté de moi, comme je l'avais espéré.

Elle se baissa pour attraper la télécommande de Heath. Il avait un assez grand écran plasma et un bon son. Cela ne serait pas une punition de regarder des rediffusions là-dessus — en particulier si je pouvais rester assis avec Emilia. Elle hésita en tripotant la télécommande. Elle avait envie de parler, je le voyais, mais j'allais lutter contre tous mes instincts de prise de contrôle de la situation. J'avais organisé tout ceci, oui, mais à présent j'allais la laisser conduire les choses où elle voulait.

Elle secoua la tête pour rejeter ses étranges cheveux par-dessus son épaule. Je ne la quittai pas des yeux, je ne le pouvais pas. Même avec ses cheveux blancs ridicules, elle était toujours la plus belle femme au monde pour moi.

— Tu sais, tu avais tort aujourd'hui... quand... quand tu as dit que je n'étais plus intéressée par ces 'parties'.

Je réprimai l'envie de pousser un soupir de frustration. Je restai silencieux. Sans un mot, j'enlevai la glace de mon entrejambe et je la posai par terre, à côté du canapé, sur une serviette qu'elle m'avait donnée. Elle me regarda en continuant à jouer avec la télécommande.

— Tu vas partir, maintenant ? demanda-t-elle d'une voix douce.

Je l'observai attentivement, craignant de la faire fuir. Quand je parlai, ce fut à voix basse.

— Tu veux que je parte ?

Elle s'éclaircit la gorge en évitant de me regarder dans les yeux.

— Je ne sais pas ce que je veux, dit-elle d'une voix tremblante.

Elle ne parlait pas de mon départ éventuel.

J'attendis, ayant soudain du mal à respirer. J'avais envie de la prendre dans mes bras, de l'attirer contre moi, de sentir son odeur, de l'embrasser dans le cou. Mais il fallait que cela vienne d'elle.

Elle tendit la main et elle joua avec un des boutons du milieu de ma chemise en s'approchant un peu plus de moi.

— Est-ce que je t'embrouille ?

Ce n'était pas seulement difficile de respirer, c'était également difficile de parler.

— Oui.

Elle déglutit.

— Je m'embrouille aussi moi-même.

J'avais envie de me pencher contre elle et de l'embrasser, je voulais prendre les choses en main, lui enlever son indécision, en faire ma décision, mon acte. Je savais ce que je voulais. Je la voulais. Mais il fallait qu'elle sache ce qu'elle voulait. Si je prenais le relais, elle allait simplement se plaindre que je voulais encore tout contrôler.

Elle posa doucement sa tête sur mon épaule. Je résistai à l'envie de poser un bras autour d'elle, de me pencher et de sentir ses cheveux. Je m'étais tendu en la sentant contre moi, mais je me forçai à me détendre.

— Tu me manques, chuchota-t-elle.

Je fus traversé par une douleur lancinante. Je l'ignorai.

— Je suis là, dis-je. Je ne suis pas obligé de te manquer.

Elle posa sa main sur mon torse, exactement au milieu. J'avais conscience de tout ce que faisait cette main, de chaque millimètre carré de contact contre moi, de la position de ses doigts au-dessus de mon cœur, des battements de mon cœur sous sa main. Je fermai les yeux en savourant la sensation.

— Je sais, dit-elle d'une voix tremblante.

Elle tourna la tête pour me regarder et elle se mit à m'embrasser le long de la mâchoire. Ma seule réaction fut d'entourer sa taille avec un bras. Je fermai les yeux et je la laissai m'embrasser. C'est elle qui contrôlait et je n'allais rien faire pour changer sa perception de la chose.

Sa bouche fut sur la mienne et elle se décala lentement pour s'asseoir à cheval sur mes genoux, évitant soigneusement mon entrejambe douloureux. Je gardai les mains sur ses hanches quand les siennes se déplacèrent sur mon torse. Sa bouche glissa contre la mienne, elle s'ouvrit et sa langue entra dans ma bouche. Je faillis perdre la tête à ce moment-là. Malgré ma blessure, je n'étais pas estropié au point de ne pas devenir dur comme un roc en l'espace de quelques secondes et prêt à lui faire toutes sortes de choses coquines. Chacune passa dans mon esprit comme un diaporama et toutes ces images me rendirent encore plus impatient de la prendre. Je la tirais sur moi, je la poussais contre un mur, je tenais ses mains derrière son dos pendant que je la baisais, je la mordais, je goûtais l'intérieur de ses cuisses, je la montais jusqu'à l'épuisement. Une bouffée de désir brûlant menaça de m'entourer et de m'étouffer. Mais je luttai. Je fermai les vannes contre la force déchaînée de mon besoin sexuel. Je ne pouvais contrôler ni elle ni la situation, mais je pouvais me contrôler moi-même.

Elle ferma les bras autour de mon cou et je me concentrai pour garder mes mains où elles étaient au lieu de remonter le long de son chemisier, comme j'en avais envie. Elle m'embrassait avec abandon, faisant ces petits bruits délicieux au fond de la gorge, ces bruits qui me donnaient envie de l'écouter pendant que je la faisais jouir, toute la nuit, encore et encore.

Quand sa bouche quitta la mienne, ce fut pour m'embrasser le long de mon cou pendant que ses doigts trifouillaient mes boutons.

— Heath passe la nuit avec Connor, souffla-t-elle et je faillis perdre tout mon contrôle en comprenant l'insinuation.

Elle voulait que je reste. Elle voulait que nous couchions ensemble. Et bon sang, j'en avais envie aussi. Je n'avais encore jamais eu besoin de prendre une femme autant qu'à ce moment-là. M'enfoncer en elle, bouger contre elle et l'écouter gémir d'extase.

Je la laissai déboutonner ma chemise, glisser ses mains sur mon torse — elles étaient brûlantes contre ma peau. C'était si incroyablement bon de l'avoir à nouveau dans mes bras.

— Emilia, chuchotai-je dans ses cheveux. Je veux... j'ai besoin que tu reviennes...

— Chut, dit-elle en posant ses doigts fins sur mes lèvres tout en continuant à frotter sa bouche dans mon cou, envoyant des éclairs de plaisir sous ma peau.

Mes mains passèrent de ses hanches à son dos. J'avais le choix. Je pouvais profiter de ceci, d'une baise agréable, avant de repartir. L'utiliser pour mes propres besoins et la laisser m'utiliser pour les siens. Faire que ce ne soit rien de plus que notre petit jeu de 'Call of Booty'.

Ou bien rendre ce moment important. Décisif. Une occasion pour nous de réparer tout ce bazar.

— Emilia, répétai-je et elle leva la tête et scella sa bouche sur la mienne pour un baiser brûlant et vorace.

Sa lèvre enveloppa la mienne, la pointe de sa langue soulignant le contour de mes lèvres. Son haleine chaude contre ma bouche. Ses seins appuyés contre mon torse.

Je posai une main de chaque côté de sa tête et je l'écartai. Quand on se sépara, nos respirations étaient haletantes. Le désir brûlait un trou en moi et je me sentis vide, incomplet.

— Je partirai là-bas avec toi.

Elle se figea un instant.

— Quoi ?

— Dans le Maryland. J'y déménagerai. Nous pourrons être ensemble...

Elle se pencha en avant et elle m'embrassa encore, sa langue plongeant dans ma bouche, ses mains glissant dans mes cheveux. Puis elle se remit à m'embrasser dans le cou.

— J'ai besoin que tu me baises, souffla-t-elle contre mon oreille.

— Emilia...

Mais elle n'écoutait pas. Sa bouche était sur mon torse, sa langue et ses lèvres brûlant ma peau. Mes mains remontèrent dans son dos. Je ne voulais rien de plus que la laisser me guider. Mais n'y avait-il pas un risque que cela empire la situation entre nous ? Que cela la rende plus confuse ? La partie organisée de mon cerveau, où vivait l'esprit du programmeur, voulait que ce soit réglé maintenant. Je pouvais rattraper le manque de sexe plus tard... et m'assurer que cela nous plaise à tout les deux, intensément.

— Je veux que tu reviennes, sifflai-je.

Mon entrejambe faisait encore mal et la tension du désir accumulé était douloureuse. Mon Dieu, ce que je la désirais.

— Je veux ta queue en moi, répondit-elle.

— Et le reste de moi ?

Elle me fit à nouveau taire en reposant sa bouche sur la mienne, mais je posai mes mains sur ses épaules et je la repoussai.

— Emilia. Dis que tu es à moi. Dis que nous serons ensemble. Je partirai avec toi.

Elle hésita en me regardant avec de grands yeux, presque comme si elle avait peur.

— Ne... commença-t-elle avant de s'éclaircir la gorge et de détourner le regard. Ne parlons pas de cela.

Elle recula et elle se leva en tendant la main vers moi.

— Allez, viens, dit-elle.

Je n'étais pas idiot. Je n'allais pas gâcher cette opportunité. Je la suivis dans sa chambre sombre. Elle avait un lit simple. Merde. Je ne pouvais pas dormir là avec elle, mais je pouvais la baiser à peu près n'importe où. Mais ici, je ne pouvais pas me coucher à côté d'elle, dormir à côté d'elle dans le lit de quelqu'un d'autre sous le toit de quelqu'un d'autre. Je voulais qu'elle soit à sa place : sous mon toit. Elle se tourna et tira ma tête vers elle en passant les bras autour de mon cou.

— Prends quelques affaires et allons chez moi. Tu peux rester chez moi.

Ses mains montèrent sur mon torse et me repoussèrent.

— Bon sang. Peux-tu essayer de ne pas prendre le contrôle de temps en temps ? Est-ce vraiment si difficile ?

— Emilia, je veux que ceci soit terminé. Je veux que nous le dépassions. Je te donnerai ce que tu veux. Tu peux partir en faculté de médecine dans le Maryland. Je déménagerai pour toi. Nous serons ensemble...

Elle inspira brusquement et elle pivota la tête en me tournant le dos.

J'avais envie d'aller vers elle, de la reprendre dans mes bras, mais je me rendis compte à ce moment-là que j'avais déjà été trop loin.

À la place, je me passai la main dans les cheveux et j'attendis. Et j'attendis. Elle ne disait rien, mais ses épaules tremblaient. Elle avait l'air de...

Elle renifla bruyamment. Comme si elle pleurait. Elle porta les mains à son visage.

Je déglutis.

— Qu'est-ce qui ne va pas ?

Elle secoua la tête.

Je m'avançai vers elle et je posai les mains sur ses épaules. Elle se tendit et elle secoua encore la tête, violemment cette fois.

— Tu devrais partir, dit-elle d'un ton étranglé.

Putain. J'avais encore merdé.

— Je ne peux pas te laisser quand tu es dans cet état.

Elle se tourna vers moi, le visage rougi dans la lumière tamisée, des larmes sur ses joues. Je m'attendais à ce qu'elle crie, à ce qu'elle secoue son poing vers moi, à ce qu'elle tape des pieds ou même à ce qu'elle sorte en trombe de la pièce.

Ce qu'elle fit, je ne m'y étais pas du tout attendu. Elle s'avança et elle me fit un câlin, elle se serra contre moi, appuyant son visage mouillé sur mon torse nu, entourant ma taille de ses bras. Cela se produisit si vite que j'en eus presque le souffle coupé.

— Emilia, que se passe-t-il ?

— J'ai besoin que tu me tiennes, renifla-t-elle.

C'est donc ce que je fis. Elle ne pleurait plus, elle ne bougeait plus du tout. Elle respirait à peine. Le profond sentiment d'impuissance que je ressentis à ce moment-là faillit me paralyser.

Je nous fis reculer vers le lit.

— Viens là.

Je la posai sur le lit puis je fermai la porte avant de la rejoindre. Elle me tournait le dos, mais elle se colla contre moi presque immédiatement et je l'enveloppai dans mes bras.

— Plus serré, dit-elle.

Alors je la serrai plus fort et elle se détendit contre moi en passant sa tête sous mon menton.

— Emilia... J'y ai beaucoup réfléchi. J'appellerai mon agent immobilier. Je lui demanderai de chercher des endroits où nous pourrions vivre. Je peux gérer l'entreprise de là-bas. Je ne peux pas te perdre.

Elle secoua la tête.

— Ne fais pas ça... Je ne pars pas pour le Maryland.

J'hésitai, complètement perplexe. Ne venait-elle pas de passer une semaine là-bas ?

— Mais... est-ce que cela veut dire que tu restes ici pour la fac de médecine ?

Elle ne dit rien pendant un long moment, puis elle inspira profondément.

— Le projet de fac de médecine est suspendu pour le moment.

Quoi ? J'ouvris la bouche pour le lui demander, mais elle parla avant et sa voix tremblait encore.

— Je ne veux pas en parler. S'il te plaît, Adam. J'ai besoin que tu me tiennes contre toi cette nuit. Tiens-moi et rien d'autre, s'il te plaît ?

Comment pouvais-je refuser cette simple requête ? Je posai mon visage à côté d'elle en appuyant ma joue contre la sienne et je la serrai autant que possible tout en la laissant respirer. Un tourbillon d'émotions confuses soufflait en moi. Le soulagement : elle restait ici. L'inquiétude : manifestement, cela ne lui faisait pas plaisir. Et la fac de médecine était suspendue ? Quoi ? Pourquoi ? Elle l'avait déjà repoussée d'un an à cause du test. Maintenant, elle allait attendre encore un an ? Ou peut-être indéfiniment.

Moins de quinze minutes plus tard, elle s'était endormie et j'étais toujours étourdi par ce nouveau développement. Ma frustration était accompagnée par un cas spectaculaire de bourses prêtes à exploser. Allait-elle m'en dire plus un peu plus tard ? J'avais des moyens de le découvrir — mais je n'étais pas idiot à ce point. Je n'allais pas m'en servir et pas seulement à cause du risque qu'elle le découvre. Mais aussi parce que c'était tout simplement mal : c'était une violation de son intimité que je n'aurais jamais au grand jamais dû envisager et dont j'avais franchement honte.

J'allais attendre qu'elle me parle. J'espérais seulement qu'elle ne mettrait pas longtemps.

Je me levai et je l'embrassai sur la joue quand j'entendis Heath entrer dans l'appartement. Je fermai ma chemise et je couvris Emilia avec une couverture avant de sortir de la chambre. Il s'arrêta, surpris de me voir. Il regarda longuement la porte fermée de la chambre d'Emilia.

— Que fais-tu... enfin, je suppose que ce ne sont pas mes affaires.

J'inspirai profondément.

— Nous n'avons fait que parler. Elle était bouleversée.

Il fronça les sourcils.

— Elle va bien ?

Je me frottai la mâchoire en haussant les épaules.

— Elle a dit... elle a dit qu'elle n'irait plus en fac de médecine...

Heath leva les sourcils d'un seul coup.

— A-t-elle dit pourquoi ?

Je secouai la tête en le regardant, dans l'expectative. Il devait en savoir plus que moi. Si Emilia n'allait pas me le dire, peut-être que Heath le ferait.

Il jeta un autre regard inquiet vers la porte et je vis clairement qu'il était anxieux. Puis il se tourna pour poser ses affaires en poussant un grand soupir.

— Alors... peux-tu me dire ce qu'il se passe avec elle ?

Il se redressa et il me regarda.

— Adam, dit-il d'un ton de reproche. Tu me connais mieux que ça. Je ne vais pas trahir sa confiance.

— Mais il se passe quelque chose...

La bouche de Heath se pinça, mais il ne dit rien. Au bout d'un moment, il hocha simplement la tête.

Je me tendis.

— Mais tu ne vas pas me le dire...

Heath regarda à nouveau en direction de la porte.

— Elle te le dira. J'en suis sûr. Sois présent pour elle, mon vieux. Tu as l'occasion de te rattraper pour tes conneries passées. Je sais que tu veux bien faire, mais tu dois avancer très prudemment, sinon tout sera terminé. Je ne veux pas être désagréable parce que je t'aime bien et que, je pense que, vous deux...

Sa voix s'estompa et il se balança d'une jambe sur l'autre en passant la main dans les cheveux et en faisant une drôle de tête.

— Je vais passer pour une chochotte sentimentale, mais je pense que vous êtes faits l'un pour l'autre.

Je concentrai toute mon attention sur lui sans le quitter des yeux. J'avais les mains sur les hanches.

— Mais… tu ne vas pas me dire ce qui ne va pas avec elle.

Heath prit un air sévère.

— Non. Mais je vais te dire ce dont elle a besoin de ta part, d'accord ? Et si tu es à moitié aussi intelligent pour ce genre de choses que tu l'es quand tu programmes tes codes, alors tu ne feras pas de conneries. Elle a manifestement besoin de toi. Tu étais là pour elle ce soir. Continue à être là pour elle. Sois l'homme vers lequel elle se tourne quand elle a besoin d'une épaule. Sois son ami, d'accord ? Juste son ami. Comme tu l'as été pendant un an avant que vous vous rencontriez.

J'inspirai profondément avant de souffler. Nous redevenions FallenOne et Eloisa. J'étais gelé intérieurement et tremblant d'inquiétude, mais je savais qu'il avait raison. Je hochai la tête.

— Elle te parlera, mon vieux. Je te le promets. Mais… tu ne dois pas insister. Tu ne peux pas refaire un coup comme tu as fait avec le détective privé. Attends. Elle viendra à toi. Crois-moi. Et, le plus important : fais-lui confiance.

Je lui souhaitai une bonne nuit. Il était deux heures du matin quand je partis et je passai le court trajet jusqu'à la maison à passer d'une chanson à l'autre de ma playlist, frustré. D'abord, ce fut 'Owner of a Lonely Heart' de Yes. OK, merci de me le rappeler, connards. Je passai à la chanson suivante, 'The Night You Murdered Love' par ABC. Quoi ? Personne n'avait enregistré de chansons joyeuses et douces dans les années quatre-vingt ? Je m'arrêtai en arrivant à la lamentation mélancolique de 'Nothing Compares 2 U' de Sinéad O'Connor. Comme c'était approprié. J'écoutai et chaque mot m'entailla la peau comme un minuscule éclat de verre. Cela me maintint éveillé pendant que je conduisais et me fit réfléchir.

Rien ne pouvait être comparé à Emilia. Mais rien ne pouvait non plus être comparé à cette douleur en moi. Et il s'agissait des deux faces de la même médaille. Je me demandais si j'allais pouvoir supporter cela encore longtemps. Et je me demandais quand elle allait revenir vers moi. Tout le monde m'avait assuré qu'elle le ferait — même Sun Tzu. Mais j'étais rempli de ces mêmes vieux doutes et craintes. Le défi était de ne pas les laisser me consumer.

Chapitre Quinze

E LENDEMAIN, APRÈS LE PETIT-DÉJEUNER, J'ÉTAIS SUR LE POINT de prendre mon téléphone pour l'appeler quand je reçus un texto.

Merci d'être resté avec moi hier soir. Merci pour tout.

Je serrai les doigts autour du téléphone et je dus réprimer mon envie de savoir, mon besoin toujours présent de contrôler les choses.

Tu vas bien ? Je suis inquiet.

Ne t'inquiète pas. Ça va. Je te vois demain au travail.

J'hésitai en gardant les yeux rivés sur ce dernier texto. C'était clairement un message dont le but était de m'empêcher de venir la voir aujourd'hui. Je pris une profonde inspiration et je supprimai mon premier instinct qui était de découvrir ce qu'il se passait ou d'exiger des réponses de sa part. Mes premiers instincts m'avaient manifestement causé des problèmes avec elle récemment, alors j'allais les ignorer, même si cela me semblait affreusement difficile.

Je passai la journée entière au bureau à la place. J'avais conscience de ce que je faisais, mais je me disais que c'était spécialement pour la Convention. Nous avions besoin qu'elle se passe bien, en particulier avec le procès qui arrivait. Je ne voulais pas que mon jeu soit associé à des événements aussi négatifs au lieu d'être considéré comme une forme de loisir que des millions de personnes appréciaient.

Et heureusement, la Convention servait à souligner l'aspect positif du jeu.

Plusieurs jours avant le début de la Convention, les employés de Draco déménagèrent à Las Vegas pour les préparatifs du premier DracoCon annuel. L'événement allait avoir lieu le week-end précédent Thanksgiving, juste avant la dernière semaine de novembre. Et parce que les préparatifs demandaient un temps fou, je fis quelques journées de dix-huit heures et je dormis peu. Et malheureusement, je vis très peu Emilia.

Elle semblait travailler dur et être épuisée. Nous pouvions nous saluer en passant, nous arrêter et avoir une courte conversation. Elle semblait vouloir éviter de parler de ce qu'il s'était passé entre nous le soir après le paintball. Et je devais sans cesse me souvenir de contrôler mon instinct et de ne pas chercher à creuser à la recherche d'informations. Nous devions prendre le temps de nous asseoir et de discuter. De trouver une manière d'être ensemble, d'être heureux.

J'espérais que nous en aurions l'occasion après la Convention à Vegas.

Je me souvenais de la première fois que j'avais visité Sin City : c'était au cours de la dernière année de lycée en tant que candidat libre. J'avais eu beaucoup de temps libre entre le peu de devoirs et le codage du jeu qui allait devenir Mission Accomplished, mon premier grand succès. Lindsay m'avait invité à venir passer le week-end avec elle et j'avais l'impression d'être entré dans un autre monde.

J'avais vraiment été un innocent inconscient, trop jeune pour boire (même si je ne buvais toujours pas beaucoup désormais) ou pour jouer. Je l'avais suivie quand elle m'avait fait faire le tour de différents casinos. Nous avions vu quelques spectacles. Cela avait été mon premier voyage en dehors de mon petit monde depuis que j'avais quitté Washington pour m'installer en Californie.

Jour et nuit, des lumières vives de toutes les couleurs brillaient de tous les côtés sur le Las Vegas Boulevard, mieux connu sous le nom de 'Strip'. Notre convention allait avoir lieu à l'hôtel Excalibur, dont le thème était le roi Arthur. Il était construit comme un immense château de conte de fées. Étant donné le thème de fantasy de notre jeu, l'endroit semblait approprié.

Je fis le tour en inspectant personnellement les installations avant de les valider pour le début de la Convention. Jordan fut à mes côtés une grande partie du temps, levant les yeux au ciel et maugréant au sujet de mes problèmes de contrôle.

— Tu n'as pas quelque chose à faire ? finis-je par lui dire.

— Eh bien, il y a l'échauffement pour la compétition de cosplay. Certaines de ces filles vont porter de minuscules bikinis en cotte de mailles. Je me suis désigné en tant que membre du jury.

Je soupirai en cochant des cases sur la check-list de ma tablette avant de passer au stand suivant.

— Ça ne m'étonne pas.

— Et toi ? Tout le monde trouverait ça génial si tu faisais partie du jury.

— Je suis certain d'être trop occupé.

Jordan porta une main à son oreille.

— Tu as dit que tu allais être occupé ou occupé *avec quelqu'un?*

Je secouai la tête et j'essayai de répondre d'une voix aussi sévère que possible.

— Parfois, je suis étonné que tu sois directeur financier de mon entreprise.

— Allez... ces stagiaires...

— Travaillent pour moi. Elles sont donc hors limite. Pour moi et pour toi. Un procès à la fois suffit.

Après avoir réglé quelques détails sur un stand, Jordan revint à côté de moi.

— Tu es tellement coincé ces jours-ci. Et puis, cela fait combien de temps ? N'as-tu pas besoin de... relâcher la pression ?

Je le regardai de travers. Personne, même pas lui n'était au courant des détails de ma vie sexuelle.

— Concentre-toi ou bien va faire autre chose, aboyai-je.

La Convention elle-même consista en trois jours de pur chaos, de pure adrénaline et un apogée incroyable. Les gens adoraient notre produit. Ils le vivaient. Il y eut des démonstrations et des essais et des compétitions. Il y eut des concours de cosplay où les gens s'habillaient comme leurs personnages dans le jeu. Et, comme Jordan l'avait prédit, il y eut quelques bikinis en cotte de mailles. J'étais certain qu'Emilia levait violemment les yeux au ciel quelque part.

Il y eut des animations de jeux de rôle et des duels en face à face : virtuels, mais aussi recréés en live. Je n'avais jamais été aussi fier de notre jeu que pendant ces jours-là, en voyant les vrais visages de nos joueurs. J'étais étonné de voir qu'ils avaient tous les âges, il y avait même des retraités. J'eus l'occasion de me promener entre les stands et les concours. Je fus parfois reconnu par les joueurs et d'autres fois arrêté par un journaliste qui me posait des questions sur le procès, auxquelles je répondais 'sans commentaire' comme d'habitude.

Quand je vis Emilia, elle semblait fatiguée. Elle ne semblait pas dormir beaucoup. Chaque fois que nous avions une seconde pour parler, nous nous amusions ensemble. Une fois, elle s'approcha de moi et quand personne ne regarda, elle me palpa le biceps.

— J'avais besoin de faire ça, murmura-t-elle avant de partir.

Je décidai de trouver un moyen de lui mettre discrètement une main aux fesses quand je le pouvais.

Malgré tout, elle me paraissait si étrange. Avec ses grands yeux bruns, ses sourcils foncés et ses étranges cheveux blancs, elle semblait presque venir d'un autre monde, comme les jeunes filles elfes qu'elle aimait tant parodier sur son blog.

À la soirée costumée des employées, elle avait ajouté des tresses roses et violettes dans ses cheveux blancs. Elle portait une jupe courte dans le style d'un tutu de danseuse et de délicates petites ailes de fée. Son visage était peint de couleurs vives à paillettes. Elle paraissait exotique, différente, presque comme un des mannequins de Jordan. Ses longues jambes étaient mises en avant et je n'arrivais pas à détourner mon regard d'elle.

J'avais choisi de me déguiser comme le célèbre personnage non joueur qui donnait sa première quête à presque tous les personnages nouvellement créés. C'était la triste ombre abattue d'un homme qui se languissait de son amour perdu. Il donnait aux nouveaux joueurs la simple quête de se rendre dans une clairière près de là et de braver des créatures hostiles pour cueillir un bouquet de jonquilles en souvenir de la femme qu'il avait perdue.

Il portait son ancien uniforme de La Garde, complet avec un vieux manteau militaire et un kilt. Maggie avait trouvé quelqu'un qui avait pu assembler le costume pour moi et quand j'étais arrivé à la fête, tout le monde avait tout de suite su qui j'étais.

— Général Sylvan Wood ! s'exclamèrent-ils.

Il ne me manquait que les oreilles pointues. Sylvan Wood était un elfe, mais j'avais mes limites. Je portais un kilt, mais je n'allais pas porter des oreilles pointues. Même mon côté geek avait ses limites.

Cette dernière fête devint un peu folle sur la fin. Il y eut quelques concours et jeux étranges avant que la fête se résume à une plateforme agitée par des danseurs légèrement ivres et des foules de gens mal à l'aise installés autour du bar.

Malheureusement, mon kilt attirait un peu trop l'attention. Même mon moi d'il y a cinq ans aurait été mal à l'aise avec les stagiaires dragueuses. J'avais déjà eu affaire à des collègues trop enthousiastes, mais ce groupe de stagiaires de l'université qui se trouvait à côté du siège social de Draco semblait plus odieux que d'habitude. Et elles ne me laissèrent pas tranquille.

Plus il y avait d'alcool en elles, moins elles devenaient subtiles. Je finis par m'installer avec les buveurs mal à l'aise dans un coin du bar à côté de Jordan, en observant les manigances folles de mes employés qui se détendaient après de nombreux jours de travail difficile. À mesure que le temps passait, la foule devenait moins inhibée. Et, après s'être excusée pendant presque une demi-heure — je conservais un œil sur ce qu'elle faisait —, Emilia revint et se dirigea tout droit vers le bar pour demander un verre.

Elle me vit de l'autre côté du bar et elle me sourit. Je ne la quittai pas des yeux et elle leva les sourcils d'un air interrogateur. Je lui fis signe de venir me voir et elle rit, avala son verre et partit.

Je bouillonnai en la suivant du regard. Blondie essayait d'attirer mon attention, elle voulait savoir si je voulais danser. Je l'ignorai.

Emilia avança dans la foule et elle se mit à danser avec un groupe de gens du marketing. Au bout de quinze minutes, je vis qu'elle perdait ses facultés de discernement, car les idiots avec lesquels elle dansait avaient les mains partout sur elle et elle ne faisait rien pour les décourager.

Si les regards pouvaient tuer, ces types-là auraient été écrabouillés. C'était peut-être pour s'amuser, mais moi ça ne me faisait pas rire. L'un d'entre eux dansait devant elle, les mains sur ses hanches, et un autre derrière elle s'avançait de temps en temps pour se frotter contre elle. La fureur me brûlait les veines et tendait mes muscles. Je serrai le poing posé sur le bar.

Jordan suivit mon regard.

— Du calme. Elle ne fait que danser.

Elle faisait plus que danser et elle semblait complètement ivre après un seul shot. Je ne l'avais encore jamais vue tenir si mal l'alcool. Je me tournai vers le barman et je commandai mon propre shot de tequila.

Jordan, bouche bée, faillit tomber de sa chaise quand le barman me servit le verre.

— Je crois que je ne t'ai jamais vu boire ça. Je te parie cent dollars que tu ne peux pas le boire cul sec.

Je levai les sourcils. Alors là, j'étais partant pour le pari. Je basculai la tête en arrière et j'avalai tout d'un seul coup avant de sentir la brûlure. Je dois admettre que j'ai toussé et craché un peu, mais pas au point de paraître efféminé. C'est ce que je pensais, en tout cas.

Cependant, je ne sentis pas assez vite l'effet désiré, alors, toujours sans quitter la silhouette dansante d'Emilia des yeux, j'en commandai un autre.

— Quitte ou double, dis-je à Jordan et, il haussa les épaules en riant.

— Cela ne sert à rien de faire un pari pour cent dollars avec un multimillionnaire, dit-il.

Je m'en moquais. De toute façon, je ne buvais pas pour l'impressionner. J'engloutis la boisson numéro quatre et je descendis à tâtons de mon tabouret pour me diriger vers la piste de danse, vers Emilia et sa chevelure multicolore dérangeante. Cette pâle imitation aux cheveux blancs ressemblait très peu à mon Emilia. Mais la regarder danser de manière suggestive avec mon assistant-chef du service marketing m'énervait.

À la minute où je les rejoignis sur la piste de danse, mes employés m'acclamèrent bruyamment. J'espérais qu'ils n'attendent pas grand-chose de ma part au niveau de la danse. J'aurais été la première personne à admettre que je ne dansais pas sur la musique contemporaine. En fait, je dansais comme un pied parce que je n'avais jamais appris. Je m'étais entraîné aux danses de salon avec ma cousine Britt au lycée. Nous avions appris des danses comme le fox-trot, le triple swing et la valse. Mais je n'avais jamais appris une de ces danses modernes.

Et j'étais un mordu d'informatique, alors quand aurai-je eu le désir ou le besoin de danser, de toute façon ? J'ai fait les deux dernières années de lycée en candidat libre. Pendant que mes camarades de classe luttaient avec leur algèbre, je concevais mes propres algorithmes d'intelligence artificielle. Et quand mes camarades essayaient de conclure à l'arrière des voitures de leurs parents avec leurs copines vierges du bal de fin d'année, j'avais une liaison agréable et confortable avec une magnifique étudiante en droit ayant de l'expérience. Alors je ne suis jamais allé au bal de fin d'année et je n'en ai jamais vraiment eu envie. J'avais vécu très loin de la vie typique des adolescents et l'effet secondaire était que je ne savais absolument pas comment danser de cette façon.

Mais cela ne semblait pas difficile et j'étais bien imbibé. Il suffisait de suivre le rythme, non ? Emilia se jetait maintenant sur ce connard de Richard (qui serait désormais connu sous ce nom, 'Connard de Richard', parce qu'il promenait ses mains sur ma copine). La question de savoir si elle était ou non mon territoire me traversa l'esprit. Je me frayai difficilement un chemin vers elle à travers la mer de danseurs. Qu'elle soit mienne ou non, cela n'allait pas m'empêcher de marquer mon territoire. Je vis Jordan me regarder avec des yeux inquiets, mais je m'en moquais. Si j'exagérais, il viendrait sûrement me faire dégager. Mais à ce moment-là, je serais sans doute déjà sans connaissance. J'avais été ivre quelquefois dans ma vie, mais ce n'était pas quelque chose qui m'arrivait souvent.

Avec son tutu blanc bouffant, Emilia portait un débardeur violet qui moulait ses seins et sa taille. Peu importe ce qu'elle portait, elle était magnifique. La danse serait une bonne excuse pour poser les mains sur elle.

Je m'avançai donc derrière elle et je fis quelques mouvements maladroits en espérant me fondre suffisamment dans la foule. La chanson 'Naughty Girl' de Beyoncé commença et la moitié de la salle applaudit. Emilia jouait le jeu en balançant ses hanches et en se trémoussant sur la musique. Elle me tournait le dos, donc je m'approchai d'elle et je posai les mains sur sa taille en faisant de mon mieux pour suivre ses mouvements.

Elle ne rata même pas une mesure, apparemment indifférente au fait qu'un inconnu (en tout cas, j'aurais pu l'être) s'était approché d'elle par-derrière et se collait contre elle. Cela me parut pervers. Mais c'était agréable aussi, alors merde.

À ce moment-là, je me demandais seulement à quel point elle me laisserait la toucher. Peu de personnes dans la foule étaient au courant pour Emilia et moi. En fait, si peu de gens savaient que nous avions été ensemble, que c'était presque comme si c'était cela qui nous avait maudits qui avait effacé notre relation de toutes les mémoires, même de la nôtre. Personne ne soutenait notre couple.

Mes mains étaient posées sur son cul rond et ferme et elle commença seulement alors à se demander qui j'étais, en jetant un coup d'œil par-dessus son épaule. Quand elle me regarda dans les yeux, elle se figea pendant quelques secondes avant de reprendre. Quelques instants plus tard, elle fit volte-face et tourna le dos vers Richard. Le score était d'un pour Adam et zéro pour le Connard. Je lui jetai un sourire satisfait par-dessus l'épaule d'Emilia, mais il ne réagit pas. J'avais toujours l'envie irrépressible de lui casser la gueule pour avoir touché Emilia comme il l'avait fait.

Emilia s'approcha de moi et elle fit passer ses mains autour de mon cou. Ses hanches frottèrent contre mon entrejambe et j'eus immédiatement une érection. Chaque frottement après cela fut une pure torture délicieuse. J'appuyai ma main dans son dos en l'attirant contre moi. Elle semblait n'avoir aucun problème à s'afficher ainsi, même si je sentis plusieurs regards curieux des autres employés sur nous. Je n'en avais rien à faire. Et si elle non plus, alors nous pouvions continuer, parce que c'était trop bon.

On dansa de cette façon pendant quelques chansons de plus avant qu'elle retourne vers le bar. Je la suivis. Elle n'avait bu qu'un verre, mais elle semblait beaucoup plus affectée par ce verre qu'elle l'aurait dû.

— Tu n'as pas assez bu ?

Je m'étais penché vers elle et j'avais parlé dans son oreille pour qu'elle puisse m'entendre malgré le bruit.

Elle continua à bouger sur la musique en restant sur place.

— Je ne fais que commencer, dit-elle.

Et puis elle trébucha sur ses talons hauts. Elle était beaucoup plus près de ma taille que d'habitude. Je baissai les yeux. Elle ne portait jamais des talons aussi hauts, mais ces chaussures étaient immenses et un peu trash et elles mettaient encore plus en valeur ses jambes fantastiques.

J'avais envie de lécher ses jambes, depuis ses chevilles fines jusqu'à ses mollets musclés et le haut soyeux de ses cuisses. *Regarde ailleurs, Drake, regarde ailleurs.* Il fallait que je me force à ne pas y penser tandis que mon érection gonflait, prenant des proportions épiques et inconfortables sous le kilt.

Cependant, me forcer à ne pas penser à quel point je désirais chaque centimètre de son corps était comme de demander à un nomade dans le Sahara de ne pas boire quand il avait une oasis entière devant lui. Je la rattrapai quand elle trébucha.

— Tu vas te tuer dans ces trucs. Tu as assez bu.

— J'ai juste un peu le tournis. Ça va passer.

— Emilia...

Elle détourna la tête d'un air de défi.

— Barman ! Une tournée de shots ici, cria-t-elle en nous désignant tous les deux.

Elle semblait amusée, ne sachant apparemment pas que j'avais déjà bu ma part de shots, mais la sensation d'ivresse agréable s'estompait et je n'étais pas encore prêt à l'abandonner et à retourner au vide de la réalité. On prit des tabourets l'un à côté de l'autre et on but deux shots chacun.

Après la deuxième tournée, elle appuya le dos de sa main contre sa bouche et elle dit :

— Merde, je vais vomir.

— Plus de boissons pour toi, dis-je.

Elle me jeta un regard.

— Tu n'es pas mon chef.

Je ris. Dans mon état actuel, c'était trop drôle.

— En fait, si.

Elle leva la main pour attirer l'attention du barman et je baissai son bras.

— Tu as fini, sauf si tu as l'intention de redécorer ce bar avec ton vomi.

Elle eut l'air un peu verte à ce moment-là — et pâle.

— Oh, tu as peut-être raison.

— Quoi ?

— J'ai dit : 'tu as peut-être raison'.

— Hein ? dis-je en portant ma main à l'oreille avec un sourire.

Elle comprit.

— Tu aimes beaucoup trop que je te le dise.

Je ris.

— Il n'y a pas de 'peut-être' qui tienne, j'ai toujours raison.

— Va te faire enculer, dit-elle en poussant mon bras d'un air joueur.

— Oui, s'il te plaît, marmonnai-je en faisant signe au barman pour payer nos deux additions. Je pense qu'il est temps pour toi de rentrer. Et dis-moi...

Elle me fit la grimace.

— Moi.

Je levai les yeux au ciel.

— Très drôle.

Elle glissa de son tabouret et tituba sur ses talons ridicules.

— Où as-tu trouvé ça ? dis-je en stabilisant son bras.

Elle ne le retira pas cette fois.

— Alex les a choisis pour moi.

Je ris.

— Je comprends mieux.

Elle chancela encore et elle me regarda.

— Oh, et puis merde.

Elle les enleva en choisissant de marcher pieds nus et elle se baissa pour les ramasser. Lorsqu'elle se releva d'un coup, elle faillit tomber en arrière. Je l'attrapai et je l'attirai contre moi et quand elle tomba dans mes bras, on chancela tous les deux.

— Je ne crois pas que ça vienne uniquement des chaussures.

Elle me jeta un regard en coin.

— Peut-être pas.

Près de l'ascenseur, je lui demandai :

— Où est ta chambre ?

— Troisième étage... euh, 309 ou 903 quelque chose.

— Sûrement 309.

— OK, pas de suite avec terrasse pour moi.

— Moi non plus, dis-je avec un sourire.

D'accord, c'était une suite, mais sans terrasse.

— Allons dans la tienne, dit-elle. J'ai une colocataire.

Je suis désolé de dire que la suggestion dans son invitation envoya tout mon sang droit vers mon entrejambe. J'aurais aimé pouvoir dire que le manque de circulation sanguine dans mon cerveau avait obscurci mon jugement. Mais c'était sûrement plutôt que je pensais avec la tête sous la ceinture au lieu de l'autre.

Elle était ivre. Je n'étais pas beaucoup mieux et nous n'aurions rien dû faire. Toutes ces pensées me traversèrent l'esprit pendant les fractions de seconde entre le moment où les portes de l'ascenseur s'ouvrirent et celui où j'appuyai sur le bouton du huitième étage — le mien.

Elle fut sur moi à la minute où les portes se refermèrent. Sa bouche sur la mienne, ses seins appuyés contre mon torse. Elle avait un goût de tequila et de citron vert. J'enfonçai ma langue dans sa bouche. Je laissai Emilia me pousser contre la paroi tandis qu'elle croisa les mains dans ma nuque et appuya son pubis contre le mien.

— Putain, le kilt te va très bien, souffla-t-elle. Tu as quoi, là-dessous ?

Je lui jetai un regard diabolique.

— Les choses habituelles.

Elle m'embrassa en murmurant contre ma bouche.

— Tu as bandé toute la nuit, je l'ai senti quand nous dansions.

Je fermai les yeux en profitant de l'impression de ses hanches contre les miennes.

— Oui, dis-je.

J'eus du mal à prononcer le mot. J'étais si excité que je n'arrivais plus à parler.

J'espérais vraiment que c'était moi qu'elle voulait et qu'elle n'aurait pas été dans l'ascenseur avec Richard où quelqu'un d'autre qui aurait pu essayer de rentrer avec elle ce soir. Cette idée me remit en colère.

— Cela fait-il longtemps ? dit-elle en levant la tête pour piéger mon regard dans la toile de ses magnifiques yeux bruns.

Je lui jetai un regard mauvais.

— Tu sais exactement combien de temps cela fait.

— Ces stagiaires du marketing parlent toujours de toi en disant que tu es si canon. Elles aimeraient monter faire un tour sur toi.

Je ris.

— Ce n'est pas vraiment nouveau. Elles ne sont pas discrètes.

— Tu n'as pas été tenté ?

— Et toi qui dansais avec les mains de cet idiot sur les fesses ? Je pourrais te demander la même chose.

Une étrange boule d'émotion me serra la gorge. J'étais en colère, frustré, perdu et entièrement rempli de désir. Je serrai les bras de façon possessive autour d'elle. Elle fronça les sourcils, mais avant qu'elle ait le temps de parler, les portes s'ouvrirent sur le huitième étage.

On sortit en trébuchant. Emilia fit tomber une chaussure et elle trouva cela hilarant. Je me baissai pour la ramasser et je faillis tomber. On finit par atteindre ma suite à tâtons.

Je me tins à la porte, essayant un instant de reprendre mes esprits pendant qu'elle fit tomber ses chaussures et s'avança dans la chambre. Ce n'était pas une suite avec terrasse, mais ce n'était pas mal. J'avais logé dans de plus beaux endroits, mais je n'avais pas passé beaucoup de temps ici pendant la convention. Je n'avais pas non plus eu l'intention de ramener quelqu'un dans ma chambre. Il y avait un salon, une table de conférences, quelques télévisions avec grand écran. La chambre se trouvait de l'autre côté de la suite, séparée par de doubles portes qui étaient à présent ouvertes.

Je m'appuyai contre la porte en la regardant, essayant d'atteindre la portion raisonnable de mon cerveau en traversant le brouillard agréable produit par l'alcool. Et tout ce que je pouvais faire, c'était la regarder, la désirer plus que jamais — plus même que la fois où je n'avais pas voulu coucher avec elle pendant un mois, quand nous avions commencé à nous fréquenter.

Je l'avais désirée à cette époque-là — terriblement. Ce mois avait été une longue et lente torture, mais une torture agréable. Je me retenais exprès à m'en faire exploser les bourses. Mais maintenant que je savais à quel point cela pouvait être agréable — et quand c'était bon, c'était ce que j'avais eu de mieux —, je n'étais pas sûr d'avoir la volonté ni même le désir d'arrêter ceci, peu importe la quantité d'alcool impliquée.

Cette unique nuit pourrait ne rien changer entre nous. Nous étions toujours fermement abrités par nos défenses intelligemment conçues. Elle me cachait des choses. Elle ne ressentait peut-être même pas les sentiments qu'elle avait autrefois avoué ressentir. Tout ceci était peut-être seulement physique pour elle.

Au point où j'en étais, je m'en moquais. Je pouvais embrasser une magnifique mannequin de maillots de bain en ne pensant qu'à Emilia : mon sexe était bloqué par mes propres souvenirs et ma fichue imagination. Maintenant qu'elle était dans ma chambre d'hôtel en chair et en os, je n'allais pas gâcher cette occasion. Elle n'était pas assez ivre pour avoir dépassé sa capacité à consentir.

Je quittai la porte et je la suivis dans la chambre.

— Waouh, jolie piaule, dit-elle en s'avançant vers moi pour me caresser la mâchoire avec sa main.

Je fis passer un bras autour de sa taille pour la coller contre moi.

— Et toi ? dis-je.

— Quoi ?

J'inspirai profondément puis je soufflai en espérant que la réponse à la question que j'allais poser était bien celle que je pensais.

— Cela fait combien de temps pour toi ?

— Euh, laisse-moi réfléchir...

Elle se mit à compter sur ses doigts. Quoi ? Elle me jeta un regard faussement pudique et elle éclata de rire.

— Tu devrais voir la tête que tu fais.

Je la serrai plus fort.

— Ce n'est pas drôle, putain, grognai-je.

Elle fit un sourire ironique.

— Tu connais déjà la réponse à cette question. La dernière fois que j'ai couché avec quelqu'un, tu étais là.

Mieux. C'était beaucoup mieux. Heureusement. L'idée qu'un autre homme — comme Richard le Connard par exemple — la touche avait presque fait remonter toute ma rage aveugle. Je soufflai lentement et je me donnai l'ordre de me calmer.

Je me penchai pour l'embrasser et elle s'extirpa de mes bras.

— Je vais enlever ces saletés de ma figure, dit-elle en enlevant ses ailes de fée ridicules. Sauf si tu veux être un homme en kilt à paillettes.

— Tu ne veux pas que j'enlève ce kilt, alors ?

Elle se tourna vers moi avant de passer la porte de la salle de bains.

— Carrément pas.

Je ris. La réaction au kilt en avait valu la peine, avec ou sans stagiaires irritantes. Je suivis Emilia dans la salle de bains et je me lavai le visage dans un lavabo pendant qu'elle se lava et s'essuya lentement le visage dans l'autre.

— Tu ne vas pas vomir, si ? demandai-je.

Elle me regarda dans le miroir.

— Non. Et toi ? Ce n'est pas comme si tu avais l'habitude de boire. Ça ne t'arrive jamais.

Je haussai les épaules pendant qu'elle se tapotait le visage avec une serviette. Elle se tourna vers moi et il y eut un silence gênant entre nous. Puis je levai le menton en la regardant.

— Viens là.

Elle me jeta alors un regard espiègle et elle se tourna pour sortir de la salle de bains dans le coin beauté. Je la suivis et elle s'arrêta devant un miroir qui couvrait un mur du sol au plafond. Elle vit mon regard dans le miroir et ce ne fut pas en passant : son regard n'était pas innocent. Il était concentré et intense.

Je m'avançai lentement derrière elle, en la regardant toujours. Elle déglutit et elle leva la tête pour continuer à me regarder dans les yeux.

Mon érection devenait douloureuse. Je fis passer le bras autour de sa taille et je m'appuyai contre le bas de son dos.

— Tu me demandais ce qu'il y avait sous ce kilt...

Elle rit.

— Tu devrais porter ça plus souvent.

Je me baissai et je l'embrassai dans le cou.

— Je le ferais peut-être, cela dépend des résultats de cette nuit.

Elle frissonna dans mes bras. J'avais tapé juste. Et puis elle se tourna, mais au lieu de me rendre ce baiser, elle tendit les mains et ouvrit ma chemise d'un coup sec. Les boutons volèrent dans tous les sens. Elle l'enleva de mes épaules.

— Oh, c'est tellement mieux, dit-elle en frottant ses paumes sur mes pectoraux.

C'était électrique quand elle me touchait, tous mes nerfs en frissonnaient. Bon sang, ce que je la désirais. Et je ne voulais pas attendre une seconde de plus.

Je m'appuyai contre elle en la poussant contre le miroir, une main posée de chaque côté de sa tête.

— Je ne suis pas très content de toi, dis-je.

— Ah bon ? dit-elle alors qu'un sourire rusé s'étala sur ses lèvres. Certaines parties de toi ont l'air très contentes en ce moment.

Elle frotta son pubis contre le mien pour souligner sa remarque.

Je gémis quand un éclair de plaisir me traversa. Je poussai à mon tour, l'appuyant contre le miroir.

— Tu vas m'allumer, maintenant ? Comme tu l'as fait avec les types sur la piste de danse ?

Elle devint plus sérieuse.

— Tu ne vas pas me lâcher avec ça, n'est-ce pas ? Ne me dis pas que tu n'as pas posé les mains sur l'amie mannequin de Jordan, parce que je ne le croirais pas.

Je reculai la tête et je la regardai.

— Je te l'ai dit. Je n'ai couché avec personne depuis toi.

— Alors, tu n'as rien fait du tout avec elle ?

Je marquai une pause et elle fit une grimace.

— Ah. Je vois. Alors Rich ne peut pas poser les mains sur mon cul pendant que nous dansons, mais toi tu peux tripoter et embrasser un mannequin...

Je me tendis.

— S'il te touche à nouveau, je vais lui arracher le bras puis le renvoyer.

— Je ne suis pas sûre qu'il veuille encore travailler pour toi si tu lui arraches le bras. Ce n'est peut-être pas la peine de faire cette seconde partie.

Je me baissai et je posai ma bouche sur son cou.

— Je suis sincère. Personne ne doit te toucher.

— Sauf toi... ajouta-t-elle sèchement.

— Si tu le veux.

— Je ne sais pas... tu fais beaucoup de menaces violentes quand tu es ivre.

Je continuai à goûter son cou, essayant de bloquer cette rage négative de mon esprit. Je ne m'étais jamais senti aussi possessif et c'était sans doute à cause de la peur abominable de l'avoir perdue.

— Je n'aime pas que les gens touchent ce qui est à moi.

— Mais je ne suis pas à toi, dit-elle doucement d'une voix légèrement tremblante.

Une détermination de fer durcit mes muscles. Elle sentit que je me raidissais contre elle. J'avais passé toute la soirée à la convaincre du contraire.

Je baissai les mains pour lui retirer son débardeur, mais elle le bloqua avec ses bras.

— Non...

Je levai la tête pour regarder son visage.

— Tu ne veux pas... ?

J'espérais parvenir à cacher la déception enfantine de ma voix.

— Je ne veux pas enlever mon haut.

Je m'arrêtai, perplexe. Est-ce que cela signifiait pas de sexe ? Ou ne voulait-elle simplement pas être nue ? Ou quoi ?

— D'accord. Et... ?

Elle me regarda, puis elle posa intentionnellement les mains sur mon torse. Je fermai les yeux en savourant ce contact brûlant. Elle se pencha en avant et embrassa mon torse. Je poussai un long grognement en profitant de la sensation de sa bouche chaude.

— Je veux, j'ai besoin que tu sois nue sous moi, grognai-je en serrant les dents.

Elle continua à m'embrasser.

— Non. Je garde le débardeur. Tout le reste s'en va.

Je me repoussai du miroir et elle me regarda avec de grands yeux.

— Tu n'es pas en train de t'amuser avec moi, si ? Tu ne vas pas changer d'avis ? Parce qu'il n'y a aucune raison de continuer ceci dans ce cas et je n'ai aucune envie de quitter cette ville avec les bourses qui explosent.

Elle rit.

— Je te fais ça souvent, n'est-ce pas ? D'une façon ou d'une autre... le paintball ou le manque de sexe.

Je tendis la main et je fis courir mon pouce sur sa lèvre inférieure. Elle trembla et elle cligna des paupières. Un nouvel accès de désir me brûla le corps. Je traçai le contour de ses lèvres puis j'enfonçai mon pouce dans sa bouche. Elle ferma les lèvres autour de mon doigt et sa langue le caressa. Ma respiration s'accéléra.

Je penchai la tête pour caresser le lobe de son oreille avec mes lèvres.

— Il vaut mieux que tu sois sûre, chuchotai-je. Parce que si je te couche sur ce lit, alors j'entrerai en toi.

J'enfonçai mon pouce plus loin et sa bouche s'ouvrit autour de l'air qu'elle expulsa. Je le retirai.

— Je suis sûre, dit-elle.

La colère, le ressentiment, tous ces jeux, c'était trop et je reprenais le contrôle. Je pris son menton dans la main et je tournai sa tête sur le côté avant de plonger mes dents dans son cou. Je ne fus pas doux. Elle réagit à peine. Je mis ma bouche près de son oreille.

— Tourne-toi et pose les mains sur le miroir, grognai-je.

Elle fit exactement ce que je lui dis. Une nouvelle vague de désir brûlant se dirigea tout droit vers ma queue. J'aurais pu soulever mon kilt maintenant et passer sous sa jupe en quelques secondes. Une partie de moi, celle qui paniquait toujours à l'idée qu'elle puisse changer d'avis, avait envie de le faire.

Gardant une main autour de son cou, je posai l'autre sur sa taille pour l'attirer vers moi. Je pris son lobe dans ma bouche et elle frissonna contre moi en haletant, les yeux à moitié fermés.

— Tu aimes ça…

— Oui, souffla-t-elle.

— Je vais te baiser. Très fort. Et tu vas aimer ça.

— Oui, répéta-t-elle.

— Tu vas me supplier de recommencer.

Elle ferma les yeux. Elle lâcha le miroir et s'agrippa à mon poignet qui tenait son ventre. Elle enfonça ses ongles dans ma peau. La douleur de ces petites piqûres était fabuleuse.

— Sur le miroir. *Maintenant.*

Elle n'hésita que très légèrement avant d'obéir lentement. Je serrai puis je desserrai ma main sur son cou.

— Je vais te regarder jouir, Emilia. Je veux entendre tes jolis petits soupirs, tes gémissements désespérés. Je veux t'entendre crier mon nom. Mon nom. Parce que tu es à moi.

Ma main glissa sous l'élastique de son tutu et tout droit vers ses sous-vêtements. Je tirai sa bouche vers la mienne et je l'embrassai pendant que ma main se frayait un chemin vers son clitoris gonflé et sensible. Mes doigts glissèrent sur elle et elle était humide et prête. Je pus à peine me retenir de la pousser sur le sol à l'endroit où nous nous tenions.

Elle gémit dans ma bouche et ses mains s'enroulèrent autour du cadre du miroir. Mais elle ne les retira pas.

— Ouvre les yeux, dis-je d'une voix rauque de désir.

Elle me regarda.

— Regarde-toi dans le miroir. Et regarde ce que je te fais.

Elle ne bougea pas pendant un long moment, laissant sa tête reposer sur mon épaule, le regard levé vers moi. Je repris alors son menton et je tournai sa tête. Ses yeux trouvèrent mes mains dans le miroir et j'approfondis la pression de ma main sur elle.

— Oh, gémit-elle.

— Dis mon nom, Emilia. Qui désires-tu ?

— Toi... souffla-t-elle en laissant retomber ses paupières. Adam.

— Exactement, dis-je d'une voix autoritaire.

Mon autre main se posa sur sa taille pour la tenir contre moi quand ses genoux flanchèrent.

— Tu. Es. À. Moi.

Elle poussa un autre long soupir qui me toucha au plus profond du corps. C'était douloureux. Une douleur agréable et lancinante dans mon sexe. Mais je savais qu'une fois que nous allions commencer, ce serait si bon. Cela en vaudrait la peine.

Elle cambra le dos, présentant tous les signes indiquant qu'elle était très proche de l'orgasme. La respiration enrouée, ces délicieux petits soupirs et halètements. Elle nous regardait dans le miroir et ses yeux ambrés plongèrent dans mon regard.

— Adam, gémit-elle et je fermai les yeux en savourant le son de mon nom sur ses lèvres, dégoulinant de son désir. Je glissai ma main sur sa peau brûlante, lui faisant faire de la musique comme un musicien avec son instrument.

— Je te veux, Adam, je te veux en moi.

J'enfouis mon visage dans ses cheveux, je mordillai son oreille.

— Très bientôt. Mais pour l'instant, je crois qu'il est temps que tu jouisses, Emilia.

Et d'un seul coup, comme si elle avait attendu ma permission, elle se raidit contre moi et je sentis les convulsions de son orgasme contre ma main. Elle poussa un petit cri et je vis le blanc de ses yeux quand elle les ferma. Je la serrai plus fort à la taille pour l'empêcher de tomber, mais je ne la laissai pas longtemps profiter de l'agréable torpeur. Au lieu de cela, je me baissai et je la portai dans mes bras jusqu'au lit dans la chambre.

— À Yosemite, je t'avais baisée quatre fois. Je crois que cette nuit, j'en ferai cinq, murmurai-je.

Elle se lova contre moi, un bras autour de mon cou. Elle se mit à m'embrasser le torse et je ne voulus pas la poser. Des questions tournaient dans ma tête. Je me demandais toujours pourquoi elle avait voulu garder ses vêtements, mais mon corps voulait simplement éteindre toutes ces pensées et profiter du plaisir de cette nuit ensemble sans réfléchir. Je n'étais pas forcément contre.

Des mots, des conversations, des monologues entiers et des déclarations étaient restés non dits entre nous. Et je savais que cette unique nuit dans les bras l'un de l'autre n'allait pas résoudre nos problèmes. Mais peut-être avions-nous désormais besoin de communiquer d'une autre façon : de la façon la plus basse et la plus primaire.

Ou peut-être avions-nous tous les deux besoin d'une putain de bonne baise depuis longtemps.

J'eus du mal à me retenir quand sa bouche chaude trouva mon téton et le suça. Puis, sans prévenir, ses dents s'enfoncèrent dans ma chair. Je poussai un petit cri de douleur et je la repoussai. Elle affichait un sourire diabolique.

— Je croyais que l'on utilisait les dents, maintenant.

Je la jetai sur le lit.

— On fait ce que je veux. Enlève ta jupe.

Comme avant, elle fit exactement ce que je voulais en levant la tête vers moi, les yeux écarquillés. Je la regardai enlever sa jupe et ses sous-vêtements en dentelle bleue. Je serrai les mains sur mes hanches. Elle respirait fort, sa peau était rouge. Au bout d'un long moment où l'on ne fit que se regarder, elle posa les mains au-dessus de sa tête, comme si elles étaient attachées, puis elle écarta les jambes, penchant la tête en arrière et exposant son cou.

Oh mon Dieu, si je ne faisais pas attention, j'allais tirer mon coup avant même d'être en elle. Je la regardai ainsi, soumise, ouverte à moi. Le bondage ne me faisait pas prendre mon pied. J'avais eu une partenaire sexuelle une fois, qui avait voulu cela, et nous avions découvert que nous n'étions pas très compatibles.

Mais de voir Emilia ainsi, après tout ce qu'il s'était passé entre nous au cours des derniers mois, cela fit ressortir toute l'agressivité féroce et le sauvage instinct de protection que je ressentais désormais pour elle. Je déboutonnai le kilt que je laissai tomber sur le sol, puis j'enlevai mon sous-vêtement.

— Tourne-toi, dis-je sans la toucher.

Elle ouvrit les yeux et elle me regarda. Je me dis qu'elle allait résister, alors j'attrapai son bras et je la retournai à plat ventre sur le lit. Je tirai ses bras derrière son dos et je tins ses poignets d'une main. Puis je me couchai sur elle pour la coincer sous moi.

Elle gémit et gigota sous moi, envoyant des électrochocs dans mon corps, tout droit vers la douleur dans mes bourses. Ce dernier mois et demi avait été long. Mais mon corps se souvenait encore du sien. Il se languissait encore de son corps.

Je portai ma bouche à son oreille et je mordis. Elle ne dit rien, hormis un petit gémissement qui m'excita encore plus.

— Je déteste ta putain de coiffure, dis-je.

— Je m'en fiche, répondit-elle.

— Je vais te punir pour ces couleurs hideuses.

Je me décalai sur le côté, la tenant toujours immobile, puis je la mordis dans le cou, plus fort cette fois. Au même moment, ma main atterrit brutalement sur son cul.

Elle se raidit sous moi. Je pensais qu'elle allait protester, mais avant qu'elle en ait le temps, je lui redonnai une fessée.

— Ça, c'était pour avoir changé tes magnifiques cheveux.

Elle respirait fort à présent. Je serrai la main autour de ses poignets et je la frappai encore. Elle poussa un petit cri.

— Ça, c'est pour m'avoir refusé ton corps sexy.

Je l'embrassai dans la nuque. J'adorais son odeur mêlée à sa sueur et son goût salé. Je fermai les yeux et je lui mis une dernière fessée.

— Ça, c'est parce que je ne vois que toi quand je suis avec quelqu'un d'autre.

Elle se débattit encore sous moi, comme si elle essayait de rouler sur le dos, mais je l'en empêchai.

— Adam, arrête tes conneries, putain !

— Non. Tu ne commandes pas. Je ne te toucherai pas tant que tu n'auras pas dit que tu es à moi.

Il y eut un long silence. Je lâchai ses poignets.

J'avais lancé cela et il fallait que je sois prêt à le faire si elle n'obéissait pas. J'inspirai longuement et je bloquai ma respiration en espérant que je n'allais pas devoir interrompre tout ceci.

— Tu as dit que si tu me couchais sur le lit, tu entrerais en moi.

Je fis remonter ma main le long de ses cuisses douces et je soufflai :

— Seulement si tu es mienne.

Elle bougea encore contre moi et j'avalai une bouffée d'air en essayant de me contrôler. Je me penchai, je suçai son cou, son oreille.

— Dis-le.

Elle inspira brusquement en tournant la tête sur le côté pour essayer de me regarder dans les yeux, mais elle ne le pouvait pas, car je la maintenais en place.

— Pour cette nuit, je suis à toi.

Je n'hésitai qu'un petit moment. Pour l'instant, cela allait devoir faire l'affaire. Elle serait bientôt mienne à jamais et elle n'hésiterait pas une seconde à me le dire. Je me promis de rendre cela réel.

— Je vais enfoncer ma queue en toi.

Je me déplaçai afin d'ouvrir ses jambes sous moi. Et je glissai en elle. Elle m'allait comme un gant brûlant et mouillé, si serré, si ferme. Je m'enfonçai aussi profondément que possible et elle poussa un cri. Son corps se ferma autour de moi, me faisant presque suffoquer de plaisir.

La sensation de son corps doux sous le mien me rendait fou. Je caressai ses jambes, son cul. Elle était si douce. Et l'odeur de sa peau... elle m'enivrait autant que l'alcool dans mon sang.

Je me mis à bouger, poussant en elle de manière répétée. Je me redressai à genoux en la faisant remonter devant moi pour pouvoir accélérer le rythme. Emilia posa ses deux mains sur la tête de lit pour se soutenir.

Il y eut une lente montée vers l'orgasme. Emilia jouit une deuxième fois. Ses soupirs et ses gémissements parcoururent ma chair. La sensation de ses spasmes qui se serraient autour de moi me conduisit à mon propre orgasme. Quand je finis par jouir, ce fut incroyable et si intense que je ne pouvais plus respirer, plus bouger. Je ne pouvais penser à rien d'autre que la sensation de pomper en elle.

Elle bougeait toujours sur moi et je tendis la main pour l'immobiliser, le plaisir brûlant me rendant si sensible que chaque mouvement en était presque douloureux.

Je me laissai tomber, à moitié sur elle, nos jambes entremêlées et collantes de sueur. Je mis quelques minutes avant de pouvoir parler et Emilia bougea à peine. Je tournai la tête et j'embrassai lentement ses lèvres. Sa bouche bougea contre la mienne en faisant de petits baisers légers et affectueux. Cela aurait pu suffire à me refaire jouir, si je n'avais pas été aussi épuisé.

J'étais en train de dormir quand je la sentis pousser contre moi, s'extirper de sous mon corps et partir à la salle de bains. La douche s'alluma et je me dis que cela ne me ferait pas de mal non plus, alors je me levai pour la rejoindre. J'avais toujours aimé une bonne douche après-sexe avec elle, qui finissait souvent par devenir une douche pré-sexe pour la suite. Ou même une douche pendant-sexe. C'était bon aussi.

Je fus coupé dans mon élan quand je tournai la poignée et que la porte ne s'ouvrit pas. Je secouai la porte, au cas où elle était bloquée, mais non, elle était clairement fermée à clé. Elle était là, sous la douche, et elle avait verrouillé la porte.

Je réfléchis à son étrange insistance pour garder son tee-shirt. Que se passait-il ? Allait-elle me le dire à présent ? Je l'espérais, mais au fond de moi j'en doutais.

Bon sang.

Je me douchai rapidement quand elle fut sortie, m'attendant presque à ce qu'elle soit partie quand je sortis de la douche, mais non, elle était roulée en boule dans le lit, endormie. Elle avait l'air si petite et si seule, comme une petite fille. Je m'allongeai à côté d'elle, je l'attirai contre mon torse et je posai un bras autour de sa taille en l'embrassant dans le cou. Quand son corps chaud fut installé contre moi, je m'endormis paisiblement.

Je me réveillai à trois heures du matin, désorienté, dans l'obscurité et avec un mal de tête qui menaçait d'arriver. La respiration d'Emilia était lente et régulière, indiquant qu'elle dormait toujours. Ses fesses étaient appuyées contre mon sexe, qui était dur comme un bâton. Mon subconscient avait dû me réveiller, considérant ceci comme le moment idéal pour tenter ma chance. Je m'appuyai contre son postérieur en appréciant la sensation de son corps contre moi.

Elle portait son débardeur, mais elle était nue à partir de la taille. La part primitive la plus animale de mon être estima qu'il fallait en profiter tant que c'était possible. Je la fis doucement rouler sur son dos en résistant à l'envie de passer la main sous son tee-shirt. J'avais terriblement envie de sentir ses seins dans mes mains, de sentir ses tétons durcir sous ma peau. Mais je devais respecter son souhait, même si je brûlais d'envie de l'ignorer.

À la place, je manœuvrai entre ses jambes en les écartant suffisamment pour y passer mes épaules. J'embrassai ses hanches, ses cuisses, le doux monticule au-dessus de son sexe. Puis je l'écartai et je la goûtai, léchant et suçant sa peu brûlante. J'adorais le goût qu'elle avait : plus épicé que sucré. Comme elle.

Elle ne bougea pas et elle ne s'était pas réveillée. Normalement, elle n'avait pas le sommeil très léger, mais je soupçonnais qu'elle dormait plus profondément que d'habitude à cause de l'alcool. Malgré cela, je voyais qu'elle était excitée. Premièrement parce qu'elle mouillait par mes soins et deuxièmement, parce qu'elle se mit à émettre de longs gémissements graves en dormant. Elle était bruyante, et le son envoyait des éclairs tout droit vers mon érection, qui était plus que prête à répondre à l'appel.

J'écoutai attentivement en suçant et en léchant jusqu'à lui donner l'orgasme. Quand elle jouit, elle cambra le dos en poussant un grand cri.

— Adam, appela-t-elle d'une voix rauque.

Je souris de satisfaction. Alors l'amant dont elle rêvait, c'était moi. Heureusement. Et si je pouvais y faire quoi que ce soit — et j'en avais bien l'intention —, cela ne changerait pas.

Je m'essuyai le visage sur le drap et je positionnai mes hanches entre ses cuisses. Elle enroula ses longues jambes autour de moi en faisant glisser ses mains de mon torse jusqu'à mon abdomen.

— C'était quoi, ça ?

— C'était un 'dorgasme'. Ne me remercie pas, ce fut un plaisir, dis-je en posant ma bouche sur la sienne.

Si la fois précédente avait été une collision brûlante et violente de nos volontés, cette fois-ci, ce fut doux, lent et langoureux. Elle bougeait sous moi, ses hanches me rencontrant en un rythme parfait. Son corps était le paradis sous le mien et je désirais la sensation de ses seins nus sous mon torse. Mais j'essayai de ne pas penser à ce que je ne pouvais pas avoir pour me concentrer sur ce que j'avais. Cette femme exquise dans mes bras, sous moi, pendant les dernières heures de la nuit.

Je fermai les yeux et je sentis, je goûtai, je respirai et je n'entendis qu'elle. Pendant ces longues minutes dans les bras l'un de l'autre, elle devint mon monde, mon ancre, mon havre de paix. Et puis je me mis à jouir et ce fut doux et lent, comme notre façon de faire l'amour. Et je ne voulus pas que cela se termine.

Chapitre Seize

J E ME RÉVEILLAI CE MATIN-LÀ AVEC UN MAL DE TÊTE VERSION familiale et un lit vide. Je tâtonnai autour de moi à la recherche d'Emilia, mais elle était partie. Elle avait dû s'éclipser un peu plus tôt et rentrer à sa chambre. Je me frottai le front et je réfléchis un moment, les yeux fermés, en me souvenant de la sensation de son corps sous moi. C'était surréaliste, comme si tout cela n'avait été qu'un rêve. Cependant, après avoir jeté un coup d'œil dans le reste de la suite par l'embrasure de la porte, j'aperçus ses petites ailes de fée abandonnées sur le sol.

Elle avait été ici. Nous avions passé la nuit ensemble. Cela n'avait pas été un rêve. Mais cela aurait pu l'être. Je la désirais encore et elle avait disparu. Et ce n'était pas seulement un désir physique. Je voulais la réveiller par un baiser, lui chuchoter des mots doux, la tenir, discuter de ce qu'il s'était passé à la convention, rire des incidents, me moquer des comportements ridicules des gens à la fête des employés. À la place, je retombai brusquement dans la solitude après l'extase d'une nuit de sexe fabuleuse et de l'amour tendre qui suivit. J'avais espéré, avant de me rendormir, que notre nuit ensemble allait être le début de quelque chose de grand, d'un changement, d'une réconciliation.

Mais elle était partie sans même dire au revoir. Je serrai le poing de frustration en regardant l'horloge. Il était encore tôt, mais aujourd'hui était le jour où nous rangions tout dans les camions et où nous retournions à Orange County en bus.

Je m'habillai, je fis mes bagages et je me rendis à l'endroit où tout le monde se retrouvait pour un petit-déjeuner continental avant de prendre la route pour rentrer. J'avais choisi de prendre un des bus d'employés au lieu de prendre l'avion — sûrement parce que j'étais d'humeur masochiste.

Entre l'organisation du démontage des stands et d'autres affaires de travail, je restai à l'affût pour la voir. Je l'aperçus quelques fois. Il était difficile de rater cette chevelure blanche avec ses mèches roses et violettes, même de loin.

Je n'eus pas l'occasion de la revoir avant de monter dans le bus. Elle était assise quelques rangées derrière moi, de l'autre côté de l'allée. Je n'arrivais pas à regarder autre chose qu'elle, alors qu'elle cachait ses yeux derrière des lunettes de soleil immenses et très sombres. J'avais taxé des médicaments pour mon mal de tête auprès du concierge, alors je me demandai si elle souffrait encore de sa gueule de bois. Elle sembla néanmoins éviter mon regard, le visage baissé appuyé contre un oreiller coincé entre elle et la vitre, comme si elle avait l'intention de dormir pendant le trajet de quatre heures jusqu'à OC.

J'étais assis à l'avant du bus à côté de Jordan et apparemment le groupe de stagiaires avait gardé les places juste derrière les nôtres. Cela ne me fit pas plaisir et j'aurais aimé qu'Emilia soit assise là. Nous devions parler et le bus n'était peut-être pas le meilleur endroit pour le faire, mais à mesure que le temps passait, je devenais de plus en plus désespéré et je voulais vraiment résoudre les problèmes qui persistaient entre nous.

Je détournai le regard, me sentant soudain coupable pour la nuit précédente, même si je n'étais pas totalement sûr de la raison. La nuit dernière n'avait pas seulement concerné mon besoin de l'avoir près de moi, de coucher avec elle — ou avec n'importe qui — après une période d'abstinence. Il y avait eu plus que cela : j'avais à nouveau voulu la contrôler. J'avais voulu prendre les rênes et dominer. L'agressivité venait de là. J'avais eu besoin de savoir — j'avais besoin qu'elle sache — j'avais besoin que le monde sache qu'elle était à moi.

Sois là pour elle. Sois son amie. Les paroles de Heath me frappèrent alors, me condamnant davantage. Avais-je été là pour elle, hier soir ? Ou avait-elle été là pour moi ? Je ne pouvais pas complètement me condamner. Elle avait été plus que volontaire pour participer. N'avait-elle pas été celle qui avait arraché ma chemise ? Et puis qui s'était couchée pour moi, ouverte, soumise ? Elle avait voulu que j'intervienne et que je prenne les commandes. Et j'avais été ravi de rendre ce service.

Les stagiaires derrière nous chuchotaient beaucoup entre elles — et elles gloussaient. Quatre heures de la sorte allaient être vraiment longues. J'aurais aimé pouvoir me lever et m'asseoir avec Emilia, mais il n'y avait pas de sièges disponibles autour d'elle. Je regardai derrière moi pour m'assurer qu'elle n'était pas assise à côté de Richard et je fus content de voir qu'il n'était même pas dans ce bus.

Emilia s'était calée confortablement et elle semblait déjà dormir. Je gardai les yeux rivés sur elle en espérant qu'il faudrait juste du temps — un peu de temps — pour régler cette histoire. J'allais m'arranger pour qu'elle rentre chez moi ce soir-là. Je savais que j'étais optimiste, mais après la nuit que nous avions passée ensemble et à cause de ma détermination entêtée, je savais que nous reviendrions bientôt ensemble. Et je découvrirai enfin ce qu'il se passait avec elle.

— Alors, euh... votre façon de danser était plutôt intéressante, hier soir, dit Jordan avec un regard significatif.

— Tu ne savais pas que j'avais ça en moi, n'est-ce pas ?

— Je ne suis pas sûr que le style de danse que tu as fait dans ta suite plus tard ait été une très bonne idée, toutefois.

Je me tournai et je regardai par la vitre, ne sachant si j'étais fâché parce qu'il était au courant (ce qui signifiait que beaucoup d'autres le savaient également) ou si j'étais réconforté par son soutien. Jordan me soutenait toujours, mais pour une raison ou pour une autre, il n'avait jamais été ravi de ma relation avec Emilia.

— Mon vieux, je ne suis pas là pour te faire des remarques. Crois-moi, j'ai trop de problèmes pour donner des conseils, mais... tu venais tout juste d'avoir l'air de te relever de la dernière fois où elle t'a anéanti.

— Merci pour ton inquiétude. Mais je suis un adulte. Je gère mes propres affaires.

Jordan hocha la tête.

— Bien sûr, bien sûr. C'est juste que je pensais à tous les autres problèmes. L'entreprise. Le procès.

Je me retournai vers lui, sur le point de répondre, lorsque quelqu'un me tapota l'épaule.

— Adam, dit une des stagiaires derrière moi – celle qui avait beaucoup trop de cheveux blonds pour la tête d'une seule femme.

Elle rejeta sa crinière volumineuse en arrière et elle fit un grand sourire révélant beaucoup de dents blanches.

— Je suis désolée de t'interrompre, mais April et moi nous avons fait un pari et nous avons besoin que tu nous départages.

Je jetai un coup d'œil à Jordan, qui s'était également retourné pour inspecter la rangée de femmes occupant les sièges derrière nous. Je me souvins des paroles d'Emilia dans l'ascenseur la nuit précédente, au sujet des stagiaires qui parlaient de moi. Je me souvins également des regards furieux qu'elle leur avait lancés pendant leur petit interlude avec la crème solaire avant le paintball. J'aurais juré qu'elle avait l'air prête à les découper en morceaux. Je les regardai avec méfiance.

— Comment puis-je vous aider ?

— Eh bien... commença-t-elle en jetant un regard diabolique à son amie, la jolie fille avec les cheveux bruns et les yeux bleus qui me rappelait Blanche Neige. April dit que tu es déjà pris et moi j'étais certaine que tu es célibataire. Qui a raison ?

Ma mâchoire tomba. Waouh. Elles n'étaient vraiment pas discrètes.

— Ah.

Je regardai Emilia. Je pensais qu'elle s'était endormie, mais sa tête se leva. Je ne pouvais pas voir ses yeux, mais je savais qu'elle nous regardait. Je ne soutins pas longtemps son regard. Mais comment devais-je répondre à leurs questions ? Après tout, Emilia et moi nous avions rompu. Tout ce qu'il s'était passé entre nous la nuit précédente n'avait rien changé, du moins pas encore. Elle l'avait même dit : *pour cette nuit, je suis à toi*. Alors, malgré les sirènes d'avertissement dans ma tête, je décidai de profiter un peu de la situation.

— Je suis sans attaches en ce moment.

Emilia ne bougea pas. Elle ne détourna pas la tête.

La stagiaire blonde victorieuse jeta les bras air.

— Je gagne ! dit-elle pendant que son amie se rassit en arrière sans avoir l'air le moins du monde déçue d'avoir perdu son 'pari'.

— Je suis certain que vous avez des sujets de conversation plus intéressants que ma vie personnelle.

Comme les produits pour cheveux, peut-être, ou les sorties shopping avec la carte de crédit de papa.

Le sourire de la blonde devint affamé. Elle se lécha presque les lèvres.

— Je n'en vois aucun.

Jordan eut un petit rire dédaigneux et je lui jetai un regard.

— Appât à procès, marmonna-t-il dans sa barbe et j'acquiesçai.

Je me retournai et j'ajustai mes lunettes de soleil en regardant par la vitre. Nous n'avions pas encore quitté le Nevada. Encore trois heures de plus. Je sortis mon ordinateur portable et je l'allumai pour commencer à travailler sur mon nouveau petit projet secret. Jordan ne pouvait pas voir mon travail, grâce au filtre de confidentialité, mais les filles derrière moi commençaient vraiment à m'irriter avec leurs chuchotements et leurs gloussements. Je pris donc mes affaires et je partis à l'arrière du bus où il y avait des sièges vides et où je pouvais donc m'étaler.

En passant devant elles, je leur jetai un regard sévère pour éviter de leur donner des idées. Je ne voulais pas qu'elles me suivent à l'arrière. Quelques minutes plus tard, j'étais joyeusement enterré dans mon petit monde de code.

J'adorais programmer. Je pouvais me perdre dedans comme un artiste pouvait se perdre dans la création de la représentation du monde autour de lui, comme un musicien se laissait emporter par la création de musique pendant un bœuf. Le codage, c'était mon truc. Je pouvais sortir une ligne de code et savourer le défi en modifiant, en réglant minutieusement et en résolvant des problèmes jusqu'à ce que ce soit parfait. C'était comme un puzzle géant que je créais et résolvais en même temps.

Une heure plus tard, alors que je vérifiais qu'il n'y avait pas de bugs avant de passer à la sous-routine suivante, je remarquai quelqu'un venir vers moi dans l'allée. Je levai la tête en espérant qu'il ne s'agissait pas d'une stagiaire trop zélée.

C'était Emilia qui se dirigeait vers les toilettes juste derrière moi et qui ne regarda même pas dans ma direction. Elle n'avait peut-être pas remarqué que j'avais changé de place. Je regardai autour de moi. Il n'y avait personne à côté de moi ou en face de moi — c'était entre autres pour cela que j'étais venu ici — et la personne en diagonale par rapport à moi, un développeur de Dragon Epoch, était couché sur son sac à dos, profondément endormi. Je posai l'ordinateur portable ouvert sur le siège en face de moi et j'attendis qu'elle sorte des toilettes.

Quand la porte se rouvrit et qu'elle passa à côté dans l'allée, je sortis la main et j'attrapai son poignet en la tirant sur le siège à côté de moi.

— Quoi ? dit-elle, mais je posai un doigt sur mes lèvres pour lui faire signe de faire doucement et je montrai Tony, endormi sur son sac à dos. C'était un des développeurs qui travaillaient le plus dur et qui, selon moi, devait fermer les yeux pour la première fois depuis au moins vingt-quatre heures.

Emilia le regarda et elle se tourna vers moi.

— Que fais-tu ici ? chuchota-t-elle. Je pensais que tu avais largement assez pour t'amuser à l'avant.

Je l'observai. Intéressant. Elle était manifestement jalouse et elle ne prenait même pas la peine de le cacher. C'était bon signe.

— Je veux te parler de ce soir.

Elle me regarda avec méfiance.

— Qu'y a-t-il ce soir ?

— J'aimerais que tu viennes chez moi. Nous devons parler.

Emilia poussa un long soupir et elle détourna le regard. Je lâchai son poignet et je posai doucement mon bras sur son épaule afin de pouvoir lui frotter le dos.

— Tu as mal à la tête ?

— Oui, dit-elle.

Elle fronça les yeux, préoccupée.

— Tu veux de l'aspirine ? J'en ai un autre paquet quelque part. Dans la sacoche de mon ordinateur, je crois.

Je me penchai et je le sortis pour elle en attrapant ma bouteille d'eau.

Elle me prit la boîte en me jetant un regard prudent pendant qu'elle mettait les pilules dans la bouche et qu'elle les avala avec un peu d'eau.

— Adam, au sujet d'hier soir...

— Ne le dis pas, dis-je en levant une main pour l'interrompre.

— Nous devrions en parler également, chuchota-t-elle.

— Nous le ferons. Nous allons trouver où notre relation doit nous mener.

Elle se mordit à la lèvre.

— Et si elle ne nous mène nulle part ?

Je la regardai, mais je ne dis rien.

Elle commença à s'agiter avant de poursuivre.

— Cela ne signifie pas forcément autre chose que le fait que nous étions tous les deux ivres et en manque. Qu'y a-t-il de mal à avoir une bonne baise insignifiante de temps en temps ?

— Une baise insignifiante ?

Elle haussa les épaules.

— Oui.

— OK, tu ne vas pas me faire gober ça. Ce n'était pas insignifiant.

J'attendis. Elle gigota, puis elle s'éclaircit la gorge et dit :

— Tu connais cette vieille expression : ce qu'il se passe à Vegas reste à Vegas ?

Je levai un doigt et je traçai le contour de sa mâchoire, jusqu'à la peau douce dans son cou où l'on pouvait encore voir les marques de morsure sombres que j'y avais laissées. Je les étudiai. Il y en avait plus d'une demi-douzaine. Certaines étaient très sombres. Je me souvins de la sensation de plonger mes dents dans sa chair souple et malléable, de l'entendre gémir de douleur. Son goût. Je bandai dans l'instant, et je me penchai pour sentir son odeur.

Elle frissonna quand mes lèvres touchèrent son oreille, mais elle ne s'écarta pas.

— Je ne crois pas que ce qu'il s'est passé entre nous peut rester à Vegas. Tu n'es pas d'accord ?

Mes lèvres retracèrent chaque marque que j'avais apposée sur elle. J'avais envie d'en faire d'autres. J'avais envie de la couvrir de ma marque de propriété. C'était un sentiment primaire, quelque chose de l'homme des cavernes. Emilia ne m'appartenait pas, évidemment, mais ce besoin possessif et féroce d'être avec elle, de la garder en sécurité était une force palpable. J'avais besoin de marquer mon territoire.

— Adam, dit-elle en appuyant la main contre mon torse. Ne commence pas ça ici.

Je montai la bouche près de son oreille.

— Quand nous serons rentrés, viens chez moi.

Elle hésita.

— Je ne...

J'essayai de chasser la frustration qui tendait chacun de mes muscles. Elle agissait comme une biche effrayée et j'étais un loup affamé. Ce n'était peut-être pas si loin de la vérité.

— Juste pour la journée, alors.

Elle me regarda longtemps et hocha la tête en silence. Je sortis ma tablette et j'ouvris la dernière application. On passa le reste du trajet en bus à jouer à Angry Birds Star Wars.

Chapitre Dix-sept

QUAND LE BUS NOUS DÉPOSA DEVANT L'IMMEUBLE, JE PRIS SOIN de prendre son sac et de le mettre dans mon coffre avant qu'elle puisse changer d'avis. Heath avait assisté à la conférence en tant que joueur et il était rentré dans le bus sponsorisé par les joueurs. D'après la rumeur, notre amie de jeu Katya était venue du Canada pour y assister également, et Heath avait passé son temps avec elle. Je n'étais pas prêt à révéler le secret de FallenOne qui était en réalité le PDG de Draco à quelqu'un d'autre que Heath et Emilia, alors même si j'aurais aimé la rencontrer en personne, je gardai mes distances.

Emilia parlait maintenant avec Heath à côté de sa jeep et je m'appuyai contre la portière de la voiture en les regardant à travers mes lunettes de soleil. J'entendais la tension dans le ton de Heath qui luttait pour ne pas lever la voix. Je me demandais à quel sujet ils se disputaient.

— Ouah, jolie voiture ! dit Blondie la stagiaire, qui s'était apparemment approchée à pas de loup.

Je n'avais pas saisi son prénom et cela ne m'intéressait pas beaucoup. Je continuai à regarder Heath et Emilia pour m'assurer qu'elle ne monte pas simplement avec lui en partant sans ses affaires. Elle avait l'air d'en avoir envie, mais Heath lui disait de partir avec moi. Bravo !

— Merci, marmonnai-je.

Maintenant, va-t'en.

— Tu crois que je pourrais... faire un tour un jour ?

Je la regardai à travers mes lunettes de soleil. Elle avait une main sur la hanche et elle cambrait le dos de façon à faire ressortir sa poitrine. Je m'autorisai à regarder. Après tout, elle avait de jolis seins. J'ouvris la bouche pour répondre quand j'entendis claquer la portière de la jeep. Emilia fonçait vers moi et Heath était assis au volant de sa voiture. Il secouait la tête et il la regardait avec sévérité.

Eh bien, ceci allait être gênant.

— Euh, je dois y aller, dis-je à la blonde en espérant qu'elle allait comprendre et partir.

Ce ne fut pas le cas. Emilia s'avança vers la voiture, jeta un regard en coin vers la stagiaire, puis elle se tourna vers moi.

— J'ai besoin de mon sac. Où l'as-tu mis ?

La blonde leva les sourcils et dévisagea Emilia de la tête aux pieds. Ces deux-là devaient assez souvent travailler ensemble, alors je ne voulais pas que cela devienne gênant pour Emilia.

— J'ai entendu dire que tu avais besoin que quelqu'un te ramène, dis-je.

Puis je me tournai vers la blonde.

— Excuse-nous, je n'ai la place que pour un passager.

La femme resta abasourdie et j'attrapai le coude d'Emilia en ayant l'air aussi nonchalant que possible quand je la conduisis vers la portière côté passager. Blondie croisa les bras sur sa poitrine, tourna les talons et partit en trombe.

— Super, maintenant Cari m'en veut, maugréa Emilia en s'asseyant.

— C'est grave ?

Elle haussa les épaules.

— Pas vraiment. Ce n'est pas comme si j'allais encore continuer à travailler là très longtemps.

Je démarrai la voiture en réfléchissant à ses paroles avec un serrement soudain de l'estomac. J'avais l'impression que le compte à rebours venait de s'enclencher. Un tic-tac qui me fit soudain craindre que si je ne découvrais pas son problème — notre problème — et que je ne le réglais pas avant qu'elle quitte Draco, alors je risquais de ne plus la revoir. Plus jamais.

Le trajet jusqu'à ma maison fut court et silencieux. Elle ne fit aucun commentaire sur le fait que je n'avais pas été entièrement honnête en disant que je la ramenais chez elle. J'allais le faire, alors ce n'était pas un mensonge. Simplement, je n'allais pas le faire tout de suite.

C'était le milieu de l'après-midi et j'étais courbaturé à cause du trajet en bus. Je suggérai que l'on aille nager dans la piscine. Je me dis que cela allait alléger la tension et briser la glace. Je me dis également qu'un peu de vin avec le repas du soir serait approprié. J'avais déjà envoyé un texto à Chef quand j'étais encore dans le bus afin que tout soit prêt pour nous dîner.

Emilia avait laissé une poignée d'affaires qu'elle avait oubliées dans le tiroir en déménageant : cela incluait un maillot de bain. C'était le noir et blanc sexy, mon préféré. J'avais fait des choses délicieusement coquines quand elle avait porté ce bikini.

Quand je le sortis du tiroir, elle cligna des yeux, perplexe, puis elle tendit lentement la main pour le prendre. Je la regardai un long moment. Elle me regarda soudain et pâlit.

— Je… je crois que je vais juste tremper mes orteils. Je n'ai pas besoin de maillot, dit-elle d'une voix étrangement vide et creuse.

On aurait dit la voix de la tristesse.

Je la regardai en attendant qu'elle clarifie pendant que je déboutonnai mon pantalon pour mettre mon maillot.

Elle se tourna, l'air mal à l'aise. Je la scrutai en remarquant l'étrange raideur de ses épaules, la façon dont ses mains s'agitaient. Pourquoi cette timidité soudaine ? me demandai-je. Elle m'avait déjà vu nu des centaines de fois. Nous avions baisé, presque entièrement nus, la nuit précédente.

Je finis de me changer pendant qu'elle sembla s'intéresser aux objets sur mon bureau, comme si elle ne les avait encore jamais vus : les photos encadrées et d'autres affaires. Elle regarda partout sauf directement vers moi. Elle était tendue et cette tension vibrait presque en elle.

Une fois que je fus en maillot, je m'approchai d'elle par-derrière et je posai une main légère sur son épaule. Elle ne bougea pas. Son attention était rivée sur une photographie. La photographie. Celle de ma sœur et moi quand nous étions enfants. Je la regardai par-dessus son épaule. Je me souvenais du jour où elle avait été prise. J'avais l'impression que c'était dans une autre vie. Mon sixième anniversaire.

Ma mère avait encore oublié. Bree avait économisé une partie de son argent de baby-sitting et elle l'avait cachée dans une de mes peluches pour empêcher notre merveilleuse mère de le voler pour acheter à boire. Elle avait sorti les billets d'un dollar froissés fourrés dans la poche de mon ours en peluche préféré et elle s'était rendue à la pâtisserie. Nous avions fêté mon anniversaire à la maison de son amie Christina, en évitant de rentrer à la maison avant la nuit. Cette photo avait été prise par la mère de Christina et elle m'avait été fièrement tendue une semaine plus tard sur le chemin de l'école. J'avais rangé la photo dans mon cahier d'école et je l'avais gardée avec moi tous les jours.

Deux ans plus tard, Bree fit une fugue. Et cette photo allait être le dernier souvenir physique que j'avais d'elle jusqu'à ce que je la revoie, frêle fantôme de ce qu'elle avait été. J'eus le cœur serré par le même sentiment sombre que j'avais toujours quand je pensais à quel point elle me manquait. Je clignai des yeux.

Emilia fit glisser son pouce sur le cadre en étudiant la photo.

— Allez, dis-je. Allons-y.

Elle hocha la tête, mais elle ne m'écoutait pas, les yeux toujours rivés sur la photo. Je pus presque voir les rouages tourner dans sa tête. Elle était profondément absorbée par une pensée terrifiante et ses émotions étaient facilement détectables sur son visage. Ma main entoura son épaule et je la serrai.

— Emilia.

Elle se secoua comme pour se réveiller d'une rêverie en me tournant le dos. Nous étions très près, j'étais à moitié nu et je sentis la chaleur de son corps à côté du mien. J'avais envie de l'attirer contre mon torse nu, de lui caresser le dos, de sentir ses mains et sa bouche sur moi. Bon sang, c'était difficile. Nous étions dans une pièce où j'avais dormi avec elle toute la nuit, fait l'amour lentement et avec douceur sur à peu près tout le mobilier de la chambre — et de la salle de bains, le comptoir, la baignoire, la douche.

C'était nul d'être ici avec elle maintenant. Je sentais cette distance, comme un canyon entre nous, un de ces mégas canyons épiques que l'on voit sur les photos de Mars prises par Rover : un canyon si immense et éloigné que la topographie de la Terre était pâle en comparaison. Nous n'étions plus sur Terre. Nous étions sur Mars, où les montagnes que nous devions franchir étaient beaucoup plus hautes et les vallées beaucoup plus basses, les ravins beaucoup plus profonds. Où le ciel était d'un rouge incandescent. Nous étions désormais dans un territoire extraterrestre, distant, et je n'avais aucune idée de la façon dont nous devions rentrer chez nous. Dans les bras l'un de l'autre. Pas avant que tous les secrets soient révélés entre nous.

Et n'était-ce pas ironique, alors que toute notre relation avait été fondée autour de secrets, d'immenses secrets, tous créés par moi ? Je ne croyais pas au karma, mais si cela avait été le cas, ceci aurait été un des moments où je l'aurais maudit, car mes erreurs venaient me hanter.

Elle regardait mon épaule à présent. Les yeux rivés sur mon tatouage. Et elle avait transféré ses pensées morbides conçues en regardant la photo prise vingt ans auparavant sur le prénom tatoué sur ma clavicule gauche.

Je reculai et je me tournai pour la guider hors de la pièce. De toute façon, cela avait été une très mauvaise idée de la conduire ici.

Sur le côté de ma maison en face de la plage, il y avait une piscine couverte qui était entièrement privée, avec des murs et un toit rétractable. Je choisis de la garder fermée et je fis des longueurs pendant environ trente minutes pendant qu'elle resta assise au bord de la piscine avec les pieds dans l'eau. Elle faisait éclabousser l'eau avec ses pieds de temps en temps, en général quand je passais à côté d'elle.

Quand elle eut essayé de m'éclabousser au moins une douzaine de fois, je décidai de jouer aussi et j'attrapai sa jambe. Elle poussa un petit cri et essaya de libérer sa jambe, mais j'entourai alors ses deux jambes avec mes bras. Quand je tirai dessus comme pour la faire tomber dans l'eau, elle s'arrêta de rire et elle me dit fermement d'arrêter, alors je la lâchai.

Je fis du surplace face à elle. Elle se baissa et elle ôta les cheveux de mon visage en me scrutant.

— J'ai fait des marques dans ton cou, dit-elle. Je suppose que Jordan t'a beaucoup chambré pour ça.

Un sourire paresseux s'étala sur mon visage. Si cela ne tenait qu'à moi, on allait se refaire des marques très vite.

— J'ai laissé plus de marques dans ton cou.

Je passai un bras par-dessus le rebord de la piscine juste à côté de sa jambe. Je tendis une main pour toucher son mollet souple et musclé. Ses jambes me rendaient dingue. Elles étaient longues, bien faites, fermes. Et le toucher soyeux de sa peau à l'intérieur des cuisses suffisait à me rendre dur en y pensant. En fait, j'avais une semi-érection et elle allait très bientôt devenir complète.

Nous avions déjà baisé dans cette piscine, une fois. Cela avait été assez amusant. Mais aujourd'hui, j'aurais tout aussi facilement pu la coucher sur le lit. Ou la pencher sur une chaise. Mon Dieu, j'avais l'esprit qui partait dans toutes sortes de directions qu'il ne devait pas prendre.

Mais plus que tout, je voulais lui parler. Je voulais savoir quelles étaient ses inquiétudes. Je voulais définir ce qu'il y avait entre nous, le sécuriser pour le futur. Je voulais qu'elle revienne auprès de moi aussi vite que possible et j'allais faire tout ce qu'il fallait pour l'obtenir.

Alors ce soir... pas de sexe. Nous allions parler.

Je sortis de la piscine en m'appuyant sur le rebord et j'atterris à côté d'elle. Je tendis le bras derrière nous pour attraper une serviette propre sur l'étagère où elles étaient posées. Je me séchai les cheveux et je m'essuyai le visage.

Emilia prit une autre serviette et elle me sécha le torse. Je m'avançai soudain vers elle en faisant une feinte comme si j'allais lui faire un gros câlin trempé. Elle me tapa et elle s'écarta. Je passai la main derrière son cou et je tirai sa tête vers la mienne, posant un long baiser ferme sur sa bouche.

Nous nous embrassâmes longtemps. Je n'insistai pas pour obtenir davantage. Je voulais plus, mais cela aurait été trop facile de se laisser distraire. Avec la tension qui crépitait entre nous, je savais que nous n'allions pas mettre longtemps à nous retrouver au lit.

Et c'était un moment aussi bon qu'un autre pour aborder le sujet.

— Alors, dis-je quand on se sépara.

Elle inspira profondément et de l'air froid passa devant mes lèvres. Je la regardai au fond de ses yeux bruns dorés.

— Alors, dit-elle en sortant les pieds de la piscine et en ramenant ses genoux sous le menton.

Elle me regarda longuement.

— Nous devrions parler...

Elle s'arrêta promptement de respirer.

Enfin — c'était l'impression que j'eus à ce moment-là. Elle resta immobile, figée comme une statue, comme si elle était terrorisée. Je me demandai même pendant une fraction de seconde si son cœur s'était arrêté de battre. En tout cas, elle était vraiment plus pâle et elle se mordillait la lèvre.

Il y eut un long silence entre nous. Je fus tenté de la laisser tranquille. Mais je ne le pouvais pas. Je ne le pouvais pas. Je savais que la limite était ténue entre la pousser à me dire ce qu'il se passait et la pousser trop fort. Je devais trouver cette limite et marcher sur la corde raide.

Elle inspira profondément et elle leva la tête en regardant mon tatouage.

— Pourquoi ne parles-tu jamais d'elle ?

Je me figeai.

— Je n'ai aucune raison de parler d'elle.

Elle fronça les sourcils.

— Elle ne te manque pas ?

Un étrange sentiment me serra la gorge. Mon cœur sembla déséquilibré. Chaque battement était comme un coup de poignard accusateur dans ma poitrine. *Elle ne te manque pas ?* Chaque jour. Chaque putain de jour.

— Emilia...

— Pourquoi la gardes-tu secrète ?

Elle plissa le front comme si elle essayait de comprendre une énigme. Puis elle tendit la main et traça un doigt sur les lettres du prénom de ma sœur.

— Tu n'as jamais dit son nom à voix haute. Tu l'écris sur ton corps avec de l'encre indélébile, mais tu ne parles pas d'elle.

Je pris son poignet et j'enlevai sa main du tatouage.

— Parce que. Il n'y a rien. À. Dire, répétai-je en serrant les dents.

Ce que je ne lui dis pas, c'était que cela faisait beaucoup trop mal de parler d'elle, de penser à elle. Les seules fois que je le faisais, c'était quand mon subconscient m'entraînait dans cet endroit désagréable, ce pays de mort et de solitude.

Ses yeux marron cherchèrent les miens.

— Tu ne crois pas que cela t'aiderait de parler d'elle ? Tu préférerais l'enterrer dans ton cœur, la garder secrète ? Même pour moi ?

Je haussai les épaules.

— Qu'es-tu pour moi en ce moment pour que je sois obligé de t'en parler ? Es-tu ma petite amie ou juste la femme avec laquelle j'ai couché hier soir ?

Sa lèvre trembla encore et elle la saisit entre ses dents.

— Je ne sais pas.

On se regarda pendant un long silence tendu et ses yeux retombèrent sur le tatouage.

— Tu ne peux même pas me dire comment elle était ?

— Pourquoi veux-tu le savoir ?

— Parce que... je pense — elle me regarda avant de poursuivre —, je pense que la perdre t'a défini. De beaucoup de façons.

Je grimaçai en recommençant à me sécher pour me donner quelque chose à faire.

— Il me semble que tu as un diplôme de biologie et non de psychologie, dis-je sans ménagement.

Son visage s'assombrit et je vis qu'elle était bouleversée, mais je ne savais pas quoi dire. C'était tellement frustrant, et puis j'avais l'impression qu'elle se servait de cet interrogatoire comme d'une tactique de diversion. Je passai une main dans mes cheveux dégoulinants.

— Ce n'est pas quelque chose dont j'ai envie de parler. En fait, je ne peux pas vraiment en parler.

Elle me dévisagea longuement, sans expression, puis elle se pencha en avant et se releva.

— J'ai vraiment faim, dit-elle.

Maintenant que j'y pensais, moi aussi. Et j'espérais qu'un peu de vin avec le repas aiderait à la détendre, à la faire parler. Une fois que je me fus douché et habillé, on mangea dans le coin petit-déjeuner protégé par de grandes vitres donnant sur le quai. Il faisait trop froid pour manger dehors. Le soleil s'était couché, alors nous mangeâmes à la lueur des bougies. Cela aurait pu être romantique si on croyait à ce genre de conneries. Faire un geste romantique pour elle maintenant me semblait insincère et creux.

Je me dis que cette pensée était plutôt ridicule, parce que nous voilà tous les deux, en train de manger après avoir passé la plus grande partie de la journée ensemble. Après avoir passé la nuit tous les deux et baisé comme des bêtes. Au cours des dernières vingt-quatre heures, nous avions refait semblant d'être un couple.

Mais nous ne l'étions pas. Un mur nous séparait encore, nous empêchant de parler. Je lui versai un deuxième verre de vin et je la regardai boire en espérant qu'il allait bientôt faire effet. J'avais remarqué que le vin fonctionnait comme un sérum de vérité sur Emilia. J'espérais donc que cela puisse faciliter notre discussion.

— Oh, des jonquilles, dit-elle en mâchant un petit bout de pain et en se concentrant sur le centre de table : les fleurs fraîches que j'avais demandé à Chef de commander.

Je ne dis rien, mais je continuai à manger et à surveiller son absorption d'alcool.

— Est-ce une coïncidence ?

Ma fourchette ralentit en route vers ma bouche.

— Quoi ?

Elle hocha la tête vers la décoration.

— Les fleurs. Hier soir, le costume du Général Sylvan Wood. Et maintenant, les jonquilles.

Je la dévisageai un instant avant de détourner le regard en haussant les épaules.

— Ah, je ne sais pas. Je suppose que c'est ce qu'il restait chez le fleuriste. Et Chef a pris ça.

Je ne la regardai pas pendant qu'elle m'observait attentivement. Elle commençait peut-être à rapprocher les indices. Et cet indice-ci n'était que pour elle. Le costume avait été un indice pour tout le monde.

Elle posa son verre de vin et elle se leva pour aller aux toilettes. Elle me demanda de lui passer son sac et elle partit avec, ce qui me parut inhabituel, mais je n'y fis pas vraiment attention. Je me levai de table et je me dis que nous pourrions parler dans le salon, alors j'attendis sur le canapé en trafiquant ma tablette. Elle mit un certain temps, mais quand elle finit par sortir, elle laissa tomber son sac près de l'escalier et elle s'avança vers moi et se tint debout face à moi.

— Alors... devrais-je partir ? demanda-t-elle avec hésitation.

Je ne fis pas mine de me lever.

— Je ne sais pas. Qu'en penses-tu ?

— Eh bien, Scotty ne va pas me téléporter là-bas...

Je tapotai le coussin à côté de moi.

— Emilia, pouvons-nous parler, s'il te plaît ? Ou veux-tu que nous restions dans... l'incertitude ?

Elle s'affala à côté de moi, mais en le faisant, elle chancela légèrement, comme si elle était un peu ivre. Elle n'avait bu qu'un seul verre de vin plein et quelques gorgées du deuxième. Elle soupira et elle se frotta le front.

— Penses-tu qu'une conversation va réparer ce qui a raté entre nous ?

Je serrai la mâchoire.

— Je pense que c'est un début.

Elle s'installa confortablement et regarda le plafond en soupirant longuement.

— Mais par où devons-nous commencer ?

— Commençons par dire ce que l'on veut. Je sais ce que je veux. Et toi ?

Elle tourna la tête et elle me jeta un long regard sous ses paupières tombantes, puis elle inspira profondément.

— Je ne sais pas ce que je veux.

— Tu veux devenir médecin, suggérai-je en essayant de l'aider.

Elle me tourna la tête et regarda le plafond en clignant des yeux.

— Oui... peut-être.

— Emilia, que se passe-t-il ? Nous nous sommes séparés parce que tu voulais partir pour le Maryland, maintenant tu ne pars pas pour le Maryland et...

Elle fronça les sourcils, mais elle parla à voix basse.

— Nous nous sommes séparés parce que tu as trompé ma confiance et engagé une espèce de crétin pour qu'il pose un traqueur sur ma voiture. Parce que tu n'as pas confiance en moi.

Je me mordis la langue. Cela n'avait vraiment rien à voir avec mon manque de confiance en elle, c'était entièrement à cause de cette peur constante en moi.

Je tendis la main pour lui caresser la joue.

— Puis-je te demander de dépasser cela ? De me pardonner ?

Ses yeux se fermèrent à mon contact et elle déglutit.

— Je t'ai déjà pardonné. Mais je n'ai toujours pas confiance en toi. Nous avons un gros problème de confiance, toi et moi.

Je lui caressai les cheveux.

— Nous ne sommes pas parfaits. Mais je pense que notre relation vaut la peine de se battre.

Elle ferma paresseusement les yeux avant de les rouvrir.

— Je pense que tes câlins valent la peine de se battre... murmura-t-elle, d'une voix endormie.

— Seulement mes câlins ? demandai-je, légèrement amusé.

— C'est un bon début.

Elle s'appuya contre moi en se lovant contre mon torse. Je la pris automatiquement dans mes bras.

— Mmm, dit-elle. Plus serré.

J'obéis.

Je la tins ainsi jusqu'à ce qu'elle s'endorme dans mes bras. J'embrassai ses cheveux en regardant l'horloge. Il était à peine plus de vingt et une heures et je commençais à me poser des questions au sujet de son étrange torpeur. Elle avait bu un verre de vin, cela pouvait donc être la cause. Et — grâce à moi — elle n'avait pas beaucoup dormi la nuit précédente. Mais cela ne semblait pas logique.

Je l'ajustai contre moi et c'est alors que je remarquai deux petits hématomes sur son bras gauche. Je le levai, pensant d'abord que le sexe brutal de la nuit précédente les avait causés, mais ceux-ci semblaient très récents. Je l'examinai de plus près et je vis des piqûres d'aiguille à l'endroit des hématomes.

Je me raidis de surprise en me souvenant qu'elle avait pris son sac aux toilettes et qu'elle y avait passé un moment. Quand elle était sortie, elle avait agi comme si elle était plus saoule qu'elle ne l'aurait été avec un simple verre de vin. Mon cœur se mit à battre plus vite. *Merde.*

Je regardai sa tête blonde et blanche coincée contre mon torse et je réfléchis à son étrange demande de la veille : elle voulait garder son haut et aujourd'hui elle avait refusé de se mettre en maillot. Je la déplaçai contre moi et en sentant une angoisse froide descendre dans mon dos, je remontai l'ourlet de son tee-shirt de façon à pouvoir regarder son ventre.

Il était couvert de bleus plus anciens. Certains étaient jaunes, indiquant qu'ils étaient là depuis plusieurs semaines. Des endroits où elle avait fait des injections. Je repensai à sa fixation sur Sabrina aujourd'hui. Son désir d'en apprendre plus sur ma sœur. Emilia s'injectait clairement quelque chose. Était-elle toxicomane ? Quoi ? Quand était-ce arrivé ?

Avec un sentiment sombre et glacé dans mes membres, je la posai doucement sur le côté pour pouvoir me lever. Puis je me baissai et je la pris dans mes bras. Je n'allais pas la laisser dormir sur le canapé toute seule. Je la portai à l'étage jusqu'à ma chambre. Je la posai doucement et je retirai ses chaussures, je sortis son téléphone de sa poche et je le posai sur la table de nuit à côté du mien. Elle se tourna sur le côté et je jetai un plaid sur elle. Nous en parlerions le lendemain matin.

Cependant, avant cette discussion, j'avais besoin d'informations et j'étais désespéré. Je me dirigeai vers son sac et je le regardai pendant un long moment en hésitant avant de l'ouvrir. Si elle se droguait, elle avait besoin d'aide. Si je pouvais l'aider, alors il *fallait* que je le fasse. J'inspirai profondément et j'ouvris son sac en ayant vaguement conscience qu'elle venait de dire une heure avant qu'elle avait des problèmes pour me faire confiance.

Et me voilà encore une fois, en train de fouiller dans son sac. Mes mains tremblaient et je n'arrivais pas à m'ôter cette vision de Bree de la tête... j'étais redevenu ce petit garçon qui regardait sa sœur mourante chanceler sur le trottoir. Je savais que je ne la reverrais plus jamais quand je regardai par la vitre du bus. J'étais impuissant, incapable de l'aider alors que je suppliais de pouvoir le faire.

Cela n'allait pas se reproduire, bon sang. Non. Pas avec Emilia. Je ne pus pas respirer quand ma main se referma autour d'une boîte en plastique, un collecteur d'aiguilles portable. Je le sortis du sac et ma mâchoire tomba d'incrédulité. Il contenait des seringues vides.

Putain de merde. Ma main tremblait quand je pris les seringues dans mon bureau pour faire une recherche Google d'après les étiquettes. Oxycodone — un opioïde puissant prescrit comme antidouleur, mais également un des médicaments sur ordonnance les plus souvent utilisés à mauvais escient. C'est de cette façon que Bree avait commencé : elle avait pris un flacon d'antidouleurs dans l'armoire à pharmacie de la mère de Christina. Elle les avait également cachés dans mes peluches.

— Des médicaments spéciaux, juste pour moi, disait-elle. Adam, tu n'y toucheras pas, d'accord ? Cela te rendrait malade. Ce n'est que pour moi.

Et puis elle avait trouvé un moyen de s'en procurer d'autres. À cette époque-là, j'avais été trop jeune pour comprendre. Elle avait fait renouveler l'ordonnance à la pharmacie, encore et encore, en prétendant que c'était pour sa tante malade. Et puis quand il n'y eut plus de renouvellement et plus de flacons à voler, elle s'était mise à traîner avec les gamins durs du quartier. Elle m'avait averti de ne jamais m'approcher d'elle quand elle était avec eux. Elle flirtait et elle riait et ils lui donnaient des poignées de choses qu'elle cachait également.

Elle prenait les pilules quand maman l'avait frappée. Elles hurlaient l'une contre l'autre et je me cachais alors dans ma chambre pour pleurer — j'étais trop terrifié pour sortir et la défendre — j'étais petit après tout, et elle était adolescente. Mais maman la frappait et Bree venait dans notre chambre, prenait des médicaments et sanglotait dans son oreiller pendant que je faisais semblant de dormir.

Je me cachai la tête dans les mains en essayant d'endiguer la douleur. Bon sang.

Tout recommençait.

Avec une détermination de fer, je retournai à son sac et je le vidai complètement. Il y avait deux seringues supplémentaires, préremplies et inutilisées.

Les pièces du puzzle commençaient à faire sens. Elle s'était éloignée parce qu'elle était au courant de mes propres problèmes avec l'addiction. Elle était obsédée par l'histoire de Sabrina à cause des similitudes avec la sienne. Elle n'avait pas pu se résoudre à me le dire par peur de ma réaction.

Étais-je en colère ? Putain, oui, je l'étais. Mais j'étais également en mode de résolution de problèmes. Des heures plus tard, avant que je me couche à côté d'elle, j'envoyai trois demandes différentes au sujet de cures de désintox par e-mail. Le matin, nous pourrions nous asseoir. Nous allions régler cela. Elle resterait ici et je pourrais la convaincre que c'était la voie qu'il fallait prendre, même si cela signifiait qu'il fallait faire l'intervention dont Alex avait parlé pour rire plusieurs semaines avant.

Heath était-il au courant ? Je décidai de lui parler aussi. Je regardai l'horloge, il était vingt-trois heures passées. Trop tard pour l'appeler. Je m'en chargerais tôt le lendemain matin.

Surmonter ceci allait être difficile. En fin de compte, ce serait son combat, sa lutte. Mais je lui donnerais la meilleure aide possible. Je la soutiendrais après également. J'étais passé par les douze étapes moi-même quand je m'étais rendu compte de mon addiction au travail. J'avais fait le programme tout seul, mais je savais qu'Emilia allait avoir besoin d'aide. Et je serais là pour elle.

Je me couchai à côté d'elle et je l'attirai contre moi, toujours entièrement habillé, mais si épuisé que je n'arrivais plus à réfléchir. Je m'endormis en entendant le bruit de sa respiration paisible.

Je me réveillai des heures plus tard en sentant sa bouche et ses mains sur mon torse nu. J'étais couché sur le dos et je gardai les yeux fermés en savourant les sensations. Par chance, ce n'était pas seulement un rêve agréable. Emilia avait déboutonné ma chemise et déposait des baisers partout. J'étais dur comme un roc et je la désirais au point d'en avoir mal.

Je ne bougeai pas, curieux de voir où ceci allait nous mener. Je la désirais depuis la dernière fois. Et ceci avait l'air prometteur. Une de ses mains descendit le long de mon ventre pour entourer mon érection. Elle me caressa à travers mon jean et je poussai un gémissement involontaire.

Elle ne s'arrêta pas de me toucher, mais elle leva la tête.

— Mince. Je voulais te donner ton propre dorgasme.

J'ouvris les yeux. Il était encore tôt. Le ciel était gris pâle et j'arrivais tout juste à la distinguer dans la lumière de l'aube. Elle me semblait encore si étrange avec ses cheveux blancs striés de rose et de violet. Je résistai à l'envie de me pencher en avant et de l'attraper, de la tirer sur moi. Je voulais tellement entrer en elle que j'en vibrais presque.

— Ne fais pas attention à moi, chuchotai-je d'une voix rauque. Je ferai simplement semblant de dormir et tu pourras faire tes affaires.

Et avec un peu de chance, ces affaires incluaient le fait qu'elle monte sur moi et qu'elle me chevauche comme une cow-girl.

Elle déboutonna mon jean et ouvrit la fermeture éclair en tirant dessus avec précaution.

— Pourquoi t'es-tu endormi tout habillé, gros bêta ?

Je me soulevai et elle me retira le jean.

— Je ne peux pas répondre, je dors, tu te souviens ?

— Ah oui. Dommage que tu rates ceci alors.

Elle passa la main dans mon caleçon et en sortit ma hampe durcie, sa main la caressant délicatement. Elle pinça le bout et je gémis encore. Quelques secondes plus tard, sa main fut remplacée par sa bouche chaude et humide.

— Putain, soufflai-je quand ses lèvres se refermèrent sur moi.

Sa langue caressa les endroits les plus sensibles de ma verge. Je fermai les yeux et tout ce que je pus faire fut de ressentir. Je dus résister à l'envie de prendre sa tête et de contrôler ses mouvements. Je recevais rarement une fellation ces derniers temps, et étant donné son passé, je comprenais que ce n'était pas ce qu'elle préférait. Je considérais chaque fois cet acte comme un cadeau. Je ne m'étais jamais attendu à ce qu'elle m'en fasse une. Dans le passé, un homme avait abusé d'elle de cette façon et rien que le fait qu'elle propose de me le faire était révélateur de sa confiance en moi.

Je ravalai ma culpabilité en y pensant. La confiance. J'avais fouillé dans ses affaires la nuit précédente. J'avais trouvé...

C'était si difficile de penser à quoi que ce soit parce que sa bouche me faisait des choses incroyables et indescriptibles. Elle suça fort en parcourant mon membre de sa bouche. Elle l'enfonça profondément — plus profondément que jamais. À tel point que dans mon état délirant, je me demandais à moitié si elle n'allait pas se faire vomir.

Je rassemblai toute ma volonté pour ouvrir les yeux et la regarder. Ses yeux étaient fermés pendant qu'elle se concentrait en continuant à faire monter et descendre sa tête. Ses mouvements étaient réguliers, concertés. Ses sourcils sombres étaient froncés et ses magnifiques lèvres pulpeuses étaient scellées autour de ma verge. Cette vision me fit presque jouir.

Mais ses yeux s'ouvrirent soudain et son regard se fixa sur le mien. Je ne pus détourner les yeux pendant que sa tête continuait à monter et descendre. Un plaisir brûlant s'étalait de mon sexe jusqu'à mon ventre et le long de mes jambes. C'était si bon. Je ne voulais pas qu'elle s'arrête. Je voulais qu'elle continue à sucer jusqu'à ce que je jouisse. Et je voulais jouir dans sa bouche, ce que je n'avais encore jamais fait.

J'en avais tellement envie que je fus presque tenté de ne pas la prévenir quand je sentis le pincement familier juste au-dessous de mon nombril.

— Emilia, haletai-je. Je vais...

Mais elle ne s'arrêta pas et mon orgasme atteignit la crête de la vague de plaisir brûlant, convulsant en moi. Je fermai les yeux en me déversant dans sa bouche.

Putain, c'était si bon, si chaud et si intense que c'était presque douloureux. Elle ne retira pas sa bouche. Et je continuais à jouir. Et elle continuait à sucer. Oh. Mon. Dieu. J'eus l'impression que la force de la chose allait me faire exploser la tête.

Pendant plusieurs minutes, je fus perdu dans la sensation du plaisir convulsif, mais quand j'eus fini, sa bouche était toujours fermée autour de moi. J'ouvris les yeux et je la regardai. J'étais certain qu'elle allait sortir du lit et cracher dans le lavabo. Mais à la place, sa bouche toujours autour de moi, je regardai sa gorge bouger. Elle avala. Elle avala tout.

Je fermai les yeux et je rejetai la tête en arrière. J'étais si excité que je sentis tout redémarrer. Elle retira lentement sa bouche et elle serait sortie de lit si je ne l'avais pas arrêtée, si je n'avais pas passé mon bras autour du sien pour l'empêcher de partir.

— C'était trop bon. J'ai besoin de t'avoir encore, grognai-je.

Elle reprit son souffle.

— Tu viens de le faire.

— Encore. Et encore. Parce que je n'en aurai jamais assez, gémis-je. J'ai besoin de toi. Ici. Avec moi. S'il te plaît.

Elle s'immobilisa.

— Nous devons parler, dit-elle.

J'inspirai profondément et je n'insistai pas. Elle allait me parler des drogues. Bien. Il valait mieux que cela vienne d'elle... que ce soit elle qui reconnaisse qu'elle avait un problème.

Elle se pencha pour m'embrasser, puis elle se releva pour aller à la salle de bains et je restai allongé en profitant encore du plaisir que j'avais eu. Je regardai l'horloge. Il était sept heures un mardi matin. Je fermai les yeux et je m'étais presque endormi quand elle quitta la salle de bains et qu'elle retourna dans le lit à côté de moi.

Maintenant, il fallait que je me lève, mais une chose était sûre : quand j'allais revenir au lit, elle aurait son propre orgasme, d'une manière ou d'une autre. Avec cette pensée, je me levai pour aller me doucher. Peut-être allait-elle s'endormir pendant ce temps. Je passai mon temps sous la douche à imaginer les plus délicieuses manières de la réveiller. Quand je sortis, j'avais une semi-érection à cause de toutes les idées cochonnes qui me passaient par la tête. C'était vraiment incroyable que nous puissions être émotionnellement si distants et pourtant tellement en harmonie sexuellement. Je ne pouvais pas penser à autre chose que son corps.

Et bientôt, quand nous aurions parlé, nous nous occuperions de l'émotionnel. Nous nous occuperions de ce qu'il lui arrivait et tout irait bien. Elle reviendrait auprès de moi et nous y ferions face ensemble, exactement comme nous aurions dû le faire dès le début.

J'entourai mes hanches d'une serviette et je quittai la salle de bains en me séchant les cheveux. Je fus surpris de voir qu'Emilia se tenait à côté du lit, penchée sur son sac. Elle en avait presque tout sorti — un peu comme je l'avais fait pendant la nuit. Et elle cherchait manifestement quelque chose. J'inspirai profondément et je sentis un grand poids sur l'estomac. Elle cherchait sûrement une des seringues préremplies posées sur le bureau devant mon ordinateur.

Eh bien, elle voulait parler. C'était l'occasion.

— Tu as fouillé dans mon sac ? demanda-t-elle sans lever la tête.

J'hésitai et son regard brûlant croisa le mien. J'inspirai profondément.

— Oui.

Elle secoua la tête.

— Tu es *incroyable*, dit-elle en serrant les dents.

— Je m'inquiète pour toi. J'ai vu les hématomes sur tes bras et sur ton ventre.

Elle pâlit.

— Tu as enlevé mon tee-shirt ?

— J'ai vu les marques sur tes bras — et les traces de piqûre. Je sais très bien ce que c'est, alors j'ai regardé pour voir s'il y avait des bleus sur ton ventre. Et il y en avait partout.

Elle cligna des yeux puis elle retourna à son sac, remettant vite tout dedans.

— Je veux ces seringues, bon sang. Les vides aussi. C'est un danger biologique.

L'ironie de la chose faillit me faire rire. Seul un médecin en devenir pouvait en même temps se droguer et s'inquiéter d'une chose pareille.

— Emilia. Tu as un problème. Nous devons en parler.

— Non. C'est toi qui as un putain de problème. Tu n'arrives pas à me laisser tranquille, putain.

Sur ces mots, elle ferma bruyamment son sac pendant que des larmes coulaient sur ses joues.

— Je m'inquiète pour toi.

Elle essuya furieusement les yeux.

— C'est ce que tu dis.

— Je ne mens pas. Mais on ne parle pas de moi, on parle de toi. Tu te drogues.

— Non je ne prends pas de drogues. Maintenant, ramène-moi à la maison. Tout de suite.

Je croisai les bras sur ma poitrine.

— Nous devons parler.

Elle secoua la tête.

— J'ai fini de parler. Toi et moi, c'est fini aussi. Tu n'auras jamais confiance en moi et je n'aurai jamais confiance en toi.

Sa voix se brisa en sanglots.

— Emilia...

— Non ! Ramène-moi à la maison, Adam.

Je ne bougeai pas et je ne dis pas un mot.

Elle jeta son sac sur l'épaule en maugréant et elle descendit les marches en trombe pour aller jusqu'à la porte d'entrée.

Je la suivis de près.

— Que fais-tu ?

— Je marche.

— Il y a vingt-cinq kilomètres.

— J'ai besoin de faire de l'exercice.

— Emilia, arrête.

Elle continua à marcher.

— Je vais te conduire, finis-je par concéder.

On traversa l'île l'un à côté de l'autre. La matinée était belle, le soleil brillait, une brise fraîche soufflait. J'inhalai l'odeur de terre omniprésente de Back Bay et l'odeur d'herbe fraîchement coupée en réfléchissant à toute vitesse à ce que je devais dire. Je la suivis jusqu'au garage où les parfums frais de l'extérieur étaient remplacés par les gaz d'échappement et l'huile de moteur usagée. Je déglutis en jetant un coup d'œil dans sa direction. Avais-je complètement gâché ceci ? Allait-elle rejeter mon aide, désormais, si je lui proposais ? Je ne pouvais pas la forcer.

Il n'y avait rien à dire. Elle resta penchée sur son téléphone en envoyant furieusement des textos tout le temps. Je supposai qu'elle mettait Heath au courant de tout. Quand on se gara dans son parking, Heath attendait, les bras croisés sur la poitrine comme un videur prêt à la bagarre. Emilia sortit de la voiture presque avant qu'elle s'arrête et Heath vint se tenir devant moi pendant qu'elle fila.

— Emilia... dis-je.

Elle se tourna vers moi, les yeux rouges.

— Au revoir, Adam.

Elle se précipita ensuite vers l'appartement.

Je me tournai vers Heath qui me regardait avec pitié. Cela me mit en colère. Je serrai les poings.

— Laisse-moi aller la voir.

— Elle ne veut pas parler.

— J'ai merdé, d'accord ?

Il hocha la tête.

— Ouais. Encore.

— Je crois qu'elle se drogue, lâchai-je.

Comme si cela allait m'offrir un laissez-passer auprès de lui.

Heath leva les sourcils.

— Pourquoi penses-tu cela ?

— Parce qu'il y a des signes... le changement d'apparence, le comportement. J'ai trouvé des seringues.

Heath secoua la tête.

— Parce que tu as fouillé dans son sac.

Je jurai en passant la main dans mes cheveux et je détournai la tête.

— J'ai vu les marques de piqûre sur son bras ! Qu'est-ce que j'étais censé faire ?

— Elle ne se drogue pas, d'accord ? Fais-moi confiance. Cela n'a pas de rapport.

— Alors quel est le rapport ?

Son regard était glacial.

— Ce n'est pas à moi de te le dire. Elle allait te parler aujourd'hui, mais tu as tout fait foirer. Elle n'a pas confiance en toi, tout comme tu n'as pas confiance en elle. Tu n'arrêtes pas de faire des conneries.

Je poussai un soupir de frustration.

— Dis-moi ce que je dois faire. Je dois me faire pardonner.

— Reste à l'écart. Laisse-la tranquille un moment. Si tu te sors la tête du sable, elle viendra à toi.

Je serrai encore les poings, le corps traversé de colère. J'avais envie de lui mettre un coup de poing.

— Tu l'as déjà dit avant.

— Et c'est ce qu'elle a fait, n'est-ce pas ? Elle est venue te voir, mais tu as merdé, mon vieux.

C'était difficile à entendre, difficile à accepter, mais il avait raison.

— Très bien. Mais tu me promets...

— Je prendrai soin d'elle. Je prends déjà soin d'elle.

Je secouai la tête.

— Tu as fait mon boulot.

Il eut l'air très amer.

— Oui. C'est vrai.

On se dévisagea longtemps.

Je baissai les yeux en secouant la tête. J'avais encore une fois trompé sa confiance. Cela n'aidait pas mon cas d'expliquer que je l'avais fait dans un moment de panique absolue. Que je n'arrivais pas à m'ôter Bree de la tête. Je pris une respiration profonde et douloureuse.

—Je suis un putain d'idiot.

Une véritable compassion s'afficha sur le visage de Heath. Il posa une main sur mon épaule.

—Je sais que tu vas finir par apprendre. Mais pour l'instant, tu dois la laisser tranquille.

Je détestais ce qu'il avait à dire et je ne savais pas vraiment s'il avait raison. Ce regard de trahison quand elle s'était retournée. La façon dont elle m'avait dit au revoir semblait si définitive. Putain.

Je retournai dans ma voiture et je sortis du parking en me dépêchant de rentrer à Newport Beach.

Chapitre Dix-huit

ON CHOISIT TOUS LES DEUX D'ÊTRE ABSENT POUR Thanksgiving le week-end suivant, ce qui évita l'inévitable gêne. Peter et Kim firent entendre leur déception. Peter m'appela et il me fit savoir qu'il était hors de question que cela se reproduise à Noël.

— Je ne peux rien te promettre, Peter.

— Nous sommes ta famille, Adam. Ta seule famille.

Je soupirai.

— Je ne sais que ce que je peux faire. Je ne sais pas ce qu'elle considérera comme sa limite.

— Je dois te dire que cela devient sérieux entre Kim et moi. Je sais que ce n'est pas une très bonne nouvelle pour vous deux en ce moment.

— Effectivement. Mais nous sommes adultes. On gérera.

Peter soupira.

— Kim s'inquiète beaucoup pour Mia.

Ce n'était pas la seule.

— Alors, dis-lui de parler à Heath. Parce que moi, je ne sais rien.

***

En Californie du Sud, le mois de décembre commença par des températures estivales alors que le reste du pays était plongé dans le verglas. On m'informa qu'un accord était imminent et qu'une partie de cet accord m'imposait de rencontrer personnellement la famille du jeune homme qui avait perpétré ces crimes.

Cette nouvelle ne me faisait pas du tout plaisir et Jordan dut m'amadouer, me supplier et m'enjôler pour le faire.

— Je serai avec toi. Nous le ferons ensemble.

J'agitai les mains en serrant et en desserrant les poings.

— Ai-je le choix, putain ? Le moindre choix ?

— Nous pouvons voir si Joseph peut travailler avec les types de l'assurance pour enlever cette partie, mais... Si la famille a l'impression que tu es belliqueux, ils pourraient camper sur leurs positions, peut-être même le voir comme une façon d'obtenir plus d'argent. Dans ce cas-là, la compagnie d'assurances s'acharnera vraiment sur nous.

J'inspirai profondément avant de souffler.

— Je ne sais pas du tout quoi dire à ces gens. Cela signifie que je serai assis dans la salle de conférences pendant une demi-heure à les écouter me dire pourquoi je suis le mal incarné qui a détruit leur enfant innocent.

— Adam... tu sais que ce n'est pas vrai. Je sais que ce n'est pas vrai. Parfois dans la vie il faut... se faire une raison, tu vois ?

J'appuyai les paumes de mes mains dans mes yeux, complètement abattu. Cela m'exaspérait de devoir être complice de l'hypothèse selon laquelle j'étais coupable de distribuer une substance addictive, comme du crack virtuel. Bon sang, cela me touchait personnellement.

En outre, je n'arrivais toujours pas à m'ôter Emilia de la tête. Cela faisait plus d'une semaine depuis la dernière fois que je l'avais vue et maintenant ces nouveaux développements allaient me faire quitter l'état pendant presque trois semaines. J'avais du travail à Chicago qui était prévu depuis plusieurs mois. Puis ce voyage à New York pour les papiers de l'accord des assurances et la rencontre avec la famille. Et puis je partais pour Washington, DC, où j'avais été assigné à comparaître dans une audition du congrès sur les effets addictifs des jeux vidéo en ligne.

En redescendant du petit nuage de DracoCon et du temps passé avec Emilia pendant ces quelque vingt-quatre heures majoritairement heureuses, j'eus l'impression de m'écraser et de brûler.

Comme je devais prendre un vol tôt le lendemain matin, je choisis d'envoyer un texto à Emilia au sujet de Noël. Il était tout à fait possible que je ne sois pas rentré à temps pour fêter Noël avec ma famille, mais si oui, je n'avais pas le temps de préparer une trêve avec elle qui satisferait la volonté de mon oncle et de Kim de passer les fêtes ensemble. Comme je le lui avais promis, nous allions le gérer comme des adultes.

Je lui envoyai un texto et je lui demandai de me rencontrer après le travail dans un café près de là. Elle mit une demi-heure à répondre.

Cela concerne quoi ?

Putain. Vraiment ? On allait se comporter de cette façon ?

Cela concerne ce que nous allons faire à Noël. Je pense que ta mère t'a contactée à ce sujet ?

J'attendis encore dix minutes et j'avais écrit la moitié d'un long e-mail ennuyeux quand mon téléphone sonna.

Rendez-vous au Carlos Café à six heures.

Elle était là, assise dans un box à l'arrière, quand j'arrivai. Je traversai l'allée et elle leva les yeux de son téléphone en me regardant. Il n'y avait pas de sourire sur son visage.

Et elle avait très mauvaise mine. Je ne l'avais pas vue depuis plus d'une semaine et elle avait l'air... différente. Pour commencer, elle était vêtue bizarrement, avec une sorte de robe-pull à manches longues et des collants. Elle ressemblait à une écolière avec ses cheveux toujours ridiculement blancs, ses sourcils sombres et ses grands yeux marron. Elle était pâle et elle avait des cernes sombres.

Malgré tout cela, cependant, quand je posai le regard sur elle, tout sembla s'illuminer — dans mon esprit, du moins. Je ne m'étais pas rendu compte à quel point il m'avait tardé de la revoir et combien elle me manquait, parce que je ne m'étais pas autorisé à m'y attarder. Je m'étais enterré dans le travail.

— Salut, dis-je en prenant le menu et en y jetant un coup d'œil.

— Hé, dit-elle doucement en posant son téléphone sur le côté et en me regardant.

— Comment ça va ?

Elle haussa les épaules. J'attendis. Apparemment, c'était la seule réponse que j'allais avoir.

La serveuse arriva et je commandai mon plat préféré : l'assiette de carne asada avec deux tacos. Emilia commanda un soda citron lime.

— Tu n'as pas faim ? demandai-je.

Elle sembla pâlir rien qu'à l'évocation de nourriture.

— Pas vraiment.

Je serrai la mâchoire et je la détendis en fronçant les sourcils. À ce moment-là, une douleur lancinante me traversa directement l'œil gauche. J'appuyai un doigt sur mon front juste au-dessus et j'essayai de continuer en l'ignorant.

Elle m'examina.

— Ça va ?

— Oui. Pourquoi ne manges-tu pas ?

Elle haussa encore les épaules.

— Je n'en ai pas envie.

Quand la serveuse revint avec nos boissons, je commandai un bol de soupe pour Emilia. Elle fit la tête, mais elle ne refusa pas.

— Alors... de quoi voulais-tu parler ?

— Je te l'ai dit dans le texto. J'ai promis à Peter que nous parlerions de Noël. Toi et moi nous allons devoir trouver un moyen de nous entendre à Noël, parce qu'ils nous ont déjà dit tous les deux qu'ils veulent qu'on le passe ensemble. Peu importe ce que nous ressentons à ce sujet, je ne vais pas éviter de passer des fêtes avec ma famille à cause de toi.

Elle leva les yeux au ciel.

— Je pourrais tout simplement ne pas y aller. Cela simplifierait les choses.

Je me raidis.

— Je ne vais pas non plus supporter une ration géante de reproches de ta mère ou de Liam parce que je suis celui qu'il faut blâmer pour ton absence.

Elle touilla plusieurs fois son soda avec la paille et elle haussa les épaules.

— Noël n'est que dans trois semaines. Pourquoi en parler maintenant ?

— Parce que je vais partir un moment et je vais devoir lutter pour revenir à temps.

Sa main se figea.

— Partir ? Mais… où ?

Je me frottai encore le front. Le mal de tête commençait à serrer mes tempes.

— Dans l'est. Pour le procès…

— Et l'audition du congrès ? Ils le font ? Je pensais qu'il ne s'agissait que de rumeurs sur les blogs.

Je soufflai.

— Non, apparemment pas. Quelqu'un a eu un bon scoop. Désolé que cela n'ait pas été toi.

Elle pinça les lèvres en réfléchissant.

— Je n'en ai rien à foutre du scoop. Tu… Tu vas t'en sortir ?

Je la regardai un long moment en silence avant de hocher la tête.

— Je survivrai. Et toi ? Apparemment, tu ne manges plus…

Ses yeux évitèrent les miens. Je me retournai et je lui glissai une enveloppe à bulles. Elle me lança un regard interrogateur.

— Ce sont les médicaments que tu as laissés chez moi. J'ai éliminé les seringues vides comme il fallait.

Elle fourra l'enveloppe dans son sac à dos sans un mot. Et elle resta assise en silence, agitée. C'était un geste de ma part pour lui montrer que je lui faisais confiance. Pour lui montrer que j'avais confiance en elle quand elle disait qu'elle ne se droguait pas. J'avais mis de longues heures à décider quoi faire. Je finis par les lui rendre avec une peur glaciale au fond de la gorge, abandonnant le peu de contrôle que j'avais pour lui prouver quelque chose.

— Es-tu… veux-tu parler ? dis-je en m'éclaircissant la gorge.

Elle me regarda dans les yeux et je sentis comme un coup de poignard. Cette souffrance constante de son absence. Elle me regarda longtemps avec de grands yeux, puis elle secoua la tête.

— Emilia...

Je tendis la main de l'autre côté de la table et je couvris la sienne. Elle était douce et fraîche au toucher.

— Si tu as besoin de quoi que ce soit, tu sais que tu peux venir me voir, n'est-ce pas ?

Elle détourna les yeux et cligna des paupières. Après un long moment de tension, elle secoua la tête.

— Nous devions parler de Noël, dit-elle d'une toute petite voix.

Lentement, très lentement, je retirai ma main. Je frottai ma lèvre inférieure.

— Nous ne pouvons pas gâcher cela pour eux, dis-je. Nous devons agir en adultes pour eux. Ils méritent vraiment un peu de bonheur dans leurs vies et qui sommes-nous pour décider que cela ne fonctionnera pas pour eux juste parce que notre relation est devenue un désastre ?

Elle fronça ses sourcils foncés et elle sembla sur le point d'être émotive, mais elle hocha la tête.

— Tu as raison, dit-elle. Ce n'est pas juste pour eux. Et ils méritent d'être heureux. Maman a le droit d'avoir quelqu'un.

Nous aussi. Ma gorge se serra. Je ne pus même pas déglutir.

Quand le dîner arriva, Emilia trempa un morceau de pain dans la soupe et elle le mangea lentement. Je la regardai pendant un moment pendant que j'engloutis mon taco.

— Alors... commençai-je, me sentant soudain mal à l'aise.

Elle avala sa croûte de pain trempée dans la soupe et elle leva la tête pour me regarder.

— Tu vas regarder l'épisode de Noël de *Doctor Who* avec quelqu'un ?

Elle serra la mâchoire.

— Non. Je le regarderai sûrement toute seule.

Je fronçai les sourcils.

— Pas même avec Alex et Jenna ?

— Jenna rentre chez elle pour les vacances d'hiver. Alex sera occupée avec sa famille.

— Si tu as envie... tu pourrais venir le regarder avec moi dans la salle de cinéma.

Son visage devint neutre.

— Adam, je ne crois pas que ce soit une bonne idée. N'insiste pas, d'accord ? Je suis venue ici pour te parler de Noël...

Je fermai le point sur la table, frustré.

— Nous avons assez parlé de Noël. Je veux de tes nouvelles.

Elle prit sa serviette et s'essuya la bouche.

— Je dois partir, maintenant.

Un éclair de douleur traversa ma tête si soudainement que je poussai un petit cri en appuyant la main sur ma tempe.

— Tu as mal à la tête ?

Je lui jetai un regard mauvais.

— Tu t'en inquiètes ?

— Évidemment.

— Parle-moi, Emilia.

Elle ramassa son sac et elle se leva.

— S'il te plaît, Adam. Je te verrai à Noël, d'accord ? Je promets d'agir comme une adulte parfaite.

Je la regardai sortir. Je demanderais peut-être à cette stagiaire blonde énervante de m'accompagner pour voir à quel point elle allait réagir en adulte.

Je me tins la tête avec les mains, n'ayant fini que la moitié de mon assiette. J'étais pris par ce sentiment détestable d'impuissance absolue. Je fermai les yeux et au lieu de voir Emilia, je vis Bree dans mon esprit...

— Retourne dans le bus, Adam ! Tu n'as rien à faire ici.

Je tiens sa manche pour la tirer vers moi.

— Tu dois venir avec moi. Tu le dois ! Je ne pars pas jusqu'à ce que tu le fasses.

Je suis si catégorique que je tape du pied en croisant les bras sur mon torse.

— Non ! hurle-t-elle.

Les gens autour de nous se retournent et nous regardent. Elle agite les bras en l'air comme une folle.

— Tu dois partir ! Ce n'est pas un endroit pour toi. Tu ne restes pas ici.

— Viens avec moi !

Elle a les yeux creusés, tourmentés.

— Je ne peux pas. Je ne peux pas y retourner. Je ne suis pas aussi forte que toi.

Je serre mes bras autour d'elle et je me mets à pleurer.

— S'il te plaît. Tu es la seule personne au monde qui compte pour moi, Bree. S'il te plaît, reviens.

Elle me repousse dans le bus, mais je suis têtu, je laisse tomber mon sac à dos, je contourne ses bras et je redescends. Elle se remet à crier pendant que des larmes coulent sur ses joues.

— *Je vais me tuer, Adam. Si tu ne remontes pas dans ce bus, je me coucherais dans la rue jusqu'à ce que quelqu'un m'écrase.*

Elle attrape mon sac à dos et elle me le lance, ses joues pâles devenant roses, sa peau se colorant pour la première fois au cours des jours que j'ai passés avec elle.

Je pleure à présent. Je sanglote.

— *Bree !*

Le chauffeur de bus me retient et me pousse sur un siège. Il n'est pas délicat et il grogne un avertissement comme quoi il va démarrer bientôt et que si je descends du bus il me laissera seul dans le centre-ville de Seattle.

Tout ce que je peux faire, c'est coller ma joue mouillée contre la vitre. Je sanglote si fort que je ne peux pas bouger. J'ai du mal à respirer. J'ai le hoquet et encore un de ces terribles maux de tête où j'ai l'impression que quelqu'un m'ouvre le crâne à coups de hache.

Quelques minutes plus tard, le bus part. Elle me regarde, chancelant sur le trottoir, ayant l'air d'un spectre dans son manteau immense qui ne lui va pas. Ses joues sont pâles et creusées. Elle est mourante. Même à ce moment-là, je le sais.

Et cela allait être la dernière fois que je la voyais.

Cette nuit-là, couché dans le lit, je regardais le plafond sombre, immergé dans cette même sensation d'impuissance pourrie. Comme Bree, Emilia me repoussait, me forçait à m'éloigner. Et il n'y avait rien que je pouvais faire.

***

Presque une semaine plus tard, j'étais assis à l'extérieur de la salle de conférences de ma compagnie d'assurances, en attendant d'assister au redouté rendez-vous avec les familles des victimes du carnage de Tom Olmquist. Je tremblais presque d'énergie nerveuse. Les huit kilomètres que j'avais courus sur le tapis de course n'avaient rien fait pour la diminuer.

J'agitais furieusement une main à côté de moi, le regard dans le vide, quand Jordan se laissa tomber dans une chaise à côté de moi.

— Alors... commença-t-il.

Je secouai la tête. Je n'étais pas d'humeur à écouter ses conneries.

— Je serai là-dedans avec toi, mon vieux, juste à côté de toi. Souviens-toi de ce que Joseph nous a expliqué : aucun aveu de culpabilité. Nous exprimons nos sincères condoléances pour leur perte terrible et l'abominable tragédie, bla-bla-bla.

Je secouai la tête en tapant du pied.

— C'est vraiment nul. Ça craint. Je rentre dans cette pièce et c'est comme si j'admets être coupable d'être un dealer de crack virtuel.

— Non, mon vieux. C'est plutôt... ils ont un point de vue et nous avons le nôtre. Nous avons tous notre propre avantage moral. C'est comme la guerre contre Blizzard au paintball. Ils nous ont ratatinés au Roi de la colline, mais nous les avons battus à plate couture pour la Capture du drapeau. À la fin, nous avons dû déclarer un ex aequo.

Je le regardai en fronçant les sourcils.

— Tu compares ceci à un scénario de paintball ?

— Pourquoi pas ? La comparaison n'est pas si mauvaise. Si nous n'avons pas envie de déclarer un ex aequo et de concéder, alors l'affaire va durer des années et cela finira par faire plus de mal à toutes les personnes impliquées.

J'y réfléchis pendant une minute en me frottant la mâchoire. Cela semblait logique, même si j'aurais préféré que ce ne soit pas le cas.

Quelques minutes plus tard, on nous fit entrer dans une salle de conférences où se trouvaient trois personnes. Je reconnus instantanément le couple comme étant les parents de Tom Olmquist d'après les journaux télévisés. La troisième personne, une femme ayant la quarantaine, nous fut présentée comme étant la mère d'Evy, la petite amie de Tom. L'ambiance était sombre et pesante. Ils étaient toujours en deuil, évidemment, la perte de leurs proches étant encore récente.

Je sentis leurs regards accusateurs m'accabler, alors j'essayai de ne pas les regarder pendant que je lus le laïus qui avait été écrit et révisé par mon avocat et par les consultants de la compagnie d'assurances pour me couvrir. Quand j'eus terminé, je posai la fiche sur le côté et je croisai les mains sur la table devant moi.

— Permettez-moi d'ajouter mes condoléances très... personnelles à présent. Je sais que cela doit être très difficile.

Le père de Tom, M. Olmquist, parla le premier. Il m'avait regardé d'un air mauvais tout le temps que j'avais mis à lire la déclaration et maintenant, d'après le poing qu'il serrait sur la table devant lui, je pouvais voir qu'il était prêt à en découdre.

— Franchement, que peux-tu savoir de la difficulté de la chose ? Tu es toi-même un gamin. Tu n'as pas... quoi ? Quatre ou cinq ans de plus que Tom ? Tu as passé toute ta vie devant un ordinateur à programmer des jeux. Que pourrais-tu savoir du deuil — de ce genre de perte ? De l'horreur de regarder quelqu'un que tu aimes devenir le fantôme de ce qu'il était quand il se retire du monde réel ?

Je déglutis quand quelque chose me saisit, une sensation que je ne pouvais pas vraiment décrire : les nerfs, la colère, la frustration. Cet homme me jugeait alors qu'il ne savait rien de moi, rien de ce que j'avais traversé. Jordan posa une main sur mon coude, car il avait lu mon langage corporel.

Je détendis la mâchoire.

— Monsieur, je suis désolé que vous ressentiez cela. Je suis sincèrement désolé pour votre perte...

— Mais tu n'es pas désolé pour les millions que tu as gagnés en distribuant un jeu addict if et destructif à des gamins tout aussi jeunes que toi... et plus jeunes. Un jeu qui gâche des vies avant même qu'elles aient commencé. Tu te promènes dans ta limousine en utilisant des gadgets coûteux. Tu n'as aucune conscience de la destruction que tu apportes dans la vie d'autres gens. Tout cela pour le tout-puissant dollar.

Je m'adossai à ma chaise, ayant l'impression qu'il venait de me tabasser. Je détendis les mains que j'avais serrées. On se regarda longtemps avec animosité.

— Avec tout le respect que je vous dois, Mr Olmquist, je suis peut-être jeune. Je n'ai peut-être que six ans de plus que votre fils, mais je sais quelque chose de l'addiction et de la toxicomanie. Et je sais ce que cela signifie de souffrir lorsqu'un proche est accro. Ma mère est alcoolique. À cause de cela, je touche rarement aux alcools forts, car j'ai peur de pouvoir développer le même problème...

Heureusement, il ne dit rien, il se contenta de continuer à me regarder froidement. La femme à côté de lui, la mère de Tom, s'essuya les yeux avec un mouchoir. Je regardai mes doigts croisés.

— Mais elle n'est pas la personne qui m'a appris la douleur abominable d'aimer quelqu'un qui souffre d'addiction.

Ma voix s'étrangla d'émotion et Jordan s'agita à côté de moi. Il essayait peut-être d'attirer mon attention, de me faire taire. Quelque chose en moi me disait qu'il était temps de révéler ce secret. En effet, le garder si près de moi, si profondément enfoui me faisait du mal et m'isolait de tout le monde.

Je m'éclaircis la gorge et je déglutis.

— J'ai... eu une sœur plus âgée. Elle avait sept ans de plus que moi et à cause de la situation à la maison, elle était comme une mère pour moi. Elle a commencé à se droguer à l'âge de treize ans.

La mère d'Evy inspira brusquement. Je poursuivis.

— Quand elle eut quinze ans, elle a fait une fugue en me laissant derrière. Elle vivait dans la rue, esclave de son addiction. Alors pour vous répondre, Mr Olmquist, je sais très bien ce que c'est. Je sais exactement ce que c'est. Et je suis désolé que vous ayez dû en faire l'expérience. Je suis désolé que vous ayez dû voir votre fils tomber malade. Parce que je sais...

Je m'interrompis, j'attendis, je m'éclaircis la gorge. Pourquoi était-ce si facile et pourtant si difficile en même temps ? Je parlais de choses dont je n'avais jamais parlé. Même pas avec les gens les plus proches de moi au monde. Jordan, par exemple, entendait ceci pour la toute première fois. Il ne savait absolument pas que j'avais eu une sœur. Il resta assis à côté de moi, totalement immobile. Je n'osais pas le regarder par crainte de la pitié que je pourrais lire dans ses yeux.

J'inspirai en tremblant.

— Je connais ce sentiment d'impuissance. Cette lutte. Ces hypothèses constantes. J'ai vécu cela pendant les treize années passées, depuis sa mort. Si seulement j'avais refusé de monter dans ce bus. Si seulement j'avais refusé de la laisser. Si seulement j'avais été un peu plus vieux, capable de prendre soin d'elle comme un homme au lieu du petit garçon que j'étais...

J'inspirai longuement et je ne dis rien.

Mr Olmquist me fixa du regard, la bouche ouverte. Mrs Olmquist sanglotait ouvertement dans son mouchoir et la mère d'Evy s'essuyait les yeux de la main. Je ne détournai pas le regard de l'homme en face de moi.

— Je sais que l'addiction est l'addiction, qu'il s'agisse d'alcool, de nourriture, de jeux d'argent ou même d'un jeu vidéo. Une personne prédisposée se tournera vers le poison de son choix et sauf s'il parvient à se faire aider par lui-même, ceux qui l'aiment sont impuissants à l'arrêter. Et mon espoir pour vous — pour vous tous — c'est que vous ne fassiez pas ce que j'ai fait. Ne vivez pas vos vies dans le regret, avec la honte secrète de ne pas avoir été capables de changer ce que vous ne pouviez pas changer.

La réunion se termina peu de temps après cela. Mr Olmquist et moi nous arrivâmes à nous serrer la main, sans vraiment nous regarder dans les yeux. Quand ils sortirent, Jordan se tourna et me regarda attentivement.

— Mon vieux, je dois te poser la question, mais... tu ne viens pas juste d'inventer tout ça pour te dédouaner, si ?

Je le regardai comme s'il venait de me parler en Klingon.

— Waouh, tu as une très bonne opinion de moi, n'est-ce pas ?

Il ricana puis il devint sérieux.

— Non, c'est juste que... c'était vraiment des trucs durs. Je... Je n'en avais vraiment aucune idée.

Je voulais faire comme si ce n'était rien. Je voulais ignorer l'inquiétude qui me mettait mal à l'aise, je n'avais pas l'impression de mériter la compassion. Mais je l'acceptai à la place.

— Je ne parle jamais de ces choses-là. Et je suppose que cela a été ma plus grosse erreur.

Il m'examina de près et il hocha la tête.

Je détournai le regard en me frottant la mâchoire.

— Je crois que c'est ce qu'elle essayait de me dire, marmonnai-je.

Jordan marqua une pause.

— Mia ?

Je hochai la tête. Elle avait dit que perdre Bree m'avait défini et elle avait raison. J'avais gardé cette honte secrète de mon impuissance pour moi. Je l'utilisais comme une armure, pour garder tout le monde à distance et elle en particulier. J'avais utilisé la peur de perdre mes proches pour me pousser à l'imprudence. À lui faire mal.

Et, tout ce à quoi je pouvais penser à ce moment-là, c'était à quel point elle avait raison à mon sujet. À quel point elle me connaissait mieux que quiconque, comment elle avait regardé dans mon âme, vu le pire de moi et jamais détourné le regard, pas avant que ma propre peur sauvage ne me pousse à l'éloigner.

L'émotion qui monta en moi avait dû se voir sur mon visage, car Jordan s'excusa pour partir, sans doute afin de me donner le temps de reprendre mes esprits.

Cette nuit-là, lorsque je retournai dans ma chambre d'hôtel, je dus faire mes bagages pour me préparer à la partie suivante de mon voyage qui commençait le lendemain matin : le court passage à Washington, DC. Mais avant de me coucher, je pris mon téléphone portable et je le regardai. Il était minuit sur la côte Est, mais seulement vingt et une heures en Californie. J'avais envie de l'appeler. J'avais besoin d'entendre sa voix. Mon doigt resta au-dessus de son numéro, mais je n'appuyai pas. Je ne pouvais pas prendre le risque qu'elle ne réponde pas. Je me sentais trop faible, trop vulnérable pour m'exposer ainsi ce soir.

Mon pouce traîna au-dessus du bouton envoyer...

Salut. Je voulais juste que tu saches que je pense à toi. xoooooo (tous les o sont de gros câlins)

Elle allait sûrement être surprise. Nous échangions rarement des textos à l'eau de rose. Nos textos étaient généralement d'ordre pratique. Rencontre-moi ici. Je te vois là-bas, etc. Nous gardions les choses intimes pour quand on se voyait, ce que je préférais. Je soupirai profondément et j'effaçai le texto avant de pouvoir l'envoyer. J'essayai d'ignorer cette douleur qui me comprimait la poitrine. Je jetai mon téléphone sur le côté et je restai couché dans le lit, éveillé pendant des heures.

Je commençai à me dire que j'avais compris comment je devais procéder avec elle. Ce moment d'épiphanie, cette chose que Jordan a dite — que parfois il fallait simplement céder afin d'interrompre une longue lutte qui ferait encore plus de mal — m'était resté en tête. C'était comme un indice pour gérer ce qu'il y avait avec Emilia, il fallait simplement trouver comment l'appliquer. J'avais envisagé puis rejeté un conseil de l'*Art de la guerre* qui disait à peu près ceci : *le général qui avance sans rechercher la gloire et qui bat en retraite sans ressentir la disgrâce, dont la seule pensée est de protéger son pays et de rendre service... ce général est le joyau du royaume.*

J'étais enfin prêt à céder. J'étais prêt à remettre ceci entre ses mains. Je ne savais pas du tout quand j'aurais l'opportunité de le faire ni s'il n'était pas trop tard. Tout était tellement hors de mon contrôle, tellement désorganisé... et incertain.

***

L'audition du congrès au sujet de l'addiction et des jeux vidéo en ligne eut lieu la semaine suivante. J'avais été assigné à comparaître en tant que témoin clé, en même temps que des directeurs d'autres entreprises importantes. Mon vieux patron de Sony était là. On déjeuna ensemble en plaisantant du passé. Il me gronda pour la compétition que Dragon Epoch représentait pour le jeu de son entreprise : Everquest et ses suites.

Cependant, il s'agit de quelques jours très stressants. En particulier lorsqu'un sénateur d'un des états de la 'Bible Belt' commença à m'attaquer au sujet de la représentation d'éléments magiques et démoniaques dans mon jeu. Il ne comprenait pas que beaucoup de ces éléments faisaient partie intégrante du genre de la fantasy : les dragons, les sorciers, les sorts. Je le voyais comme un de ces types dont on entendait parler au début du millénaire et qui voulaient brûler tous les tomes de *Harry Potter*. *Moldu sans cervelle*, avais-je envie de chuchoter. Même si c'était stressant, il y eut des moments où une pensée irrévérencieuse de ce genre me traversait l'esprit. J'imaginai ce politicien terne et conservateur cracher des limaces ou mordre dans un bonbon au goût de vomi — ou peut-être de cérumen.

Lorsque le mauvais temps arriva et que les vacances approchèrent, le congrès fut suspendu pour l'année et il fut dit qu'à cause d'autres événements récents dans les journaux, ces auditions pourraient ne pas être rouvertes pendant longtemps.

J'espérais que les politiciens allaient perdre leur intérêt pour l'affaire et que ce serait terminé. Encore une autre raison d'apprécier Noël. Et après un séjour glacial dans l'est, j'étais impatient de retourner à la maison où le soleil, le vent sec et 27 °C étaient annoncés pour le jour de Noël. Heureusement que je vivais en Californie du Sud.

J'arrivai à la maison le matin du réveillon de Noël. Pendant mon absence, j'avais demandé à Maggie d'acheter les cadeaux pour moi. Normalement, je n'adhérais pas à cette pratique, car je préférais faire des cadeaux personnels. Mais cette année, comme j'avais été si occupé, j'avais dû admettre ne pas pouvoir le faire.

Jordan appela quand il fut en route vers San Luis Obispo, où vivaient ses parents, pour y passer les fêtes. Il avait quitté la côte Est plusieurs jours avant moi pour aider à fermer la boutique pendant les vacances.

— Salut, dis-je.

— Joyeux Noël, mon vieux.

— Qu'est-ce qu'il t'arrive ?

— Pendant que tu étais en avion, j'ai reçu un appel des développeurs. La quête cachée a été déverrouillée. Bon sang, Adam ! Le général Sylvan Wood ? C'était caché sous les yeux de tous. Je n'arrive pas à croire que je n'ai pas réussi à le trouver. T'es un génie, putain.

J'eus un instant la tête qui tournait et j'eus à nouveau l'impression d'être en apesanteur dans l'espace. Je ne sus pas quoi dire pendant un moment. J'avais l'impression qu'un poids avait été enlevé de mes épaules. J'étais étourdi et un peu pris de vertige. Cette révélation d'un autre secret sombre et profond causait-elle un sentiment de soulagement ? Un de ces secrets que j'aimais tant, d'après Emilia.

Je me rendis compte que l'équipe des développeurs était au courant de la découverte de la quête, car j'avais programmé le jeu pour qu'il envoie des notifications quand cela allait se produire. Nous aurions des informations au sujet du personnage qui l'avait déclenchée ainsi que son compte.

— Dis-moi ce que tu sais. Qui était-ce ? Un des gros joueurs sur un serveur hardcore ?

Jordan rit.

— En fait, ils n'en ont aucune idée. Le nom du personnage est MisterRogers et c'est un assassin de niveau quatre.

Un noob.

— Cela doit être un personnage supplémentaire d'un autre joueur. Il doit s'agir d'un gros joueur ou d'un joueur qui appartient à une grosse guilde et qui joue de manière anonyme sur un serveur différent. Vous avez vérifié les informations du compte ?

— MisterRogers n'est pas dans une guilde et c'est le seul personnage créé à partir de ce compte. Aucun personnage de haut niveau sur d'autres serveurs. Nous avons vérifié. Le compte est récent. Et puis-je ajouter que je trouve le nom hilarant ?

— Qu'en est-il des informations de paiement sur le compte ?

— Non. Encore une impasse parce que le compte a été payé avec une carte de jeu prépayée.

La quête avait été conçue pour être déclenchée lorsqu'un personnage s'approchait du général Sylvan Wood et lui posait des questions au sujet de son amour perdu au lieu de suivre le script habituel de la quête des jonquilles bien connues. Une certaine séquence de phrases que les joueurs devaient deviner débloquait le script, qui conduisait le général abattu à offrir le début d'une quête qui sauverait la princesse elfe captive.

L'appel fut coupé après cela quand Jordan dit qu'il était sur le point de traverser le tunnel sur la 101 juste en dehors de Lompoc. Je fixai mon téléphone portable pendant un long moment, presque tenté d'envoyer un texto à Emilia. Mais je m'arrêtai. J'allais la voir le lendemain. Je pourrais lui dire alors... ou pas.

Malgré tout, ce sentiment n'était rien comparé à la panique que j'avais ressentie dans le Yosemite quand Emilia avait dit en plaisantant que la quête avait été débloquée. Non, cette fois je me sentais... léger. Comme un poids qui avait été enlevé. Je pouvais respirer plus facilement. Même moi, je fus surpris par cette réaction.

Je rentrai chez moi et je passai le réveillon de Noël tout seul alors que j'aurais pu être avec elle. Si seulement je n'avais pas tout foutu en l'air aussi magistralement.

Après avoir passé plusieurs semaines sur la route, tout ce que je fis, c'était de faire de l'exercice, nager et me coucher tôt.

Nous allions fêter le jour de Noël dans la maison de Peter, comme toujours. Et cette année, la nouvelle dynamique de famille était affreusement gênante. Emilia arriva tard, l'air pâle avec ses cheveux particulièrement étranges attachés en deux tresses. Il était manifeste que Kim n'avait pas vu sa fille depuis un moment, car elle fit un commentaire au sujet du nouveau look d'Emilia, avec ses mèches roses et violettes.

Maintenant que j'étais à la maison et que je pouvais rassembler mes idées en la regardant saluer sa mère avec le visage dénué d'émotions et mal à l'aise, je réfléchis à ce mystère. Au changement d'apparence, à l'utilisation de médicaments — bien qu'à en croire Heath, il ne s'agissait pas d'un abus de médicaments. Le fait qu'elle évite sa mère. Sa distance avec ses autres amis. Son comportement étrange et parfois erratique envers moi.

Et puis cette histoire de fac de médecine. Elle n'y allait plus à présent. Elle avait dit que c'était suspendu. Cela me faisait mal à la tête. D'après ce que je voyais, j'avais l'impression que sa vie entière s'écroulait devant mes yeux et que j'étais comme cet enfant dans le bus, reniflant, incapable de changer quoi que ce soit.

Chaque fois que j'avais essayé de découvrir le problème, j'avais merdé, car j'avais essayé de m'y prendre de la mauvaise façon. Maintenant, je devais prendre une approche plus directe. Une approche sincère. Sincère, mais, sans insister. Pouvais-je y arriver ?

Le repas de Noël fut grandement amélioré par la présence de Kim dans l'équipe de cuistots composés de Peter et ma cousine Britt. Liam était toujours fâché contre moi, mais il passa du temps avec nous dans le salon quand tout le monde parla en ouvrant les cadeaux. Il s'assit à côté d'Emilia et je les vis parler et plaisanter.

Entouré par ma famille — qui avait grandi —, je me sentis plus seul que jamais. Emilia n'était qu'à quelques mètres de moi, mais elle aurait aussi bien pu se trouver sur une autre planète, car je ne pouvais pas lui parler, la tenir, découvrir ce qui pouvait bien se passer dans sa tête blonde peroxydée.

Elle évita soigneusement mon regard. Même quand je m'adressai directement à elle, ses yeux ne montèrent jamais plus haut que mon torse et elle ne me répondit pas directement. Je restai en retrait, frustré. Putain. C'était encore pire qu'avant la convention.

C'était comme si Vegas n'avait jamais eu lieu. C'était comme si rien ne s'était jamais passé entre nous. Et comme avant, l'attente me rendait malade.

La famille installait un jeu de cartes sur la table de la salle à manger quand Emilia disparut. Je supposai que c'était pour aller parler avec Liam. Mais quand je m'excusai pour longer le couloir jusqu'à la salle de bains, je tournai et je passai la tête dans la chambre de Liam pour voir ce qu'il faisait. Liam était là tout seul, en train de soigner les détails de figurines de D et D.

— Coucou, dis-je en étant certain que j'allais me faire jeter.

Liam tourna la tête, mais il ne me regarda pas.

— Mia m'a dit que ce n'était pas de ta faute.

Je m'avançai dans l'embrasure de la porte et je m'appuyai sur un côté.

— Euh, quoi ?

— Elle a dit que je ne devais plus t'en vouloir. Elle veut que nous redevenions amis.

— C'est bien. C'est ce que je voudrais aussi.

— Je lui ai dit qu'elle devrait pratiquer ce qu'elle prêche — c'est bien comme cela qu'il faut le dire ? Elle devrait être amie avec toi.

Je souris.

— Oui. L'expression est juste.

— C'est ce que je lui ai dit. Alors, elle était perturbée et elle est partie dans la salle de bains.

Je me raidis.

— Elle pleurait ?

Liam haussa les épaules.

Je m'excusai et j'avançai plus loin dans le couloir pour m'installer à côté de la porte de la salle de bains. Cela faisait un moment qu'elle y était. Était-elle en train de s'injecter quelque chose ? Je n'avais toujours pas calmé mes soupçons.

Finalement, après presque une demi-heure, j'entendis le bruit de la porte et je me relevai, prêt à l'accueillir. Elle ouvrit la porte, fit un pas dans le couloir et se figea en me voyant.

Elle regarda ailleurs, évitant mon regard.

— Je suis désolée. Tu attendais…?

Cela me sembla un peu bête étant donné qu'il y avait deux autres toilettes dans la maison.

— Oui, dis-je.

— Ah. Désolée, répéta-t-elle, mal à l'aise, et elle fit un pas pour me contourner dans le couloir étroit, mais je sortis un bras pour lui barrer le passage.

Elle me jeta un regard mauvais.

— Quoi ?

Je lui fis signe de lever la tête. Un grand bouquet de gui était accroché au plafond. J'avais prévu le coup.

— Tu dois m'embrasser, dis-je.

Elle leva les yeux et puis, à ma grande surprise, son visage se fendit du premier sourire de la journée.

Elle s'approcha et essaya de poser un baiser sur ma joue sans me toucher. Comme elle était plus petite que moi et qu'elle ne s'appuya pas contre moi pour s'équilibrer quand elle se leva sur la pointe des pieds, tout ce que j'eus à faire, ce fut de faire un pas en arrière et de l'attraper quand elle perdit l'équilibre. Je la collai contre moi puis je me tournai en faisant atterrir un baiser sur sa bouche. Je fus surpris qu'elle m'embrasse à son tour. Elle serra les poings sur ma chemise. Je fis un pas en avant pour nous déplacer vers le mur où j'allais pouvoir appuyer mon corps plus fortement contre le sien. C'était bon, si bon.

Elle respirait bruyamment quand elle écarta sa bouche en jetant un coup d'œil dans le couloir.

— Quelqu'un pourrait nous voir.

— Cela m'est égal.

Elle se retourna vers moi.

— Pas moi.

Je me penchai en avant pour lui voler un autre baiser. Si rien d'autre ne fonctionnait, je l'embrasserais jusqu'à lui faire entendre raison. Si lui parler, si essayer de faire des choses gentilles pour elle, si rien d'autre ne fonctionnait, ceci marchait encore entre nous.

Pourquoi ne pas l'utiliser à mon avantage ? Je lui faisais encore de l'effet avec un baiser passionné, en la prenant dans mes bras.

Elle m'arrêta en tournant la tête, alors je fis des baisers le long de sa mâchoire, jusqu'à son oreille.

— Joyeux Noël, chuchotai-je pendant qu'elle frissonnait contre moi, faisant surgir mon désir.

— Adam... chuchota-t-elle. Stop.

— Tu n'as pas l'air très convaincue par ce que tu dis.

— C'est trop troublant.

— Ce n'est pas obligé.

Elle posa les mains sur mes joues pour empêcher ma tête de replonger. Elle avait les joues rouges et elle respirait vite. Elle en avait autant envie que moi.

— On ne peut pas..... on ne doit pas. Nous avons déjà fait cette erreur.

— Ce n'était pas une erreur. C'est notre état naturel. Nous sommes comme des aimants : si l'on essaie de nous séparer, on se casse en morceaux pour essayer de se rejoindre. Si l'on nous rassemble, si l'on nous fait tourner, nous faisons de l'électricité.

— Oh la la, t'es vraiment un intello, dit-elle en souriant. Mais c'est la chose la plus romantique que l'on m'ait jamais dite.

— Emilia, rentre à la maison avec moi. Parlons. Il y a des choses que je veux te dire.

J'avais tellement envie de lui dire ce qu'il s'était passé à New York avec les parents de Tom Olmquist. Comment je m'étais ouvert à eux. Que c'était grâce à elle que j'avais été capable de le faire. Que j'avais compris que si je pouvais m'ouvrir à eux, alors je pouvais mettre mon âme à nu devant elle.

Elle m'avait très justement accusé de garder des secrets. Elle avait elle-même des secrets. Et si je lui disais les miens, si je lui donnais ce qu'elle avait cherché à obtenir de ma part cette nuit-là chez moi avant qu'elle s'endorme dans mes bras, alors elle me ferait peut-être assez confiance pour venir vers moi avec les siens.

Du moins l'espérais-je vraiment. Parfois, il fallait simplement céder et déclarer un ex aequo pour interrompre le combat. Cette leçon de vie de la guerre du paintball ainsi que le règlement à l'amiable du procès étaient restés gravés dans mon esprit.

Emilia hésita. Puis — et je vis que cela lui coûta toute sa volonté — elle secoua la tête.

J'essayai de refouler la frustration qui s'accumulait à présent dans tous mes muscles. Une frustration qui m'avait déjà trop souvent causé des problèmes. Je ne pouvais pas agir d'après ce que mon instinct me dictait : intervenir, prendre les rênes, dominer.

Je la regardai dans les yeux.

— Est-ce que cela signifie que tu ne voudras jamais parler ?

Elle baissa les yeux vers le milieu de mon torse, partout, sauf dans mes yeux. Elle leva la main et tripota un des boutons de ma chemise. Je changeai de position, mais je gardai les mains de chaque côté de sa tête en m'appuyant contre le mur derrière elle.

— Pas aujourd'hui...

Je penchai la tête sur le côté en la regardant au fond des yeux.

— Quand ?

Elle ferma les yeux puis elle les rouvrit.

— Nous devrions parler. Mais je...

— Arrête de remettre à plus tard.

Elle secoua la tête. Je me redressai et je m'écartai d'elle. Je perdais patience et je commençais à m'énerver.

— J'espère que tu vas bientôt pouvoir te sortir le doigt du cul. En tout cas, tu ne laisses personne t'aider.

Elle ne montra aucune émotion en entendant mes paroles énervées.

— Je n'ai pas besoin d'aide.

— Tout le monde a besoin d'aide de temps en temps. Mais tu la refuses. Malgré tous les gens qui se soucient de toi. Qui t'aiment. Comme ta mère. Pourquoi ne peut-elle pas t'aider ? Pourquoi gardes-tu tout le monde à distance ? Tu dis que tu ne vas plus en fac de médecine. Tu changes d'apparence. Tu...

Son dos se raidit.

— Arrête d'insister, Adam.

Elle fit un pas de côté et elle s'écarta, puis elle se tourna et elle me laissa là seul sous le gui.

Je me passai une main sur le visage. J'étais perdu et complètement impuissant et je détestais ce sentiment. Je commençais à détester le fait d'être aussi obsédée par elle. Il était peut-être temps de m'éloigner de tout ce bazar ? Elle ne voulait manifestement pas régler la situation. Apparemment, notre relation n'était pas assez importante pour qu'elle veuille que nous traversions cela. J'avais déjà presque dû la persuader d'avoir cette relation.

Peut-être était-elle effectivement trop immature, trop lâche. Juste trop jeune, tout simplement, comme Jordan et Lindsay l'avaient dit. Elle n'était pas dans le même état d'esprit que moi parce qu'elle ne le pouvait pas. Cette pensée me serra les tripes, me faisant plus mal que le reste, car il n'y avait absolument aucun moyen pour moi de contrôler cela.

Chapitre Dix-neuf

DEUX JOURS APRÈS NOËL, JE FUS DE RETOUR AU TRAVAIL. JE me dirigeai vers les bureaux du développement pour la réunion quotidienne que nous appelions la mêlée du matin, où nous allions parler de la série de quêtes nouvellement ouvertes des Golden Mountains. En chemin, j'évitai de justesse de tomber nez à nez avec les stagiaires prédatrices du marketing. Elles étaient rassemblées près des toilettes. Je m'arrêtai, n'ayant pas envie qu'elles me voient et recommencent leur foule de stupidité.

À vrai dire, ce matin-là, j'avais les idées noires, comme cela avait été le cas depuis Noël, entre tout le stress au travail et les problèmes de famille. Emilia était partie peu après notre confrontation dans le couloir. Peter dut consoler Kim. Même s'ils n'avaient rien dit, je savais qu'ils pensaient que j'avais dit quelque chose pour l'offenser et la faire partir plus tôt.

Je n'avais pas encore prévu de plan d'action. Je retombais toujours sur : 'attendre qu'elle quitte son travail en janvier, puis passer à autre chose'. Clairement, elle voulait retrouver sa liberté, pour une raison ou pour une autre. Mais je commençais lentement à accepter que ce que voulait Emilia, ce n'était pas moi.

Non, ce n'était pas tout à fait vrai. Elle me voulait. Mais elle avait peur.

Au lieu de faire demi-tour pour éviter les stagiaires, j'attendis caché derrière un mur que la horde gloussante se dissipe. Celle qui ressemblait à Blanche Neige venait de sortir des toilettes.

— La personne qui est là-dedans est encore en train de vomir ! Comme tous les autres jours de cette semaine.

— Chut ! Nous attendons de voir qui c'est, dit la blonde avec tous ses cheveux. Elle doit être enceinte.

— Elle se met peut-être une murge au petit-déjeuner et maintenant elle se purge, dit Blanche Neige.

— Quelqu'un sait de qui il s'agit ? dit une troisième stagiaire que je ne connaissais pas.

Qui engageait toutes ces stagiaires ? Pourquoi bourdonnaient-elles dans mon bâtiment en colportant des ragots sur leurs collègues ?

Je m'avançai à découvert et je m'arrêtai devant elles, en les regardant tour à tour. Je décidai d'être désagréable.

— Que se passe-t-il ici ? dis-je d'une voix forte.

Elles se tournèrent d'un bloc et elles sursautèrent toutes en me voyant : la blonde avait un énorme sourire sur son visage.

— Bonjour, Adam ! Comment...

Je ne la laissai pas parler. À la place, je regardai ma montre en exagérant le geste et je levai les sourcils.

— Je ne crois pas que je vous paye à rester debout et à colporter des rumeurs.

Blanche Neige respira d'un coup et elle échangea un long regard avec la blonde.

— Ah, désolée. Nous étions juste..., allons-y.

Elle se tourna et elle suivit le reste de la meute qui disparut du couloir à toute vitesse.

Je les regardai partir avant de continuer mon chemin. Juste au moment où je passai devant les toilettes pour femmes, la porte s'ouvrit. Je n'aurais pas dû regarder, mais lorsque je vis ces cheveux blancs brillants du coin de l'œil, je m'arrêtai net. Emilia sortit des toilettes avec un visage plus pâle que le mur. Elle s'arrêta lorsqu'elle croisa mon regard, ayant l'air presque coupable.

Je fis tout ce que je pus pour cacher la surprise que j'avais ressentie. Puis, elle fit semblant de sourire et elle haussa les épaules en marmonnant quelque chose qui ressemblait à 'au boulot ! ' Et elle me laissa planté là, figé sur place. Je la regardai partir et dans mon esprit je rejouai la conversation des petites stagiaires mesquines.

Cela faisait une semaine qu'elle vomissait tous les matins ? Les filles mesquines avaient conclu quelque chose que je n'avais pas encore envisagé : un trouble alimentaire. Mais elle avait mangé normalement chaque fois que j'avais mangé avec elle. Et lorsque nous avions dîné chez moi, elle avait eu un appétit plus léger que d'habitude, mais rien qui indique l'anorexie. Elle avait perdu un peu de poids, mais rien de remarquable. Mais ensuite... ensuite, nous nous étions vus pour le repas du soir au café ainsi qu'à Noël et son appétit avait été presque inexistant.

Je retournai à mon bureau et je fis quelques recherches rapides sur les troubles de l'alimentation en surfant sur internet. Boulimie ? Peut-être...

Ou alors le comportement erratique et le changement d'apparence indiquaient un problème mental, comme l'anxiété ou la dépression. J'ajoutai cela à mon catalogue des problèmes potentiels dont elle pouvait souffrir.

Cela ne pouvait pas être une grossesse. Elle prenait la pilule, donc j'éliminai cette option. Mais quelque chose au sujet de cette conclusion me gênait et je n'arrivais pas à mettre le doigt dessus. Des heures plus tard, à mi-chemin d'un tas de papiers que je devais signer, mon stylo se figea lorsque je me rendis compte de ce que c'était. La nuit où elle s'était endormie chez moi, j'avais fouillé plutôt minutieusement son sac. J'avais trouvé la boîte, les seringues, et j'avais paniqué. Après cela, j'avais tout renversé, j'avais regardé dans sa boîte de maquillage et partout ailleurs. Et que n'y avais-je pas vu ?

Les pilules contraceptives. Elles étaient toujours dans une boîte spéciale. Je les avais déjà vues, bien sûr, quand elle vivait avec moi et que nous avions voyagé ensemble. Celles qu'elle utilisait se trouvaient dans un petit carré vert qui s'ouvrait lorsqu'on appuyait sur le petit bouton argenté. Les pilules étaient rangées dans une grille avec les jours de la semaine.

Elle ne les oubliait jamais, elle les portait évidemment partout avec elle en voyage. Mais elle ne les avait pas dans son sac quand elle était rentrée de Vegas.

Et à Vegas, nous avions...

Je comptai les jours depuis la convention. Presque quatre semaines. Je luttai pour respirer lorsque je m'en rendis compte. Je passai une demi-heure à faire les cent pas devant ma fenêtre. La plupart de mes directeurs, y compris Jordan, étaient toujours absents pour les fêtes. Je réfléchis à une tâche qui pourrait éloigner Maggie pendant assez longtemps de son bureau, puis je me rendis à la pharmacie pendant le déjeuner.

Quand je revins, j'appelai directement le bureau d'Emilia. Elle répondit à la première sonnerie. Et je savais qu'elle savait que c'était moi, car mon nom était enregistré dans son téléphone.

— J'ai besoin de te voir dans mon bureau.

Une longue pause à l'autre bout.

— Euh, d'accord. Je peux…

— Maintenant, aboyai-je avant de raccrocher brutalement.

J'avais du mal à contenir la fureur inattendue et la frustration déclenchées en entendant sa voix. J'inspirai profondément et je me forçai à me détendre, sinon cela n'allait pas être beau à voir.

Je m'avançai vers la porte et je l'entrebâillai pour qu'elle n'ait pas besoin de frapper. Je vérifiai encore si Maggie était toujours ailleurs.

Lorsqu'elle entra, elle dut savoir qu'il y avait un problème parce qu'elle ne ferma pas la porte et elle resta juste à côté. J'étais assis dans ma chaise à regarder le jardin de l'atrium par la fenêtre, le menton posé dans ma main. J'essayai de trouver ce que je devais lui dire.

Sans la regarder, je dis :

— Ferme la porte, s'il te plaît.

Elle hésita, puis elle ferma lentement la porte derrière elle. Je lui indiquai la chaise en face de moi sans rien dire. Elle traversa discrètement la pièce et elle s'assit au bord de la chaise. C'était le jour du vendredi décontracté, alors elle portait un jean. Il avait l'air trop grand pour elle et je me rendis compte qu'il s'agissait du vieux pantalon qu'elle portait toujours : celui qui lui allait comme un gant avant cela, qui mettait en avant ses longues jambes et son magnifique cul rebondi. Il était trop large à présent.

Elle me regarda avec de grands yeux.

— Ai-je fait quelque chose pour t'énerver ?

Je tournai mon regard vers elle, le menton toujours dans la main.

— Qu'est-ce qui te fait croire cela ?

Elle écarquilla les yeux.

— Eh bien, parce que tu agis comme si tu étais énervé.

— Je suis peut-être fatigué des problèmes qu'il y a entre nous.

Elle inspira profondément, souffla, puis sembla devenir une teinte plus pâle, si c'était encore possible. Elle croisa les doigts sur ses genoux en agitant une jambe.

— Je sais que tu veux parler. Je sais que tu as des choses à me dire. Moi aussi, j'ai des choses à te dire. Mais je... je ne peux pas. Pas maintenant.

— Tu es malade, lâchai-je.

Sa jambe s'arrêta. Elle frotta ses cuisses. Elle inspira profondément et ferma les yeux.

— Euh. Oui, finit-elle par dire doucement.

— Es-tu enceinte ?

Elle laissa échapper un petit rire.

— Non.

— Tu en es sûre ?

— Bien sûr. C'est...

— Tu prends toujours la pilule, n'est-ce pas ?

C'est là que j'allais savoir si elle me mentait. Parce que je connaissais déjà la réponse.

Elle tourna le regard vers la fenêtre.

— Je ne prends pas la pilule. Mais j'ai un autre...

— Tu ne l'as jamais dit à Vegas, tu n'as pas dit que tu avais arrêté la pilule.

— J'étais plutôt bourrée. Il y a beaucoup de choses que je n'ai pas dites, mais...

— Donc, tu n'en es pas sûre.

Elle me regarda.

— Quoi ?

— Tu n'es pas sûre de ne pas être enceinte.

Elle inspira profondément.

— Je ne suis pas enceinte... je ne suis même pas fertile.

— Je n'ai aucune idée de ce que cela signifie.

Elle s'agita sur sa chaise et elle enroula une mèche de cheveux affreusement blancs autour de son index.

— Cela signifie que je ne peux pas tomber enceinte, d'accord ? Alors, arrête de t'inquiéter pour ça.

— Il n'y a qu'une seule façon pour que j'arrête de m'inquiéter pour ça.

Elle me jeta un regard interrogateur.

J'ouvris le tiroir de mon bureau et je sortis un test de grossesse que je posai bruyamment sur le bureau entre nous.

Elle secoua la tête en levant les yeux au ciel.

— Je ne vais pas faire un test de grossesse.

— Pourquoi pas ?

Elle me regarda comme si j'étais un idiot.

— Parce que. Je. Ne. Suis. Pas. Enceinte.

— Alors cela ne te coûtera rien d'aller aux toilettes et de l'utiliser, pour ma tranquillité d'esprit.

— Adam, tu dois laisser tomber...

— Je ne vais pas laisser tomber. J'ai le droit de savoir et cela ne prend que deux minutes à l'utiliser.

— Tu commences vraiment à m'énerver, maintenant.

— Tu vas garder tes secrets. Tu vas continuer à refuser de me parler — à moi et aux autres — pour expliquer pourquoi ta vie a l'air de partir en vrille sous nos yeux, très bien. Mais j'ai le droit de savoir ceci, bon sang. Alors, maintenant va pisser sur ce putain de truc et si c'est négatif tu pourras te précipiter hors d'ici et nous n'aurons plus jamais à nous regarder.

Elle fit la grimace, puis elle attrapa la boîte sur mon bureau. Elle se leva et elle me contourna pour se rendre dans mes toilettes privées, puis elle claqua la porte derrière elle.

J'attendis jusqu'à entendre la chasse d'eau puis le lavabo. Quand elle ferma le robinet, j'ouvris la porte et j'entrai. J'avais déjà lu les instructions. Il était indiqué qu'il fallait attendre trois minutes après l'utilisation. Je regardai ma montre. Elle me regarda dans le miroir en se séchant les mains.

— J'espère que tu es content. Cette fois-ci, tu as tellement dépassé les limites que tu pourrais aussi bien être à nouveau en route pour la station spatiale, maugréa-t-elle en rougissant de colère. Je me casse : je vide mon bureau et je dégage d'ici.

— Tu ne vas pas attendre une minute pour le résultat ?

Elle leva les yeux au ciel.

— Je connais déjà le résultat. C'est assez humiliant que tu m'obliges à pisser sur un bâton dans ta salle de bains, je n'ai pas besoin d'attendre pour découvrir ce que je sais déjà.

Je regardai le test posé sur les toilettes où elle l'avait laissé. Elle se tourna pour partir. Je vis très clairement deux lignes. Deux lignes roses. Les trois minutes n'étaient même pas encore écoulées.

Elle franchit la porte au moment où je dis :

— C'est positif.

Elle se figea, puis elle se retourna et me regarda dans le miroir.

— Si c'est une putain de...

Mais je levai le test pour qu'elle puisse le voir et elle ne termina jamais cette menace. Ses yeux se posèrent sur le test et s'écarquillèrent d'horreur. Elle était vraiment convaincue qu'elle n'était pas enceinte.

Mais elle l'était. Je fouillai en moi à la recherche d'une réaction en apprenant cela, mais tout ce que je ressentais, c'était une froideur, une distance. La surprise. L'incrédulité. J'avais lu un jour qu'il s'agissait de mécanismes utilisés par l'esprit pour se protéger et ne pas tomber en miettes à des moments de stress intense.

Son attitude changea immédiatement. Elle se mit à trembler.

— C'est une erreur. Cela doit être une erreur. Où est l'autre ?

Emilia avait directement traversé la surprise pour passer au déni.

Je trouvai la boîte et je lui tendis le deuxième test de la double boîte. J'étais assez sûr que le résultat serait le même, mais si elle avait besoin de cette confirmation, je n'allais pas l'en empêcher. Elle le regarda en fronçant les sourcils d'incompréhension.

— C'est... c'est faux. Ces choses-là sont parfois fausses, n'est-ce pas ?

Sa voix semblait percher quelque part entre l'hystérie et la panique et elle tremblait en même temps que le reste de son corps.

— Je ne peux pas refaire pipi maintenant.

Je dois admettre que dans d'autres circonstances, et si je n'avais pas été aussi furieux, j'aurais peut-être essayé de la réconforter. Mais je ne le fis pas.

Car je ne voulais pas plus qu'elle que ce résultat soit positif. Tout espoir de guérir notre relation, de retrouver ce que nous avions perdu avait disparu, emporté par le vent. Le poids de cette nouvelle allait briser la petite branche sur laquelle nos vies, nos cœurs, étaient accrochés. Nous ne pouvions pas gérer nos propres vies et il y avait désormais quelqu'un d'autre dont il fallait tenir compte.

Elle me regarda pendant un long moment et je ne bougeai pas, je ne dis pas un mot. Je ne savais pas du tout quoi dire. Je ne savais pas ce que je voulais. J'en avais assez de ceci. De nous. Des mensonges et des jeux stupides. La rage se mit à bouillonner, à brûler les couches de glace de mes entrailles, à faire fondre la surprise. Comme je détestai l'impuissance que je ressentis à ce moment-là ! Ma vie tourbillonnait, hors de contrôle.

Je serrai les poings et la lave rouge en moi brûla chaque membre. Elle semblait s'appuyer contre la porte des toilettes, ou l'utiliser pour se soutenir. Je passai devant elle en me serrant contre le mur et je retournai dans le bureau. La première chose que je fis, ce fut de prendre le vase ridicule que Maggie avait posé sur la table le mois dernier : un vase rempli de billes colorées. Je me retournai et je le fracassai contre le mur. Il explosa en fragments et les billes rebondirent partout. Et je ne me sentis pas du tout mieux. *Putain.*

Je me retournai pour aller me tenir près de la fenêtre. La partie supérieure de ma vision commençait à onduler : c'était l'aura d'une migraine qui présageait d'un autre coup de tonnerre vicieux dans mon cerveau d'une minute à l'autre. Super. Vraiment putain de super.

Après un long moment durant lequel je continuai à regarder la lumière du jour comme si je défiais le mal de tête, elle revint dans la pièce. Je ne pus pas la regarder.

Je me tins raide, immobile, les bras croisés sur ma poitrine. J'avais toujours été si prudent avec mes partenaires sexuelles. Je n'avais jamais couché sans mettre de préservatif et en général ma partenaire prenait également un contraceptif sous une forme ou une autre. Mais je n'avais jamais utilisé de préservatif avec Emilia. Je lui avais fait confiance pour qu'elle prenne la responsabilité de la contraception. Bon sang, ce n'était sans doute pas vraiment juste de ma part, mais c'était la façon dont cela avait été entre nous depuis le début et elle n'avait pas à changer les règles sans me le dire.

Que cela ait été intentionnel ou non, c'était un piège. Elle avait volontairement couché avec moi sans protection.

— Adam, dit-elle tout bas d'une voix rauque à cause des larmes non versées.

Je secouai la tête. Je ne pouvais même pas trouver les mots.

— Je sais que tu penses que je l'ai fait exprès.

— Je ne sais pas quoi penser.

— Je pensais sincèrement que c'était impossible. Je... je n'ai pas eu mes règles depuis plusieurs mois.

Je me retournai pour la regarder. D'accord, elle était maigre, mais elle n'était pas maigre à ce point. D'après mes brèves recherches concernant les troubles alimentaires sévères, je savais que les femmes n'avaient parfois plus leurs règles, mais elle ne semblait pas avoir perdu assez de poids pour que cela se produise.

— Il y a clairement quelque chose qui ne va pas. Dis-moi ce que c'est.

Elle ouvrit la bouche pour répondre, puis elle secoua la tête, les mains tremblantes quand elle enleva avec nervosité les cheveux de son visage.

— Je dois partir, dit-elle.

Je n'arrivais pas à en croire mes oreilles.

— Tu vas partir maintenant ? Tu vas laisser cela en plan sans me dire quoi que ce soit ?

— Tu es trop énervé maintenant. Nous sommes au travail ! Ta secrétaire est de l'autre côté de la porte. Je ne peux pas te parler ici.

— Ça suffit, les conneries, Emilia ! J'en ai marre de tes excuses.

Elle leva la tête et fronça les sourcils.

— Tu viens de fracasser ce vase en des milliards de petits morceaux et tu penses que c'est un bon moment pour que nous parlions ? Hors de question.

Mon mal de tête s'intensifia au point que j'eus l'impression qu'une armée faisait la guerre pour en sortir. J'appuyai la main contre ma tête.

— Tu as mal à la tête ?

Je secouai la tête en serrant les dents.

— Arrête de repousser.

— Nous parlerons. Demain. Je... je viendrai chez toi.

— Si tu passes cette porte maintenant, si tu me laisses à nouveau en plan, c'est terminé entre nous. Pour toujours. Cela aurait dû être le cas quand tu as déménagé en octobre.

Une larme coula le long de sa joue pâle.

— Il faut être deux pour briser une relation et si tu ne peux pas admettre tes propres erreurs, alors tu as raison, c'est terminé, dit-elle d'une voix tremblante.

— Cela fait des mois que c'est terminé. J'ai juste été idiot d'espérer.

Elle hocha la tête en clignant des yeux et en luttant furieusement pour contenir ses larmes, mais elles s'échappèrent encore. Je souhaitai soudain avoir encore dix vases comme le premier pour pouvoir les fracasser contre le mur.

— Alors, tu n'as pas besoin de t'en inquiéter. Je m'occuperai de ceci, dit-elle d'une voix étranglée.

Elle tourna les talons et sortit de mon bureau. Je me tournai pour regarder le jardin, refusant de la regarder quitter ma vie pour toujours.

Je fermai les yeux, je serrai les paupières contre la douleur qui s'intensifiait comme une pluie de marteaux tombant du ciel. Même si j'avais voulu lui courir après, je ne l'aurais sans doute pas pu. La porte s'ouvrit et se referma tout de suite. J'appuyai le front contre la vitre fraîche, ma tête explosant de douleur.

Chapitre Vingt

J E PASSAI LA MOITIÉ DE LA NUIT À ME DEMANDER QUOI FAIRE. À souhaiter qu'il y ait quelqu'un d'autre avec qui je pourrais parler de tout ceci. Il n'y avait pas moyen que j'aille voir Jordan. J'avais presque envie d'appeler Heath, mais je ne savais pas si Emilia le lui avait déjà dit. Je faillis appeler mon avocat pour essayer de découvrir quels étaient mes droits.

Dans ma colère et ma douleur, j'avais coupé les ponts en lui disant que c'était définitivement terminé. Maintenant, elle ne travaillait plus pour moi. Elle s'était isolée de sa mère donc même notre connexion familiale ne servait sans doute plus à grand-chose. Ironiquement, j'avais rechigné en sachant qu'une fois qu'elle arrêtait de travailler pour moi, il n'y aurait plus de lien entre nous.

Apparemment, je m'étais inquiété pour rien à ce sujet. Car désormais, nous étions liés pour toujours.

Je ne savais pas combien de temps il allait nous falloir pour discuter du problème comme les adultes que nous étions censés être. Combien de temps allais-je mettre à me calmer ? Et elle, combien de temps lui faudrait-il pour arrêter ses conneries assez longtemps et déterminer si elle pouvait gérer les conséquences d'une grossesse ?

Je finis par la voir beaucoup plus vite que je ne l'aurais pensé.

À huit heures le lendemain matin, quand je dormais encore, mon téléphone vibra sur la table de chevet. Je l'attrapai et je vis un texto de Heath.

Ramène-toi MAINTENANT. SOS
Je m'assis et je répondis. *Que se passe-t-il ?*
Je reçus : *Besoin de ton aide, vite. Elle panique.*

J'hésitai et j'envisageai même de lui dire d'appeler quelqu'un d'autre. J'en avais terminé avec elle, n'est-ce pas ? Mais j'étais abattu d'apprendre qu'elle en bavait. Son comportement me rendait furieux, mais je ne pouvais pas m'en empêcher. Si je le voulais vraiment, étais-je capable de rester loin d'elle ?

Le mois après notre séparation à St Lucia quand elle était repartie vivre chez sa mère, j'avais essayé de l'oublier. Notre liaison n'avait duré que quelques courtes semaines. En fait, nous n'avions couché ensemble que quelques fois. Mais j'avais beau essayer, je n'arrivais pas à la sortir de ma tête.

Elle imprégnait toutes mes pensées, tous mes sentiments à l'encre indélébile. Le souvenir de sa voix, de son rire, la sensation de son corps faisaient partie de moi de façon permanente. Je poussai un soupir en me passant la main dans les cheveux. J'allais lutter et j'allais trouver la volonté de résister, de lui résister. *Mais... nous étions comme des aimants. Nous préférions être coupés en morceaux plutôt que d'être séparés.*

Je déglutis, ma gorge me piquait. Un dernier reste de résistance entêtée me fit poser le téléphone de côté, bien résolu à l'oublier.

Puis je me traitai de con, je repris le téléphone et je répondis.

J'arrive

J'atteignis l'appartement en un peu plus d'un quart d'heure. Heath vivait dans les Orange Hills, alors le trajet était un peu long depuis ma maison à Newport. J'enfreignis quelques limitations de vitesse en chemin. J'eus de la chance que la police n'en sût rien.

Lorsque je frappai à la porte, Heath l'ouvrit presque tout de suite. Il était encore en pyjama. Je le regardai.

— Que se passe-t-il ?

— Elle s'est enfermée dans la salle de bains et elle pleure. Elle ne me répond pas et elle répète ton prénom et 'je suis désolée' en boucle. On doit la sortir de là, mon vieux.

J'inspirai profondément et j'entrai. Je n'étais pas au courant de ce que Heath savait ni de ce qu'elle voulait qu'il sache. Je me dirigeai donc vers la salle de bains sans rien dire de plus. Je l'entendis renifler de l'autre côté de la porte, alors je frappai.

Elle ne dit rien.

— Emilia, appelai-je. Ouvre la porte.

— Adam ? répondit-elle après une longue pause.

Sa voix était étrange et traînante. Je levai les yeux vers Heath et je lui demandai doucement :

— Tu as des outils ? Un tournevis ? J'aurais besoin d'une lampe de poche, aussi.

Heath partit pour aller fouiller dans un tiroir de la cuisine. Je me tournai vers la porte.

— Ouvre la porte, Emilia. On s'inquiète pour toi.

— Tu n'es pas inquiet pour moi, dit-elle. Tu es fâché contre moi.

— Je peux être les deux à la fois. Ouvre la porte.

— Ils ont tous le même résultat. Tous.

Heath revint avec un énorme tournevis et une lampe de poche. J'essayai de le passer dans le petit trou de la poignée. Je secouai la tête vers Heath. Il partit et revint avec le tiroir entier, l'ayant retiré du meuble. Je me mis à fouiller dans les outils pour trouver quelque chose qui fonctionne.

Je choisis un tournevis fin que j'enfonçai dans le trou en éclairant la poignée.

— Emilia, tu dois sortir. Ouvre la porte.

— Tu as dit que tu ne voulais pas en parler. Que c'était terminé.

— J'ai eu le temps de me calmer.

Heath agita les bras pour attirer mon attention en fronçant les sourcils et en articulant silencieusement 'quoi ? '

Ceci répondait donc à cela. Il n'était pas au courant. Emilia gardait toujours des secrets. Elle pleurait encore, mais le son était étouffé, comme si elle sanglotait dans ses mains ou dans une serviette. Je pivotai le tournevis. J'y étais presque.

— Nous pouvons en parler maintenant. Laisse-moi entrer.

La serrure cliqua et je tournai doucement la poignée en poussant lentement la porte. Emilia était dans le bain, uniquement vêtue d'une robe de chambre. Autour du lavabo, de nombreux tests de grossesse étaient alignés. Tous de marques, de couleurs et de formes différentes : elle avait dû dépenser des centaines de dollars. Chacun était utilisé. Tous affichaient le même résultat de manière différente : certains avaient des lignes roses, d'autres bleues, parfois il s'agissait d'un signe 'plus' et d'autres encore affichaient le mot 'enceinte' sur de minuscules écrans digitaux. Eh bien, cela répondait à cette question-là. Elle avait dû passer la moitié de la nuit à faire pipi dessus.

Et d'après sa tête, elle n'avait pas dû dormir depuis la dernière fois que je l'avais vue. J'allai m'asseoir au bord de la baignoire et elle leva des yeux rouges et pathétiques vers moi.

— Emilia, tu as besoin de dormir.

Heath entra, regarda le lavabo et resta bouche bée.

— C'est quoi tout ça ?

Emilia ne bougea pas, elle se contenta d'enfoncer les paumes de ses mains dans les yeux. Je me tournai vers Heath.

— Hé, mon vieux, je m'en occupe. Tu peux... ?

C'est à ce moment-là qu'il m'attrapa par le col, me releva et me colla contre le mur.

— C'est toi qui lui as fait ça ? dit-il tout près de mon visage.

Je le repoussai. Heath était grand et il devait bien faire dix kilos de plus que moi. Personne ne sortirait indemne d'une bagarre et je n'étais absolument pas d'humeur pour ces conneries maintenant.

— Dégage...

— Qu'est-ce que t'as fait, putain ? Tu l'as mise enceinte ?

Le visage de Heath, qui se trouvait à quelques centimètres du mien seulement, était meurtrier.

Emilia se tenait à présent debout dans la baignoire. Elle se pencha et elle attrapa l'épaule de Heath.

— Heath, lâche-le !

Ce que je sentis ensuite, ce fut le coup de poing dans le ventre. La douleur brûlante fleurit dans mon bas-ventre. Je repoussai Heath tout en luttant pour respirer. Il vola en arrière contre le lavabo et fit tomber l'armée de tests de grossesse. Je sortis en reculant de la salle de bains et je levai les mains.

— Calme-toi, Heath.

Emilia criait en même temps.

— Heath ! Je gère, d'accord ? Arrête !

Heath pivota et dirigea sa rage contre Emilia.

— Tu gères ? Tu dis que tu gères, putain ? Tu as la chimio la semaine prochaine. Comment crois-tu que cela va se passer maintenant ?

Chimio ? Le mot me frappa comme un second coup de poing dans le ventre. Emilia lui dit quelque chose à voix basse, mais il était tout rouge et furieux. Il revint dans la salle de bains.

— Non, non. Je ne vais pas me la fermer, d'accord ? Tu aurais dû le lui dire il y a plusieurs semaines. Tu aurais dû le leur dire à tous. Il ne t'aurait peut-être pas baisé et donné ta sentence de mort.

Je chancelai, stupéfait. De l'endroit où je me trouvais, je ne voyais ni l'un ni l'autre, mais je voyais l'espace derrière le lavabo et à présent, derrière la pléthore de tests de grossesse éparpillés, je remarquai toute une ligne de flacons de médicaments. C'est alors que je réalisai la chose et j'eus l'impression de me prendre un camion de face.

Emilia avait un cancer.

Et elle était enceinte.

Et elle avait besoin de chimiothérapie.

Je me tournai et je titubai dans le couloir en essayant de reprendre mon souffle et en me passant la main dans les cheveux. Heath me suivit dans le couloir.

Je fis volte-face.

Il avait l'air d'être sur le point de me frapper une nouvelle fois.

— Tu l'as encore baisée, mon vieux. Tu l'as bien baisée... dans tous les sens du terme.

Je sentis mon visage se vider de son sang. Je faillis faire un pas en avant sans chercher à éviter un autre coup de poing. À ce moment-là, j'aurais préféré ressentir cela plutôt que la pure terreur qui parcourait mes veines. J'avais même du mal à penser.

— Elle a un cancer du sein HER2 positif de Stade II, parvint-il à dire d'une voix étranglée, aussi près de craquer que moi. C'est *extrêmement* dangereux... *extrêmement* agressif. Quand elle était dans le Maryland, ils ont enlevé un morceau de son sein et elle a pris des médicaments qui ont perturbé ces hormones. Elle a aussi été sous antidouleurs pendant un moment : ces seringues que tu as trouvées dans son sac. Elle venait de finir la radiothérapie avant la convention. Et elle était censée commencer la chimio la semaine prochaine, mais ils ne vont pas le faire maintenant qu'elle est enceinte, alors, merci beaucoup !

Je me détournai de lui et je cachai mon visage dans les mains. S'il voulait me frapper, cela m'était égal. Oh mon Dieu. Ceci empirait à chaque minute qui passait. J'aurais aimé retourner un jour en arrière où le pire problème que je pensais que nous devions affronter était ce que nous allions faire au sujet de sa grossesse. Mais ceci, me donnait envie que la terre s'ouvre sous mes pieds pour que je disparaisse dans le trou.

Il y eut un silence entre nous et je vis que Heath essayait de décider quoi faire ou quoi dire. Nous étions deux. J'étais sous le choc et la pièce tournait autour de moi. Je fermai les yeux, je serrai les paupières. Mon cœur battait toujours à toute vitesse.

Quand Heath finit par parler, ce fut d'une voix pleine d'émotion.

— J'ai merdé aussi. Parce que j'aurais dû te le dire, même si elle me déshéritait. Elle s'est fermée à tout le monde et c'est moi qui ai porté le poids de tout cela.

Je clignai des yeux sans lever le regard, ne sachant pas si j'allais pouvoir parler, ravi qu'il ne puisse pas voir mon visage.

— Merci d'avoir pris soin d'elle. Je...

Ma voix trembla et je m'interrompis en secouant la tête. J'avais mal à la gorge et je n'arrivais pas à réfléchir.

J'entendis Heath s'approcher lentement de moi.

— Tu devrais lui parler, mon vieux.

Je luttai pour respirer et même ce geste naturel était douloureux.

— Je ne sais absolument pas ce que nous avons à nous dire.

Heath s'avança encore et je me tendis. Il posa une main sur mon épaule.

— Tu dois lui parler. Tu sais ce qu'elle doit faire et elle ne va pas m'écouter.

— Elle ne m'écoutera pas non plus.

— Adam, dit Heath d'une voix plus dure. Sois un homme, d'accord ? Dépasse la peine qu'elle t'a causée. Si elle ne fait pas ce que nous savons tous les deux qu'elle doit faire, elle pourrait mourir.

Je dégageai mon épaule de sa main, je m'écartai et je frottai la barbe matinale de mon menton en sachant qu'il avait raison. Je hochai la tête.

Heath poussa un grand soupir.

— Je vais m'habiller et je vais sortir d'ici pendant quelques heures. Je vous laisse parler.

Je hochai encore la tête, toujours incapable de le regarder ou de focaliser mon regard. Il se tourna et il sortit. Je m'assis sur le canapé et je regardai le couloir pendant un long moment après que Heath ait passé la tête dans la chambre d'amis où se trouvait Emilia pour lui dire qu'il la laissait avec moi. Je sortis mon Smartphone et je fis une recherche sur le cancer du sein HER2 positif de Stade II. J'ajoutai grossesse dans ma recherche. Je lus en diagonale aussi vite que possible pour obtenir autant d'informations que possible. La peur glaciale passa en arrière-plan et elle laissa la place à la résolution de problèmes dure et rationnelle. J'étais à l'aise avec cela. C'était ce que je connaissais... Pendant que je récoltais l'information dont j'avais besoin, mon esprit travaillait constamment pour trouver une solution au problème.

J'attendis qu'elle sorte, penché sur mon minuscule écran, les coudes sur les genoux, la tête soutenue par une main. Enfin, après plus d'une demi-heure, j'entendis ses pas dans le couloir. Je rangeai mon téléphone dans la poche.

Elle portait le même jean large qu'hier et elle avait enfilé un tee-shirt rose vif tout aussi évasé. Je ne bougeai pas, je ne levai pas la tête jusqu'à ce que je la sente s'asseoir sur le canapé à côté de moi, pliant les jambes sous elle.

Je me levai.

— Il te faut un petit-déjeuner, dis-je.

Elle détourna le regard.

— Je n'ai pas très faim.

Je l'ignorai et je partis vers la cuisine où je grillai un morceau de pain sur lequel j'étalai un petit bout de beurre, de la façon qu'elle aimait. Je lui ramenai la tartine et je lui tendis.

— Mange, ordonnai-je.

Elle poussa un soupir en prenant le pain dans l'assiette, puis elle mordit un minuscule morceau avant d'écarter la tartine de son visage. Elle mit une éternité à mâcher. Je continuai à la regarder et lorsqu'elle avala la première bouchée, je levai les sourcils, dans l'expectative. Elle grimaça et prit une autre bouchée qu'elle arracha à contrecœur avant de mâcher.

Quand je fus certain qu'elle continuerait, je m'assis à côté d'elle. Elle ne mangea que la moitié du toast avant de le poser sur l'assiette. Je ne protestai pas. C'était mieux que rien.

— Heath m'a dit que tu savais tout, finit-elle par me dire d'une voix tremblante.

Je penchai la tête sur le côté en la regardant et en essayant d'ignorer la boule glaciale de panique qui se formait en mon centre. Mais ce n'était pas que de la panique. C'était de la trahison. De la douleur. De l'impuissance. Bon sang, c'était comme avec Bree, mais dix fois pire.

— Est-ce bien le cas ? demandai-je d'une voix tendue.

Elle écarquilla les yeux.

— J'avais l'intention de te le dire dès le début, mais...

Elle s'interrompit en voyant mon regard incrédule.

— Si, c'est vrai. Le soir où nous étions à Dale et Boomers... j'allais faire la biopsie le lendemain et j'allais t'en parler, mais... tu étais stressé et contrarié à cause du procès et je ne savais même pas s'ils allaient trouver quelque chose, alors je n'ai rien dit.

Je continuai à la regarder sans répondre en espérant que ceci me permettrait d'obtenir d'autres détails.

— Adam, tu as passé quelques mois merdiques et je ne voulais pas les rendre pires. Mais quand le test s'est avéré positif... je suis venue chez toi pour te le dire.

Je clignai des paupières et je détournai le regard. C'était le jour où elle avait appris pour le détective privé.

— Oui, je me suis énervée parce que tu essayais de prendre les rênes et de tout contrôler au lieu de me laisser venir à toi. J'étais si fâchée et puis je me sentais trahie. Alors je n'ai pas eu envie de te le dire pendant un moment. Après cela, tu étais fâché parce que j'étais partie pour Baltimore et puis tu as commencé à sortir avec d'autres filles alors j'ai cru que c'était terminé...

Sa voix trembla et se brisa sur un sanglot. Elle posa le dos de sa main contre sa bouche comme pour étouffer le bruit.

Je fermai les yeux, complètement horrifié par ce qu'elle avait traversé seule. Et puis elle avait pensé que j'étais passé à quelqu'un d'autre.

— Une personne. Une fois. Et seulement parce que je pensais que ton voyage dans le Maryland signifiait que tu avais décidé de continuer sans moi.

Je tendis la main et je pris la sienne. Elle était molle, froide. Comme la mort.

— Je suis désolé, chuchotai-je.

Ses doigts répondirent aux miens, mais elle ne me regarda pas.

— Il y a eu tellement de fois où j'ai voulu te le dire... où j'ai failli te le dire. Mais quelque chose m'a toujours arrêtée. Ou peut-être n'était-ce que ma propre lâcheté.

La frustration monta en moi, me serra la poitrine.

— J'aurais pu t'aider. J'aurais pris soin de toi. Putain, je traverserai les Enfers pieds nus pour toi si nécessaire.

— Tu aurais pris le contrôle.

Je restai silencieux pendant un long moment en me frottant le visage.

— Et le fait que je ne puisse rien contrôler s'est tellement bien terminé, dis-je sèchement.

— Adam...

— Tu te souviens quand tu as dit que c'était comme une tempête qui te faisait voler ici et là ? Et je t'ai dit que la tempête, c'était la vie et que j'étais l'ancre qui te tenait en place. J'aurais pu l'être, pour tout ceci. J'aurais été là pour toi, si tu m'avais laissé faire.

Elle baissa la tête pour que je ne puisse pas la voir, mais elle renifla un peu et essuya une larme avec le dos de la main. Un long silence s'étira entre nous, il était épais, solide. J'avais la tête qui tournait, j'étais désorienté.

— Que faisons-nous maintenant ? demandai-je.

Elle ouvrit la bouche pour répondre, puis elle la referma.

— Je... je n'y ai pas encore réfléchi.

Bien sûr que non. Aucun de nous n'y avait réfléchi. Mais les paroles de Heath étaient encore fraîches dans mon esprit. *Tu sais ce qu'elle doit faire.* Je le savais effectivement. Et je ne savais pas du tout quelle serait sa réaction.

— Et bien, tu devrais aller voir ton médecin lundi matin. Tu vois un oncologue ?

Elle hocha la tête.

— Un bon ?

Elle s'éclaircit la gorge.

— Le jour suivant le diagnostic, je suis allée voir Dr Martin, l'oncologue avec lequel j'ai fait mes recherches de premier cycle. Il est celui qui a soutenu ma candidature à Hopkins. Il a téléphoné à un collègue spécialisé dans l'oncologie du cancer du sein ici, puis il a organisé ma consultation et ma chirurgie dans le Maryland.

Ma mâchoire tomba.

— Comment as-tu pu payer tout cela ?

Elle inspira profondément et me jeta un regard craintif.

— Euh... par carte de crédit et... grâce à la bague de fiançailles.

Je détournai le regard et, bizarrement, je gloussai. Ce rire sec et cynique était une étrange créature orpheline. Elle était née de l'ironie de la situation. Cette bague, ce symbole de ma tentative de prise de contrôle d'une situation qui m'échappait avait été utilisée par elle pour affirmer son indépendance, pour qu'elle n'ait pas besoin de venir me voir pour une aide financière.

J'enlevai ma main de la sienne. J'aurais sans doute dû être plus affecté par cela, mais au point où j'en étais, je me sentais mort à l'intérieur.

— Tu as besoin d'un second avis. Je vais découvrir qui est le meilleur et tu vas aller le ou la consulter.

Elle se raidit à côté de moi.

— J'ai déjà un plan de traitement en place. Je suis déjà...

Je levai la voix.

— Ah, vraiment ? Quelle partie de ton plan était de tomber enceinte ?

Elle écarquilla les yeux. Je me sentis tout de suite très con de l'avoir dit. Je repris sa main dans la mienne.

— Je suis désolé. Je sais que ce n'est pas ce que tu avais prévu. C'est juste que j'ai...

Je laissai ma voix s'éteindre.

— Peur ? dit-elle.

Complètement pétrifié de terreur pure, plutôt. Je regardai ailleurs en hochant la tête. Je serrai sa main dans la mienne. Heath avait-il raison ? La mettre enceinte, était-ce donner sa sentence de mort ?

— Je trouverai aussi une bonne clinique. Je suis certain qu'il y a quelque chose de fantastique à Los Angeles où nous pourrons le faire rapidement.

Elle fronça les sourcils.

— Faire quoi ?

— L'avortement.

Elle s'adossa contre le canapé et elle retira sa main de la mienne.

— Je n'ai pas encore pris cette décision.

Je me tournai sur le canapé pour lui faire face.

— La décision a été prise pour toi. Tu as un cancer. Tu as besoin de chimiothérapie. Tu ne peux pas l'avoir en étant enceinte. Et qui sait quels dégâts la radiothérapie aura pu faire...

Elle secoua la tête.

— J'avais terminé avant de concevoir. Il n'y a aucun risque après.

Son regard se posa sur la fenêtre et elle pencha la tête en réfléchissant.

— Et pour la chimio, je pourrais la retarder.

Je serrai le poing à côté de ma cuisse, sur le canapé.

— Non, tu ne le peux pas. Tu n'as pas le temps. Tu dois combattre cette merde maintenant.

Elle tourna les yeux vers moi.

— Il existe des formes de chimiothérapie sans danger pour un fœtus au second trimestre.

Oui, je venais de le lire. Mais ce n'était pas le type de chimio dont elle avait besoin et le second trimestre était dans plus de deux mois.

— Tu n'as pas le temps. Je suis resté assis là à m'informer et j'ai lu que c'est pire que la plupart des cancers du sein et...

Elle leva la main pour m'arrêter.

— S'il te plaît. Je le sais et je n'ai pas besoin de l'entendre maintenant.

— Mais il faut peut-être que je te rappelle que ton type de cancer est particulièrement sensible aux hormones. C'est pour cela que tu as dû arrêter de prendre la pilule, n'est-ce pas ?

Elle hocha la tête.

— Et que crois-tu que les hormones de la grossesse vont te faire ? Que penses-tu vraiment que ton oncologue dira ?

Elle s'affala dans le canapé en se frottant le front.

— S'il te plaît, dis-moi que tu n'es pas en train de dire tout cela parce que tu ne le veux pas.

— Ce que je veux n'a rien à faire dans cette conversation, si ce n'est que je veux que tu aies les meilleures chances de combattre la maladie. De vivre.

— Où serais-je si ma mère avait fait le choix d'avorter ? dit-elle à voix basse. Elle avait le choix et elle a choisi de ne pas le faire.

Ah putain. Merde. Elle envisageait sérieusement cette bêtise.

— Les circonstances n'étaient pas les mêmes. Si elle était ici maintenant, elle te dirait exactement la même chose.

Elle se tourna vers moi en pâlissant.

— S'il te plaît, ne lui dis rien. Elle va s'inquiéter. Elle pourrait retomber malade... S'il te plaît, Adam !

C'était une discussion qu'il faudrait avoir un autre jour. Je n'allais rien promettre. Si je décidais que Kim était la seule à pouvoir raisonner sa fille, alors j'allais le lui dire. Et putain, il y avait déjà eu largement assez de secrets.

— Tu ne peux pas poursuivre ta grossesse.

— Mon père voulait que ma mère avorte, dit-elle d'une voix rauque en me jetant un regard mauvais.

Super. Maintenant, elle me comparait à ce connard. Pourquoi fallait-il toujours que cela se termine de cette façon ?

— Emilia, tu pourras avoir d'autres enfants, quand tu seras rétablie.

— Si la chimio ne détruit pas ma fertilité comme elle le pourrait. Ceci est peut-être ma seule chance.

Je serrai les dents.

— Ceci n'est pas une chance ni pour toi ni pour un bébé. Si le cancer devient métastatique pendant la grossesse, alors tout sera terminé et cet enfant n'aura pas de mère pour l'élever.

— Il aurait un père, dit-elle.

Je poussai un soupir en regardant ailleurs. Au bout d'une minute, je secouai la tête.

— Je t'en prie, dis-moi que tu ne l'envisages pas sérieusement...

— Je te dis que j'ai le choix et que je dois y réfléchir...

— Non ! criai-je presque en la faisant sursauter.

Puis je m'éclaircis la gorge et je respirai pour me calmer.

— Non, il n'y a rien à réfléchir. C'est un choix entre la vie et la mort.

— Non, c'est la vie ou la vie. Ma vie ou la vie du bébé. Et interrompre cette grossesse ne garantit pas que je serai en bonne santé de toute façon.

Je me passai la main dans les cheveux en courbant les doigts de façon à tirer sur les racines. Je les aurais arrachés avec plaisir si cela avait pu résoudre le problème. Je bondis du canapé, débordant d'énergie anxieuse. Je me mis à faire les cent pas et mon esprit étudiait toutes les éventualités comme si je réfléchissais à un problème de programmation ou un souci de développement.

Dans chaque scénario sauf celui où Emilia se faisait avorter, je la voyais mourir. Soit l'année suivante, soit cinq ans plus tard.

Elle me regardait, le regard rivé sur mes mouvements.

— Je ne m'attends pas à ce que tu comprennes...

Je secouai furieusement la tête.

— Non. Non, je ne comprends pas. C'est comme si tu abandonnais. Comme si ta vie n'avait aucune importance.

Je m'arrêtai pour lui faire face.

— Eh bien, qu'en est-il de ma vie ? Qu'en est-il de ce que cela me fera si tu mets cet enfant au monde et puis que tu meurs ensuite ?

Elle respira en tremblant.

— N'essaie pas de prendre le contrôle à ma place. Ne me force pas la main pour mes décisions, mon combat, ma lutte. C'est en partie la raison pour laquelle je ne t'ai rien dit au début. Parce que je savais comment cela allait se passer. Tu allais intervenir — tu allais 'régler' les choses. C'est ma vie...

— C'est *notre* vie, Emilia. Mais tu n'as jamais voulu penser qu'il s'agit de *nous*. Jamais. C'est notre problème depuis le début.

Elle bondit du canapé, rouge de colère.

— Je pensais à toi, Adam. Vraiment. Ne me fais pas ce coup-là. Qui est celui qui a pété un câble quand tu pensais que j'allais à Hopkins ? Tu pensais à nous ou à toi à ce moment-là ? Et puis quand tu as engagé ce détective privé pour me suivre et te raconter tout ce que je faisais ? Ou quand tu as fouillé dans mon sac ? Ou — putain, ça n'en finit pas ! Alors, n'essaie même pas de me faire le coup de 'je suis le seul qui pense à nous'. Parce que ce sont des conneries !

Pendant sa tirade, sa peau pâle avait rougi. J'ouvris la bouche pour répondre, mais elle balaya mes paroles d'un geste sec.

— Tu ne comprends pas. Tu n'as jamais pu comprendre. Tu *refuses* de comprendre. J'ai la vie et la mort qui grandissent dans mon corps en ce moment. Je choisis la vie.

Elle se tourna et quitta la pièce.

Je me levai, stupéfait, et je la regardai partir. Elle disparut dans sa chambre et je l'entendis fouiller dans les tiroirs de sa commode. Je savais ce que cela signifiait. J'entrai en trombe dans sa chambre quand son sac à dos était déjà à moitié plein.

— Oh non, putain, tu ne fais pas ça, dis-je en retournant le sac et en le vidant sur le lit. Tu ne vas pas t'enfuir encore une fois.

— Arrête ! Je dois partir pour m'éclaircir les idées. Je vais à Anza pour quelques jours.

— Cela signifie que tu vas parler à ta mère ?

Elle me regarda en prenant des poignées d'affaires et en les fourrant dans son sac.

— Elle est chez Peter ce week-end. Ils ont essayé de me convaincre d'aller dîner avec eux ce soir. Elle ne sera pas à Anza.

— Alors tu vas y aller toute seule ?

Elle leva un sourcil.

— Je suis une grande fille.

— Tu as intérêt à ramener tes fesses chez le médecin lundi matin.

— Sinon quoi ?

— Sinon je viendrais te chercher et je t'y traînerais.

Elle fronça les sourcils en secouant la tête.

— Il ne s'agit pas d'un de ces problèmes que tu règles en sortant ton porte-monnaie, en écrivant ton chèque, ou en réfléchissant avec ton panel d'experts. Il n'y a pas une seule bonne réponse. En plus, tu crois que tu peux forcer ta réponse sur moi. C'est pour cela que je ne pouvais pas te faire confiance.

Le coup de poing que Heath m'avait mis dans le ventre plus tôt ? Ouais, c'était moins douloureux que les paroles d'Emilia. *C'est pour cela que je ne pouvais pas te faire confiance.*

— Emilia...

Je lui pris le bras quand elle me contourna avec un sac à dos plein.

Elle le dégagea. Je la rattrapai et elle se retourna et me donna une claque avant de reculer. Les larmes coulaient désormais et elle tremblait.

— Non ! Tu dois comprendre quelque chose. Il s'agit de mon corps et je n'ai pas eu de contrôle sur ce qu'il s'est passé ces derniers mois. On a enfoncé des doigts en moi, on m'a coupée et irradiée. Maintenant, ils veulent pomper des toxines en moi pour déloger le cancer. Mais ceci, je peux le contrôler et personne, ni toi ni personne ne peut me l'enlever.

Je luttai pour respirer. La peur était de retour. Bree qui me criait de remonter dans le bus en me jetant mon sac à dos. Ma vue se brouilla pendant une fraction de seconde.

— Tu ne peux pas partir.

Mais elle se tournait déjà, elle avait déjà passé la porte de la chambre. Je tournai les talons et je la suivis. Mais tout ce que je pus voir, c'était ma sœur mourante sur le trottoir qui regardait partir le bus. J'avais tourné la tête et collé mon visage mouillé contre la vitre. Je l'avais regardée jusqu'à ce qu'elle disparaisse de ma vue. *Pour toujours.*

Parfois, il fallait céder — déclarer un ex aequo pour terminer la longue lutte.

Sa main était posée sur la poignée et je voulus lui barrer la route, appuyer mon poids contre la porte et l'empêcher par la force de ne pas partir. Mais je ne le pouvais pas. Elle avait raison. C'était son choix.

Mais maintenant que je connaissais son secret, il était temps qu'elle apprenne le mien.

— Je t'aime, dis-je d'une voix rauque quand elle tourna la poignée. Elle se figea.

Puis, elle inspira profondément en ouvrant la porte. D'une voix à peine plus forte qu'un chuchotement, elle me dit :

— Je sais.

— Non, tu ne le sais pas. Il y a tant de choses que tu ne sais pas — parce que je n'ai jamais réussi à te les dire. Parce que c'était trop douloureux. Si tu passes cette porte, ce sera exactement comme ce que Bree a fait la nuit où elle est partie et qu'elle n'est jamais revenue.

Emilia ferma doucement la porte et enleva la main de la poignée, mais elle ne se tourna pas vers moi. Elle attendait sans doute que je continue.

— Elle me bordait tous les soirs. Quand je m'étais changé et qu'elle avait vérifié que je m'étais brossé les dents. Elle le faisait tous les soirs. Elle me faisait ouvrir la bouche pour être sûre que je n'avais pas menti, parce que je détestais me brosser les dents.

Ma voix tremblait et je ne me sentis pas très viril, mais je ne pus pas m'empêcher de parler. Emilia pencha la tête en avant, en appui sur la porte, pour m'écouter.

— Mais cette nuit-là fut différente parce qu'elle ne mit pas son pyjama. Elle était restée habillée et son sac était fait. Elle m'a dit qu'elle allait vivre chez Christina pendant un moment. Mais je savais que c'était un mensonge parce que Christina n'avait pas eu le droit de la voir depuis des mois, depuis que Bree avait volé les médicaments de sa mère qui l'avait ensuite découvert.

Je savais que je bafouillais comme un crétin. Il était probable qu'Emilia ne sache pas du tout de quoi je parlais.

— Alors cette nuit-là elle m'a dit de m'asseoir avant que j'aille au lit et elle m'a dit qu'elle m'aimait et qu'elle veillerait toujours sur moi. Elle n'allait pas me voir pendant un moment parce que maman n'arrêtait pas de la battre, elle devait partir. J'ai fait exactement ce que j'ai envie de faire maintenant : je me suis jeté en travers de son chemin, j'ai bloqué la porte. Parce que je savais qu'elle ne reviendrait pas... Comment a-t-elle pu m'abandonner de cette façon ?

Ma voix s'éteignit. Les épaules d'Emilia bougeaient comme si elle pleurait.

Je m'éclaircis la gorge et j'attendis un moment pour être sûr de pouvoir parler.

— C'était une bonne gamine. Intelligente. Elle voulait devenir journaliste un jour et voyager dans le monde. Elle n'a jamais dépassé la partie la plus crasseuse de Seattle. Elle était paumée. Mais c'était une mère pour moi. Ma petite mère, avais-je l'habitude de dire. Elle me racontait des histoires et elle s'assurait qu'il y avait toujours des habits propres dans mon tiroir. Quand elle est partie, j'ai dû commencer à faire tout cela moi-même. Je n'avais que huit ans et la seule personne qui m'avait aimé — que je n'avais jamais aimé — me quittait et j'étais totalement impuissant à l'aider. Je n'ai rien pu faire, putain, et elle est morte, et je me reprocherai toujours de ne pas avoir pu la sauver.

Je me frottai la nuque en reprenant ma respiration.

— Je suis désolé d'avoir autant merdé entre nous. J'aimerais pouvoir t'expliquer à quel point je suis terrifié — tout le temps — de te perdre comme je l'ai perdue. Cette peur, c'est la voix dans ma tête qui me dit que je dois intervenir et prendre le contrôle. Si je ne le fais pas, je perds tout. Mais c'est complètement foireux parce que c'est cette peur qui me conduit à te repousser...

Je m'arrêtai lorsqu'elle se retourna pour me regarder en s'appuyant contre la porte. Son visage était trempé de larmes et ses yeux étaient rouges d'épuisement. J'eus envie de pleurer en la voyant ainsi. L'émotion me serra la gorge et je sentis comme des milliers de petites aiguilles à l'arrière de mes yeux. Mais je déglutis. Je ne pouvais pas craquer. Pas ici, pas devant elle.

— Pourquoi me dis-tu tout cela maintenant ? couina-t-elle enfin. Pourquoi ne me l'as-tu pas dit des mois plus tôt ?

Je secouai la tête en passant une main sur mon visage.

— J'aurais dû faire tout le contraire de ce que j'ai fait. Je sais que ce n'est qu'un maigre réconfort maintenant. Je n'arrive pas à m'ôter les mots de Heath de la tête : que je t'ai donné ta sentence de mort...

Ma voix se brisa et les mots tombèrent comme des pierres dans ma gorge.

Elle se repoussa de la porte et elle vint vers moi en pleurant toujours. Elle posa les mains sur mes joues et elle tira mon visage vers le bas pour me regarder dans les yeux.

— Tu n'es pas responsable. D'accord? J'aurais dû te parler du diagnostic. J'aurais dû être plus flexible... pour tout. Mais j'avais peur, moi aussi. De me perdre en toi. Que si j'abandonnais les objectifs que j'avais avant nous, je trahissais d'une certaine façon celle que j'étais avant. Mais tu as raison. Nous formions un 'nous'. Il ne s'agissait plus seulement de 'moi'.

J'enveloppai mes bras autour de sa taille et je l'attirai contre moi.

— Je te promets que tu peux aller à la fac où tu veux. Je ne dirais pas un mot. Même si tu veux partir en Allemagne, je te suivrais — là, ou n'importe où. Je me gèlerais le cul en Alaska ou je cuirais au Sahara s'il le faut... je serais là où tu vas. Mais tu dois me promettre que tu vas combattre ceci, bon sang.

— Je suis tellement perdue, Adam. Je ne sais pas quoi faire.

Nous étions deux. Sa tête tomba contre mon torse et elle pleurait à nouveau dans ma chemise. J'embrassai ses cheveux et j'avalai l'émotion qui remontait dans ma gorge.

— La première chose que tu as à faire, c'est de dormir, parce que tu n'as pas dormi depuis longtemps.

Les minutes s'étirèrent jusqu'à ce qu'elle retrouve son calme, puis je glissai lentement le sac à dos de ses épaules. Elle ne résista pas, s'appuyant lourdement contre moi.

— Allez, viens...

— Je n'ai pas pu dormir de la nuit.

— Je suis là maintenant. Tu peux dormir, d'accord ? Je peux te serrer dans mes bras autant que tu le veux.

On retourna dans sa chambre et je vidai rapidement le lit de toutes les choses qu'elle y avait laissées en faisant frénétiquement ses bagages. Elle enleva ses chaussures et son jean et elle se laissa tomber sur le lit. Je tirai l'édredon sur elle et j'enlevai les cheveux de son visage.

— Pourquoi les cheveux blancs ?

Elle cligna paresseusement des paupières.

— Je me suis dit que j'allais les perdre de toute façon, alors j'ai d'abord voulu voir de quoi j'aurais l'air en blonde.

J'eus la gorge serrée en pensant à sa chimiothérapie. Je détournai le regard en clignant des yeux. Allait-ce arriver maintenant ? Cette décision était complètement hors de mon contrôle. Il s'agissait de son corps. Mais, j'étais terrifié à l'idée qu'elle fasse le choix que je ne pourrais pas supporter.

Je me penchai et je l'embrassai sur le front.

— Tu serais magnifique avec les cheveux verts, ou jaunes, ou violets. Mais c'est la couleur d'origine que je préfère, dis-je.

Elle sourit.

— C'est une idée... peut-être verts, la semaine prochaine.

— Une journée à la fois, d'accord ? Dors. Je reste ici si tu le veux.

Elle se tourna pour faire face au mur, comme elle l'avait fait la nuit où Heath et moi étions rentrés du pub. Je grimpai sur son petit lit simple, je la pris dans mes bras et je la serrai fort.

— Tu avais si mal et je ne l'ai jamais su. Et moi je râlais à cause de quelques putain de maux de tête.

Elle posa une main sur ma joue.

— Chut. Faisons une promesse, d'accord ? Pas de récriminations, contre soi et contre l'autre. Nous avons tous les deux fait beaucoup d'erreurs. Mais nous sommes intelligents. Nous apprendrons de nos erreurs.

Mon Dieu, je l'espérais vraiment.

Elle resta silencieuse pendant un long moment, puis elle inspira profondément.

— Plus serré, chuchota-t-elle et elle colla son dos et ses jambes contre moi. Je t'aime, souffla-t-elle.

— Je sais, répondis-je en la prenant dans mes bras et en serrant fort.

— Tes bras autour de moi... l'ordonnance contre tous mes maux.

J'espérais vraiment que ce soit le cas.

— Ils seront toujours là quand tu en auras besoin, chuchotai-je.

Elle se détendit dans mes bras.

— J'ai eu constamment peur, chaque jour depuis le début. Les seules fois où cela n'a pas été le cas, c'était quand tu me tenais. C'était le seul moment où j'avais l'impression que tout allait bien se passer.

J'appuyai mes lèvres contre sa tempe.

— Dors, ma douce Mia. Je serai là pour te tenir.

Le battement de mon cœur résonnait contre son dos. À chaque battement, j'entendais la question : 'qu'allons-nous faire ? ' Qu'est-ce que nous pouvons faire ? La question s'étira au-dessus de moi comme une épaisse couverture qui menaçait de m'étouffer. Je sentis la panique monter en moi. Je n'avais aucun contrôle et je détestais cette sensation.

Tout ce que je savais, c'était que je ne pouvais pas la perdre. Je ne le pouvais pas. J'écoutais sa respiration ralentir quand elle commença à s'endormir. Elle me parut plus maigre dans mes bras. J'appuyai ma joue contre la sienne en pensant au dur chemin qu'il lui restait à faire. Il allait y avoir des mois et des mois de traitements médicaux éreintants. Et c'était en plus de la complication de sa grossesse.

Et si elle ne survivait pas ? Les chiffres n'étaient pas aussi bons pour son type de cancer que pour les autres types de cancer du sein. Et plus la patiente était jeune, plus le cancer pouvait être dangereux.

À cette époque l'année dernière, juste avant le Nouvel An, Emilia n'était que mon amie en ligne, celle dont j'appréciais la compagnie, dont j'adorais lire le blog. Celle qui me poussait à trouver des excuses pour me connecter et jouer avec le groupe. J'appréciais les autres, mais Emilia était celle qui me faisait revenir sans cesse.

Je n'aurais absolument jamais pu imaginer comment ma vie allait changer le jour où j'avais décidé de gagner ses enchères. Je pensais que nous ferions ce voyage à Amsterdam, la tentative ratée pour s'en tenir aux conditions des enchères, et puis que je disparaîtrais de sa vie. Mais une fois que j'avais passé ce temps en sa présence, je ne pouvais plus la laisser partir. Même si je ne l'avais jamais admis à ce moment-là, j'étais très vite tombé profondément amoureux. Ma vie avait à jamais changé pour le mieux depuis qu'elle en faisait partie.

Mais allait-elle me quitter tout aussi vite ?

Au bout d'une heure de ces pensées paniquées et de mon incapacité à respirer, je m'éloignai d'elle et je l'embrassai avant de baisser les stores afin de maintenir la chambre dans l'obscurité. Je me rendis ensuite à la cuisine pour prendre une des bières de microbrasserie de Heath. Je l'ouvris et je m'assis dans le coin bureau d'Emilia pour poursuivre mes recherches. J'avais passé le reste du week-end à faire une liste de tout ce que nous devions faire le lundi : une consultation d'urgence avec son médecin, une seconde opinion obligatoire, peut-être une troisième si nécessaire. Et, je l'espérais, une rencontre avec sa mère.

J'agitai la souris pour réveiller son ordinateur. J'entendis la musique de la page de connexion à Dragon Epoch — elle l'avait peut-être laissée allumée toute la nuit. C'était la page de connexion comme Heath s'en était plaint. J'allais la déconnecter du jeu quand ma main se figea.

Elle avait joué sur un serveur différent et elle avait un personnage entièrement nouveau sur la page : un assassin de niveau quatre. J'écarquillai les yeux et à travers un flou inexplicable et une émotion immense qui montait dans ma gorge, je lus le nom du personnage : MisterRogers.

Elle avait déverrouillé la quête secrète. C'était approprié, étant donné qu'elle avait également voyagé dans le labyrinthe complexe pour s'implanter fermement dans mon cœur. Elle m'avait débarrassé de tous les secrets dans lesquels je me cachais. J'étais nu et honnête et je ne me cachais plus.

Avait-elle la moindre idée de son pouvoir sur moi ? De ce qu'elle avait fait ? J'étais un homme neuf. Emilia m'avait offert ma propre pilule rouge et je l'avais prise. Cette pilule rouge était le choix d'embrasser la douloureuse vérité de la réalité. Cette vérité m'avait libéré. J'étais soulagé d'un poids. C'était la liberté.

J'enfouis mon visage dans mes mains et je m'autorisai ce moment d'agonie que j'avais repoussé depuis que j'avais appris qu'elle était malade pour la première fois. Mes larmes coulèrent enfin. On aurait dit des punaises enfoncées dans mes yeux, dans ma gorge. Je ne pouvais pas la perdre. Pas elle aussi.

Je serrai les poings en formant des boules de rage impuissante que j'appuyai contre mes yeux coulants. J'avais envie de lancer quelque chose. Ma vue se brouilla, mon esprit se brouilla. Comment allais-je pouvoir réfléchir si elle était tout le temps dans mes pensées ? Comment pouvais-je respirer sans elle alors qu'elle était ma respiration ? Comment pouvais-je vivre sans elle alors qu'elle était ma vie ?

Cette vie. Imprévisible. Plus mystérieuse que n'importe quel jeu. Une minute on se trouve au plus haut sommet, la minute suivante on est jeté en hurlant vers les plus profonds abysses. À chaque tour elle varie, elle change. Et ce qui était autrefois normal est désormais perdu à jamais dans le passé.

Je m'autorisai donc cinq minutes pour tout laisser sortir et pleurer comme un bébé pour la première fois depuis que j'avais été un petit garçon regardant sa sœur mourante par la vitre du bus. Mais je ne pouvais pas m'autoriser davantage. Je devais être là, être son roc. Être fort pour elle. Pour nous.

J'avais beaucoup de choses à me faire pardonner.

Au sujet de l'auteure

Brenna Aubrey est une auteure Best sellers USA TODAY d'histoires d'amour contemporaines qui se concentrent sur la culture geek.

Elle a depuis toujours cherché le réconfort dans de bons livres et les longues histoires compliquées qu'elle tisse dans sa tête. Brenna est une fille de la ville avec le cœur d'une amoureuse de la nature. Elle se retrouve donc dans des espaces verts dès qu'elle le peut. Elle est aussi une maman, professeur, fille geek, francophile, une joueuse de jeux vidéo décomplexée et une lectrice compulsive.

Elle réside actuellement sur la côte ouest avec son mari, deux enfants, deux adorables chiots golden retriever, un oiseau et quelques poissons.